首都师范大学文艺学学术文库

第一辑

吴思敬◎著

吴思敬论新诗

AN INTERPRETATION OF NEW POETRY BY WU SIJING

中国社会科学出版社

图书在版编目（CIP）数据

吴思敬论新诗／吴思敬著．—北京：中国社会科学出版社，
2013.11

ISBN 978 – 7 – 5161 – 3423 – 8

Ⅰ.①吴…　Ⅱ.①吴…　Ⅲ.①新诗—诗歌理论—理论
研究—中国　Ⅳ.①I207.25

中国版本图书馆 CIP 数据核字（2013）第 243847 号

出 版 人　赵剑英
责任编辑　史慕鸿
责任校对　周　昊
责任印制　李　建

出　　版　中国社会科学出版社
社　　址　北京鼓楼西大街甲 158 号（邮编 100720）
网　　址　http://www.csspw.cn
　　　　　中文域名:中国社科网　　010 – 64070619
发 行 部　010 – 84083685
门 市 部　010 – 84029450
经　　销　新华书店及其他书店

印　　刷　北京市大兴区新魏印刷厂
装　　订　廊坊市广阳区广增装订厂
版　　次　2013 年 11 月第 1 版
印　　次　2013 年 11 月第 1 次印刷

开　　本　710×1000　1/16
印　　张　22.75
插　　页　2
字　　数　326 千字
定　　价　59.00 元

目　录

吴思敬论新诗

新诗：呼唤自由的精神

——对废名"新诗应该是自由诗"的几点思考

话题的提起

2008 年，北京大学出版社出版了署名废名、朱英诞著的《新诗讲稿》（陈均编订）。此前废名的新诗讲稿流行最广的是人民文学出版社 1984 年出版的《谈新诗》（署名冯文炳）。我注意到北京大学出版社《新诗讲稿》与人民文学出版社《谈新诗》的不同，除去前者编进了朱英诞 1940—1941 年在北大的新诗讲稿外，就废名的北大讲稿部分而言，明显变化在于文章次序的调整。人民文学出版社的《谈新诗》，把《新诗应该是自由诗》放在第三篇，前面还有《尝试集》和《一颗星儿》两篇，后附《新诗回答》。北京大学出版社的《新诗讲稿》则以《新诗问答》为第一篇，《新诗应该是自由诗》为第二篇。这一顺序的调整依据的是朱英诞所藏讲稿。朱英诞之所以做这样的调整，在于他认为《新诗应该是自由诗》一文与《新诗问答》一样，是废名有关新诗观念的集中阐述，具有统率全书的作用，所以才把它放在前面。借北京大学出版社出版《新诗讲稿》之机，我又重读了废名的《新诗应该是自由诗》，联想到新诗诞生 90 余年的风风雨雨，很有些想法，现在写出来，就正于读者。

为朱英诞所看重的《新诗应该是自由诗》是废名 1936 年至 1937 年在北京大学任教时所写。此时距新诗的诞生已有 20 年。在废名看来，这 20 年新诗固然成长了，但是还有很多不尽人意的地方，他曾这样描述他的感受："我那时对于新诗很有兴趣，我总朦胧的感觉着新诗前面的光明，然而朝着诗坛一望，左顾不是，右顾也不是。"①

废名所说的"左顾不是，右顾也不是"，大约是指新诗诞生以来的如下情况：一方面，胡适倡导"有什么材料，做什么诗；有什么话，说什么话"，"做诗如做文"，结果，诗人的主体性不见了，诗人的艺术想象不见了，大量诗歌充斥对生活现象的实录，陷入"非诗化"的泥淖，正如梁实秋所批评的："自白话入诗以来，诗人大半走错了路，只顾白话之为白话，遂忘了诗之所以为诗，收入了白话，放走了诗魂。"②另一方面，"新月派"诗人企图扭转早期白话诗自由散漫的弊端，但他们过于强调诗歌的外在形式，强调体格上的严整，忽略了内在的情绪节奏，那种千篇一律的"豆腐干诗"，那种削足适履式的叶韵与建行，也足以败坏读者的胃口。废名曾举过一例："我记得闻一多在他的一首诗里将'悲哀'二字颠倒过来用，作为'哀悲'，大约是为了叶韵的原故，我当时曾同了另一位诗人笑，这件事真可以'哀悲'。"③

正是出于对新诗诞生以来的上述弊端的清醒认识，在反思中国传统诗歌理论资源的基础上，废名作出了"新诗应该是自由诗"的判断。

这个时候，我大约对于新诗以前的中国诗文学很有所懂得了。有一天我又偶然写得一首新诗，我乃大有所触发，我发见了一个界线，如果要做新诗，一定要这个诗是诗的内容，而写这个诗的文字要用散文的文字。已往的诗文学，无论旧诗也好，词也好，乃是散文的内容，而其所用的文字是

---

① 废名：《新诗应该是自由诗》，废名、朱英诞：《新诗讲稿》，北京大学出版社 2008 年版，第 12 页。

② 梁实秋：《读〈诗底进化的还原论〉》，《时报副刊》1922 年 5 月 29 日。

③ 废名：《新诗应该是自由诗》，废名、朱英诞：《新诗讲稿》，北京大学出版社 2008 年版，第 12 页。

2

诗的文字。我们只要有了这个诗的内容，我们就可以大胆的写我们的新诗，不受一切的束缚，"不拘格律，不拘平仄，不拘长短；有什么题目，做什么诗；诗该怎样做，就怎样做"。我们写的是诗，我们用的文字是散文的文字，就是所谓自由诗。①

现在看来，废名对他的命题的阐述还是有些简单化的，起码有如下几点值得推敲。一是认为内容可决定一切，把自由诗归结为只要有了诗的内容后，就可以大胆去写，该怎样做就怎样做，忽略了内容与形式是有机的整体，思维方法有些片面性。二是没有看到任何自由都是有限度的，绝对的"不受一切的束缚"是办不到的。三是把古代诗词的内容，除去温李一派的，全看成是"散文的内容"，这很难说是符合古代诗歌的实际。

尽管如此，废名所提出的"新诗应该是自由诗"的命题还是引起了强烈的反响，赞同的与怀疑的声音不绝于耳。现在距离废名提出这一判断已过去了 70 余年，新诗也走过了 90 余年的历程，重提"新诗应该是自由诗"的话题，看看它在新诗理论建设中起了怎样的作用，对当下乃至未来的新诗发展道路的探寻又会产生什么样的影响，将是很有意义的。

我们该怎样看待废名的"新诗应该是自由诗"的判断呢？

"新诗应该是自由诗"是从内在精神角度对新诗品质的概括

新诗在五四时期出现，是诗体的变革，但其意义又绝不仅仅限于诗体变革。在胡适眼里，五四新文化运动与欧洲的文艺复兴"有一项极其相似之点，那便是一种对人类（男人和女人）一种解放的要求。把个人从传统的旧风俗、旧思想和旧行为的束缚中

---

① 废名：《新诗应该是自由诗》，废名、朱英诞：《新诗讲稿》，北京大学出版社 2008 年版，第 12—13 页。

解放出来。欧洲文艺复兴是个真正的大解放的时代。个人开始抬起头来，主宰了他自己的独立自主的人格；维护了他自己的权利和自由"①。胡适把"诗体的解放"放在这样的一个大的背景中，要推翻一切束缚诗神自由的枷锁镣铐，得到了五四时代其他诗人的热烈回应。康白情说："新诗破除一切桎梏人性底陈套，只求其无悖诗底精神罢了。"② 俞平伯说："我对于做诗的第一个信念是'自由'。"③ 陆志韦说："我的做诗，不是职业，乃是极自由的工作。非但古人不能压制我，时人也不能威吓我。"④ 这样痛快淋漓地谈诗与自由，这种声音只能出现在五四时代，他们谈的是诗，但出发点却是人。他们鼓吹诗体的解放，正是为了让精神能自由发展，他们要打破旧的诗体的束缚，正是为了打破精神枷锁的束缚。宗白华作为《学灯》的编者，大量编发了郭沫若早期的自由诗，他的出发点也不仅仅在于"诗体"，而是一种对人性解放的渴望："白话诗运动不只是代表一个文学技术上的改变，实是象征着一个新的世界观，新生命情调，新生活意识寻找它的新的表现方式。斤斤地从文字修词，文言白话之分上来评说新诗底意义和价值，是太过于表面的。……这是一种文化上进展上的责任，这不是斗奇骛新，不是狂妄，更无所容其矜夸，这是一个艰难的，探险的，创造一个新文体以丰硕我们文化内容的工作！在文艺上摆脱二千年来传统形式的束缚，不顾讥笑责难，开始一个新的早晨，这需要气魄雄健，生力弥满，感觉新鲜的诗人人格。"⑤

五四以后，有着这种全新的"诗人人格"的作者继续高扬诗的自由的旗帜。艾青说："诗与自由，是我们生命的两种最可

① 《胡适口述自传》第八章《从文学革命到文艺复兴》，《胡适文集》第 1 卷，北京大学出版社 1998 年版，第 341 页。

② 康白情：《新诗底我见》，1920 年 3 月 1 日《少年中国》第 1 卷第 9 期。

③ 俞平伯：《诗的自由与普遍》，1921 年 10 月 1 日《新潮》第 3 卷第 1 号。

④ 陆志韦：《〈渡河〉自序》，陆志韦：《渡河》，上海亚东图书馆 1923 年版，第 3 页。

⑤ 宗白华：《欢欣的回忆和祝贺》，《时事新报》1941 年 11 月 10 日。

贵的东西。"① "诗是自由的使者，永远忠实地给人类以慰勉，在人类的心里，播散对于自由的渴望与坚信的种子。诗的声音，就是自由的声音；诗的笑，就是自由的笑。"② 出于对诗的自由本质的理解，艾青选择了自由诗作为自己写作的主要形式，在他看来，自由诗是新世界的产物，更能适应激烈动荡、瞬息万变的时代。与艾青相似，"七月派"诗人彭燕郊从来不写旧体诗，也很少写有固定格局的现代格律诗，而是终生写作自由诗。他这种选择并非只是出于个人的偏好，而是基于对新诗本质的深刻理解。他认为"新诗是自由诗。新诗没有格律，不沿袭旧格律，也不可能'逐步形成'什么'新格律'。摒弃形式主义是 20 世纪世界文学发展的总趋势。……从艺术风格上，从诗美追求上看，新诗一开始就没有什么统一的'诗法'，没有什么'尊于一'的规范，多元的，各显神通的各个流派的自由竞争成为 80 多年来中国诗坛的绚丽景观"③。

这样看来，"自由"二字可说是对新诗品质的最准确的概括。这是因为诗人只有葆有一颗向往自由之心，听从自由信念的召唤，才能弃绝奴性，超越宿命，才能在宽阔的心理时空中任意驰骋，才能不受权威、传统、习俗或社会偏见的束缚，才能结出具有高度独创性的艺术思维之花。而对废名"新诗应该是自由诗"的理解，恐怕也不宜把"自由诗"狭隘地理解为一个专用名词，而是看成新诗应该是"自由的诗"为妥。废名说："我的本意，是想告诉大家，我们的新诗应该是自由诗，只要有诗的内容然后诗该怎样做就怎样做，不怕旁人说我们不是诗了。"④ 这里所谈的与其说是一种诗体，不如说是在张扬新

① 艾青：《诗与宣传》，《诗论》，人民文学出版社 1956 年版，第 196 页。

② 艾青：《诗论·诗的精神》，《诗论》，人民文学出版社 1956 年版，第 134 页。

③ 彭燕郊：《虔诚地走近诗》，《彭燕郊诗文集·评论卷》，湖南文艺出版社 2006 年版，第 194—145 页。

④ 废名：《新诗应该是自由诗》，废名、朱英诞：《新诗讲稿》，北京大学出版社 2008 年版，第 14 页。

诗的自由的精神。

"新诗应该是自由诗"标明了自由诗在新诗中的主体位置

"新诗应该是自由诗"是从内在精神的角度对新诗的自由本质的表述，已如上述；从新诗发展的角度谈，"新诗应该是自由诗"则是对自由诗在新诗中居于主体位置的一种客观描述。

朱自清在为新诗的第一个十年（1916—1927 年）做总结的时候，曾说过："若要强立名目，这十年来的诗坛就不妨分为三派：自由诗派，格律诗派，象征诗派。"① 朱自清在确立这三派的时候，实际上是混用了两种不同的分类标准，自由诗派与格律诗派是从诗歌的外部特征也即是否遵循有规则的韵律来区分的；象征诗派则是根据诗歌的内在信息即这类诗歌的象征性内涵以及相应的表现手法来做区分的。而同样是象征派诗歌，可以写成格律诗，也可以写成自由诗。因此，如果坚持同一次分类必须坚持同一个分类标准的原则，朱自清所强立的三派，实际为两派，即自由诗派与格律诗派。三足鼎立，实为两军对垒。

那么这两军对垒后来的趋势又如何呢？从新诗发展的历程来看，一个明显的事实是天平的一端越来越向自由诗倾斜。

其实这种倾斜，从新诗发生阶段就出现了。新诗诞生伊始被称为白话诗，而白话诗这一称呼，几乎是可以与自由诗互换的。这点从新诗的反对者的话语中也可反映出来："所谓白话诗者，纯拾自由诗（Verslibre）及美国近年来形象主义（Imagism）之余唾。"② 在这些人眼里，白话诗即是外国自由诗的模仿。

回顾 90 多年的新诗发展史，对新格律诗或现代格律诗的最热心的理论探索和实践，大致集中在新诗发展的前半期，即

---

① 朱自清：《中国新文学大系·诗集导言》，上海良友图书印刷公司 1935 年版，第 8 页。
② 梅光迪：《评提倡新文化者》，《中国新文学大系·文学论争集》，上海良友图书印刷公司 1935 年版，第 129 页。

20—50 年代的 40 年间。针对早期白话诗只重"白话"不重"诗"的情况，1920 年 2 月到 3 月，《少年中国》特设了两期"诗学研究"专号，发表了宗白华、田汉、周无、康白情等人的文章，对早期的白话诗运动做了深刻的反思，新诗的形式建设问题开始被提上日程。1923 年陆志韦出版诗集《渡河》，开始有意识地为新诗探寻新的格律。1926 年 4 月《晨报副刊·诗镌》的问世则标志新格律诗运动进入了一个新的阶段。《晨报副刊·诗镌》的周围聚集了闻一多、徐志摩、朱湘、饶孟侃、孙大雨、刘梦苇、于赓虞等一批新月诗人。饶孟侃的《新诗的音节》、闻一多的《诗的格律》是新月派诗人探讨新诗格律的最重要的理论文本。新月诗派成了新诗史上的第一个格律诗派，也成为后来的新格律诗的主要源头。30 年代先后有梁宗岱、叶公超、陆志韦等探讨新诗格律的论文发表。50 年代则有何其芳提出建立"现代格律诗"的主张，卞之琳提出"哼唱型节奏（吟调）和说话型节奏（诵调）"的理论，以及林庚提出的"典型诗行"和"半逗律"等。

　　60 年代以后，对新格律诗的理论探索大多属于从学术角度对此前的研究进行回顾与总结，除去臧克家在 1977 年根据毛泽东关于新诗的"精炼、大体整齐、押韵"的意见而提出的一套新诗形式的试验方案外，真正像闻一多、何其芳那样进行构建新格律体的尝试则很少了。从创作角度说，现代格律诗在刊物上、在诗集中虽时有出现，但按某一种现代格律诗的体式写作能形成规模并获得响应者却不多见。至于如闻一多的《死水》、冯至的《十四行集》这样的有影响的新格律诗的诗集，已成绝响。

　　与现代格律诗理论探讨和创作日稀的情况迥异，自由诗在诗坛则日趋繁荣。五四以来的重要诗人，如胡适、郭沫若、冰心、戴望舒、艾青……以及以牛汉、绿原为代表的"七月派"诗人，以穆旦、郑敏为代表的"九叶派"诗人，全是以自由诗为自己的主要创作形式的。新时期以后，北岛、舒婷等"朦胧诗人"，海子、西川、韩东、于坚等"第三代诗人"，直到 90 年代后涌现的"70 后"、"80 后"诗人，就更是以自由诗为主要的写作手段了。朱自清在新诗的第一个十年所构拟的"自由诗派"与"格律诗派"两军对垒的情况不复存在，自由诗成为新诗主流已是相当明显的了。

那么为什么新诗的天平会倾向自由诗的一边呢？除去新诗作者渴求自由的天性外，这又是由自由诗与现代格律诗所具有的不同的审美特征所决定的。

自由诗在新诗中具有本原生命意义与开放性的审美特征

格律诗越是到成熟阶段，越是有一种封闭性、排他性，对原有格律略有突破便被说成是"病"。自由诗则不同，它冲破了格律诗的封闭与保守，呼唤的是一种自由的精神。美是自由的象征，对诗美的追求就是对自由的追求。如前所述，新诗的诞生就是与人的解放的呼唤联系在一起的，自由诗最能体现人渴望自由、渴望解放的本性。自由诗以其内蕴的本原生命意义，确立了开放性的审美特征。

艾青曾对自由诗的特征有过这样的描述：

> 什么叫"自由诗"？简单地说，这种诗体，有一句占一行的，有一句占几行的；每行没有一定章节，每段没有一定行数；也有整首不分段的。
>
> "自由诗"有押韵的，有不押韵的。
>
> "自由诗"没有一定的格式，只要有旋律，念起来流畅，像一条小河，有时声音高，有时声音低，因感情的起伏而变化。①

艾青对自由诗的阐述，可以归结为建行、押韵、旋律三个方面。建行方面，艾青主张句无定字，节无定行，篇无定节，实际就是

---

① 艾青：《诗的形式问题》，《人民文学》1954年第3期。

指出自由诗的建行有无限的可能性。押韵是可押可不押，完全自由。艾青所讲的"旋律"，指的是由语言的声音高低与情感的起伏而形成的自然节奏，近乎郭沫若所说的"力的节奏"。

如果我们把艾青对自由诗审美特征的表述再做进一步的简化，那么自由诗的形式规范，最宽泛来说，只有两条，一条是分行，另一条是有自然的节奏。在这个大前提之下，作者获得了最大程度的创造的自由。有人说，自由诗不讲形式，这是最大的误解。自由诗绝不是不讲形式，只是它没有固定的一成不变的形式。如果说格律诗是把不同的内容纳入相同的格律中去，穿的是统一规范的制式服装，那么自由诗则是为每首诗的内容设计一套最合适的形式，穿的是个性化服装。实际上，自由诗的形式是一种高难度的、更富于独创性的形式，从某种意义上说，比起格律诗来它对形式的要求没有降低，而是更高了。

自由诗的自由，体现了开放，体现了包容，体现了对创新精神的永恒的鼓励。自由诗不仅有自己的审美诉求，而且出于表达内容的需要，它可以任意地把格律诗中的具体手法吸收进来，为我所用。比如，格律诗有韵，自由诗也可以有韵。格律诗讲对偶，北岛《回答》中的名句"卑鄙是卑鄙者的通行证，高尚是高尚者墓志铭"，舒婷《致大海》中的"从海岸到巉岩，多么寂寞我的影；/从黄昏到夜阑，/多么骄傲我的心"，全是很整齐的对偶。自由诗也并不排斥五七言，穆旦的《五月》，一段七言民歌体，一段自由诗交错展开，突出了节与节之间的对立，构成强烈的反差，造成了情绪不断切换的艺术效果。

闻一多在《诗的格律》一文中提出了新诗要有"音乐的美"、"绘画的美"和"建筑的美"，但这也并非为格律诗所专擅。自由诗的开放性与包容性，使其在不同的具体语境下也完全有可能实现闻一多所提出的这三美。自由诗没有传统格律诗的那种音乐性，但也不排除音乐的美。尽管戴望舒曾主张"诗不能借重音乐，它应该去了音乐的成分"①。但这也只是代表了自由

① 《望舒诗论》，1932年11月《现代》第2卷第1期。

诗的一种声音，强调的是内在的自然的节奏，排除的是外在的音乐性。不过，有些自由诗，照样可以有外在的音乐性，只是不遵循严整的韵律规范，而是根据内容设计独特的声调。徐志摩的《沙扬娜拉——赠日本女郎》，尽管有人把它视为"现代格律诗"，但实际上，它的自由的建行，它的格式上的不可重复性，只能说它是一首自由诗："最是那一低头的温柔，/像一朵水莲花不胜凉风的娇羞，/道一声珍重，道一声珍重，/那一声珍重里有蜜甜的忧愁——/沙扬娜拉！"这首诗中音节的波动服从于情感的流露，不拘泥于字句的均齐，每行字数不等，最长的十三个字，最短的才四个字，押韵也在有意无意之间，完全顺其自然，其独特的音乐性完全可以使它像旧诗一样过目成诵。再说"绘画的美"，自由诗由于意象选取极为宽泛，空间布局极为自由，它可以在一个较小的空间范围"尺水兴波"，更可以突破时空局限，在一个大的历史时空中构筑缤纷的画卷。艾青的《雪落在中国的土地上》对雪景的大手笔的渲染，顾城的《小诗六首》中对色彩印象的捕捉，足以说明自由诗在开拓意象的绘画美方面也有无限的潜能。至于"建筑的美"，在闻一多等人的豆腐干诗、麻将牌式的建行中看得并不明显，倒是自由诗的丰富而新颖的建行，极尽建筑美之能事。如果说"新月派"的新格律诗是规划严整、标准划一的排房，那么自由诗则是设计奇特、姿态各异的现代建筑。

公用性与稳定性的缺失使现代格律诗
难以与自由诗相抗衡

现在我们再从诗体建设的角度看一看现代格律诗。所谓诗体，是具有稳定构造、标志诗的类别形式的特殊的符号系统。诗体的基本特征就是公用性，集中反映了诗体自身所具有的形式方面的特征。固然在具体的一首诗中，我们无法把它的形式与内容相剥离，然而在观察与分析了许多同类体裁的诗作后，我们却可以将它们共同的形式因素抽出来加以归纳。诗体不过问具体内容，它所强调的只是艺术符号的类别特征及其结构、秩序和组合原则。

诗体一旦形成，便成为人类共同的精神财富，而不再是某个诗人自己的专利。换句话说，一种诗体只有不仅被开创者自己，而且也被当时和后代的许多诗人所接受并共同使用，才能成为真正意义上的诗体。与公用性相伴而来的是诗体的稳定性，就是说，诗体具有相当稳定的、可以重复出现的特点，某一种诗体形成后可以持续几十年、几百年，甚至上千年不变。我国的近体诗和词，就是发展最为完善的格律诗，其公用性和稳定性是极其明显的。

至于现代格律诗，是在新诗诞生后出现的，在某种程度上，也是为了纠正自由诗过于散漫的偏颇而出现的，因此不像传统的格律诗，经过了漫长的酝酿与实践过程，而主要是由一些热心为新诗建立规范的人精心加以设计的。因此现代格律诗的先天性不足，就是公用性与稳定性的缺失。现在看来，闻一多设计的新格律诗也好，林庚的九言诗也好，何其芳的现代格律诗也好，基本上还停留在理论层面，连设计者本人都未能始终如一地按他的设计写下去，更不用提后来者了。臧克家曾在何其芳"现代格律诗"理论的基础上设计出更为具体的试验方案："一首诗，八行或十六行。再多，扩展到三十二行。每节四句。每行四顿。间行或连行押大致相同的韵。节与节之间大致相称。这样可以做到大体整齐。与七言民歌和古典诗歌相近而又不同。"[1] 臧克家的这一设计基本上也是纸上谈兵，臧克家自己的诗中找不出几首符合他的新格律的诗作，相反他的重要作品如《罪恶的黑手》、《春鸟》、《六机匠》、《生命的零度》等均是自由诗，在今天按照臧克家的试验方案写诗的人更是难得一见了。

与公用性与稳定性的缺失相联系的，是现代格律诗边界的模糊。作为一种诗体，现代格律诗是介于格律诗与自由诗中的一种中间状态，它不像自由诗与格律诗之间有明晰而森严的分野，它与自由诗之间往往纠缠不清，某些被一些诗人和批评家视为现代格律诗的诗作，往往被另一些诗人和批评家纳入自由诗的范围。

---

[1] 臧克家：《新诗形式管见》，《学诗断想》，四川人民出版社 1979 年版，第129 页。

我认为，由于自由诗的巨大的包容性，那些缺少公用性与稳定性的个别的现代格律诗的创作，都是可以纳入自由诗的范畴的，因为自由诗可以押韵，也可以不押韵，可以有整齐的建行，也可以有参差的建行，可以有明显的外部节奏，也可以没有明显的外部节奏。像朱湘的《采莲曲》，每一小节内，句子参差，有长有短，短的一行只有两个字，但节与节之间，呈现有规则的排列，这种建行，整齐中有变化，错综中有规律，不仅构成别有风姿的建筑美，同时也构成了音节流的回环，加强了诗的音乐性。尽管《采莲曲》是被有些诗评家纳入"现代格律诗"的，但细究一下，《采莲曲》这种格局特殊的作品，不同于闻一多的豆腐块诗，不同于林庚的九言诗，不同于何其芳的"每行的顿数有规律，每顿所占时间大致相等，而且有规律地押韵"的现代格律诗，更不同于臧克家的"每节四行，每行四顿"的新格律诗试验方案。而且朱湘只写了一首，后来的诗人也没有使用这种格局来写，没有形成什么"采莲体"，那么，《采莲曲》就只能纳入自由诗的范畴，而不好说成是现代格律诗。

当下新诗存在的问题是构建几种新格律诗体能解决的吗

新诗诞生以来，就面临着无穷多的批评。这种批评有些是站在旧诗的立场上，运用旧体诗歌的审美标准要求新诗，自然难免圆凿方枘。早在新诗诞生初期，俞平伯就对这种论调做了尖锐的反驳："他们只知道古体律体五言七言，算是中国诗体正宗；斜阳芳草，春花秋月，这类陈腐的字眼，才足以装点门面；看见诗有用白话做的，登时怕恐起来，以为诗可以这般随便做去，岂不是他们的斗方名士派辱没了吗？这种人正合屈原所说'邑犬群吠兮吠所怪也'。我们何必领教他们的言论呢？"① 当然今天对新诗的批评者已不是五四时期的遗老遗少的观点了，他们更多的是

---

① 俞平伯：《白话诗的三大条件》，1919年3月15日《新青年》第6卷第3号。

由于长期沉浸于古体诗词的审美规范，对新的审美对象不适应，给多少大洋也不看新诗云云，当属于这种情况。

现在我们要说的是在新诗阵营内部，一些诗人和学者不是反对新诗，而是站在维护新诗的立场上，觉得新诗太自由、太散漫、太随意了，这主要是由于新诗未能像旧体诗一样建立起若干种现代的格律形式；他们希望对过于散漫、过于自由的新诗加以规范。这正是新诗史上各种新格律诗、现代格律诗、半格律诗、白话格律诗等设计者的出发点。对于新诗史上乃至今天，希望克服自由诗的散漫，想为新诗建立一套新格律的诗人和学者，我是充分理解的，并对他们的努力怀着深深的敬意。只不过我还看不出这种种现代格律诗方案对纠正当下新诗写作弊端有多大的可能性。

当下的新诗写作，鱼龙混杂，问题不少。究其原因，到底是内容上缺乏诗性，还是形式上缺少定型的规范呢？我认为，问题主要出于前者。徐志摩早就说过：

> 一首诗的字句是身体的外形，音节是血脉，"诗感"或原动的诗意是心脏的跳动，有它才有血脉的流转。要不然
> 他带了一顶草帽到街上去走，
> 碰见了一只猫，又碰见一只狗，
> 一类的谐句都是诗了！①

遗憾的是，这些年来，不仅徐志摩所讽刺的"猫狗诗"未能绝迹，一些走得更远的"口水诗"也堂而皇之地在诗歌刊物和互联网上招摇。这些东西的致命伤，并非是使用了口语或白话，从根本上说是缺少废名所指出的"诗的内容"，也就是说，没有诗情，没有诗魂，没有诗的发现。当然，这样的毛病不独是自由诗有，格律诗中也大量存在。但是缺少诗的内容的格律诗，由于有一套格律来遮掩，还可以至少从表面上看像是诗；自由诗由于没

---

① 徐志摩：《诗刊放假》，《晨报副刊·诗镌》1926 年 6 月 10 日。

有固定的形式，没有格律的包装，如果缺少诗的内涵，那么给人不是诗的感觉就会分外强烈。这种状况的出现，在于某些诗作者在"自由诗"的旗号下滥用自由。他们不知道，任何自由都是有限度的，自由诗中不仅有自由的形式，更重要的它还要有诗的内涵。自由诗绝非降低了诗歌写作的门限，而是把这一门限提得更高了。俞平伯早就说过："白话诗的难处正在他的自由上面。他是赤裸裸的，没有固定的形式的，前边没有模范的，但是又不能胡诌的；如果当真随意乱来，还成个什么东西呢！所以白话诗的难处，不在白话上面，是在诗上面；我们要紧记，做白话的诗，不是专说白话。"① 这话虽说是 90 多年前说的，对今天的新诗作者来说，依然有着警醒作用。

实际上，解决自由诗中的问题，绝不是重新为自由诗再设计若干套新格律，让解放了的诗神，再戴上枷锁。实践证明，此路不通。解决自由诗的问题，还是要从内容入手，强调诗性的回归，强调诗的发现。形式的解放与自由，给诗的内容提出了更高的要求，要有更新鲜的感觉，更独特的思考，更丰美的意象。与此同时也要逐步形成自由诗的审美规范，只不过这规范不是重新为自由诗设计若干套新格律，而是要为每一种新的发现、为每一个诗的内容，即时性地设计独到的审美形式，让自由诗穿起色彩斑斓的个性化服装。自由诗的开放性与包容性，使它完全可以容纳个别的带有格律色彩的诗作，并与定型的稳定的格律诗体区别开来。

最后再强调一下，本文重提 70 多年前废名"新诗应该是自由诗"的判断，意在阐明自由诗最能体现新诗的自由的精神，最具有开放性与包容性。而新诗诞生 90 余年的实践表明，现代格律诗之所以未能与自由诗相抗衡，是由于与传统格律诗相比，其公用性与稳定性的缺失。当下的诗坛，自由诗尽管占据着主流位置，但也为各种现代格律诗的实验，提供了最为广大的舞台。

---

① 俞平伯：《社会上对于新诗的各种心理观》，1919 年 10 月《新潮》第 2 卷第 1 号。

如果某一种现代格律诗的设计，能够被当下与未来的新诗写作者所接受与运用，具有了公用性与稳定性，那就有可能成长为与自由诗并驾齐驱的新诗体。不过据我的浅见，这种可能性并不大。卞之琳在50年代曾与何其芳热烈地讨论过现代格律诗，但是在他的晚年却说："不宜逆时代潮流，重试建任何定型格律体，使诗创作再成为填谱工作。"① 此话可视为前辈诗人对热心为新诗制订新的格律规范者的真诚告诫。

（2010 年 3 月 25 日）

---

① 卞之琳：《重探参差均衡律——汉语古今新旧体诗的声律通途》，香港《明报月刊》1992 年 1 月号。

新诗已形成自身的传统

——从我与郑敏先生的一次对话谈起

2000 年 4 月，我与郑敏先生曾就新诗传统等问题有过一次对话，后以《新诗究竟有没有传统》为题在《粤海风》2002 年第 1 期刊出。郑敏先生认为新诗到现在还没有形成自己的传统，我则认为新诗已形成自己的传统。2003 年 5 月 25 日《华夏诗报》发表诗评家朱子庆的文章《无效的新诗传统》，声称"在新诗有无传统的问题上，我是持虚无立场的"。2003 年 8 月 26 日《文艺报》发表诗人野曼的文章《新诗果真"没有传统"吗？——与郑敏先生商榷》。此后，2003 年 9 月 27 日《羊城晚报》又用一版的篇幅，在"中国新诗有没有传统？"的通栏标题下，发表了李瑛、向明、野曼、周良沛、王性初、杨匡汉、张同吾、李小雨、臧棣等诗人和诗论家的一组笔谈。在 2003 年 11 月初在温州召开的"21 世纪中国现代诗第二届研讨会"上，与会的诗人和诗论家也围绕新诗传统问题进行了热烈的讨论。我认为，如何看待新诗的传统，关系到对 80 多年新诗的总体评价，关系到新诗史与文学史的写作，也关系到新诗未来的发展方向，值得深入探讨。这里我把与郑敏先生对话中引发的话题进一步阐发一下，就正于郑敏先生与广大读者。

谈新诗传统，要先弄清什么是传统。我觉得，传统作为某一民族或人类群体沿传而来的精神文化现象，有两重性：一方面是稳定的、连续的和持久的，传统可以持续一个相当长的历史时期，对当下或未来发生着潜移默化的影响。对于某种传统浸润下成长起来的人来说，这种传统已深入骨髓，不是谁说一声断裂，就断裂得了的。另一方面，传统不是一潭死水，它是动态的、发展的、不断增生的，它可以随着社会的发展与时代的变化而丰富，这就是我同郑敏先生对话中说的："我把传统看成一条河，每个诗人、每个时代的思想家的成果就自然汇进了这条河，本身就成了传统的一部分。"①

按照这样一种基本观点来看看我们的新诗。新诗从诞生到今天已达90余年，如果以诗人的创作年龄划代，10年到20年为一代的话，至今至少也有六七代了。90多年的历史，六七代的诗人，他们的诗学思想与创作成果一代代地沉积下来，不断地汇聚，不断地发展，形成了中国现代诗歌史，造就了今天新诗成为诗坛主流的局面，怎么能说新诗至今还未形成自身的传统呢？

如果承认新诗有自身的传统，那么新诗的传统又涉及哪些内涵呢？我觉得这可以从两个层面上展开讨论。

从精神层面上说，新诗诞生伊始，就充满了一种蓬蓬勃勃的革新精神。最初的新诗被称为"白话诗"，在文言统治文坛几千年的背景下，新诗人主张废除旧的格律，已死的典故，用白话写诗，这不单是个媒介的选择问题，更深层次说，体现了一种自由的精神。新诗的诞生，是以"诗体大解放"为突破口的。正如胡适所说："新文学的语言是白话的，新文学的文体是自由的，是不拘格律的。初看起来，这都是'文的形式'一方面的问题，算不得重要。却不知道形式和内容有密切的关系。形式上的束缚，使精神不能自由发展，使良好的内容不能充分表现，若想有一种新内容和新精神，不能不先打破那些束缚精神的枷锁镣铐。因此，中国近年的新诗运动可算得一种'诗体大解放'。因为有了这一层诗体的解放，所以丰富的材料，精密的观察，高深的理想，复杂的感情，方才能跑到诗里去。"② 胡适提出的"诗体大解放"的主张充分体现了五四时代的精神特征。在新诗的倡导者看来，五四新文化运动与欧洲的文艺复兴有着很大的相似之

---

①　郑敏、吴思敬：《新诗究竟有没有传统？》，《粤海风》2001年第1期。

②　胡适：《谈新诗》，《星期评论》"双十节纪念号"第五张，1919年。

处，那就是对人的解放的呼唤。郁达夫也曾说过，五四运动的最大成功，第一要算"个人"的发现。从前的人，是为君而存在，为道而存在，为父母而存在，现在的人才晓得为自我而存在了。——实际上，诗体的解放，正是人的觉醒的思想在文学变革中的一种反映。郭沫若讲："诗的创造是要创造'人'……他人已成的形式是不可因袭的东西。他人已成的形式只是自己的镣铐。形式方面我主张绝端的自由，绝端的自在。"①正由于"诗体大解放"的主张与五四时代人的解放的要求相合拍，才会迅速引起新诗人的共鸣，并掀起了声势浩大的新诗运动。很明显，新诗的出现，绝不仅仅是形式的革新，同时也是一场深刻的思想革命。新诗人们怀着极大的勇气，向陈旧的诗学观念挑战，他们反叛、冲击、创造，他们带给诗坛的不仅有新的语言、新的建行、新的表现手法，而且有着前代诗歌中从未出现过的新的思想、新的道德、新的美学原则、新的人性的闪光。五四时期燃起的呼唤精神自由的薪火，经过一代代诗人传下去，尽管后来受到战争环境和政治因素的影响一度黯淡乃至熄灭，到了新时期，随着思想解放运动的春风，又重新熊熊燃烧起来。正是这种对精神自由的追求，贯穿了我们的新诗发展史。而新诗在艺术上的多样化与不定性，其实也正是这种精神自由传统的派生结果。

从艺术层面上说，新诗与古典诗歌相比，根本上讲体现出一种现代性质，包括对诗歌的审美本质的思考，对诗歌把握世界的独特方式的探讨，对以审美为中心的诗歌多元价值观的理解等。诗歌的现代性相当突出地表现在诗的语言方面，诗歌形态的变革，往往反映在诗歌语言的变化之中。诗歌现代化首当其冲的便是诗歌语言的现代化。而五四时代的新诗革命，就正是以用白话写诗为突破口的。随着社会的推进，为适应表现现代社会的生活节奏和现代人的思想的深刻、情绪的复杂和心灵世界的微妙，诗歌的语言系统还在发生不断的变化，并成为衡量诗歌现代化进程

---

① 郭沫若：《论诗三札》，《文艺论集》，人民文学出版社 1979 年版，第 216—217 页。

的一个重要标志。诗歌现代化进程还涉及诗歌创作过程中作为内容实现方式的一系列的创作方法、艺术技巧等。这里既有对中国古典诗歌某些手法与技术的新开掘，又包括对西方诗歌的借鉴。郭沫若早在新诗诞生的初期就曾说过："古人用他们的言辞表示他们的情怀，已成为古诗，今人用我们的言辞表示我们的生趣，便是新诗。再隔些年代，更会有新新诗出现了。"① 这"新新诗"的提法，很值得我们玩味。它表明新诗不是一成不变的，是没有固定模式可循的，是要不断出新的。

新诗无传统论者，并未涉及新诗的精神传统，他们的立论主要是建筑在如下两个观点上：一是认为新诗在艺术上还没有形成自身的传统；二是从效应出发否定新诗的自身传统。

先看看新诗在艺术上是否形成了自身的传统。

郑敏先生说："从诗歌艺术角度讲，我觉得新诗还没有什么定型"，"现在很多人，特别是年轻人，完全把诗的形式放弃了，诗写得越来越自由，越来越散文化"②。

郑敏先生的意思是说，新诗之所以没有自己的传统，是由于新诗没有形成与古典诗歌相类似的定型的形式规范和审美规范。不过，在我看来，"不定型"恰恰是新诗自身的传统。如前所言，新诗取代旧诗，并非仅仅是一种新诗型取代了旧诗型，更重要的是体现了对自由的精神追求。新诗人也不是不要形式，只是不要固定的一成不变的形式。他们是要根据自己所表达的需要，为每一首诗创造一种最适宜的新的形式。对于新诗来说，是写成四行还是八行，是押韵还是不押韵，诗行是整齐还是参差，都不必遵循既有的规则，他们最先考虑的是如何自由地抒发他们的诗情。从新诗出现伊始，就有许多人呼唤新诗太自由了，太无规矩了，希望为新诗设计种种的新规矩、新格律。许多诗人对此做了热情的探索，闻一多的"豆腐干诗"、林庚的"九言诗"、何其芳的"现代格律诗"、臧克家的"新格律诗"等。但毫无例外，

---

① 郭沫若：《论诗三札》，《文艺论集》，人民文学出版社1979年版，第215页。

② 郑敏、吴思敬：《新诗究竟有没有传统?》，《粤海风》2001年第1期。

新诗已形成自身的传统

19

这些形形色色的设计在实践中全碰了壁，这不是偶然的，而是正好印证了新诗存在一种不定型的传统。

郑敏先生还说："诗歌不能脱离语言的音乐性，是语言音乐性的集中体现。如果文学创作对语言的音乐性抱着粗糙的态度，那么文学的高峰就很难达到。"①

我要说的是，新诗不定型，不是说新诗完全排除音乐性，排除节奏感。徐志摩说过："一首诗的秘密也就是它的内含的章节的匀整与流动。……但这原则却并不在外形上制定某式不是诗，某式才是诗，谁要是拘拘的在行数定句间求字句的整齐，我说他是错了。行数的长短，字句的整齐或不整齐的决定，全得凭你体会的音节的波动性。"②他的《沙扬娜拉——赠日本女郎》，音节的波动服从于情感的流露，不拘泥字句的均齐而任其自然，其形式与节奏完全是新的，既没有重复自己，又没有重复别人，但是读起来琅琅上口，谁能说它缺少音乐感呢？其次，新诗人中固然有重视音乐性，热衷于创制新格律的；但是也有相当一部分诗人是持反面意见的。戴望舒早期曾致力于诗歌音乐美的追求，但后来却有一百八十度的转弯，他说："诗不能借重音乐，它应该去了音乐的成分。""韵和整齐的字句会妨害诗情，或使诗情成为畸形的。倘把诗的情绪去适应呆滞的，表面的旧规律，就和把自己的足去穿别人的鞋子一样。"③至于艾青倡导诗的散文美，更是人所共知。戴望舒的后期作品及艾青作品的价值是众所公认的，年轻诗人叛逆旧格律和新格律的就更多。其实这种对外在"音乐美"的摒弃，由"乐的诗"向"思的诗"的转换，也正构成了新诗艺术传统的一部分。

自称"无条件拥郑"的朱子庆先生，则以不屑的语气谈及新诗形式上的重要特征——分行排列。他说："除了作为'习惯法'的分行排列——大陆分行自上起，从左到右排列，台湾分

---

① 郑敏、吴思敬：《新诗究竟有没有传统？》，《粤海风》2001 年第 1 期。

② 徐志摩：《诗刊放假》，《晨报副刊·诗镌》1926 年 6 月 10 日。

③ 戴望舒：《望舒诗论》，《现代》第 2 卷第 1 期，1932 年 11 月。

行从右起，自上而下排列，新诗还有什么有关结构、韵律上的形式的约定吗？"① 被朱子庆贬为"习惯法"的分行排列，其实绝对是新诗区别于古典诗歌的一个重要的外在美学特征。因为我国古代诗歌是只断句而不分行的，一题之下，诗句连排下来。分行是新诗人从西洋诗学来的。到现在，分行已成了散文诗以外的各体新诗的最重要的外在特征：一首诗可以不押韵，可以不讲平仄，却不能不分行。诗的分行排列虽说属于形式范畴，我们考察它时却不能脱离诗的内在本质。诗的分行是适应诗人的感情波动而产生的，是诗人的奔腾的情绪之流的凝结和外化。诗行不仅是诗的皮肤，而且是奔流其中的血液；不仅是容纳内容的盒子，而且本身就是内容的结晶。在创作中，随着诗人情绪的流动、起伏、强弱，诗行便会发生或长或短，或疏或密，或整齐或参差的变化。诗的分行不是叙述顺序的简单显示，它还要告诉读者一些东西，而这些东西光靠词语自身是传达不出来的。诗行的组合不同于散文上下文的连接，它更多地运用了省略、跳跃，还可以自由地跨行，因此有可能使上一行与下一行并置在一起的时候，迸射出奇妙的火花。诗的分行又可把视觉间隔转化为听觉间隔，从而更好地显示诗的节奏。此外，分行排列还能给读者一个醒目的信息，使读者一眼就能把诗从密密麻麻的其他类型的文学作品中识别出来，从而唤起相应的审美注意，自动地用诗的眼光去看它，用诗的尺子去衡量它。从诗人的创作实践看，新诗的分行，也体现了一种自由的精神，没有固定的模式，几乎是每写一首诗都在探讨一种新的建行，精心地为自己的诗作缝制可体的衣裳。拿朱湘来说，其名作《采莲曲》便体现了他对建行美的追求，但他的追求不像闻一多那种每节四行、每行字数相等的"豆腐干"，而是句子参差，有长有短，每节内，每行的字数长短不等，但呈现有规则的排列，这种建行，整齐中有变化，错综中有规律，不仅构成别有风姿的建筑美，同时也构成了章节流的回环，加强了音乐性。然而，《采莲曲》的建行美是这首诗独具

---

① 朱子庆：《无效的新诗传统》，见《华夏诗报》2003 年 5 月 25 日。

的，是不可重复的，朱湘自己没有重复，别人也不曾再用这种格式写过诗。这样看来，我们说分行排列已成为新诗独特的美学传统，当是无疑义的了。

再看看是否应从效应出发否定新诗的自身传统。朱子庆先生说："类似这样'说你诗你就诗，不诗也诗'的庸诗、假诗充斥诗坛，人们早已见怪不怪，据此，我们又怎么能够说新诗有传统呢?"[1] 抓住当前的某些伪劣之作便否定整个新诗的传统，正如一个诗礼传家的望族出了些不肖子孙，便说人家祖宗也糟糕透顶，这种思维方式起码有些简单化吧。的确，新诗90余年的发展历程，给我们留下了许多光彩夺目的东西，同时也甩下了不少污泥浊水。我不否认当今诗坛充斥着大量的平庸之作和形形色色的非诗的东西，其实如果能贴近那诗歌的黄金时代考察，一样会发现大量的伪劣之作，《全唐诗》绝对是不全的。那个时代的大量的平庸之作是被筛选掉了。说到底，一个时代诗歌创作的水准如何，不是由这个时代的拙劣之作决定，而是由这个时代的优秀作品决定的。如果不是抱有对新诗的偏见，总应承认，新诗90余年的历史上，包括今天的诗坛，毕竟是涌现了不少文质兼美的诗篇的。我奇怪的是，为什么有些人总是把眼睛盯住那些伪劣之作，而不去多看看新诗的历史上和当代创作中的优秀诗篇呢。

关于新诗传统，拉杂说了不少，就此打住。最后，再简单归结一下我对传统的看法：传统带给我们的既是悠久的文化资源，又是沉重的历史重负。对新诗来说，古典诗歌的传统是如此，新诗90多年的自身传统也是如此。在传统面前顶礼膜拜，不敢越雷池半步，是没有出息的；而对传统采取虚无主义的态度，一笔抹杀，也是不足取的。

（2004 年 1 月）

---

① 朱子庆：《无效的新诗传统》，见《华夏诗报》2003 年 5 月 25 日。

一切尚在路上

——新诗经典化刍议

　　世纪之交的中国诗坛，似乎感染了经典焦虑症。各种各样的标明或不标明"经典"字样的新诗选本蜂拥而出。诸如《现代诗经》（伊沙选编）、《被遗忘的经典诗歌》（伊沙编）、《岁月的遗照》（程光炜编选）、《词语的盛宴：中国 20 世纪六七十年代出生诗人作品精选》（谭五昌、谯达摩主编），还有收入诗歌的综合性选本，如谢冕等主编的《百年中国文学经典》等。不多列举，仅上边提及的这几部，便可略见经典命名或经典打造之风的猛烈了。

　　通常，人们心目中的诗歌经典，应当是凝聚了人类的美好情感与智慧，可引起不同时代的读者的共鸣，内容上有一定的永恒性，艺术上有鲜明的独创性，能够穿越现实与历史的时空，经受得住历史涤荡的优秀的诗歌文本。诗歌经典不是诗人自封的，也不是哪一位权威所"钦赐"的，而是以诗歌文本为基础，在读者的反复阅读中，在批评家的反复阐释中，在政治体制、新闻出版、学校教育等多重因素的合力作用下建构而成的。艾略特说过，像维吉尔这样的经典诗人，"他们清楚地知道自己试图做什么；他们唯独不能指望自己写一部经典作品，或者知道自己正在做的就是写一部经典作品。经典作品只是在事后从历史的视角才被看作是经典作品的"①。可见，经典应当经过长时间的历史检

---

　　① 艾略特：《什么是经典作品?》，见《艾略特诗学文集》，国际文化出版公司1989 年版，第 189—190 页。

验，而中国新诗满打满算才一百年，若说就已产生了与《诗经》、《楚辞》、李杜诗篇鼎足而立的诗歌经典，恐怕说服力不强。这一点就连《现代诗经》的选编者伊沙也很清醒："这部《现代诗经》与《诗经》无关，现在它只是一本即将上市的出版物，至于它最终能否有幸成为一部经典的诗书？一部对多长的时间而言的经典诗书？有权做出回答的只有读者——当然，那还是不止一代的读者。"①

西方学者将经典区分为"恒态经典"（Static Canon）与"动态经典"（Dynamic Canon），前者指经过时间的淘洗，已经获得永恒性的文本；后者则是指尚未经过较长时间的考验，不稳定的、有可能被颠覆的文本。照这样来看，以《诗经》、《楚辞》、李杜诗篇为代表的优秀古典诗歌，属于恒态经典，而绝大部分以"经典"名之的新诗名篇，只能属于动态经典。因此，就新诗而言，与其说已诞生了可垂范百世的经典，不如说新诗的经典还在生成之中，而且这一经典化的过程崎岖而漫长。

新诗经典的生成之所以呈现这样一种情况，一方面是由于新诗文本的独特性，不同的诗人和诗评家之间对新诗的美学特征往往缺乏共识，再加上审美素养、审美趣味的不同，对同一首诗的判断难免南辕北辙；另一方面，也与20世纪以来中国政治环境、社会心理、新闻出版与教育体制的不断变化有密切关系。

文本是诗歌经典形成的基础。文本不仅是一套符号系统，同时更主要的还是一套价值系统和文化系统。一部作品经典地位的获得，与其自身的内在质素，包括文本心理哲理内涵的丰富程度，形式的独特与完美程度，文本被读者接收的可能程度等密不可分。"真正可以堪称经典的诗集都是具有发现性的"②，也就是说，诗歌文本必须是原创的，必须含有人类生命精神的某些特质，并有一定的超越性。说得简单些，经典文本

① 伊沙：《我们的来历》，见《现代诗经》，漓江出版社2004年版，第5—6页。

② 伊沙：《〈被遗忘的经典诗歌〉序言》，见《被遗忘的经典诗歌》，太白文艺出版社2005年版，第5页。

应该是一首好诗。然而什么样的诗是好诗，对于新诗经典的确立而言，自身就是一大难题。刘半农曾在谈自己的诗集《扬鞭集》时说过："请别人评诗，是不甚可靠的。往往同是一首诗，给两位先生看了得到了两个绝对相反的评语，而这两位先生的学问技术，却不妨一样的高明，一样的可敬。例如集中的《铁匠》一诗，尹默、启明都说很好，适之便说很坏；《牧羊儿的悲哀》启明也说很好，孟真便说'完全不知说些什么！'"[①] 诗无达诂，自古而然。新诗由于历史短，其审美评价值体系未能统一，对于一首诗是否好诗的判断就更为意见纷纭。这样就使得新诗经典的确立呈现一种尴尬局面，好不容易确立下来的经典，又很容易被颠覆。艾青的《给乌兰诺娃》，是一首美的赞歌，曾被选入多种选本，还入选中学语文教材。但是诗评家毛翰说了一句"艾青的《给乌兰诺娃》恐怕是艾青最糟糕的诗篇之一了"[②]，此后，这首诗果然从世纪初的各种中学语文教材中销声匿迹了。仅从对诗歌文本的审美要求而言，新诗经典的难产与难以持续的局面就可见一斑。

文本是形成经典的基础，对基础的体认就很难统一，至于把文本放到一个大的社会与历史背景中去，与特定时代的政治环境、社会心理、精神追求产生互动，经典确立的难度及不稳定性就更大了。

诗歌文本，即使再精彩，如果在书架上任尘封鼠咬，不能与读者见面，那也不可能成为经典。经典是在读者不断地阅读和理解中产生的，通过阅读，文本的内涵与读者的心灵得以沟通，正是在文本与读者的交流、对话与融合当中，文本的精义被不同时代的读者所把握，文本的经典意义得以显现。学校是培养与造就人的地方，学校不仅传授自然科学与社会科学知识，更通过校园文化和课堂教学特别是语言文学教学，涵养学生的

---

① 刘半农：《〈扬鞭集〉自序》，见《刘半农诗选》，人民文学出版社 1958 年版，第 2 页。

② 毛翰：《重编中学语文的新诗篇目刻不容缓》，见《杂文报》1998 年 7 月 28 日。

情思，美化学生的灵魂。诗歌文本进入教材，尤其是进入中小学教材后，将获得几乎是全社会适龄人口的读者，这将有力地促进其"经典化"。但是进入了基础教育的语文教材，并不笃定就具有了"经典"的身份。编教材要考虑到作品的思想教育内涵以及学生的可接受程度，这样一些创新性强、实验性强的作品反而不易入选；而入选的有时倒是相对平庸的诗篇。郭沫若的《天上的街市》不属于他的最重要的作品，比起《女神》中的脍炙人口的《天狗》、《凤凰涅槃》来，其思维的独创性和心理哲理内涵的丰富性有相当的差距。但由于这首诗运用了广为人知的牛郎织女的神话传说，想象的线索明晰，容易为读者接受，从 1949 年开始到新世纪初，曾十余次被选入中学语文教材，拥有数以亿计的读者，似乎坐稳了"经典"的位子；但在20 世纪 90 年代末的语文教材中的新诗篇目的大讨论中却不断遭到评论家与教师的质疑。

经典的生成不能脱离批评家的阐释。未进入阐释过程的文本，是个静态的语言结构，有其外在的形式与独特的内涵。而阐释过程则是流动的，可以在不同的时期、由不同的批评家用不同的方式来进行。没有阐释，文本是死的，其内涵是密封的，只有通过阐释，诗的百宝箱才会被打开。文本能否流传，取决于不变的文本与变化的阐释的矛盾运动。读者在阅读中会有自发的阐释，但批评家的阐释也绝不可少。因为批评家往往扮演着"意见领袖"的角色，他较一般的读者有更丰富的诗学与美学造诣，往往又是社会权力或某种反体制的力量的代表，他的阐释更具有权威性，对当时乃至后世的读者会有重要影响。实际上，一些文本经典地位的获得，正是经过权威批评家阐释的结果。戴望舒的《雨巷》怎样成了经典名篇，他的同学与挚友杜衡在《〈望舒草〉序》中已讲得很清楚："说起《雨巷》，我们是很不容易把叶圣陶先生底奖掖忘记的。《雨巷》写成后差不多有一年，在圣陶先生代理编辑《小说月报》的时候，望舒才忽然想起把它投寄出去。圣陶先生一看到这首诗就有信来，称许他替新诗底音节开了一个新的纪元。……圣陶先生底有力的推荐使望舒得到了'雨巷诗人'这称号,一直到现在。"① 与叶圣陶先生有类似表示的还有朱湘。他在给戴望舒的信中说:"《雨巷》在音节上完美无疵。我替你读出之时,别人说是真好听。……《雨巷》兼采有西诗之行断意不断的长处。在音节上,比起唐人的长短句来,实在毫无逊色。"② 正是经过叶圣陶与朱湘这样的权威评论家的阐释与推荐,《雨巷》才被纳入多种诗歌选本,选进语文教材,进入经典的行列。经典化过程中的阐释是必要的。遗憾的是对同一首诗不同的批评家之间其阐释又往往是不一致的,有时甚至是针锋相对的。上引《雨巷》一诗,叶圣陶、朱湘高度评价,但余光中却批评戴望舒的诗"往往失手,以致柔婉变成了柔弱,沉潜变成了低沉。……以今日现代诗的水准看来,《雨巷》音浮意浅,只能算是一首二三流的小品"③。很明显,"二三流的小品"这一印象,自然与"诗歌经典"相去甚远,如果让余光中先生选一本《新诗经典》,《雨巷》自然会排除在外了。

经典的生成过程始终有体制、权力的参与。诗歌文本经过阐释与开掘,其意蕴如果符合现行体制和社会权力的需要,就会在现行体制和社会权力的支持下获得肯定性评价,进而通过评奖、出版、选入教科书等方式扩大影响,从而被社会认同,获得一定的权威性。然而比起文化趣味、审美风格的变化而言,体制、权力的更替要快得多,当体制、权力发生位移的时候,在那种体制、权力支持下形成的经典也很容易被颠覆。《红旗歌谣》是"大跃进"民歌运动的权威选本,理所当然地被列入 20 世纪五六十年代的民歌经典。《红旗歌谣》经典身份的确立,明显地呈现出权力的渗透与介入。1958 年 3 月毛泽东在成都会议讲话中提出:"收集民歌这个工作,过去北京大学做得很多。但是,我

一切尚在路上

---

① 杜衡:《〈望舒草〉序》,见《戴望舒诗全编》,浙江文艺出版社 1989 年版,第 52 页。

② 朱湘:《寄戴望舒》,见罗念生编《朱湘书信集》,天津人生与文学社 1936 年印行,第 35 页。

③ 余光中:《评戴望舒的诗》,见《余光中谈诗歌》,江西高校出版社 2003 年版,第 151 页。

27

们来搞可以有更大的成绩，可能找到几百万、成千万首民歌。这不费很多的劳力，比看杜甫、李白的诗舒服些。"① 同年 4 月《人民日报》发表社论《大规模地搜集全国民歌》，强调这是"一项极有价值的工作，它对于我国文学艺术的发展（首先是诗歌和歌曲的发展）有重大的意义"。紧接着，文化部召开省、市、自治区文化局长会议，部署"大跃进"的文化工作。中国文联、作协也纷纷召开座谈会，进行"采风总动员"；各地相继成立了采风组织和编选机构。正是在自上而下、全民动员的群众性创作与大规模采风的基础上，郭沫若、周扬编选了《红旗歌谣》。领袖的号召、执政党的全力贯彻，作为主编的两位文艺界领导人的权威身份，使《红旗歌谣》一诞生便成了"经典"，在五六十年代的诗坛产生了重要影响。然而，随着"大跃进"的高烧退去，主流意识形态的调整，《红旗歌谣》的经典位置便发生了动摇。连首倡新民歌的毛泽东都认为《红旗歌谣》"水分太多，选得不精"，比较起来，"还是旧的民歌好"②。至于后来的读者，更是常以玩笑的姿态引用《红旗歌谣》中的浮夸词句，作为批评"大跃进"失误的谈资了。与《红旗歌谣》命运相近的，还有五六十年代异军突起的政治抒情诗。由于取材于当代的重大政治事件，意识形态色彩强，颇有一些政治抒情诗在发表的当初产生了强烈的轰动效应，但是事过境迁之后，留下来的只是当年政治化情绪的纪录，对当初经历过同一事件的读者来说，尚可唤起一些历史的记忆，而年轻一代的读者，就很难激起情感的涟漪了。许多热心写作政治抒情诗的作者，由于诗作与政治贴得太紧，政治环境一变，连自己编诗集都收不进去了，就更不用指望别人把它尊为经典了。在五六十年代，由于突出强调文学的政治功能，教材中曾入选了一些政治色彩强烈的篇目。随着狂热的政治时代的结束，这些篇目被淘汰也就是很自然的了。

实际上，就新诗而言，一部分经典的生成过程往往伴随着另

---

① 陈东林：《毛泽东诗史》，中共中央党校出版社 1997 年版，第 190 页。
② 周扬：《〈红旗歌谣〉评价问题》，见《民间文学论坛》1982 年创刊号。

一部分经典的"去经典化"（Decanonization）过程。经典的意义是相对的，经典的权威性、典范性在一定阶段内是稳定的，但放在一个较长的历史阶段中，也处于变动不居之中。从读者来说，不同时代的读者的艺术眼光与审美趣味会有变化，评判诗歌的标准也可能发生偏移，这自然会影响到他们对经典的认同与选择。从批评家来说，他们的阐释也往往受到社会权力和时代的制约，在不同的历史语境中，随着权力的更替和时代的变迁，文本中的曾被遮蔽的意义可能会被重新发现，而原来充分彰显的意义则可能变得隐晦起来，于是一些未被前人看好的作品成了经典，而原先被目为经典的作品则消褪了光环。有些经典文本甚至经历了发掘—埋没—再发掘的曲折过程。徐志摩的《再别康桥》，在发表的初期即赢得了广大读者的喜爱，被选进语文教材。但是50年代却遭到臧克家的严厉批判："帝国主义分子，把中国人的人格降与狗同等，有一点血性的人，能不为之怒火中烧，誓不戴天？而徐志摩先生，却在英国首府康桥的水中，情愿做一条柔草！"① 臧克家还在《"五四"以来新诗发展的一个轮廓》一文中，称徐志摩为"资产阶级代表性的诗人"，要求批判徐志摩诗歌中的"反动、消沉、感伤气味浓重的东西②"。在这种情况下，《再别康桥》从当时的语文教材中被剔除就是很自然的了。戴望舒的《雨巷》，发表初期受到叶圣陶等人的激赏，1949年后却同样遭到批判："轰轰烈烈的阶级斗争和民族斗争的现实，他们不敢正视，却把身子躲进那样一条'雨巷'里去；不是想望一个未来的光明的日子，而把整个的精神放在对过去的追忆里去，这是个人主义的没落的悲伤，这是逃避现实脱离群众的颓废的哀鸣。"③ 像《再别康桥》、《雨巷》这样的诗篇，二三十年代被传诵一时，在1949年后的政治环境中却被"去经典化"了。直到新时期到来，它们才又重新从历史的陈封中被挖掘出来，恢复了

---

① 吴嘉编：《克家论诗》，文化艺术出版社1985年版，第207页。

② 臧克家：《"五四"以来新诗发展的一个轮廓》，臧克家编选：《中国新诗选1919—1949》，中国青年出版社1956年版，第14页。

③ 同上书，第22页。

在诗歌史上的经典的位置。类似的"经典化"与"去经典化"的运动，在未来的新诗发展史上恐怕还会持续下去。

鉴于上边我所提及的新诗经典化过程中的复杂情况，我十分同意洪子诚先生下边的一段话："于我们来说，对新诗史，特别是在处理当前的诗歌现象上，最紧要的倒不是急迫的'经典化'，而是尽可能地呈现杂多的情景，发现新诗创造的更多的可能性；拿一句诗人最近常说的话是，一切尚在路上。"①

（2006 年 3 月）

---

① 洪子诚：《〈新诗三百首〉中的诗歌史问题》，见《新诗评论》2005 年第 1 辑。

新媒体与当代诗歌创作

诗歌传播从传统上说，是借助口头传播与印刷媒体传播而进行的，二者中又以印刷媒体为主要传播手段。进入 20 世纪 90 年代以后，随着电子传媒的高度发达，又出现了通过电子布告栏系统（网络 BBS）传播、通过手机短信传播等新的方式。这些诗歌传播新媒体的出现，是诗歌传播史上的一次深刻的变革，它在改变了诗歌传播方式的同时，也在改变着诗人书写与思维的方式，并直接与间接地改变着当代诗歌的形态。

在电子布告栏系统（网络 BBS）上发表的诗歌一般称网络诗歌。网络诗歌的内涵有广义、狭义之分。广义的网络诗歌是从传播媒介角度来说的，一切通过网络传播的诗都叫网络诗歌，它既包括文本诗歌的网络化，即把已写好的诗作张贴在电子布告栏上，也包括直接临屏进行的诗歌书写。狭义的网络诗歌则着眼于制作方式，指的是利用电脑的多媒体技术所创作的数字式文本。这种文本使用了网络语言，可以整合文字、图像、声音，兼具声、光、色之美，也被称为超文本诗歌。超文本诗歌与印刷媒体相比，有两个明显特征：一是多媒体，这是基于网络特有的媒介特质，可以通过电脑技术把声频、视频与文本结合起来，构成一种全新的网络语言。二是多向性与互动性，也就是说文本包含了多向发展的可能性，点击不同的按键会读到不同的版本；读者也不再是单纯的看客，而是可以参与到创作的过程中来，与作者共同完成作品。

手机短信诗歌不仅是诗歌快捷传播的一种手段，而且是有潜力的一种诗歌生产方式。最早的手机短信是基于手机通话价格昂贵，而采用的一种经济而简便的通信方式，它是偏于实用的。但是在发展过程中，它的优越性逐渐体现出来，那就是它虽然借助于手机，但不再是口头传播，而是一种书面传播，它过滤了口头语言的芜杂、啰嗦、随意，而呈现简洁、准确、文雅的状态。而它的快捷、方便又远胜于一般的书面通信，这使它迅速流行开来。到了文学爱好者手中，手机短信逐步超越实用，而成了表情达意、即兴创作的一种方式。这种通过手机短信传播的文学，由于是用手指按键而操作的，故而又被称为拇指文学。手机短信诗歌是拇指文学的一种。由于受手机屏幕的限制，发送者一次只能输入 70 个字符，接受者一次只能读取三四行汉字，这就要求短信诗歌高度精短，翻译体的瓜蔓一样的长句是不适宜的。此外，在手机屏幕上很难看到断行、错行、隔行的效果，诗歌的分行便会受到限制。目前的手机短信诗歌以顺口溜、讽刺诗、格言诗，以及祝贺节日、赠别怀人的抒情短章为主，其写作与传播方式也尚未完全定型。

上述的诗歌传播新媒体出现时间并不太长，却给世纪之交的诗坛带来了巨大的冲击，无论是对诗人的创作心理，还是对当代诗歌的发展，都产生了重要影响。

新媒体给诗人带来了新的感受方式、思维方式与价值观念，改变了诗人的审美趣味，使诗人的审美心理结构发生了微妙的变化，为诗人的艺术想象打开了一个新的天地。网络时代的快节奏的声光影像，对诗人的影响是潜移默化而又相当深刻的。网络时代的诗人，尤其是青年诗人，他们是伴随着电视、录像、互联网、手机屏幕等声光影像而成长的。他们的思维方式、情感表达、审美趣味等，很大程度上是与声、光、色联系在一起的。在新媒体的介入下，他们对世界的认识更加快速化、丰富化和感性化，其知觉的延伸能力与联通能力也不断地加强。新媒体不仅改变了诗人接收信息的方式，同时又可积极地、能动地对信息的存贮、加工和再生，发生重大影响。网络是网络诗人获取信息的重要来源，诗人在这里接收信息、贮存信息、提取信息，当诗人进行临屏书写的时候，不可能不受到网络的影响与渗透。网络作为巨大的超级文本系统，其信息量的巨大与无穷、信息提取的高速与便捷，是前此以往的任何媒体所无法比拟的。特别是网络的超级链接，当你在键盘上敲出一个词语的时候，电脑会呈现出几个、十几个甚或更多的同义的、近义的词语供你选择，等于随时可以打开一部辞书与韵府，真正做到了"胸藏万汇凭吞吐"。电脑的查找功能、组词功能、联想功能，极大地拓展了诗人的想象空间，有时，甚至键盘敲击的失误，都可能造成令人意想不到的绝妙的联想与组合。这对传统媒体的单一的认知维度，单向的传播方式构成了有力的挑战。

网络诗歌写作给了诗人充分的自由感。年轻诗人有可能利用网络"去中心"的作用力，消解官方文学刊物的话语霸权。与公开出版的诗歌刊物相比，网络诗歌有明显的非功利色彩，意识形态色彩较为淡薄，作者写作主要是出于表现的欲望，甚至是一种纯粹的宣泄与自娱。这里充盈着一种自由的精神，从而给诗歌带来了更为独立的品格。网络为任何一个想要写诗并具备一定文学素养的人洞开了一扇通向诗坛的门户。网络诗歌作者当中，尽管也会有人沽名钓誉，或把进入网络作为进入诗坛的一个阶梯，但是就主流而言，他们尽管身份各异，却都在诗之外各有谋生的手段，他们没有合同制作家发表作品的数量指标，也不怕长期不在刊物上露面而被读者遗忘。他们的写作更多的是基于一种生命力的驱使，一种自我实现的渴望，一种不得不然的率性而为。在网上写诗、谈诗，倾诉与倾听，用鼠标和键盘寻找自己的知音和同道，寻找自己心灵栖息的场所，这已成为网络诗人生命的一部分，如同"榕树下"网站创始人 Will 曾说的那样，现在的网络文学追求的就是一种写出来就爽了，就舒服了的感觉，是一种非常自由的状态。在这种自由状态下写作，无论真诚还是虚伪，无论美好还是丑陋，无论聪明还是愚蠢，诗人都在用不同的形式展示自己。网络诗歌也许不具备通常人们理解的诗的某些特征，重要的是作者通过网络书写，自由畅快地表达了个人的感受，这比较符合诗歌创作的初始的意义。当然网络诗歌给诗人的这种自由是相对的。网络是开放的，谁来上网看你的东西，自己也不知道，有些网络作者便产生了被监看的感觉，觉得并没有想象中的自由。此外，网络诗歌发表没有门槛限制，导致信息资源的爆炸与过载，大量幼稚低劣的作品充斥在网上，成为读者阅读的巨大负担，因为读者要耗费大量的时间和精力去沙里淘金，才能得到收益。某些网络诗歌作者的不负责任的发表自由，却造成了读者精力的浪费，制约了读者阅读的自由。针对网络诗歌纷繁芜杂、良莠不齐的状态，由高品位的诗歌网站对之进行删汰与梳理是必要的。

网络诗歌还体现出某种独立、自主、平等的民主意识。网络由于其自身特点，决定了它与大众有密切的关系。网络造成了创作主体的大众化与普泛化，特别是为名不见经传的年轻诗人找到了一个全新的舞台。在传统的印刷媒体占统治地位的时候，诗人发表诗歌要受编辑的制约，一般编辑部对来稿实行三审制，有一审不能过关，稿件就发不出来。网络诗歌则取消了通常由编辑控制的发表的门槛，只要写出来，想发表，贴到网上就是了。它是诗歌的卡拉 OK，可以满足非职业作者在传统印刷媒体中无法轻易实现的自我表现欲。作为诗坛的无名小辈，他不再为找不到发表园地而焦虑苦闷，只要他愿意，随时可以把自己的诗作送上网络，或者就在网上即兴写作。在网络上，人人都有平等参与信息发布与传播的机会，人人都可以在信息的发布与传播中表现自己的个性。网络诗歌模糊了普通诗歌习作者与诗人的界限，使某些青年诗人脱颖而出成为可能，从而彻底改变了专业作家控制诗坛的局面。按照福柯的"话语即权力"的说法，这实际上是对于诗坛固有格局的挑战和消解，使诗歌进一步走上平民化的道路，叫嚷了多年的"诗歌大众化"始终是纸上谈兵，如今借助网络，倒真有可能在一定范围和一定程度上实现了。

网络诗歌创作主体的无限性，以及个人情感体验的丰富性和审美趣味的多样性，使当代诗歌的发展更不确定，呈现出多种可能。网络是属于大众媒体范畴的。由于大众媒体是不受具体单位或相关领域的制约而相对独立的体系，因此往往表现出与专业媒体不同的理念与不同的价值取向。网络诗人所关注的通常不是主流艺术的焦点，当下的网络原创诗歌更为偏重新奇性、偶发性、狂欢性，表现为选材的个人化，风格的时尚化，语言的流俗化，趣味的极端化，等等。这一切难免会与主流艺术的导向发生冲突。网络的出现，从一开始就表现出挣脱管理的特性。当人们发现它过于自由的言论而需要管理的时候，网络语言的自由性特征已经成为人们的共识。网络媒体在艺术领域表现出与主流媒体在导向上的分离，这在现阶段不仅成为主流媒体的一种补充，而且也为艺术的百花齐放增添了可能性。当然，我们也注意到，有些网络诗作者滥用了网络提供的自由，不加节制地放纵自己的情感，宣泄自己的情欲，出现了一批"滥情"、"色情"、"游戏"、"调侃"之作，制造了一批文字垃圾。这表明在网络上同样需要诗人的自我调节与自我约束。

网络写作对当代诗歌发展的影响还表现在诗人与读者的迅速的反馈与沟通上。传统媒体基本是单向运作的，以发表作家的作品为主，即使有读者反馈也是点缀式的，而且往往要拖很长的周期。网络 BBS 却有各种对话功能。人机互动、人机对话的实现，使信息接受者在接收信息的同时，亦可以参与信息的生成与发布。过去单向的"发布—传输—接受"，变成了双向的可逆的。这样一来，信息的发布过程和接收过程就变成了一个有生命的、个性化的过程。在网络上，人人都有平等参与信息发布与传播的机会，人人都可以在信息的发布与传播中表现自己的个性。网络上的互动概念的出现，本身就表明了现代人对于世界的一种新的认识。在互动中，主体不是单纯被动地破译和了解认识对象，而是透过直接参与和反馈来影响和改造认识对象。作者与读者之间的这样密切而及时的联系，是传统媒体运作时所不可及的。况且，网络批评带给当代诗坛的不仅是反馈的及时与迅捷，而且在于批评的内容。我们主流媒体的某些批评，长期以来是意识形态型的，批评是教化，是宣传，甚至是宣判；这些年来受市场经济影响，某些批评又与炒作联系在一起，除奉送一些廉价的桂冠与言不由衷的赞美辞外，看不到批评家的责任与真诚。网络批评则不是由谁来布置的，而是批评者自发的个人的行为，往往是针对某一作品有感而发，有好说好，有坏说坏，意见虽不免有片面之处，但却不乏真诚，因而这是一种鲜活的批评。不过，网络批评往往缺乏传统批评的系统化、理论化和专业化，而是更多地体现了当下大众的文化消费需求，表现为口无遮拦的随机行为，措辞尖锐，各执一端，既不乏庸俗的吹捧，又充斥着刻薄的恶骂与攻击，相形之下，基于学理的、严肃而认真的批评太少，使网络的反馈功能大打了折扣。

新媒体诗歌的出现，对传统的印刷媒体来说是一种挑战，不过，二者的关系并不是完全对立的，而是既有竞争又可互补的。一方面，网络与纸质刊物的竞争是明显的，就那点时间和精力，上网的时间越多，看印刷文本的时间就越少。另一方面，网络的出现并不是要取缔印刷文本，网络发表与印刷文本是可以并存的。过去一本书出来推到市面上，它的价值定位才刚刚开始。而网络作家则先把作品推到网络上，经受网友的检验，如果得到网友读者的广泛喜爱，便有可能出版印刷文本。当下，许多文学杂志陆续开放了面向网络的通道，几乎所有重要的期刊都有编辑专门关注网上态势。有些刊物，如《诗刊》，已开始尝试从网上选稿。不少诗刊办了网络版，或开辟了"网络诗窗"、"网络诗页"等栏目。

展望未来，新媒体诗歌与传统印刷媒体诗歌将会并行不悖地存在下去。就当下诗坛而言，诗的传播还是以传统印刷媒体为主，新媒体诗歌为辅。但从发展的眼光来看，二者的位置将会互换，新媒体诗歌将取代印刷媒体成为诗歌创作的主要平台和诗歌传播的主要阵地。不过，新媒体诗歌并不意味着与传统媒体诗歌的断裂，无论是在纸质文本上，还是在网络、手机上，诗歌的内在本质并没有改变。多媒体、超级链接、手机屏幕，只为诗人提供了现代化的技术服务，新媒体诗歌不可或缺的是诗的灵魂。随着科学技术的进步，将来还会有更新的媒体出现，但不管出现什么样的媒体，媒介只是媒介，诗则永远是诗。

（2004 年 1 月 28 日）

自由的精灵与沉重的翅膀

——中国新诗 90 年感言

2005 年在广西玉林举行的一次诗歌研讨会上，一位记者向老诗人蔡其矫提出了一个问题："如果用最简洁的语言描述一下新诗最可贵的品质，您的回答是什么？"蔡老脱口而出了两个字："自由！"蔡其矫出生于 1918 年，逝世的时候虚岁是 90 岁，他的一生恰与新诗相伴，他在晚年高声呼唤的"自由"两个字，在我看来，应当说是对新诗品质的最准确的概括。

让我们把视线投向 90 年前新诗诞生的时候。新诗出现的远因，可以追溯到晚清梁启超、黄遵宪等鼓吹的"诗界革命"，但真正的诞生还是胡适等留美学生当时围绕"白话"写诗的争论与尝试。五四时期的新诗人康白情回忆道："辛亥革命后，中国人底思想上去了一层束缚，染了一点自由，觉得一时代的工具只敷一时代底应用，旧诗要破产了。同时日本英格兰美利加底'自由诗'输入中国，而中国底留洋学生也不免有些受了他们底感化。……由惊喜而摹仿，由摹仿而创造。"[1] 从这里可以看出，辛亥革命推翻封建皇帝带来的一定程度的思想自由，外国"自由诗"的影响，是新诗产生的外部条件，而从内因来说，则是那个时代青年学子心灵中对自由的渴望与追求。

新诗的创始者胡适是把"诗体的解放"与"精神的自由"联系在一起谈的："新文学的语言是白话的，新文学的文体是自由的，是不拘格律的。初看起来，这都是'文的形式'一方面的问

---

[1]　康白情：《新诗底我见》，《少年中国》第 1 卷第 9 期，1920 年 3 月 15 日。

题，算不得重要。却不知道形式和内容有密切的关系。形式上的束缚，使精神不能自由发展，使良好的内容不能充分表现。若想有一种新内容和新精神，不能不先打破那些束缚精神的枷锁镣铐。"① 胡适还把文艺的复兴与人的解放联系起来："欧洲文艺复兴是个真正的大解放的时代。个人开始抬起头来，主宰了他自己的独立自由的人格；维护了他自己的权利和自由。"② 在胡适眼里，五四新文化运动与欧洲的文艺复兴有着很大的相似之处，那就是对人的解放的呼唤。胡适要"把从前一切束缚诗神的自由的枷锁镣铐，拢统推翻"③，康白情说："新诗破除一切桎梏人性底陈套，只求其无悖诗底精神罢了。"④ 他们这里谈的是诗体变革，但从根本上说谈的是人，是为了让人的个性能自由发展；他们要打破旧的诗体的束缚，实际上是为了打破对人的精神枷锁的束缚。正由于"诗体大解放"的主张与五四时代人的解放的要求相合拍，才会迅速引起新诗人的共鸣，并掀起了声势浩大的新诗运动。

在胡适之后，有更多的新诗人用不同的语言表达了对诗的创造与精神自由的关切。郭沫若讲"诗的创造是要创造'人'……他人已成的形式是不可因袭的东西。他人已成的形式只是自己的镣铐。形式方面我主张绝端的自由，绝端的自主"⑤。艾青则这样礼赞诗歌的自由的精神："诗与自由，是我们生命的两种最可贵的东西。"⑥ "诗是自由的使者，永远忠实地给人类以慰勉，在人类的心里，播散对于自由的渴望与坚信的种子。诗的声音，就是自由的声音；诗的笑，就是自由的笑。"⑦出于对诗的自由本质的

① 胡适：《谈新诗》，《星期评论》"双十节纪念号"第五张，1919 年。
② 胡适：《中国的文艺复兴运动》，《胡适学术文集·新文学运动》，中华书局 1993 年版，第 204 页。
③ 胡适：《答朱经农》，《胡适文存》卷一，黄山书社 1996 年版，第 67 页。
④ 康白情：《新诗底我见》，《少年中国》第 1 卷第 9 期，1920 年 3 月 15 日。
⑤ 郭沫若：《论诗三札》，《文艺论集》，人民文学出版社 1979 年版，第 216—217 页。
⑥ 艾青：《诗与宣传》，见《艾青论创作》，上海文艺出版社 1985 年版，第 377 页。
⑦ 艾青：《诗论·诗的精神》，见《诗论》，人民文学出版社 1956 年版，第 134 页。

理解，艾青选择了自由体诗作为自己写作的主要形式，在他看来，自由体诗是新世界的产物，更能适应激烈动荡、瞬息万变的时代。此后，废名（冯文炳）还作出了"新诗应该是自由诗"的判断："我的本意，是想告诉大家，我们的新诗应该是自由诗，只要有诗的内容然后诗该怎样做就怎样做，不怕旁人说我们不是诗了。"① 我觉得，对废名"新诗应该是自由诗"中"自由诗"的理解，恐不宜狭窄地把"自由诗"理解为一种诗体，而是看成"自由"的诗为妥，废名这里所着眼的不只是某种诗体的建设，他强调的是新诗的自由的精神。

新诗是自由的精灵，本应在广阔无垠的天宇中自由自在地翱翔，无奈在中国五四以来的特殊社会环境与时代氛围下，新诗与政治的无休无止地纠缠，新诗与传统的审美习惯的冲撞，就像一双沉重的翅膀拖着它，使它飞得很费力、很艰难。

中国的新诗从一诞生，就注定了与政治的割不断理还乱的关系。一方面是政治对新诗的制约，诗人或是自觉的，或是在权力的引导、诱惑与压制下，把诗歌作为服务于现实政治的手段；另一方面，则是部分诗人或出于构建"纯诗"的幻想或出于对诗歌从属于政治的逆反心理，有意识地使诗的创作与现实的政治疏离，却未尝不可以看作是对另一种形态的政治的趋近。

中国新诗诞生与成长的过程，是与救亡图存、抵御外来侵略和国家统一的斗争紧紧交织在一起的，这使其无法成为一场纯粹的艺术变革。在民族矛盾尖锐、国难当头的情况下，诗人自觉地把自己的责任与民族解放、民族兴亡联系起来。抗战初期，许多诗人和普通老百姓一起经历了离乡背井、颠沛流离的生活，对战争苦难的体验使他们不得不放弃书斋中的遐想，对诗歌的观念也必然会发生转变。诗人徐迟提出了"放逐抒情"的主张："也许在逃亡道上，前所未有的山水风景使你叫绝，可是这次战争的范围与程度之广大而猛烈，再三再四地逼死了我们的抒情的兴致。

你总是觉得山水虽如此富于抒情意味，然而这一切是毫没有道理的；所以轰炸区炸死了许多人，又炸死了抒情，而炸不死的诗，她负的责任是要描写我们的炸不死的精神的。……这世界这时代这中日战争中我们还有许多人是仍然在鉴赏并卖弄抒情主义，那么我们说，这些人是我们这国家所不需要的。"① 在民族危机严重的时刻，诗人们走出了书斋，走向了前线。诗歌则向"广场艺术"靠拢，不只是浪漫的抒情被放逐，连五四以来的新诗创作"纯诗"的尝试、精致的音律的寻求等也被搁置了。这是诗人对政治的主动的感应，也是中国古代诗人关心国计民生的人文情怀的延续。这一点在后来的天安门诗歌运动、在新时期诗人所做出的历史反思中，均有鲜明的表现。

除去诗人在国难当头和面临社会重大变革的时候，对自己的创作自觉地作出的调整外，政治对诗歌的影响，又尤为鲜明地表现在权力与主流意识形态对诗歌的干预上。在战争时期，解放区的诗歌从现实的政治需要出发，强调诗歌的社会功利性，把诗歌作为教育人民的工具、打击敌人的武器。文艺整风则使诗人放弃了自己的知识分子身份，如田间所说："我要使我的诗成为枪，——革命的枪。"② 如严辰所说："在未来的新社会里，及在今天的新环境里，已经完全是集体主义了。只有集体才有力量，只有集体才能发展，非个人时代可代替的。在诗歌上发现个人的东西，早已不再为人感到兴趣，从天花板寻找灵感，向醇酒妇人追求刺激的作品，早就被人唾弃，早就没落了。只有投身在大时代里，和革命的大众站在一起，歌唱大众的东西，才被大众所欢迎。"③ 很明显，在这种高度张扬集体主义的大环境中，诗人的自我被放逐，诗越来越偏离它的本质，而成为政治宣传的工具。从此，随着革命战争的节节胜利，政治化的现实主义成为诗歌创作的唯一指导原则，政治化的意识形态标准成为评价诗歌的唯一标准。强化这种诗学形态，坚决抵制一切

----

① 徐迟：《抒情的放逐》，1939 年 7 月 10 日《顶点》第 1 卷第 1 期。

② 田间：《拟一个诗人的志愿书》，《抗战诗抄》，新华书店 1950 年 3 月发行。

③ 严辰：《关于诗歌大众化》，1942 年 11 月 2 日《解放日报》。

与之不符的思潮与理论，成为由解放区刮起的一股强劲的旋风，一直吹到1949年以后。此后的日子里，诗歌受到政治的严格的制约，这既表现在诗人的选材、取象、抒情方式、语言风格上，也表现在诗歌的生产机制、传播方式，以及诗歌批评与诗歌论争上。这一时期的诗歌，不断地被政治性的意识形态所同化，颂歌与战歌成为主流，表现的情感领域趋向单一，诗人的自我形象消失，创作日益走向一体化。到了"文化大革命"期间，"小靳庄民歌"与"批林批孔"诗歌等政治化写作铺天盖地，诗歌一度沦为"四人帮"篡党夺权的舆论工具，这一历史教训是极其深刻的。

自由的精灵与沉重的翅膀

粉碎"四人帮"后，随着"实践是检验真理的唯一标准"的讨论，随着思想上、政治上的一系列拨乱反正，诗人们从噩梦中醒来，在讲述了一个个"在漫长冬夜等待春天的故事"① 之后，开始对前一时期的诗歌创作与诗歌理论进行反思，对极端政治化的伪现实主义与矫饰浮夸的伪浪漫主义予以尖锐的批评。针对多年来诗坛上只有颂歌与战歌，针对那种把诗歌作为政治工具的倾向，诗人们说："诗总是诗，革命诗歌不是革命口号，不能成为单纯的时代精神的传声筒。"针对诗坛上多年来流行的假话、大话和空话，诗人们提出"诗人必须说真话"，"应该受自己良心的检查"②。正是在这种背景下，五四时期的新诗的自由精神得以一定程度的回归，新时期的诗坛呈现了前所未有的繁荣景象。

尽管如此，诗歌依然未能摆脱与政治的纠缠。政治一打喷嚏，诗歌就咳嗽，一些应景的节日诗、表态诗、宣传诗、教化诗依然存在，只不过这类诗在新时期已难有大的影响了。值得一提的，倒是这时期诗与政治的关系的另一种走向。80年代中期以后，部分年轻诗人中，有一种明显的疏离政治的倾向，他们把诗看成是与政治绝对无关的、纯而又纯的东西，于是在"个人化"

---

① 白桦：《五点和诗有关的感想》，《诗刊》1979年第3期。
② 《诗刊》记者：《要为"四化"放声歌唱——记本刊召开的诗歌创作座谈会》，《诗刊》1979年第3期。

写作的旗号下，写感觉、写本能、写欲望、展示琐屑的生活流……从文学的规律上看，这种对自我的回归，有其一定的必然性与合理性，是对长期以来的把诗歌绑在政治的宣传车上的反拨。但局缩于个人的小天地，把一个诗人的责任、良心、承担完全置之度外，刻意回避与社会、与他人、与时代的关系，把本可多向度呈现的诗歌引向另一种窄狭，也并非诗之幸事。诗歌的特质是多元的，审美是其基元，同时也内蕴着多向展开的可能。诗歌有强大的胃，可以消化一切，不管是肉、是草，还是泥块。凡人文领域涉及的东西，诸如哲学、政治、宗教、伦理……诗没有不可以介入的，当然不是作为哲学、政治、宗教、伦理等的直白宣示，而是以诗歌的把握世界的独特方式，把它们融化、再造，转化为诗人生命的一部分，成为诗的有机体。把诗仅仅局限于个人的狭小空间，忽视了广阔的宇宙，并非诗之坦途。对一位真正的诗人来说，如何在最具个人化的叙述中容纳最为丰富的历史与哲理内涵，如何把自由精神与人文关怀融为一身，这才是对一个诗人的才华与创造力的检验。

进入90年代以后，中国社会的政治文化发生了重大的转型，随着以广告为运作基础、以提供娱乐为主要目的的大众文化传媒日益取代了以诗为代表的高雅文化的影响力，随着人文知识分子的日益边缘化，诗的自由精神又面临严重的挑战。那些想以诗的高贵来装点自己的诗人开始从诗坛撤离，或直接"下海"，到商品经济的领域去施展拳脚；或受经济利益驱动，成为地摊文学或企业文化的写手……然而就在一些人或永久或暂时地弃诗而去的时候，偏偏有另一些人对诗痴情不改。他们凭借自由精神所赋予的独立的价值判断，在重商主义与大众文化的红尘中傲然挺立，心甘情愿地充当寂寞的诗坛的守望者。他们恪守的不只是诗人的立场、诗人的人格，同时也在恪守五四以来新诗的自由的精神。在他们身上，我们看到了诗的未来，诗的希望。

新诗的翅膀的沉重，还来自于新诗与传统的审美习惯的冲撞。中国古代诗歌有悠久的历史，有丰富的诗学形态，有光耀古今的诗歌大师，有令人百读不厌的名篇。这既是新诗写作者的宝贵的精神财富，同时又构成创新与突破的沉重压力。面对中国古典诗歌的悠久的传统，中国现代诗人的情感是复杂的。五四时代的新诗缔造者们，以一种不容置辩的态度揭竿而起，为了冲破中国传统诗学的沉重压力，他们选择的是面向外国寻找助力，从异域文学中借来火种，以点燃自己的诗学革命之火。但与此同时，不时流露出的则是由他们骨子里的民族文化的基因所决定的对古代诗歌意境与表情方式的欣赏，对博大精深的古代诗歌美学的眷恋。正是对待传统的复杂心态，使他们无法摆脱"影响的焦虑"，就如布鲁姆所说："诗的影响已经成了一种忧郁症或焦虑原则"，"一部成果斐然的'诗的影响'的历史——亦即文艺复兴以来的西方诗歌的主要传统——乃是一部焦虑和自我拯救之漫画的历史"①。焦虑留给诗人的不仅是痛苦的经验，而且有可能使诗人对诗的创作前景怀有恐惧、丧失信心。为了摆脱这种焦虑，诗人们往往采取与前人"对着干"的态度，所谓"做迥然相反的事也是一种形式的模仿"，"面对着'伟大的原作'，诗人不得不去吹毛求疵以找到那实际上并不存在的缺点，而且是在仅次于最高级的想象天才的核心中去寻找"②。五四时代，新诗的缔造者们对旧诗的传统发起的抨击，有一些明显是情绪化的，是过火的："五七言八句的律诗决不能容丰富的材料，二十八字的绝句决不能写精密的观察，长短一定的七言五言决不能委婉达出高深的理想与复杂的感情。"③ 像这样不加区分地把近体诗的形式一概打倒，以及把古典诗歌归结为"贵族文学"云云，无疑都是简单化的。至于胡适所提倡的"诗体大解放"，其实应涉及诗的审美本质、诗歌把握世界的独特方式、诗人的艺术思维特征、诗歌的艺术语言等多层面的内容，但胡适仅仅从语言文字的层面着眼，他要建立的是"白话诗"，在这里，诗人的主体性不见了，诗人的艺术想象不见了，而"有什么话，说什么话；话

---

① 哈罗德·布鲁姆：《影响的焦虑》，徐文博译，生活·读书·新知三联书店1989年版，第6、31页。

② 同上书，第32页。

③ 胡适：《谈新诗》，《星期评论》"双十节纪念号"第五张，1919年。

怎么说，就怎么说"①则取消了诗与文的界限，取消了诗歌写作的技艺与难度，诗歌很容易滑向浅白的言情与对生活现象的实录。胡适对新诗的这种认识，不光使他自己的诗歌成就大打折扣，而且也影响到新诗草创时期的部分诗人，导致有些诗作铺陈事实，拘泥具象，缺乏想象的飞腾，淡而乏味，陷入"非诗化"的泥淖。正像梁实秋所批评的："自白话入诗以来，诗人大半走错了路，只顾白话之为白话，遂忘了诗之所以为诗，收入了白话，放走了诗魂。"②诗是自由的精灵，强调的是诗人精神的解放，个性的张扬，艺术思维的宽阔辽远，至于落实到写作上，却不能不受媒介、诗体等的限制，即使是自由诗，也并非不要形式，只是诗人不愿穿统一的制服，不愿受定型的形式的束缚而已，具体到每一首诗的写作中，他仍要匠心独运，为新的内容设计一个新颖而独特的形式。正如艾略特说的："对一个要写好诗的人来说，没有一种诗是自由的。谁也不会比我更有理由知道，许许多多拙劣散文在自由诗的名义下写了出来。"③ 实际上，五四时期许多诗人就已看出自由诗并不好作："一面是解放，一面却是束缚，一面是容易写作，一面却是不容易作好。"④ 俞平伯也认为："白话诗的难处，正在他的自由上面。他是赤裸裸的，没有固定的形式的，前边没有模范的，但是又不能胡诌：如果当真随意乱来，还成个什么东西呢！所以白话诗的难处，不在白话上面，是在诗上面；我们要紧记，做白话的诗，不是专说白话。"⑤

新诗与传统的审美习惯的冲撞，还鲜明表现在新诗人与持有旧的诗学观念的读者身上。恐怕没有任何新的文学形式的诞生像新诗的诞生遇到那样大的阻力。新诗一出现就面临着强大的反对

① 胡适：《〈尝试集〉自序》，《胡适文存》卷一，黄山书社 1996 年版，第148 页。

② 梁实秋：《读〈诗底进化的还原论〉》，《时报副刊》1922 年 5 月 29 日。

③ T. S. 艾略特：《艾略特诗学文集》，王恩衷编译，国际文化出版社公司 1989 年版，第 186 页。

④ 康白情：《新诗底我见》，《少年中国》第 1 卷第 9 期，1920 年 3 月 15 日。

⑤ 俞平伯：《社会上对于新诗的各种心理观》，《中国新文学大系·建设理论集》，上海良友图书印刷公司 1935 年版，第 356 页。

声浪，而且 90 年以来，质疑与责难的声音始终伴随着新诗的成长不绝于耳。所谓给我多少块大洋也不读新诗云云，是不讲前提的，不问新诗的好坏一律加以拒斥。这是因为新诗动摇了旧诗的根基，违背了传统的审美习惯，因而引起了某些读者的反感。诗歌鉴赏，从现代认知心理学看来，是一种信息的交流活动。由诗作发出的信息，只有与主体的审美心理结构相适应，才能被接收、被加工。审美心理结构与审美对象输入的信息相遇，不仅能决定主体感知理解的内容，而且能决定是否产生愉悦的审美体验。诗歌读者的审美心理结构的形成，从宏观来考察，是人类世世代代审美经验的积淀；从微观来考察，则是个人有生以来的审美经验的总和。美国美学家托马斯·门罗指出：“从根本上说来，人们对艺术作品的反应也同对其他事物的反应一样，取决于从婴儿起就开始形成的长期习惯。”[①] 以我国读者的诗歌审美观念来说，它的源头可以上溯到三千多年前我国的古典诗歌开始出现的时候。先秦时代形成的“风、雅、颂、赋、比、兴”即所谓诗之“六义”，其影响一直绵延到今天。我国古典诗歌到唐代进入鼎盛时代，各种诗体备具，形成了完整的格局。自此以后，古典诗歌代代相传，形成了一种超稳定性，即使是新诗诞生多年以后，旧体诗还有相当大的读者群以及数量可观的作者。

与有着三千年辉煌历史的古代诗歌相比，有着 90 年历史的新诗只能说是步履蹒跚的小孩子。新诗的艺术上的创新与完美固然有待时日，读者的诗歌审美心理结构的改变也是个漫长的过程。为弥合新诗尤其是自由诗与传统的审美方式距离过远，新诗人也做了不少工作，诸如何其芳、林庚等为构建与古典诗歌格律有所衔接的新体格律诗的努力，尽管收效不大，但这种尝试精神却是可贵的。从新诗发展的历程来看，新诗的草创阶段，那些拓荒者们首先着眼的是西方诗歌资源的引进，但是当新诗的阵地已巩固，便更多地回过头来考虑中国现代诗学与古代诗学的衔接

---

① 托马斯·门罗：《走向科学的美学》，中国文艺联合出版公司 1984 年版，第 107 页。

了。卞之琳说："在白话新体诗获得了一个巩固的立足点以后，它是无所顾虑的有意接通我国诗的长期传统，来利用年深月久、经过不断体裁变化而传下来的艺术遗产。"① 自 20 世纪 90 年代以来，我们明显地看到了新诗人正在清除对自己文化传统的轻视和自卑的偏见，深入地挖掘中国诗学文化的优良传统，结出了一批植根在民族文化之树上的诗的果实。尽管新诗距古典诗歌曾有过的辉煌仍然遥远，但新诗已脱离了旧诗的藩篱，成为一种崭新的诗体屹立于文坛，却已是不争的事实。

（2007 年 10 月 8 日）

---

① 卞之琳：《戴望舒诗集序》，《戴望舒诗集》，四川人民出版社 1981 年版，第 3 页。

心灵的自由与诗的超越

波兰天文学家哥白尼在公布他的日心说的文章（1540 年的《初论》）的扉页上曾引用过阿尔齐诺斯的一句名言：

一个人要做一个哲学家，必须有自由的精神。

其实，不只是做一个哲学家，做一个诗人，也一样要有自由的精神。诗歌写作是一种具有高度独创性的心灵活动，常常偏离文化常模，有时还会给世俗的、流行的审美趣味一记耳光，这就要求诗人有广阔的自由的心灵空间。在这个空间里，诗人的思绪可以尽情地飞翔，而不必受权威、传统、习俗或社会偏见的束缚。

伟大的诗人无不高度珍视心灵的自由。屠格涅夫在即将退出文坛的时候，曾向青年作家致"临别赠言"："在艺术、诗歌的事业中比任何地方更需要自由；怪不得连公文套语都称艺术为'放浪的'艺术，即是自由的艺术了。如果一个人的内心受到束缚，他还能'抓住'、'把握'他周围的事物吗？普希金对这一点体会很深，难怪他在那首不朽的十四行诗——每个新进作家都应该把它当作金科玉律，背熟和记牢它——里面说：'……听凭自由的心灵引导你/走上自由之路……'"① 惠特曼在《〈草叶集〉序言》中也强调了这点："有男人和女人的地方，英雄总是追随着自由，——但是诗人又比其他的人更追随和更欢迎自由。

---

① 屠格涅夫：《关于〈父与子〉》，《回忆录》，人民文学出版社 1983 年版，第 96—97 页。

他们是自由的声音，自由的解释。"拜伦在他的长诗《查尔德·哈罗德游记》中也曾充分表达了对自由的热爱，他认为自由思想是诗人的一切精神生活中首要的和不可缺少的基本因素。

这些诗人在不同条件下关于心灵自由的论述，给我们留下了深刻的印象。诗人的心灵是否自由，直接关系到诗人的人格能否健全的发展，诗人想象能否自由的展开，以及最终能否写出富有超越性品格的诗篇。

有了心灵的自由，才可能有健全的、独立的人格。一个伟大的诗人总是向读者敞开自己的心扉，自己是什么样的人，就承认是什么样的人。他不怕世俗的嘲笑和冷眼，无须乎给自己戴一副假面具，在任何情况下都敢于说真话，不去欺世盗名，不去迎合流俗，不去装神弄鬼，他用不着在帽子上插一枝孔雀毛来装饰自己，更不会昧着良心说谎。俄罗斯诗人叶赛宁坦率地承认："做一个诗人，意味着要这样：/既然生活的真理不能违抗，/那就剖开自己柔嫩的皮肉，/用感情的血液抚慰别人的心房。"(《做一个诗人，意味着要这样……》)郭小川在回顾过去时不回避："我曾有过迷乱的时刻，于今一想，顿感阵阵心痛；/我曾有过灰心的日子，于今一想，顿感愧悔无穷。"(《秋歌》)像这样坦率地自责，这样真诚地自剖，只能出自高度自由的心灵。读着这样的诗句，我们绝不会因诗人承认自己的不足而败坏他在我们心目中的形象，相反，正是在和诗人心灵的撞击中，更感到他人格的崇高。

有了自由的心灵，诗人才能超越传统的束缚，摆脱狭隘的经验与陈旧的思维方式的拘囿，让诗的思绪在广阔的时空中流动，才能调动自己意识和潜意识中的表象积累，形成奇妙的组合，写出具有超越性品格的诗篇。

诗歌的超越，是指诗人在内在生命力的驱动下，在对人类积淀的历史文化进行反思的基础上，向未来世界的一种探寻，是对已知的现实世界的挣脱，是对封闭的自我世界的解放。这种超越是双重的，既包括对外部现实世界的超越，又包括对诗人自我的超越。

晚年的郑敏曾说过："写诗要让人感觉到忽然进入另外一个世界，如果我还在这个世界，就不用写了。"[1] 徐复观也曾说过："在人类生活中，永远存在着只能由心灵去接触，而不能完全诉之于用耳目感官去感受的东西。这种不能完全诉之于耳目感官去感受的东西，并非等于不真实，更非等于不需要。站在人的生活立场来讲，或许这些东西即是最后的真实、最后的需要。宗教、道德、艺术这一属于'文化价值'的系列的东西，便是如此。"[2] 这是深得诗之三昧之言。人在现实的世界中受到生活环境中诸如地缘的、政治的、经济的、伦理的等因素的制约，其感情受到压抑，心灵遭到扭曲，精神的自由成为奢望。"生年不满百，常怀千岁忧。"在衣不蔽体、食不果腹的时候，人为自己的衣食而忧愁；当基本的生活资料得到了满足，人又要为更高层次的东西，诸如爱情，诸如荣誉，诸如人与自然、人与社会、人与人之间种种复杂而微妙的关系而烦恼，而忧愁。人生的这种痛苦是没有止境的。尤其是诗人，他们比普通人对生活怀有更美好的憧憬和更大的期待，比普通人更敏感更富于激情，他们对痛苦的体验也远比普通人来得强烈而深切。英国诗人拜伦在《但丁的预言》一诗中借但丁之口发出了沉重的叹息："啊，像我这一类的人总是命中注定/要在生活里受尽煎熬，备尝艰辛，/心儿将被磨碎，斗争和挣扎无止无尽，/直到了此残生，死去时孤苦零仃。"诗人的痛苦即人类之痛苦。然而，凡是拥有充分生命力的人，很少会被人生的痛苦所压倒，把自己弄到含垢忍辱、颓丧绝望、发疯或自杀地步的。他总会设法缓解面临的苦难，在想象中创造一个虚拟的境界，在这里扬弃了审美主体与客观现实之间的具体的利害关系，此时的主体已超越了粗陋的利害之感与庸俗的功利之思，而以审美的眼光来观照人生，从而实现对人世间苦难现实的超越。

法国诗人波德莱尔曾在散文诗《双重屋子》中描写了他在现实中与梦幻中的两种截然不同的环境。在现实中他的屋子是肮

① 刘溜：《"九叶"诗人郑敏》，《经济观察报》2009 年 9 月 21 日。
② 徐复观：《徐复观文录选粹》，台北：学生书局 1980 年版，第 26 页。

脏丑恶的："蠢笨的家具上覆满尘土、面残角缺；满是唾沫痕迹的壁炉里，既没有火也没有炭；雨水在昏暗的布满尘土的窗玻璃上冲犁了条条沟壑；勾画得乱七八糟的稿纸残缺不全，还有日历片，铅笔在上面画满了一个个凶险的日期……"但在梦幻中他却生活在一间天堂般的屋子里："一种经过精心选择的极细致的馨香，掺杂着轻度的湿润在空气中飘荡着；浅睡的思绪被温热的情潮所荡漾。窗前和床前，柔软的纱帐垂下来，犹如雪白的瀑布倾泻而下……"（《巴黎的忧郁·双重屋子》）在波德莱尔看来，艺术有一种神奇的本领：可怕的东西用艺术表现出来就变成了美；痛苦伴随上音律节奏就使人心神充满了静谧的喜悦。尽管波德莱尔写孤独，写昏暗，写忧郁，写绝望里的老妇人，写穷困潦倒的卖艺者，写浑身泥巴、满身虱子的狗……但他把这些病态的东西转化成了美。他在痛苦的现实生活中孕育了灿烂的艺术之花。像波德莱尔这样在窘困、恶劣的现实环境中写出富有生命的亮色与理想的光辉的诗人比比皆是。在"九叶"诗人中，唐湜遭遇的苦难是最为沉重的。1957 年被打成"右派"，开除公职，押送到北大荒劳动教养。后被遣返原籍温州，在"文革"期间，靠在修建队的沉重体力劳动维持生活。然而巨大的苦难没有压垮他，他仍在默默地坚守着一个诗的梦想。他说："在那'史无前例'的悲剧十年里，不，在我个人，更是悲剧的二十年里，我的心情应该说是郁郁无欢；可我还是满怀着对未来的朦胧企望，时时拿起这欧罗巴的芦笛来吹奏，吹出自己心儿里的一天彩云，不这样，自己在精神上就将面对着崩溃的深渊；有时候我也临流鉴照，为自己一生的蹉跌而喟然感慨；或默然进入静穆的沉思，徘徊于日夜之际的薄光中。实在，当时的历史正好徘徊于暗夜与黎明的边缘上，给了我云彩样欣然的希望，'冬天来了，春天还会远么？'诗人雪莱的启示给了我勇气来奏起我的小竖琴。"① 实际上，诗歌写作成了那个苦难时代唯一使唐湜能坚持活下去的精

---

① 唐湜：《迷人而多彩的十四行》，《唐湜诗卷》（上），人民文学出版社 2003 年版，第 436 页。

神力量。他在寂寞孤独中展开想象的翅膀，在沉重苦难的现实中幻化出美丽的诗行："呵，你就像一片烈火，/打冻结的心灵里忽儿跃出，/飞向那热烈的幻想之国，/带着白雪下坚忍的痛苦；//带着芦苇里苦难的记忆，/飞向闪电、雨云的家乡，/在彩云里抛下火焰似的高唳，/闪耀着飞腾的喜悦的光芒！"这首题为《季候鸟》的诗写于"文革"中的1970年。难能可贵的是，诗人在动乱苦难的时代用低哑的歌喉竟然还能发出对美的呼唤。季候鸟带着坚忍的痛苦，带着苦难的记忆，飞向热烈的幻想之国，这不正是诗人屡遭苦难，而对诗的痴情不改的精神的写照吗？

诗的超越又同时是对诗人自我的超越。希腊诗人埃利蒂斯在诺贝尔文学奖《受奖演说》中说："美是一条——也许是唯一的一条领我们向未知部分，超越自我的道路，这也是诗的另一定义：使我们能接近超越自我的艺术。"[1] 自我是诗人灵与肉的统一，也是创作内驱力的源泉。诗人的创作自由状态就是自我意识的充分蒸发和释放。诗歌创作从本质上说全是"有我"的，无论是诗人直抒胸臆，还是间接暗示，无论是"我"公开出现，还是隐藏在后面，实际上诗中全有"我"在。不过，诗人忠实于自我，但又不能仅仅固守自我；诗歌含有自我表现的成分，但又不能仅仅局限于自我表现。如果不能意识到自我的局限，而是把自我表现的口号推到极端，那也会出现偏差。因为诗是个复杂多元的系统，诗既有诗人的自我，同时又有诗人的"非我"，即诗人生活在其中的宇宙。诗永远是主体与客体拥抱或碰撞的结果。再说，每个诗人的自我都有一套独特的心理反应机制，包括特定生活经验中形成的心理定势，包括不同的气质类型、思维品格和知觉世界的方式……这种种不同因素的组合一方面构成了诗人独特的创作个性，另一方面又造成了一种相对封闭的状态。因此诗人应忠实于自我，但又不能局限于自我，而应当把自我的感

心灵的自由与诗的超越

---

① 埃利蒂斯：《受奖演说》，《诺贝尔文学奖获得者诗选》，中国文联出版公司1986年版，第420页。

觉、情感、思维、想象向无限深广的境界中推进，用内在的小宇宙去叩开外在的大宇宙之门，让自我与世界融合，让自身与万物呼应，使主客观达到高度的协调一致，使心灵获得充分的自由感，实现对自我的超越。

卞之琳在谈到法国诗人瓦雷里的《海滨墓园》时指出：在该诗里，诗人"从自我中心出发，以求达到'无我'境界，用了那么大思想感情，回环往复"①。其实不限于瓦雷里及其《海滨墓园》，许多诗人是深谙此中道理的。英国诗人墨锐认为："不忘掉你自己，你是不会走入诗国的。你必须忘掉自己，在你沉思着的事物里，在你赞颂和热爱的事物里，或如希腊人所谓，在你'模拟'或欲与它变而为一的事物里。"②卞之琳与墨锐的话，是指创作中的这样一种状态：主体与外物的接触中，摆脱开自我的羁绊，让心灵自由驰骋，与外物交融在一起，达到物我两忘的境界。这即是拜伦面对浩淼的海洋所慨叹的："难道山峰，波浪与天空，不是我及我灵魂的一部分，犹如我是它们的一部分？"的确，只有超越自我，诗人的灵魂才得以净化，胸怀才得以敞开，在观照世界的时候才能摆脱一己的偏见和惯常的思维模式的限制，才能摆脱人的动物性本能欲望的诱惑和狭隘的实用功利观念，吸收八面来风，在自然中自由地呼吸，从而得以把生命中的创造性的潜力自由地发挥出来，达到一种高度的精神愉快，一种自我实现以后的恬静与和谐，也即一种高度的心灵自由感。

可见，心灵的自由与诗的超越是相辅相成、一体两面的。心灵的自由是从诗人的心理层面而言的，诗的超越是从诗歌的价值层面而言的。没有心灵的自由不会有诗的超越，没有诗的超越也很难印证诗人所获得的心灵的自由感。

维护心灵的自由，实现诗的超越，要靠诗人的自信，这种自信是建立在对客观世界的准确把握，对自己的创作才能的冷静分

①　卞之琳：《新译保尔·瓦雷里晚期诗四首引言》，见《英国诗选》，湖南人民出版社1983年版，第233页。

②　墨锐：《论诗》，见曹葆华译《现代诗论》，商务印书馆1937年版，第34页。

析以及对人生、对艺术的坚定信仰的基础上的。杰出的诗人可以谦虚地听取意见，却不会无止境地否定自己，相反他们充分地意识到了自己的富有独创性的作品的价值。普希金在他临终前不久写的《纪念碑》一诗中，为自己的创作做了这样的总结："我为自己建立了一座非人工所能造的纪念碑。"普希金正是由于有这样坚强的自信，他才能在形色色的流言与诬蔑面前保持了一种自由的心境。

　　捍卫心灵的自由，实现诗的超越，还需要诗人耐得寂寞、甘于寂寞，一方面去掉功利之思，不慕繁华，不逐浮名，视功名富贵如浮云；另一方面要坚持自己的创作追求，恪守自己的美学理想，绝不随波逐流。有了寂寞之心，才能甘于寂寞做人，才可能祛除杂念，排除内在的与外在的干扰，建立一道心理的屏障。当下社会，市场经济的大潮汹涌澎湃，大众文化的红尘滚滚而来，社会围绕物质轴心而旋转，人们物质欲望空前膨胀……这一切给诗人带来强大的精神压力与生存压力。作为社会的精英，诗人若想避免与流俗合流，保持自己的精神自由与人格独立，就要像不断推石上山的西西弗斯一样，为捍卫人类的最后精神领地而搏斗，心甘情愿地充当诗坛的寂寞的守望者。

（2012 年 5 月 12 日）

心灵的自由与诗的超越

"字思维"说与现代诗学建设

神已在神话中消失
收容神话的是汉字

一位当代诗人写下的这两行诗，是意味深长的。中国人凡粗通文墨的，谁也离不开汉字；但一般人只把汉字看成是工具与载体，即使用字最为考究的知识层，也只不过是在意义、声韵的层面上加以锤炼而已。石虎先生是位画家，关心文化，善于思考，他以一位艺术家的敏感，第一次将"字"的问题，提到诗学的高度。他认为汉字的创造充满诗意，汉字不仅构成了中国文化的始基，很可能也是人类探寻未来的法典。他所提出的"字思维"说，在诗歌界与学术界可说是一石激起千层浪，数十位诗人和学者围绕这一话题，或写文章，或在会上发言，进行热烈的讨论。我认为在世纪之交进行的这场讨论，不仅加深了对汉字文化内涵的认识，而且涉及对母语文化独特性的思考，涉及古老的中国文化与现代文化的衔接，这对于中国的现代诗学建设是有深远意义的。

"字思维"是由石虎在《论字思维》一文中提出来的。由于石虎先生是画家，他使用的"亚文字符号"等术语也不完全同于一般的文学评论文字，再加上篇末那四行带有神秘色彩的五言诗，使他的"字思维"说也带上了一定的朦胧色彩，引起专家们的众说纷纭的解读。

我认为"字思维"可以理解为是汉字的造字过程及意义发生过程中的思维，其核心是直觉与理性的统一，而这种思维方式与汉语诗歌创造的思维方式又有一脉相通之处。

汉字的起源现已推溯到六七千年以前。关于汉字的产生，一直流传着古老的神话："苍颉作书而天雨粟，鬼夜哭。"《淮南子·本经训》这虽然不能看成是对汉字产生的科学解释，但其中确实也隐匿了与诗性思维相通的神话精神，渗透着汉民族的集体无意识的积淀。汉字保存了上古初民思维的原始形态与印痕，以"州"字为例，此字从造字的本义说是指大水中的一块陆地，《说文解字》云："水中可居曰州……昔尧遭洪水民居水中高土"，从这一解释中我们明显地可以看到"州"与《山海经》中所记载的以息壤填洪水的神话的密切关联。再如"暮"，本字为"莫"，表示日落草中，整个字便是一幅画面，很容易让人触发"夕阳无限好"一类的感慨。可见，汉字创造的过程中是贯穿了一种诗意化的思维方式的。

在汉语中，字是根本。赵元任先生早在 1975 年就提出："字"是中国人心目中的中心主题，汉语中没有词而只有字的观念，应该以字为基础研究汉语。北京大学徐通锵教授也于 1991 年冬在香港华语社会中的语言教学研讨会上，提出"字"是汉语的基本结构单位，是语音、语义、词汇、语法的交汇点。石虎不是语言学家，尽管他的"字思维"说与语言学家对汉语的"字本位"的描述有暗合之处，但石虎的着眼点主要不在于站在"字本位"的立场上进行汉语研究，而是把"字"作为一个美学、文化范畴来对待的。在他看来中国方块字不仅是人类最古老的文字之一，关键还在于它所体现的直觉与理性相统一的思维特质，即他所称的"直觉思维图式"。石虎认为，汉字和它所表现的世界之间有一种亲密无间的"对应关系"："汉字的世界，包容万象，它是一个大于认知的世界，是人类直觉思维图式成果无比博大的法典，其玄深的智慧、灵动的能机、卓绝的理念，具有开启人类永远的意义。汉字不仅是中国文化的基石，亦为汉诗诗意本源。"[1] 石虎在这里，针对某些人把汉字仅仅视为一种媒介和工具的想法，强调了汉字的文化内涵及其在诗性思维中的意

---

① 石虎：《论字思维》，《诗探索》1996 年第 2 辑。

义。实际上，一个汉字便是个小宇宙，内中负载着巨大的哲学与文化内涵。汉语诗歌的写作史，可说是汉字功能的发掘史。正是在诗人的"吟安一个字，拈脱数茎须"的努力中，汉字的诗性功能得到了充分的开发——

> 黑暗中爆炸
> 辉煌的象形文字　突然击中我……
> 我只想走进一个汉字　给生命和死亡
> 反复读写
>
> （任洪渊《女娲的语言》）

诚如诗人所云，这种汉字诗性功能的开发是与诗人的生命的燃烧交织在一起的。汉字照亮了诗人的思维空间，诗人赋予汉字以生命。朱湘曾在一篇散文中对此做过生动的描述："那一个个正方的形状，美丽的单字，每个字的构成，都是一首诗；每个字的沿革，都是一部历史。飙是三条狗的风：在秋高草枯的旷野上，天上是一片青，地上是一片赭，中疾的猎犬风一般快的驰过，嗅着受伤之兽在草中滴下的血腥，顺了方向追去，听到枯草飒索的响，有如秋风卷过去一般。昏是婚的古字：在太阳下了山，对面不见人的时候，有一群人骑着马，擎着红光闪闪的火把，悄悄向一个人家走近。等着到了竹篱柴门之旁的时候，在狗吠声中，趁着门还未闭，一声喊齐拥而人，让新郎从打麦场上挟起惊呼的新娘打马而回。同来的人则抵挡着新娘的父兄，作个不打不成交的亲家。"① 一个普通的方块汉字，竟能触发朱湘那么丰富的想象，这要取决于诗人的生命底蕴，同时也离不开汉字固有的文化内涵。

石虎的"字思维"说，其立论基于汉字构成所体现的空间特质。拼音文字是表音的，意义要在时间的流动中展开。而汉字则是既表音又表形，把时间与空间双重地凝定在一起，因而具有

---

① 朱湘：《书》，《中国现代作家选集·朱湘》，人民文学出版社1985年版，第187页。

特殊的表现力，尤其是用于艺术创造上。闻一多早就指出："我们的文字是象形的，我们中国人鉴赏文艺的时候，至少有一半的印象是要靠眼睛来传达的。原来文学本是占时间又占空间的一种艺术。既然占了空间，却又不能在视觉上引起一种具体的印象——这是欧洲文字的一个缺憾。我们的文字有了引起这种印象的可能，如果我们不去利用它，真是可惜了。"① 诗人林庚也谈到过汉字为汉语诗歌增添了非凡的空间艺术性能："语言文字是形成民族文化特征的一个组成部分，汉语的象形文字因此也带来了中国文化上，特别是诗歌上某些突出的特色。由于文字的象形性，很自然地容易唤起视觉上直接的参与，这就有利于语言上形象思维的更为活跃，而语言则原是基于概念的。象形同时又自然地带来了方块字，也就是单音字，尽管语言中也还有些多音词，如牡丹、葡萄之类，但也还是用多个单音字来把它组成，或者说都是由方块字来组成，而方块字本来就是属于空间而不是属于时间的，属于视觉而不是属于听觉的。"② 汉字的空间功能揭示了自然、社会与人的某些本质特征，揭示了物与物、人与人、物与人之间的种种复杂关系。每个汉字就其造字的来源和演变而言，都可能衍化为一幅画、一首诗。汉字的笔画与结构可以直接诉诸读者的感官，在给读者鲜明的形象刺激的同时，还可唤醒他对事物自身的认识和感悟，激发他的想象。在汉字的形体结构中，既有着丰富的感性体验，又容纳了坚实的理性精神。至于在不同书写者造出的富有文化意蕴的笔触中，更可以驰骋想象，宣泄情感，从而使汉字能够有世界上独一无二的书法艺术。由汉字的空间性带来的汉字的实用与艺术兼备的特质，是汉民族思维模式、文化心态与审美情趣的生动体现。

石虎的"字思维"说对汉字空间特质的强调，集中体现为对字象的高度重视。因为字象正是汉字所独有，而拼音文字所不

---

① 闻一多：《诗的格律》，《闻一多全集》第 3 卷，生活·读书·新知三联书店 1982 年版，第 415 页。

② 林庚：《汉字与山水诗》，《文学遗产》1995 年第 6 期。

具备的。石虎为此在《论字思维》之后，又专写了一篇《字象篇》，进一步阐述了"字思维"的象性原则，他说："字象是汉字的灵魂，字象与其形相涵而立，是汉字思维的玄机所在。"①石虎认为，当一个字打入眼眸，人首先感知的便是字象，这是由线条的抽象框架形象所激发的字象思维。它一定会去复合字所应对的物象。字象在音意幻化中与物象复合，字象便具有了意的延绵。这种字象延绵具有非言说性，它决定了汉诗诗意本质的不可言说性。石虎对字象的强调，抓住了诗性思维直觉性的本质。"象"是诗性存在的依据，失去了"象"也就失去了诗。正如王岳川先生所指出的："石虎'字'概念的把捉是有深意的。他不是将每个汉字看成死的笔画构成，而是从发生学层面赋予其神奇的生命意识，即每个字都是先民的生命意识升华和审美意识凝聚。……汉字不仅提供了思维的原始字象的鲜活感和神秘感，而且使人通过这一符号（尤其是象形文字）把握到字背后深蕴的'原始意象'（archetype），在意象并置多置中，将具体的象升华抽象之象，从而以一寓万，万万归一。这种字思维本质上是一种不脱离汉字本源的'象喻'或'象思维'。"②应当说，我国许多诗人也是充分意识到这一点的。诗人晨声自称他常读的书是《说文解字》，还说："我的'诗象'多受益于'字象'，我的'诗思维'基本上属于'汉字思维'。……汉字的字象就是诗象。要真正读懂一个汉字往往比读懂一首诗难得多。一个汉字的容量，有时要比一首诗更为丰富，一个汉字孕润的美，常使诗感到逊色。"③就诗人创作的实践而言，"字思维"的讨论呼应了诗人们对开掘汉字的文化内涵，自觉把汉字引入诗性思维的追求。诗人郑敏说："'字思维'的提出对我来讲更多的是启发我们去感受隐含在每个字的形象中的文化思维，这种在有形的文字后一些隐约存在的审美活动使得整个文本增加不少感性的、丰富的主体

---

① 石虎：《字象篇》，《诗探索》1996 年第 3 辑。

② 王岳川：《汉字文化与汉语思想——兼论"字思维"理论》，《诗探索》1997 年第 2 辑。

③ 晨声：《诗也朴》，《诗探索》1997 年第 1 辑。

性，正如一幅画因光、色的丰富而增加了不少美感，但并非可以一一言传的。"① 诗人任洪渊这样描述他和汉字的关系："我在一个个汉字上凝视着自己：汉字的象形呈现着我的形象。黄河流着，我的头，身，四肢，流成象形文字抽象的线，笔画纵横，涌过甲骨钟鼎竹简丝帛碑石，几千年的文字流还在汹涌。我的墨色的黄河。黄河还没有把我的头身四肢流成拼音字母几何的线。但是我形与神原始组合的古老文字却启示了蒙太奇语言——一种新思维。"② 任洪渊的诗集《女娲的语言》第一辑题目便是《汉字，2000》，共收了受到汉字触发而生的 10 首诗，其中有这样的句子：

俑

蛹

在遥远的梦中　蝶化

一个古汉字

咬穿了天空地咬穿了坟墓

飞出　轻轻扑落地球

扇着文字

旋转

诗人在这里借用音同而偏旁不同，从而意义也不同的两个汉字："俑"和"蛹"展开了诗的思维——"蛹"是蝴蝶一类的昆虫由幼虫变为成虫的过渡形态，故而可以"蝶化"，在天空飞翔；"俑"则是古代殉葬的偶像，可唤起对坟墓的联想。当把"俑"与"蛹"两个字叠化在一起，便触发了奇异的想象。类似的运思方式很难发生在使用拼音文字的诗人中，而只能是使用汉字的诗人的专利。

---

　　① 郑敏：《余波粼粼："字思维"与中国现代诗学研讨会的追思》，《诗探索》1997 年第 1 辑。

　　② 任洪渊：《找回女娲的语言》，《女娲的语言》，中国友谊出版公司 1993 年版，第 19—20 页。

华人学者程抱一教授曾以王维的《辛夷坞》为例，向我们展示了汉字对诗人思维的微妙影响：

《辛夷坞》的第一句是："木末芙蓉花，山中发红萼。"辛夷不同于桃、梅等树。它的花蕾开在枝的末端，形同毛笔。从其诗意，作者写了花之发。细究，我们会发现，诗中的文字结构和秩序也直观地演现了开花的过程，隐示了物我合一的幽境。

"木"喻树枝，其上多一横为"末"；一横恍若枝头之蕾。在"芙"中出现草字头，暗示花之萌发，"蓉"沿用草头，笔画增多，有如微绽的花瓣。最后成形于"花"。从象物过渡到意指。诗给人以直觉美。而且，从文字结构中，还能窥见花与人的巧妙关系。五个字中均有"人"迹。"木末"之下有"人"，"芙"下见"夫"。"蓉"字隐现人的面容，有眼有鼻有口。"花"由人（"亻"）、草木（"艹"）合化而成。芙蓉花乃物我之化，物、人与文字交融的植物，是主观返照于物，物我合一之花。①

在 20 世纪全球西化的浪潮中，石虎对汉字文化与哲理内涵的开掘，张扬了中华文化的深蕴内涵，其影响是深远的。西方学者中固然有像法国汉学家马伯乐那样对汉语持有偏见的，但也有不少西方学者对汉字的特性做了客观的描述。海德格尔认为与拼音文字相比，象形文字有自己的长处，它可以直接地反映世界；而拼音文字只能用几个字母组织在一起来表示某一概念。比如汉字的"鸟"、"山"、"男"、"早"就比英语的 bird、mountain、man、morning 能更生动地反映世界，更直接地让人面对世界。美国东方学家费诺罗萨，这样描述汉字的特征："汉字的表记却远非任意的符号。它的基础是记录自然运动的一种生动的速记图画。"用汉字写出的中国诗"既有绘画的生动性，又有声音的运

① 转引自杜青钢《披褐怀玉 琐物纳幽》，《外国文学评论》1996 年第 3 期。

动性。在某种意义上，它比两者都更客观，更富于戏剧性，读中文诗，我们不像在掷弄精神的筹码，而是在眼观事物显示自己的命运"①。法国诗人亨利·米修则对汉字做出了更富有诗意的评价："中国文字具有宇宙精神。它充满场景，充满新生，充满原始的惊奇。靠近源头，接近自然，笔画之间，百门大开，意义缤纷，从中飞出诱惑，泌出花香，吐出黎明。即使空白处也有无限的生命。"② 这些论述不是与石虎对汉字特性的阐发，颇有一致之处吗？

汉字从中华民族先民的血液里流出来，凝固在世界文明的天空中，像一颗颗星，照亮思想的黑夜。汉字及其承载的中华民族的文明，是世界史上得天独厚的从未中断过的文明。诗人在汉字中长大，在汉字中生活，汉字不仅滋养着一代代诗人的心灵世界，而且影响与制约着诗人的诗性思维。西方汉学家高本汉说过："中国不废除自己的特殊文字而采用我们的拼音文字，并非出于任何愚蠢的或顽固的保守性。……中国人抛弃汉字之日，就是他们放弃自己的文化基础之时。"③ 这话讲得够透彻了。特别是在电脑和因特网已进入社会每个角落的信息时代，古老的以表意为主的汉字，不仅没有被淘汰，而且继续显示着特殊的优势。最古老的文字，直到今天仍然是最先进的文字之一，我们真该额首相庆。人都会老，汉字却永远年轻。

（2002 年 5 月 18 日）

「字思维」说与现代诗学建设

---

① 厄内斯特·费诺罗萨：《作为诗歌手段的中国文字》，《诗探索》1994 年第 3 辑。

② 转引自杜青钢《披褐怀玉　琐物纳幽》，《外国文学评论》1996 年第 3 期。

③ 参见帕默尔《语言学概论》，商务印书馆 1983 年版，第 99 页。

诗歌内形式之我见

去年①11 月下旬，诗刊社与东南大学文学院在南京联合召开 "'97 中国新诗形式美学研讨会"。我出席了这次会议，并做了发言。今年年初，在《中国文化报》及《诗刊》上见到关于这次会议的报道。其中提到："吴思敬对袁忠岳'内形式'观点提出了质疑，认为'内形式'对诗意的生成固然重要，但不能否定外形式对诗的重要作用，因为读者首先接触的是外形式，由外形式来体味诗意。"② 引用的这几句话是我说的，但未能全面反映我对诗歌内形式的看法。我在会上的确就袁忠岳教授的"内形式"理论提出了质疑，但我同时也着重阐释了诗歌内形式的实质及其在诗的创作与接受中的不可忽视的作用。当然要求一份会议报道就每个人的发言都作出全面而详细的反映，是不太现实的。这里想借《中国文化报》的宝贵篇幅，把我的有关诗歌"内形式"的观点交代一下，这对全面了解"'97 中国新诗形式美学研讨会"的争议，并进而引发读者对于新诗形式建设的思考，也许不无裨益。

任何一个事物的形式既有其外在的特征，又有其内在的特征。比如一张床吧，可以有不同形状的床栏，不同厚度的床垫，可以是米黄的、棕褐的，也可以是镀金的、喷漆的……这些都是床的外部特征，也可以说是外形式。但床之所以为床，还必须有

---

① 去年，指 1997 年。本文原载《中国文化报》1998 年 3 月 14 日。

② 张天来：《规范本体，剪裁浮词——'97 中国新诗形式美学研讨会纪要》，《诗刊》1998 年第 2 期。

其内在的某些特征，那就是适宜于人睡眠和休息的形状、尺度、结构，这就是床的内在的特征，也可以称之为内形式。比起外形式来，内形式与内容有着更为直接与紧密的联系，而且是很难将二者截然分开的。柏拉图在他的《理想国》卷十中说有三种床：一种是神造的床，即床的理式；一种是木匠制造的床，即现实的床；一种是画家制造的床，即艺术品。前者依次是后者的蓝本，后者依次是前者的模仿，柏拉图的"理式"并不是对现实事物的抽象与概括，而是超验的、永恒的精神实体。在他看来，"理式"作为万物之"共相"，是原型，是正本，现实界只是对它的模仿，是副本。理式作为"共相"，是一种派生世界万物的客观精神实体。这种"理式"，并不是指自然物体的形式，而是一种观念形态的形式，自然是一种内形式了。柏拉图的"理式论"尽管有客观唯心主义的一面，但其对于思考形式的不同层次问题，确实能给我们一定的启发。实际上，我们可以把形式约略概括为由内向外、由理性到感性的三个层次：首先是内在观念性本质，其次是与之相联系的组合规则，最后是以物质形态呈现的外形。前二者可归结为内形式，后者即是外形式。

外形式是包括诗歌在内的一切文学艺术均具备的。绘画、雕塑、音乐等在视觉、听觉上的外在形式是谁都可以接触到的。诗歌作为一种语言艺术，情况要特殊一些，因为诗歌呈现在读者面前的是不同于绘画、雕塑、音乐等具象形态的一组组的语言符号，但是也无疑存在着某种物质的因素。因为我们在接触诗歌作品的时候，首先要经验一种视觉与听觉印象，这种印象是由作用于我们感官的外来刺激物引起的。我们在听别人朗诵诗的时候，我们能感触到一串串抑扬顿挫的音节流；我们在自己读诗时，我们眼中能看到分行排列的，或整齐或参差的文字符号，而在脑海中唤起的仍然是一串串声音的连续。这样看来，在我们接受诗歌的过程中，确实存在着一种客观的，不以主体为转移的客体，这当中，包括文字、语音（韵律、节奏）、诗行排列等。这全都属于看得见、摸得着的外形式。但是，如果进一步向里推进，就会发现，诗歌的形式还远不只上述这些。语言符号唤起的首先是

"象"，从心理学意义上说是表象，从诗学角度看是意象，这种"象"是在想象的空间中呈现的，比起现实时空中存在的事物，它不那么具体，不那么稳定，但是却有着可以自由流动与组合的无限可能。"象"的运动与组合则涉及诗人艺术思维的方式，诸如感受方式、提炼方式、构成方式等。此外，与这种"象"相伴的还有内在情绪流的消涨，这便是郭沫若所说的"诉诸心而不诉诸耳"的"内在的韵律"，或宗白华所说的"心灵的节奏"。上述种种，不能被外形式所包容，便是所谓内形式了。

内形式是诗人创造性的标志，它体现了人的自由本质，人的需要和目的。内形式不仅是诗人对客观事物各种形式的反映与观照，而更重要的是对诗人乃至人类的经验的一种重构。作品的字里行间渗透的独特的人生体验和永恒的人生奥秘，实际上是与内形式结合在一起的，这便构成了超越现实情境的审美情感，即克莱夫·贝尔所说的"意味"。

内形式是一种心灵状态的形式，如同宗白华所说："形式里面也同时深深地启示了精神的意义、生命的境界、心灵的幽韵。……心灵必须表现于形式之中，而形式必须是心灵的节奏，就同大宇宙的秩序定律与生命之流动演进不相违背，而同为一体一样。"[①] 内形式的美靠肉眼是看不到的，这是需要用心灵才能把握的美，它所唤起的情感不同于日常生活中的情感，而是一种形式化了的情感，一种超出了现实利害的情感，正如席勒所说："内容不论怎样崇高和范围广阔，它只是有限地作用于心灵，而只有通过形式才能获得真正的审美自由。"[②] 从诗人创造的角度看，内形式是由诗人的审美心理结构与来自外部世界的信息的一定关系中形成的。诗人从内在的审美心理结构出发，对外部世界的信息进行吸收和改造，产生崭新的审美意象，与此同时，伴随着一种情绪节奏的撞击，一首诗的内在形式开始成形了。诗人对

① 宗白华：《哲学与艺术——希腊大哲学家的艺术理论》，《美学与意境》，人民出版社1987年版，第108—109页。

② 席勒：《美育书简》，中国文联出版公司1984年版，第114页。

内形式的把握是极其微妙的心理过程，他似乎知道又不完全知道他所要达到的目的，他似乎掌握又不完全掌握他的形式，实际上，内形式往往是诗人在潜意识中酝酿，并随着诗人灵感的爆发而突然涌现到显意识领域中来的，正像清代诗人张问陶的一首论诗绝句所说的："凭空何处造情文，还仗灵光助几分。奇句忽来魂魄动，真如天上落将军。"内形式一旦成形，一首诗就将要诞生了。

因此，不能把诗的创造理解为某种外形式的简单选用，再按照这种外形式的要求按部就班地填进内容。也不能从一个先验的经验出发，然后设想一种外形式去套这个先验的经验。诗歌创作的不可预见性表明，对诗的形式应该从发生学意义上去把握。

说到这里，我们可以简单地对诗歌的内形式与外形式做一比较了：

外形式是内形式的物化形态，是对诗歌的存在状态的规定；内形式是外形式的灵魂，涉及对诗歌的本源和本质的规定。

外形式是人的精神世界的物化成果，属于"第三自然"；内形式则存在于人的精神世界，属于"第二自然"。

外形式可直接诉诸读者的感觉器官，使读者形成相关表象；内形式则需激发读者的想象力，是间接地形成的表象。

外形式是静态的、定型的，作品一旦完成，就不再变化；内形式则是流动的，不稳定的，不仅在诗人创作过程中而且在读者阅读过程中，均作为一种运动性因素而存在。

从诗人创作角度说，是先有了内形式，才有外形式，先有"胸中之竹"，才有"手中之竹"。

从读者接受的角度说，则是先接触外形式，才有可能进一步把握内形式，读者在接受诗歌时得到的审美感受，最早便是来自外形式的感性魅力。

研究诗的形式，绝不能仅仅停留在外形式上，而不涉及内形式；而强调内形式的时候，又绝不意味着可以疏忽外形式。从新诗诞生以来就不断有人在为新诗设计形形色色的形式规范，诸如"新格律诗"、"九言诗"、"现代格律诗"等，却鲜有成功。其中一个重要原因是由于这些设计者认识上的偏差，他们所关注的仅仅是从外形式上规范新诗，对诗歌的内形式却没有给予应有的注意。实际上，如果不在外形式与内形式上同时下手，新诗的形式建设就是一句空话。

（1998 年 2 月 18 日）

吴思敬论新诗

诗 体 略 论

亚里斯多德写《诗学》，劈头就提出了诗的艺术分类问题：

> 关于诗的艺术本身、它的种类、各种类的特殊功能，各
> 种类有多少成分，这些成分是什么性质……以及这门研究所
> 有的其他问题，我们都要讨论，现在就依自然的顺序，先从
> 首要的原理开头。①

在诗学的诸多原理中，亚里斯多德唯独把诗的种类即诗体问题首
先提出讨论，足见这个问题在亚里斯多德心目中的重要。实际上
诗体问题，既是诗歌本体论的基本论题之一，又对创作与鉴赏实
践有重大的指导意义。

诗体的特质

（一）诗体：特殊的符号系统

我们知道，系统的概念是人类在长期认识自然、社会及人类
自身的实践活动中形成的。从自然到人类，从宏观到微观，任何
事物无不处于一定的系统之中。诗歌自然也可以看成是一个系
统。诗歌这个系统又包含若干的子系统，诗体便是组成诗歌系统
的诸多的子系统之一。

---

① 亚里斯多德：《诗学》第一章，见《诗学 诗艺》，人民文学出版社 1962 年
版，第 3 页。

所谓诗体，即诗的体裁或种类，是具有稳定构造、标志诗的类别形式的特殊的符号系统。诗体的出现，并非好事者强立名目，而实属诗歌艺术发展之必然。当原始诗歌与原始舞蹈、原始音乐结合在一起刚刚诞生的时候，以极简的音节表现在劳动、求偶、巫术等活动中的一种情绪与意愿，的确很难对这种简单诗体再做进一步的划分。但是随着诗歌摆脱了音乐、舞蹈，获得了独立的地位，随着诗人队伍的扩大、诗歌艺术语言的丰富，多种多样的诗歌形式出现了，从而导致亚里斯多德将诗分为史诗、悲剧、喜剧、酒神颂、日神颂……这就出现了最早的诗的分类。到今天我们已经很难确切地统计出，古今中外各民族文学中曾经出现过的诗体到底有多少种了。

尽管随着时代的变化和诗歌自身的发展，旧的诗体不断死亡，新的诗体不断出现，尽管诗体之间可以互相渗透，此一诗体与彼一诗体之间可以有中间状态的"变体"……然而诗体的分类绝不是任意的、纯假定性的。每种诗体都有其内在的质的规定性，包括一定的覆盖面和适用范围以及代表性作品，等等，其中最关键的是有一套独特的符号系统。相传汉武帝和群臣在柏梁台联句，流传下来二十五句，句句用韵。后代诗人群起效仿，遂形成一种新的诗体——柏梁体。它的特点是七言诗、平声韵，句句用韵，一韵到底。杜甫的《饮中八仙歌》便是用此体写成的：

> 知章骑马似乘船，眼花落井水底眠。汝阳三斗始朝天，道逢曲车口流涎，恨不移封向酒泉。左相日兴费万钱，饮如长鲸吸百川，衔杯乐圣称避贤。宗之潇洒美少年，举觞白眼望青天，皎如玉树临风前。苏晋长斋绣佛前，醉中往往爱逃禅。李白一斗诗百篇，长安市上酒家眠，天子呼来不上船，自称臣是酒中仙。张旭三杯草圣传，脱帽露顶王公前，挥毫落纸如云烟。焦遂五斗方卓然，高谈雄辩惊四筵。

这种诗体的语言符号及其连接规则不仅与新诗有极大的不同，就是在我国古典诗歌中也是独具一格的。

再如起源于意大利的"十四行诗"（商籁体），一度盛行于西方各国。这种诗体不仅严格规定为十四行，而且对分节、押韵、每一行的音步都有进一步的要求。诗人们在"十四行"这个大框子中又创造了不少变体，像意大利诗人彼得拉克创造的"彼得拉克体"便分四个小节，前两个小节各四行，后两个小节各三行，其押韵以抱韵为正则，又有 a b b a，a b b a，c d e，c d e，或 a b b a，a b b a，c d e，d c e 等不同格式。我国诗人冯至的《十四行集》中便有近乎"彼得拉克体"的诗作，如这首《什么能从我们身上脱落》：

> 什么能从我们身上脱落，
> 我们都让它化作尘埃：
> 我们安排我们在这时代
> 像秋日的树木，一棵棵
>
> 把树叶和些过迟的花朵
> 都交给秋风，好舒开树身
> 伸入严冬，我们安排我们
> 在自然里，像蜕化的蝉蛾
>
> 把残壳都丢在泥里土里；
> 我们把我们安排给那个
> 未来的死亡，像一段歌曲，
>
> 歌声从音乐的身上脱落，
> 归终剩下了音乐的身躯
> 化作一脉的青山默默。

可以看出，同属于诗歌，但柏梁体与十四行诗是有那么大的不同。它们各自都对其语言符号以及由单一语言符号组成的系列的符号链有特殊要求，诸如每首诗的小节的划分，对行数、每行字数的限制，以及韵脚、音步、重音的规定等。另如我国诗歌中特有的平仄、对仗、律诗中"拗救"等特殊要求，这一切都有着相当的稳定性，成为诗体类别的标志。

（二）诗体的一般特征

诗体作为诗歌这一文学门类的子系统，又是由各种具体诗歌体裁组成的。这些在不同时代、不同地域产生与流行的体裁，五花八门，形态各异，但又有着某些共同特征可以寻绎。

1. 公用性

新诗体的诞生，不外两条途径：一是在民间由无名作者创造并在口头流传过程中不断丰富与演变，后被文人采集起来予以整理、加工、完善，使之成为一种新的诗体。二是由一位富于开拓性的大诗人所首创，一时之间造成巨大影响，当代和后代诗人纷纷效仿，从而形成新的诗体。不管循哪个途径诞生的诗体，一旦出现以后，便成为人类共同的精神财富，而不再是某个歌手或诗人自己的专利。换句话说，一种诗的体裁只有不仅被开创者自己，而且也被当时和后代的许多诗人所接受并共同使用，才能成为真正意义上的诗体。

公用性，集中反映了诗体自身所具有的形式方面的特征。固然在具体的一首诗中，我们无法把它的形式与内容相剥离，然而在观察与分析了许多同类体裁的诗作后，我们却可以将它们共同的形式因素抽象出来作形式上的思考。实际上历代诗人和诗论家关于诗体的论述，也大都是从这种抽象的形式意义上来谈的，而不涉及每首诗的具体内容。苏联文艺理论家赫拉普钦科曾称体裁具有"代数的性质"：

> 一般形态中的体裁原则，在很大的程度上具有代数的性质，这些原则只规定结构的类型，艺术作品的基本轮廓。自然，具体形象体系和一般体裁结构的结合，会给体裁原则带来特殊的特征。然而，在这种情况下，结构关系的代数性质

在许多方面还是保存着。①

赫拉普钦科所说的体裁的"代数性质",也正是体裁的公用性。体裁是就诗的形式因素而言的,它只与内容的类型相关,而与具体的情感与思想并无必然联系,因此诗人们才可能运用同一体裁写出思想与情感截然不同的诗来。体裁不过问具体内容,它所强调的只是艺术符号的类别特征及其结构、秩序和组合原则。

2. 稳定性

苏联文艺理论家米·巴赫金指出:"体裁是文学发展过程中记忆的化身。"② 这就是说,诗体具有相当稳定的、可以重复出现的特点,这一特点又构成了各民族诗歌传统的重要内容。

诗体的稳定性是与诗体的公用性相伴随而来的。诗体所以能成为公用的,就在于它与具体内容无涉,可以从具体内容中抽象出来,这也恰恰造成了诗体的相对稳定性,因为诗体属于诗歌的形式范畴。在内容和形式这两种范畴中,内容更富于流动性,是变动不居的东西。诗歌内容的变化,总是先于形式的变化。形式虽然也在变化,但同内容比较起来,这种变化要缓慢得多。新的内容出现后,一方面要诗人创造新的形式以适应它;但另一方面,形式总有某种滞后性,因此诗人在找到更新的形式之前,又往往把新的内容注入旧的形式之中。这在诗体的运用中特别明显。鸦片战争以后,"西学东渐",我国一些先进的知识分子开始重视吸收西方文化。诗人黄遵宪曾出任驻日本、英国的参赞以及驻旧金山、新加坡总领事,受西方文化影响颇深。他在诗歌领域中提出"诗界革命"口号,要求"我手写吾口"。他自己的诗中也确实注入了不少新的内容、新的思想,但是他却未能创造出新的诗体,而是继续沿用我国旧有诗体,"旧瓶装新酒",把西洋新名词纳入旧体诗歌的格律之中。像他的《人境庐集》中有

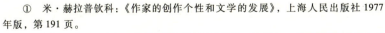

① 米·赫拉普钦科:《作家的创作个性和文学的发展》,上海人民出版社 1977 年版,第 191 页。

② 米·巴赫金:《陀思妥耶夫斯基的诗学问题》,转引自 Г. Н. 波斯彼洛夫主编《文艺学引论》,湖南文艺出版社 1987 年版,第 525 页。

一诗题为《以莲菊桃杂供一瓶作歌》，半取佛理，又参以西人植物学、化学、生理学诸说，在当时来说，内容是很新的，但他仍然沿袭了我国旧诗的形式。

诗体稳定性的程度不一。有些诗体虽风靡一时，但时移俗易，后代诗人绝少再去染指。有些诗体则有极强的稳定性，像我国的近体诗，自从在唐代形成五律、七律、五绝、七绝以及排律等具体诗体后，一直持续了一千余年，直到今天它还有非常广泛的读者群和相当可观的作者队伍。我国近体诗的超稳定性固然与我国封建社会的经济、文化形态的超稳定乃至僵化不无关系，但主导原因恐怕还要从这种诗体的内在因素去寻求。近体诗尽管有格律森严、束缚人的思想的一面，但它又有音韵和谐、形式完美、内容涵盖面大的特点，因而掌握了这种诗体的人仍可以在限制中获得相当大的自由。对西方曾长时间广泛流行的十四行诗，亦可作如是观。

3. 多样性

诗体的稳定性是相对于急剧变化的内容而言的，不等于诗体自身的僵化不变。

诗体既有滞后于内容，在一定阶段内呈现稳定状态的一面，又有随着时代的发展，随着内容的不断出新而呈现变化的一面。每个时代都有其时代精神和与时代精神相联系的文艺思潮。处于这一时代和某种特定文艺思潮影响下的诗人，必然不能以前代诗人遗留下来的旧有诗体为满足，他们要去创造出最能体现当前的时代精神和此一时期美学追求的全新的诗体。惠特曼首创不受任何格律束缚的自由诗，除去他个人的独特经历和狂放不羁的性格因素外，在很大程度上是受他所处的那个时代所充溢的个性解放精神的鼓舞与激励而形成的。

诗体的变化亦源于诗人孜孜不倦的艺术追求。每种诗体就像一棵树一样，往往呈现萌芽—生长—繁茂—衰老直至消亡这样一种周期。其道理王国维在《人间词话》中曾有精辟的说明："四言敝而有楚辞，楚辞敝而有五言，五言敝而有七言，古诗敝而有律绝，律绝敝而有词。盖文体通行既久，染指遂多，自成习套。

豪杰之士，亦难于其中自出新意，故遁而作他体，以自解脱。一切文体所以始盛终衰者，皆由于此。"①

诗体的不断变化与更迭，使迄今为止的诗歌史也同时是一座名副其实的诗体博物馆，那些过去的诗体，不仅有认识价值，可以作为我们建立新诗体的参照系，而且有些诗体可以直接或略加改造后被当代诗人所利用。

新诗体的创立与旧诗体的改造往往使得原有的壁垒分明的诗体之间出现了过渡形式、混合形式或"杂交"形式，也就是说诗人往往根据时代变化和创新要求把原有不同的诗体糅合起来，创造出一种新的诗体，这样在两种完全不同的诗体之间就出现了阶梯状的变体系列，比如在格律诗与自由诗这两种对立的诗体之间，我国就出现过"新格律诗"、"现代格律诗"等中间状态的变体，从而使诗体更趋丰富多样。

诗体的分类

（一）诗体分类的意义

诗体分类问题在整个诗学体系中占有一突出位置。对诗体分类进行探讨既可丰富与深化诗歌基本理论的研究，又有助于诗歌的创作与鉴赏实践。

对诗体分类研究有助于诗歌理论的深化与丰富。诗论家之所以不满足于对诗歌基本原理在一个较抽象的层次上研究，而要进一步对诗歌进行分类研究，就在于诗体分类体现了诗人掌握世界方式的多样性，体现了诗人审美观念的多元性和诗人精神世界的丰富性。由于诗体是诗歌系统的子系统，每种诗体均具有诗歌系统的基本特征，但又具有子系统的独特之处，因此，一方面对各个子系统的深入研究可以进一步检查与验证诗歌的基本理论，另一方面对各个子系统特征的描述与开掘又会进一步充实与丰富诗歌的基本理论。比如，由诗体的变迁与发展，我们可以进一步考

① 王国维：《人间词话》第五十四条，上海古籍出版社1998年版，第13—14页。

察诗歌与时代的关系；由不同的诗人擅长不同的诗体，我们可以考察诗人的个性特质与形式选择的关系；由不同的理论家对诗体的区分持不同的美学标准，我们可以考察诗歌理论体系与诗论家的哲学与美学观念的关系；至于对当代诗歌创作中新涌现的诗体研究，则可进一步为诗歌的基本理论灌注新鲜的气息。

对诗体分类的研究，不仅对建设诗歌理论有重大价值，而且可以指导诗歌创作与鉴赏的实践。

从创作方面来说，诗人只有透彻地了解诗体的分类以及各种诗体的基本特征才能顺利地投入创作。诗人的创作总是要通过一定的诗体来进行的，即使他不想受任何束缚，全凭自己的主观意志任意去写，但实际上他所写的东西仍逃不脱诗体的范围，再天马行空地去写吧，也许不过仍是在"自由诗"这片土地上耕耘而已。每种诗体都有每种诗体独特的规律性，每种诗体都要求有不同的情感倾泻方式。诗人必须为自己的内在情感找到最确当的情感倾泻方式，才有可能享受到创作的欢乐，才有可能写出风格独特的完善诗篇。而找到最确当的情感倾泻方式的前提，就是对诗体的透彻理解和娴熟把握。此外，在诗人风格的形成过程中，诗体也是个重要因素。每个诗人都有他最擅长的诗体，正像每个武士都有他最得手的武器一样。谈关羽我们忘不了他的青龙偃月刀，谈张飞我们忘不了他的丈八蛇矛，谈鲁智深我们忘不了他那根禅杖，谈孙悟空我们忘不了他那根如意金箍棒……同样，在诗人中，提到屈原我们忘不了他的骚体诗，提到杜牧我们忘不了他的七言绝句，提到惠特曼我们忘不了他的自由诗，提到马雅可夫斯基我们忘不了他的楼梯体……这就是说，诗人独特风格的形成也是以他娴熟而有创造性地把握一种或数种诗体为前提的。

从鉴赏方面来说，读者也必须对诗体有起码的知识，才能顺利地进行鉴赏。否则，用唐代近体诗的格律来衡量屈原的骚体诗，用莎士比亚十四行的格式来衡量马雅可夫斯基的楼梯体，那就难免圆凿而方枘，感到格格不入了。当年惠特曼的《草叶集》问世以后，招致资产阶级上流社会某些文人的围攻，有些人破口大骂"猪不懂数学，惠特曼不懂艺术"。这除去基于他们保守而反动的政治立场外，恐怕与他们头脑中只有格律诗的狭隘的诗体观念不无关系。反之，如果读者能把握多种诗体的独特规律，持一种开放的诗体观念，那么在欣赏诗人的创作的时候，就不会在新鲜的诗体面前无所适从，而是沉浸到作品中去，唤起自己头脑中贮存的有关诗体的信息，从而有所会心、有所发现，体会到诗歌的内在之美。

（二）诗体分类的标准

如果我们把从古至今各民族诗歌中出现过的诗体一一开列出来，那将是一串长长的名单，令人目不暇接，无所适从。之所以出现这种情况，一方面是诗歌史上出现过的诗体确实繁多，另一方面也是由于从古至今的诗人和诗论家使用了各种不同的分类标准的缘故。

所谓诗体分类，实际上就是从某种标准出发对诗歌作品的一种编组。分类标准可以各异，但有一点是共同的，即与诗歌作品所写的具体内容无关。比如同是划入抒情诗的作品，有的是抒发爱的感情，有的则是抒发恨的感情。同是划入叙事诗的作品，其所叙之事更是五花八门，一首诗一个样子。由于诗体问题属于诗歌的形式范畴，因此诗体的分类标准也主要是形式方面的标准。不过这种形式标准是广义的，用美国文学理论家韦勒克和沃伦的话说，就是既包括外在形式，又包括内在形式。韦勒克和沃伦在其所著《文学理论》一书中指出："我们认为文学类型应视为一种对文学作品的分类编组，在理论上，这种编组是建立在两个根据之上的：一个是外在形式（如特殊的格律或结构等），一个是内在形式（如态度、情调、目的等以及较为粗糙的题材和读者观众范围等）。"①

下面我们就借鉴韦勒克和沃伦关于文学分类标准的提法，从

---

① 韦勒克、沃伦：《文学理论》，生活·读书·新知三联书店1984年版，第263页。

外在形式和内在形式两个方面，对常见诗体作一粗略划分。

1. 从外在形式来划分

即主要看构成诗歌艺术形象的物质手段是什么，具体说就是根据诗歌在语言韵律，诗行排列以及结构上的特征对之进行相应的编组。

第一，按照诗歌的语言韵律特征，可分为两大类：

格律诗

自由诗

其中的格律诗根据不同的格律构成又可分为若干小的类别：

中国的格律诗通常分为：

近体诗（律诗、绝句、排律）、词、曲、现代格律诗（新格律诗）……

西方的格律诗通常分为：

三韵句诗体、斯宾塞诗体、混合诗体、无韵诗、十四行、英雄双韵体……

第二，按照诗歌每一句的字数，可分为：

四言诗、五言诗、六言诗、七言诗、九言诗、杂言诗……

第三，按照诗歌每一首的行数，可分为：

三行半诗、六行诗、八行诗、十四行诗（商籁体）……

第四，按照诗歌的建行形式，可分为：

宝塔诗、回文诗、盘中诗、楼梯诗、豆腐干诗、立体诗（图案诗）……

2. 从内在形式来划分

内在形式就是在语言韵律、结构、建行等外在形式以外的可以用来区别诗体的信息类型，而不涉及具体的信息内容。

第一，按照诗歌内在信息的性质，可粗分为四大类：

抒情类诗歌

写景类诗歌

叙事类诗歌

说理类诗歌

抒情类诗歌即通常所说的抒情诗，又可细分为：

政治抒情诗、颂歌（赞美诗）、哀歌（挽歌、送葬曲、安魂曲）、情歌（恋歌、爱情诗）、牧歌……

叙事类诗歌以通常所说的叙事诗为主体，还包括：

史诗、英雄史诗、故事诗、诗体小说、诗剧、童话诗……

写景类诗歌本来也可以归入通常的抒情诗，因为从本质上说，"一切景语皆情语也"①。但考虑到在内容上此类诗歌与直接抒情之作仍有所不同，所以还是把它独立划为一类，可细分为：

风景诗（山水诗）、田园诗、纪游诗、游仙诗……

说理类诗歌以所谓"形象的说理"为主要特征，包括：

哲理诗、教喻诗、箴言诗、宗教诗、讽刺诗、审言诗、科学诗、咏史诗、咏物诗……

第二，按照诗照内在信息的容量，可分为：

长诗、小诗、组诗……

第三，按照诗歌的读者对象和实际用途，可分为：

儿童诗、试帖诗（赋得体）、应制诗、帖子诗、赠答诗、唱和诗……

第四，按照诗歌的传播方式，可分为：

歌词、朗诵诗、剧诗、街头诗、题画诗、配画诗、枪杆诗、快板诗……

第五，按照诗歌的作者身份，可分为：

民歌、文人诗

民歌和文人诗都可进行再分类。文人诗再分类大致同于一般诗歌分类，不再赘述。民歌一般可从如下几方面进行再分类。

从民歌的韵律与结构形式，可分为：

花儿、爬山歌、信天游、四季相思、五更调、二十四枝花、百花名、对歌……

从民歌的题材类型，可分为：

山歌、田歌、秧歌、樵歌、渔歌、船歌、牧歌、狩猎歌、采

---

① 王国维：《人间词话》附录二《〈人间词话〉删稿》，上海古籍出版社1998年版，第34页。

茶歌、夯歌、春歌、苦歌、酒歌、颂歌、反歌（造反歌）、宗教歌、传说歌、家庭歌、妇女歌、儿歌、情歌、游戏歌、滑稽歌、谜语歌……

从民歌的流传地域，可分为：

吴歌、越歌、粤歌、闽西山歌、青海民歌、泗州调、扬州小调……

此外，每个民族有每个民族的民歌，诸如：

苗歌、瑶歌、僮歌、傈僳歌、高山族民歌、蒙古民歌、朝鲜民歌、哈萨克民歌……

第五，按照诗歌的流派与风格，可分为：

骚体诗、柏梁体、建安体、正始体、太康体、元嘉体、竟陵体、齐梁体、宫体、玉台体、上官体、大历体、元和体、长庆体、香奁体、西昆体、元祐体、江西诗派体、台阁体、公安体、乾嘉体、同光体……

不同时代和不同民族诗歌的分类标准还有很多，不再一一列举。需要说明的是，我们在上述各项分类标准下所列出的一些诗体名目，仅是举例性质，挂一漏万是难免的。我们不想也不可能囊括所有诗体，而只想通过这粗略的描述，使读者对诗体有个鸟瞰式的印象，有助于今后对重点诗体的研习。

诗体的选择

古今中外诗人们创造的形形色色的诗体像一座宝山，光彩夺目而又神秘幽深，它既可以让诗人尽情取用，又时刻显示出传统的威慑力量，让诗人感到每迈出一步的艰难。

诗人在每次创作冲动产生之后，都有一种骨鲠在喉，不吐不快之感，与此同时就有个用什么形式来倾吐，也就是说面临着一个诗体选择的问题。古今中外的诗体尽管名目繁多，但是最适合诗人此情此景的诗体只能有一种，诗人必须从众多的诗体中作出最佳选择。

诗人具有关于诗体分类的尽可能丰富的知识是作出最佳选择

的前提。诗人应该了解诗歌史上已出现过什么样的诗体，这些诗体有何种特征、功能和适用范围，今天是否还有生命力，这样他才能根据自己的内心情感内容来选择最恰当的诗体。

诗体的选择是与构思的深化同步进行的。当诗人在朦胧中有了诗意的感受和新的发现，产生了要把它写出的冲动，此时诗体的选择也就在考虑当中了。只不过这种选择，在有些诗人那里有个明显的过程，他在掂量：这样一种题材，是写成自由诗呢，还是写成新格律诗呢？是用西方的"十四行"呢，还是用民歌体的信天游呢？经过反复比较以后，他作出了自己的选择。有些诗人则没有经过这样一段集中的思索过程，他似乎是在潜意识中早已酝酿好的，也不管是什么诗体，只要诗情袭来便脱口而出，迅速地拿笔记下来。等到创作高潮过去以后，他把原稿再推敲一遍，此时才意识到：噢，原来写了一首自由诗（或其他什么体裁的诗）。

诗体的选择并非对前人诗体的简单因循和套用，而要根据所传达信息的具体内容的需要有所创新。一般说来，已有的诗体，是前辈诗人对彼时彼地他们的情感、意志与生活的最妥帖的表现，而对当代诗人此时此地的情感体验与生活内容来说就不可一概而论了。诗人对已有的诗体既要高度重视，从中挖掘和寻绎出今天仍可为我所用的形式；但也不必顶礼膜拜，把前人创造的形式看得过于神圣。如果无视变化了的主客观条件，完全按照前辈的格局和模式去写，一招一式不准走样，那就无异于作茧自缚，离诗的创造的宗旨就相去甚远了。科学的态度是：对前人创造的诗体要作具体分析，能用则用之，不能用则坚决抛弃之，即使是能用的，也不必亦步亦趋地模仿前人，而是允许对之予以适当的改造。比如现今写近体诗的人，大可不必按旧的平水韵押韵，按普通话的韵部也就可以了。中国人写"十四行"，也大不必模仿英国诗人以轻重音相间的"音步"来作为格律基础，而必须对之进行改造，建立在汉语音节与韵律的基础之上。

（1988 年 3 月 1 日）

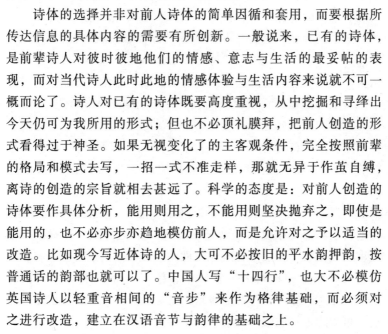

歌词与现代诗审美差异

就诗与音乐的关系而言，诗有适宜歌唱的，有适宜阅读的。歌词就属于适宜歌唱的诗，现代诗则属于适宜阅读的诗。在诗歌漫长的发展过程中，早期的诗与歌词是同一的，后来逐步分离，直到今天，歌词与现代诗已构成了在诗的大范畴中的两极，显示了不同的审美特征。

从艺术的起源来看，诗与音乐几乎是同时诞生，而且相当长的时间是结合在一起的。古人所谓"诗言志，歌永言，声依永，律和声"《尚书·舜典》，"诗为乐心，声为乐体"《文心雕龙·乐府》等，描述的就是这样一种情况。最早的诗都是能唱的，最早的诗歌都是歌词。格罗塞的《艺术的起源》根据许多未开化民族歌谣的比较研究，指出："最低级文明的抒情诗，其主要的性质是音乐，诗的意义只不过占着次要的地位而已。"他举出这样的例子："许多澳洲人，不能解释他自己家乡所唱的许多歌谣的意义。……因为他们对于歌的节拍和音段比歌的意义还看得重要些。""在一切科罗薄利舞的歌曲中，为了要变更和维持节奏，他们甚至将辞句重复转变到毫无意义。"① 这一点，在我国早期民歌中表现也十分明显，有时候就用一个调子填进一些内容相近的或大同小异的词句来反复咏唱，像《诗经》中的《硕鼠》、《木瓜》、《芣苢》等篇就是如此。但是自从文人的独立创作出现后，可以唱的诗歌慢慢的就不能唱了。诗不能唱了，于是就出现了词。后来，有些词也不能唱了，于是就出现了曲。再后来，有

---

　　　① 格罗塞：《艺术的起源》，商务印书馆 1984 年版，第 189 页。

些曲也不能唱了，于是形形色色的民歌小调大行其道，乃至演化为今天的流行歌曲。这种情况，与文人的介入有很大关系。一般来说，文化开发程度不高的部族喜欢用歌来表现他们的喜怒哀乐，而文化素养深厚的文人则喜欢用诗来传情达意。文人一方面从民间创作中学到了许多东西，另一方面又喜欢对民间的东西诸如歌词等插上一手。在这其间，他们往往强调歌词的文学性，强调歌词思想内蕴的深刻，强调歌词文字的华美与讲究，这种强调的结果导致歌词也只能看不能唱了。包括民歌在内的许多诗歌形式，全遭遇了这样的命运。

随着文人对歌词的介入越深，歌词与诗分家的趋势就越来越明显。对歌词、诗与音乐的关系，黑格尔曾做过精辟的分析："一般地说，在音乐与诗的结合体之中，任何一方占优势都对另一方不利。所以歌词如果成为具有完全独立价值的诗作品，它所期待于音乐的就只能是一般微末的支援；例如古代戏剧中合唱就只是一种处于从属地位的陪衬。反之，如果音乐保持一种自有特性的独立地位，歌词在诗的创作上也就只能是肤浅的，只能限于表现一般性的情感和观念。对于深刻的思想进行诗的刻划，正如对外在自然事物的描绘或一般描写体诗一样，不适宜于歌词。所以歌词、歌剧词以及颂神乐章之类，如果从精细的诗的创作方面来看，总是单薄的，多少是平庸的；如果要让音乐家能自由发挥作用，诗人就不应让人把自己作为诗人来赞赏。……席勒的诗歌本来不是为配乐而写的，谱成乐曲就显得很笨重不适合。如果音乐获得了适当的艺术演奏，听众们对歌词就不大理会乃至简直不理会。"[1] 黑格尔所讲的歌词与乐曲的矛盾，是由诗与音乐具有不同的艺术符号体系所决定的。音乐的有规律运动的乐音，并不是在它之外的独立存在着的某种客观事物的符号，而只是音乐自身的符号。在音乐中，符号与实体、形式与内容完全融合在一起成为一个浑然的整体。这一完整的乐音系统固然与主体的情绪状态相联系并与他的精神运动协调一致，但是它所唤起的只是一种

---

① 黑格尔：《美学》第三卷上册，商务印书馆 1979 年版，第 343 页。

朦胧的感觉与共鸣，这就决定了音乐作品的不确定性与多义性。即使是描绘性很强的音乐或标题含义很具体的音乐，在听众心中也不能唤起明晰的概念和确切的视觉意象。音乐这东西可意会而不可言传，是很难用具体的文学语言将它"翻译"出来的。音乐的不确定性或多义性在歌词谱曲的过程中表现得就更为明显。同一首歌词，含义是确定的，但不同的作曲家往往会为它谱出乐音结构与风格迥异的曲子。反过来，同一部曲谱，在不同的条件下填上不同的歌词，照样也能感到和谐。

　　而诗的符号——语言，则是建立在约定俗成基础上的，每个词就是一个概念，每个概念都代表着相应客体，以及客体的状态、特征、结构等。因此诗歌的含义是较为确定的。当然，现代诗人为了表现他的极为复杂的内心世界，为了把诗写得更为含蓄，可以有意识地制造一些朦胧色彩，追求诗的多义性。即使如此，由于诗的传达媒介毕竟是语言，语言有其确定的内涵，因而现代诗歌的不确定性与多义性，依然不同于音乐，不像音乐那样"不可言喻"，只要我们把握住诗人的感情脉络，并对诗人的艺术手法有相当了解，就能欣赏诗歌并作出相应的评价。

　　正是由于音乐与诗歌的不同的把握世界的方式，决定了与音乐关系极为密切的歌词以及与音乐没有直接关系的现代诗——亦即歌唱的诗与阅读的诗，这二者在审美特征方面的差异。

　　词作家写歌的目的，从根本上说，是为了谱曲，为了演唱，而不是为了让读者伏案阅读。歌词的生命与音乐相伴，没有被谱曲的歌词，只能被纳入广义的诗的范畴，而不属于真正的歌词。正是这一特点，决定了歌词不同于现代诗的内容与形式方面的某些特征。

　　在诗歌起源阶段，诗都是可以唱的，属于群体艺术。原始部族的人，在劳动之余，聚会在一起，边唱、边舞，或以娱神，或以自娱，或以引诱异性。这些原始的歌词，大多不标作者姓名，也很难看出作者的个性。到了现代社会，歌词主要是通过音乐会以及广播、电视、唱片、录音带、录像带、CD 等方式传播，传媒的社会化程度很高，必然受到主流意识形态的控制，并受当下社会心理、大众情绪的影响。因而比起文人个人创作的诗歌来，其个人化成分有所淡化，群体化成分有所加强。比如《大刀进行曲》宣泄的是对民族敌人的仇恨，《黄河大合唱》奏鸣的是民族解放的希望，《歌唱祖国》抒发的是对新生的共和国热爱的情怀，《让我们荡起双桨》表现的是一代少年儿童美好的愿望。不仅是这些张扬时代精神的作品，即使是抒发歌手个人情怀的作品，也与个人化程度更高的诗歌不同。比如90年代流行的《三百六十五个祝福》中所说的："每一天都要祝你快快乐乐，每一分钟都盼你平平安安。吉祥的光环绕着你像旭日东升灿烂无比。"在这里，平安、快乐成为亲朋间互相祝福的主要内容，取代了革命化的激励，这是一个世俗化时代的声音。再如《潇洒走一回》："红尘呀滚滚，痴痴呀情深，聚散终有时/留一半清醒、留一半醉，至少梦里有你追随/我拿青春赌明天/你用真情换此生/岁月不知人间多少的忧伤/何不潇洒走一回"，这首歌虽然流行于当代，却与《古诗十九首》中的"生年不满百，常怀千岁忧。昼短苦夜长，何不秉烛游！"所宣扬的人生短促、及时行乐的思想一脉相通。像这样的歌词中表现的思想情绪，与其说是个人化的，不如说是类型化的。这种类型化或群体化的歌词，容易取得听众的共鸣，至少是在一定圈子内的听众的共鸣。

现代诗则不同了，它是建筑在高度个人化基础上的文学形式，是站在个人本位上，表现诗人微妙的内心体验与对自然、社会和人的思考，遵循的是主体性原则。现代诗，正如黑格尔所说："特有的内容就是心灵本身，单纯的主体性格，重点不在当前的对象而在发生情感的灵魂。一纵即逝的情调，内心的欢呼，闪电似的无忧无虑的谑浪笑傲，怅惘，愁怨和哀叹，总之，情感生活的全部浓淡色调，瞬息万变的动态或是由极不同的对象所引起的零星的飘忽的感想，都可以被抒情诗凝定下来，通过表现而变成耐久的艺术作品。"① 现代诗可以面向读者，直抒胸臆，也可以把主体精神生活中最深刻、最有光彩的部分外化为象征性图

① 黑格尔：《美学》第三卷下册，商务印书馆1979年版，第191—192页。

像，而这后者，恰恰成为现代诗人的某种共同趋势，而且现代意义上的象征已不再是早期诗歌那样一对一地以一种客观物象象征某一观念，而是主体的意识是通过整幅象征画面展示出来的，这中间可能有自然与人的心灵的对应，也可能有梦境或潜意识的碎片。这自然大大增加了读者阅读的难度。现代诗往往被一些诗人认为是诉诸理智的诗，是"思"的诗，这样的诗只适合读者"仰而思，俯而读"。从作者方面说，可以"新诗改罢自长吟"，自我欣赏；也可以与两三文友互相推敲，所谓"奇文共欣赏，疑义相与析"。但确实是很难谱成曲子，在广大听众中传唱的。

然而歌词是要在大庭广众中演唱的，所以必须走通俗化、大众化的道路，它力求鲜明、显豁，以情动人，而不一定要求引经据典，字字珠玑。歌词由于以唱为主，所以不避俗浅。"姑娘好像花儿一样"，恐怕是任何诗人都会尽量回避的比喻，但是却可以堂而皇之地进入歌词。

现代诗虽然不拒绝读者，也不一定以"小众化"来标榜，但它的受众面多只停留在知识层，而且是与诗作者有大致相似的生活经历，美学趣味相投的一群。这决定了现代诗高度强调原创性，这里仅仅强调真诚还是不够的。因为真诚地敞开心灵说出的话可能是独特的，也可能是人云亦云的。这里关键是诗人本身要有点"独特性"，他要有对生活的独特感受，有独特的美学见解，要有点儿新的，甚至是"超拔"的思想。由于一切已死的先辈们的传统，像梦魇一样纠缠着活人的头脑，所以现代诗人只能以极大的勇气冲破习惯势力的束缚，大胆创新，至于创新之后是否能为一般读者所接受，是否能为世俗所容，则往往不是作者所要考虑的了。

歌词与现代诗的区别，除去上述个人化程度、受众面大小等方面的不同外，在具体的表现手段上的差别也是明显的。

任何一种诗歌形式都有个如何处理诗与现实、诗与心灵、诗与语言的关系问题。一般说来，歌词面对的是个实在的世界，主要诉诸听众情感的层面，要求声情并茂，以情动人，因而不必假道于理智。它有时甚至可以完全依托音乐，其歌全是衬字衬音，在这种情况下，全靠的是声音感人，意义倒成为无关紧要的了。也就是说，歌词可以有音无义，也可以音重于义。早期的诗歌都是音先于义，就是说，诗本是能唱的，歌词原来仅在于应和节奏，不一定有什么实在意义。后来时代渐进，文化发达，诗歌作者逐渐发现音乐节奏与客观现实的关联，于是使歌词不但有节奏音调而且有意义。现代歌词是音义并重，但在音调与词义发生矛盾的时候，却往往还会取音而舍义。这里典型的是衬字的大量使用。衬字在文义上本是不必要的，只是由于音调绵长而歌词简短，这时只有加上衬字才能与乐调合拍。衬字往往是拟声的虚字，几介虚字连在一起，又可构成虚字群，如"呼咳哟"一类。这些虚字或虚字群，虽无实际意义，但是可以抒发某种感情，因而在歌词中是不可缺少的。歌词还有一个重要特点，即表述的"冗余"，也就是说，不避重复，不嫌冗赘。

比如，若是写诗，写出"朋友来了有好酒，豺狼来了有猎枪"也就够了。但是在歌词中，却一定要写成"朋友来了有好酒，若是那豺狼来了，迎接它的有猎枪"，演唱中才够味。对于供伏案阅读的诗歌来说，这很难让人忍受。但是对歌词而言，这就不是什么不可忍受的，相反，这还是表情的一种方式了。

由于演唱的要求，歌词受语音范型的制约较大。音乐的节奏通常会以不同的范型（pattern）展开，整齐中有变化，在一定的时间间隔中有规律地出现。这种范型反复出现，在词作者心理会形成一种心理模型，他在写作歌词时，就会不知不觉地按着这个范型去适应。实际上，不仅是那些相对固定的词谱或民歌，就是词作者自己创造的新词，也会为自己的每一首歌创造新的语音范型。歌词中的叠复，便是使相同的语音范型在一定的时间间隔中，反复出现。这种重叠，可以是叠词，可以是叠句，也可以是叠段。这种范型如果形成比较自然，不太违反生理、心理自然需要的话，都可以印刻在作者和听众的心里去，甚至浸润到生理系统中去，产生节奏应有的效果。

而现代诗则指向心灵与存在，其内涵更多一些思想与理智的成分。与歌词相比，"思"成为现代诗的基本品格，它实现自己的诗学价值不是像歌词那样在悦耳的语言形式上制造效果，而是运用超越时空的想象，以及象征、隐喻、暗示、通感、跳跃、跨行等手法，创造出一个崭新的精神空间，让有相应思维品质的读者尽情遨游。

多年来，有一种让诗与歌词互相靠拢的理论，但实际上，二者却越走越远。而正是在这种分离中，歌词已在发展中建立了自己的审美原则，而诗的内部品格也不断得到了强化。歌词与现代诗的分离，对词坛与诗坛来说，这不是坏事，体现了歌词和现代诗在构筑各自的审美特征时的文体自觉。

（2002 年 8 月 24 日）

朗诵诗与非朗诵诗

——《校园朗诵诗选(大学卷)》序言

诗,就诉诸读者的知觉通道而言,可大别为两类。一类是诉诸读者听觉的朗诵诗;另一类是诉诸读者视觉的非朗诵诗。

读者的知觉通道尽管是互相联通的,但是信息通过不同知觉通道的抵达,所引起的心理机制的变化是有所不同的。一般说来,通过听觉通道获得的信息更多的诉诸人的情感,通过视觉通道获得的信息更多的诉诸人的理智。这当中一个重要的原因是,通过听觉通道获得的信息已经过朗诵者的二次处理,本身已融入了朗诵者的体验、理解与情感,读者不能不受其影响。通过视觉通道获得的信息相对要客观一些,需要读者按照自己的生活经验、精神世界,独立地作出自己的理解与判断。

诉诸人的听觉通道的朗诵诗,在时间的流动中展开,其受众是集体,尽管这个集体的范围可大可小。朗诵者与受众同处于一个空间,这样就会形成一种共同的心理场,充盈着一种共同的艺术交流的氛围。朗诵者通过富于激情的声音与表情、动作,给受众以面对面的感情的冲激。单个的受众在巨大的艺术感召力下汇合起来,会打破每一个人精神世界的孤立和闭锁,从而形成心灵的共振。

诉诸视觉通道的非朗诵诗,其受众总是个人,因为阅读是个人的行为,很多人能在集体场合同时听一首诗歌的朗诵,但是他们很难挤在一起同时去看一首诗歌。受众的个人性,使读者可以为了思索而在诗中的任何地方停下来反复玩味,也可以把自己不感兴趣的东西跳过去。在这种阅读过程中,读者倾向于个人独处，不太可能一边阅读一边同别人交流，即使有交流活动也多是在结束了阅读之后。

朗诵诗，由于插上了声音的翅膀，可直接飞向听众，这样便在诗人和听众之间，架起了一座心灵的桥梁。而朗诵者与听众的面对面的交流与相互感应，更有一种特殊的吸引力，使现场的人心跳在一起，情感融汇在一起，听众的内心生活之流也会和着作品的节拍涌动起来，达到高度的平衡与和谐的状态，获得审美的愉悦。

非朗诵诗，并非绝对不可以朗诵，只是由于这类作品，或强调诗歌的内在音律，而外在音律的标志不明显，或喜欢运用隐喻、象征、大跨度跳跃、超时空意象组合等手法，朗诵起来效果不一定好。随着新诗现代化的步伐，这类作品在诗坛越来越多，要将它们统一纳入朗诵诗的轨道已不可能了。朱自清早就指出："要将诗一概朗诵化就很难。文化的进展使我们朗读不全靠耳朵，也兼靠眼睛。这增加了我们的能力。现在的白话诗有许多是读出来不能让人全听懂的，特别是诗。新的词汇、句式和隐喻，以及不熟练的朗读的技术，都可能是原因；但除了这些，还有些复杂精细的表现，原不是一听就能懂的。这种诗文也有它们存在的理由。"①

随着新诗现代化的进展，朗诵诗与非朗诵诗的分化已不可逆转。取消诗的音乐感，拔掉诗的声音翅膀，让人们都在书斋去读那种"哑巴"诗，显然不可取；要求所有的诗都像朗诵诗那样，声调铿锵，琅琅上口，却牺牲了体味诗歌多种含义的思的乐趣，也是很难办到的。为了满足读者不同层次、不同场合的审美需要，朗诵诗与非朗诵诗应得到并行不悖的发展。目前的情况是，这两类诗歌的发展并不均衡，充斥在各种诗歌报刊上的多是只宜看不宜读的非朗诵诗，而既有诗意又琅琅上口的朗诵诗却较为少见。许多组织诗歌朗诵活动的干部、教师，都感到好的朗诵诗难

---

① 朱自清：《朗诵与诗》，《新诗杂话》，生活·读书·新知三联书店 1984 年版，第 97 页。

寻，能反映 90 年代人们精神风貌的朗诵作品就更难寻。有鉴于此，诗人把朗诵诗的写作、出版者把朗诵诗的出版纳入日程是极有必要的。

进入新时期以来，诗歌朗诵曾在社会上引起了巨大的反响。1978 年在北京曾多次举行大型诗歌朗诵演唱会。会场上群情激动，经常是演员含着泪花朗诵，而观众是流着泪水在听。这是亲身经历过"文革"、目睹过许多惨剧的一代人的心灵的默契。到了 90 年代，尽管改革开放初期大型诗歌朗诵演唱会的盛况不再，但是小范围的、专题性的诗歌朗诵会以及诗人的沙龙朗诵会却经常举办，至于各级学校的诗歌朗诵活动更如雨后春笋般层出不穷。

为满足群众性诗歌朗诵活动的需要，特别是各级学校开展诗歌朗诵活动的需要，语文音像出版社特约请殷之光先生和我共同主编了这套《校园朗诵诗选》。殷之光先生是著名朗诵艺术家，毕生献身于诗歌朗诵事业，有丰富的朗诵实践经验；我长期从事诗歌理论与诗歌评论工作，对诗歌文本的情况熟悉一些。我们的合作能够以不同的眼光和角度审视入选的作品，也许会使这一套诗选的质量得到一定的保证。

这套诗选主要着眼于开展校园诗歌朗诵活动的需要，因而我们确定如下的"三兼顾"的编选原则：一是兼顾诗的艺术品味与诗的可朗诵性。首先我们选的应是诗，具有诗的内涵、诗的气质与诗的精神。其次我们选的是朗诵诗，要求意象生动鲜明，情感逻辑发展自然，语言流畅，节奏明快，音律和谐，琅琅上口。二是兼顾诗的历史价值与诗的现代气息。对于在诗歌朗诵活动中深受听众欢迎的名篇，我们选择了一些至今还有生命力的予以保留，也有些作品当年虽有很大影响，但在今天其内容已与现代读者距离太远，则只好割爱。与此同时，我们把编选的重点放在八九十年代的新作中，着重选取那些情感饱满真实，发自诗人内心深处，同时又在一定程度上能真实地反映时代精神，反映人民群众心声的作品。三是兼顾开展群众性诗歌朗诵活动的现实要求与提高诗歌读者审美层次的长远要求。为适应开展群众性诗歌朗诵活动的需要，我们把校园朗诵活动中最为常见的题材分类编辑，诸如反映校园生活的"流金岁月"、歌颂人民革命光辉历程的"青史丰碑"、抒发对祖国和人民热爱的"赤诚如火"、表现对老师与亲人思念的"亲情师恩"等。同时我们的编选也不仅仅着眼题材，而是在这些栏目下也尽可能选择一些诗歌史上品格高雅、适宜朗诵的大家之作，希望能给学生以诗的启蒙。当然我们这"三兼顾"的编选原则，以及我们所选的具体篇目，还有待于在诗歌朗诵活动中接受实践的检验，诚恳地欢迎各界读者的批评。

（1999 年 2 月 2 日）

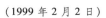

科学诗：真与美的宁馨儿

　　20 年前，伴随着全国科学大会的春风，科学诗很是风光了一阵的。但风光不久，也就归于沉寂了。这中间有两方面的原因。一方面是当时尚存的"写中心、演中心"的思维惯性，一旦中心转移，这类配合性的作品自然退潮。一方面是对科学诗本质的理解上，当年是把科学诗当成普及科学知识的最简便的文学形式，因而归人科普文艺一族的。1959 年作家出版社出版的《科学诗》一书在"内容提要"中曾给科学诗下了这样一个定义："以科学为题材和内容，将科学予以诗化，通过诗歌形象来揭示科学秘密。"从今天看来，这个定义是有些偏差的。因为它没有将诗与科学的特殊对象区别开来。科学探讨的是世界多种现象的本质和运动规律；诗的对象则是人，是人的心灵、人的情感、人的命运以及人对自然、社会和人自身的思考。诗与科学对象的特殊性，决定了二者把握世界方式的不同。早期的某些科学诗难以引起读者持续的阅读兴趣，主要就在于把科学的对象硬塞入诗歌，而忽略了诗歌把握世界方式的特殊性。

　　这些年来，科学诗尽管没有再现 20 年前的那种声势，但是毕竟还有一些诗人和科学家坚持不懈地在这个领域耕耘，尤为可喜的是随着创作的不断深化，对科学诗的认识也逐步回到诗歌的本质特征上来，科学诗开始以新的面貌出现在诗坛。1998 年 6 月起，《诗刊》开辟了"科学诗园地"，再加上《文汇报》等报刊也不断推出科学诗新作，科学诗的创作又重成气候。

　　近期的科学诗与早期相比，有个重要变化，那就是诗人不再把介绍科学知识作为科学诗的首要功能，而是着意捕捉奇瑰迷人的科学世界在诗人心中荡起的反响，从而展示面对纷纭多彩的科学世界人的情感变化及其对世界的领悟，并让读者分享科学家在从事科学活动中所体验到的美。

　　科学诗的作者中有相当一部分是科学家。因为科学家在科学研究中最能真切感受到蕴藏在科学对象之中的美，而他们把这种美的感受外化出来的时候，最方便的形式便是科学诗。近期活跃的科学诗人沈致远，本身是著名物理学家，他的科学诗便是他在物理科学世界中追踪美的记录。他有一首诗题为《对称——悼吴健雄》：

> 钻石对称
> 才有耀目的光华
>
> 分子对称
> 才有整齐的光谱
>
> 核子对称
> 宇宙万物才不致湮灭
>
> 空间似乎对称
> 吴健雄证明其实并不完全对称
> 感谢她，我们才不致走入镜中世界
>
> 时间完全不对称
> 造物主不想让凡人不老长生

在艺术中，对称是一种美，打破对称也是一种美。其实科学也是如此。诗中讲了物理世界中普遍存在的对称，以及空间并不完全对称、时间则完全不对称现象，但落脚点却不在介绍这些科学知识，而是表现美——对称之美与打破对称之美。科学美与艺术美在这里达到了完美统一。

再如这首《黑洞》：

　　你是吞噬一切的贪婪暴君
　　连跑得最快的光线
　　也逃不脱你的魔掌心

　　空间冻结，时间停顿
　　万物消失于无形
　　你是披着黑袍的死神

　　宇宙之末日来临？
　　不！就像火凤凰那样涅槃
　　新世界从黑洞的劫灰中飞升

"黑洞"是据广义相对论而命名的天文学现象，科学家在描述黑洞的时候是冷静客观的。但在这首诗中，诗人却表现了强烈的感情色彩，把黑洞看成将给世界带来末日的死神，并据最终的量子论与黑洞理论相结合而作出的"黑洞并非全黑"的推论，想象世界将像火凤凰涅槃一样，从黑洞的劫灰中飞升，这便纯然是诗的感悟了。

　　诗是求美的。但是，美，并不是诗的专利，它同样也属于科学。尽管科学的基点在于真，但是科学家在实际的研究工作中却经常能感到一种自然之美、科学之美，而追求美、追求精神上的喜悦，也正是许多科学家从事研究的动因。真与美的所指不尽相同，但是二者却有相通之处。通过美去发现真，这是诗人同时也是科学家获得成功的途径。而科学诗便是真与美结合后的宁馨儿。

　　　　　　　　　　　　　　　　　　（1998 年 12 月 5 日）

诗的主体性原则

在人类认识世界的时候，一般把认识者称为主体，把被认识的对象称为客体。

作为认识者的主体，是肉体、精神与社会性的三位一体。主体的肉体表明他是客观存在物，具有自然属性；主体的精神表明他是不同于动物的自觉的人，他有理性，能思维，具有意识的机能；主体的社会性表明他按实质来说是社会存在物。主体的自然属性，社会属性与意识机能有机地结合在一起，才能具有自觉的能动性去从事认识和实践活动。

作为认识对象的客体，是与主体相对而言的。辩证唯物主义肯定世界上一切事物都是可以被认识的，因而从理论上承认整个世界都可以成为认识的客体，但是从现实的认识过程来看，只有进入人的认识领域，与主体发生功能联系，成为主体认识的具体指向的对象，才成为现实的客体。人只有在同这种现实客体的互相作用中，才能实现其主体地位。有可能进入人的认识领域，成为现实的客体的事物有：大自然——这是人类最早接触的对象；人化的自然——即人类用某种方式改变过的自然；人类的社会现象——即人类的活动和在活动中结成的各种社会关系；人类的精神现象——即人类的意识、思维活动及一般的心理状态；主体自身——即任何一个主体都可以也必须将自身作为认识的对象。作为主体认识对象的现实的客体，是一种客观存在，不以主体的意志为转移；同时随着历史的演进和社会的变化，客体的范围也在不断扩大，内容也不断充实起来。

在同一个认识过程中，主体与客体构成一对矛盾。主体的能力与客体的范围是互相制约的。随着主体能力的提高，客体的范围就相应地扩大；客体范围的扩大，又促进主体能力的提高。科学与诗，作为两种不同的掌握世界的方式，在有一点上是相通的，即最大地发挥主体的能力，从而最大地扩展客体的范围。它们的不同在于科学要求最大地扩展物质世界——从宏观宇宙到微观宇宙的范围；诗则要求最大地扩展精神世界——人的内心世界的范围。法国诗人圣琼·佩斯1960年在接受诺贝尔文学奖的仪式上曾讲过："在混沌初开的第一夜里，就有两个天生的瞎子在摸索着前进：一人借助于科学的方法，另一人只凭闪现的直觉——在那个夜里，谁能首先找到出路，谁的心里装着更多的闪光？答案无关重要。秘密只有一个。诗人灵感的伟大创造无论哪方面都不会让位于现代科学的戏剧性发现。宇宙在扩展的理论鼓舞着天文学家，但是另一个宇宙——人的无限的精神领域，也在不断扩展。不论科学把它的疆界推得多远，在这些弧形境界的整个范围内，我们将一如既往地听到诗人的一群猎狗的追逐声。"[1]

诗歌创作的主体与一般认识的主体有共同的属性，但又有自己的特殊性：诗的创作主体不是一般人，而是具有系统的审美观点的诗人，他有着不同于科学家，不同于画家、音乐家，也不同于小说家、戏剧家的特殊的心理气质、艺术造诣、美学理想。

诗歌创作的客体也不同于一般认识的客体，而是渗透主体激情、体现着主体理想的审美对象。作为审美对象的诗歌，不仅不同于空间艺术的绘画和时间艺术的音乐，而且不同于同属于文学的小说和戏剧。传统的小说戏剧侧重于客观世界的真实再现，尽管小说戏剧所描写的对象也照样渗透着创作主体的美学追求与鲜明爱憎，但是主体一般总要隐藏到情节和场景的后面。诗歌则不然。诗歌，尤其是抒情诗，它的创作客体就是主体自身，诗人总是以自身的生活经验、意志情感等作为表现的对象。抒情诗当然也有对主体之外的客观现实的描写，但它不是一种照相式的模

---

① 圣琼·佩斯：《诗歌》，《法国作家论文学》，生活·读书·新知三联书店1984年版，第481—482页。

拟，客观现实在诗歌中不再是独立的客体，面是渗透着，浸染着诗人的个性特征，成为诗人主观情感的依托物了。

关于诗歌创作中主体与客体统一的特征，黑格尔在《美学》中曾有明确的论述："诗的想象，作为诗创作的活动，不同于造型艺术的想象。造型艺术要按照事物的实在外表形状，把事物本身展现在我们眼前；诗却只使人体会到对事物的内心的观照和观感，尽管它对实在外表形状也须加以艺术的处理。从诗创作这种一般方式来看，在诗中起主导作用的是这种精神活动的主体性。"① 黑格尔在这里说的不仅是诗歌与造型艺术的区别，而且也可以看作是诗歌与传统的叙事类、戏剧类文学的区别。这一基本区别就在于传统的叙事类、戏剧类文学所依据的是客体性原则，重视客观事物的再现；而诗歌所依据的是主体性原则，侧重于表现创作主体的内心活动。从诗歌的主体性原则出发，黑格尔进一步谈到抒情诗"特有的内容就是心灵本身，单纯的主体性格，重点不在当前的对象而在发生情感的灵魂。一纵即逝的情调，内心的欢呼，闪电似的无忧无虑的谑浪笑傲，怅惘，愁怨和哀叹，总之，情感生活的全部浓淡色调，瞬息万变的动态或是由极不同的对象所引起的零星的飘忽的感想，都可以被抒情诗凝定下来，通过表现而变成耐久的艺术作品"②。黑格尔这里谈的当然不是抒情诗的全部内容，但仅就这些，就已经很清楚地显示了抒情诗的主体性特征了。

除黑格尔外，有不少诗人和理论家也从各自不同的角度，用自己的语言涉及诗歌的主体性问题。比如，但丁说："我是这样一个诗人，当爱情激动我的时候，我按照它从内心发出的命令，写成诗句。"③ 赫兹利特说：诗"发源自我们内心的圣地，为自然的活的火焰所燃着"④。巴乌斯托夫斯基说："应该给予你内心

---

① 《美学》第三卷下册，商务印书馆1981年版，第187页。
② 同上书，第191—192页。
③ 《神曲》，《炼狱》篇第二十四歌。
④ 《论莎士比亚和密尔顿》，《欧美古典作家论现实主义和浪漫主义》（一），中国社会科学出版社1980年版，第299页。

世界以自由，应该给它打开一切闸门，你会突然大吃一惊地发现，在你的意识里，关着远远多于你所预料的思想。感情和诗的力量。"① 郭沫若认为真正的诗"是我们心中的诗意诗境之纯真的表现，生命源泉中流出来的 Strain（诗歌），心琴上弹出来的 Melody（曲调），生之颤动，灵的喊叫……"② 这些话出自不同时代，不同国家的不同诗人和理论家之口，但细味一下，却有惊人的相似之处，这里面融入了他们的切身体验，都在一定程度上印证了诗歌的主体性原则。

诗歌的主体性原则，体现了诗歌的质的规定性，抓住了这一原则，诗歌不同于小说、戏剧的许多具体特点就容易把握了。比如：

向读者敞开内心，直抒胸臆。这是抒情诗最常见的表现方式。小说中有作者直接的议论，戏剧中有人物的旁白和独白，但它们一般只是在情节推进中的一个插笔；而诗歌则以之作为基本的表现手段，一首诗往往从始至终全是诗人的自白。像何其芳《夜歌》中的《我想谈说种种纯洁的事情》：

> 我想谈说种种纯洁的事情，/我想起了我最早的朋友，最早的爱情。
>
> 地上有花，天上有星星。/人——有着心灵。/我知道没有什么东西能够永远坚固。/在自然的运行中一切消逝如朝露。/但那些发过光的东西是如此可珍，/而且在它们自己的光辉里获得了永恒。/我曾经和我最早的朋友一起坐在草地上读着书籍，/一起在星空下走着，谈着我们的未来。/对于贫穷的孩子它们是那样富足。/我又曾沉默地爱着一个女孩子，/我是那么喜欢为她做着许多小事情。/没有回答，甚至于没有觉察，/我的爱情已经和十五晚上的月亮一样圆满。/呵，时间的灰尘遮盖了我的心灵，/我太久太久没有想起过他们！

① 《金蔷薇》，上海译文出版社 1980 年版，第 36 页。
② 《论诗三札》，《郭沫若论创作》，上海文艺出版社 1983 年版，第 237 页。

我最早的朋友早已睡在坟墓里了。/我最早的爱人早已作了母亲。/我也再不是一个少年人。/但自然并不因为我停止它的运行，/世界上仍然到处有着青春，/到处有着刚开放的心灵。/年轻的同志们，我们一起到野外去吧，/在那柔和的蓝色的天空之下，/我想对你们谈说种种纯洁的事情。

　　要理解诗的主体性吗？这首诗很能够说明些问题。创作客体不是某一个客观事物，而正是抒情主人公自身。我们仿佛看到诗人面向一些年轻的朋友，诚恳地剖析着自己的内心，谈着自己的过去，谈着自己对种种纯洁的事情的追求。这首诗写于几十年前，但是由于诗人毫无遮拦地敞开了自己的心灵，那赤子般的真诚，直到今天也依然能感动我们。

　　抒情诗有时也写具体的客观事物，甚至于从表面上看抒情主体"我"根本没有出现，像刘半农的《一个小农家的暮》：

　　　她在灶下煮饭，/新砍的山柴，/必必剥剥的响。/灶门里嫣红的火光，闪着她嫣红的脸，/闪红了她青布的衣裳，

　　　他衔着个十年的烟斗，/慢慢的从田里回来；/屋角里挂去了锄头，/便坐在稻床上，/调弄着只亲人的狗。

　　　他还踱到栏里去，/看一看他的牛；/回头向她说："怎样了——/我们新酿的酒？"

　　　门对面青山的顶上，松树的尖头，/已露出了半轮的月亮。

　　　孩子们在场上看着月，/还数着天上的星："一，二，三，四……"/"五，八，六，两……"

　　　他们数，他们唱："地上人多心不平，天上星多月不亮。"

（注）末二句是江阴谚

一九二一年二月七日，伦敦

　　这首诗描绘了一个小农家傍晚的几个生活场面，像是几幅速写。

抒情主人公根本没有直接出面，那么是否主体性原则就不适用了呢？否！美国文学理论家乔治·桑塔雅纳指出："看得见的景象还不是诗歌真正的客体。它的诸因素，特别是它所引起的充满激情的兴奋状态，可以包括或表现在诗句中，这样景象便失掉它真正的轮廓，只作为道德规范的成分出现。"① 以这首诗为例，它是诗人赴欧洲留学期间，1921 年在伦敦写的。身处灯红酒绿的资本主义大都会，诗人偏偏写起故乡江阴的一个小农家的暮，而且把普通农民的日常生活写得那样富有诗意，这本身就表现出他对祖国的深切怀念，对劳动者的深切的同情。在这样的诗作中，直接地描写客观事物是手段，间接地表现主体的情感和个性才是目的。写得较出色的风景诗，生活小诗等，均可作如是现。

诗歌的主体性原则，还往往使得在诗人笔下的客观事物发生不同程度的变形，而主体的个性形象就在这千差万别、不同程度的变形中被凸现出来。我们不必举古代"燕山雪花大如席，片片吹落轩辕台"，"飞流直下三千尺，疑是银河落九天"等尽人皆知的佳句，在新诗创作中，这种客观事物因主体的情感的辐射而变形的例子也俯拾皆是。如果是一位新闻记者参观自行车厂后写一篇参观记，大概总要老老实实地记述在各车间的所见所闻，因为对于通讯报道的文体，只有严格遵循生活自身的真实，才有说服力。但同样的自行车厂，在诗人邓海南的眼里却变形了：

> 无数个闪着白光的圆圈叠在一起。/无数个乌黑发亮的三角叠在一起。/两台机器里夹持着带钢，/像两只娴熟的手握着蜡笔，/一个画着圆圈，/一个画着三角，/两条川流不息的河，/在装配线上汇流在一起。三角形的稳定，/圆形的滚动，/在这儿和谐地合为一体，/每一个三角和两个圆圈，/将配成一架现代中国人的坐骑。……
> 　　　　　（《圆圈和三角的进行曲——写在自行车厂》）

---

① 乔治·桑塔雅纳：《诗歌的基础和使命》，《美国作家论文学》，生活·读书·新知三联书店 1984 年版，第 133—144 页。

一辆辆自行车，变成了"圆圈"与"三角"这样两个几何图形的叠印；自行车的组装变成了"两只娴熟的手握着蜡笔，一个画着圆圈，一个画着三角"——这里与其说写的是自行车厂，不如说写的是创作主体对自行车厂的印象与感觉，然而这才是真正的诗。要求抒情诗人去真实地描写或再现一个客观景物或生产流程，只能使诗味丧失殆尽。

为了充分揭示主体复杂而丰富的内心世界，现代诗歌越来越趋向于象征的表现法，即把主体精神生活中最深刻，最有光彩的部分外化为具体的象征图像；而且现代意义上的象征已不再像早期诗歌那样一对一地以一种客观物象象征某一观念，主体的意识是通过整幅象征画面展示出来的。像舒婷的《双桅船》：

> 雾打湿了我的双翼/可风却不容我再迟疑/岸呵，心爱的岸/昨天刚刚和你告别/今天你又在这里/明天我们将在/另一个纬度相遇
>
> 是一场风暴、一盏灯/把我们联系在一起/是一场风暴，另一盏灯/使我们再分东西/不怕天涯海角/岂在朝朝夕夕/你在我的航程上/我在你的视线里

很明显，这首题为《双桅船》的诗，已不再是客观地摹写双桅船了。在这里"双桅船"，与双桅船相对比而存在的"岸"，以及围绕它们的"风暴"、"灯盏"等意象组成了一幅整体象征的画面，这幅画面的象征含义是多层次和不确定的："双桅船"与"岸"的分别和相望可以象征对爱情的坚贞，也可以象征对友谊的忠诚，还可以象征为了理想而勇于走向天涯海角的心境……这就较充分地展示了主体复杂而丰富的内心世界，而读者也可以借此宣泄自己的人生体验，情感，欲望，等等。

强调诗歌的主体性原则，会不会背离唯物主义？当然不会。在诗歌掌握世界的过程中，遵循主体与客体相统一的原则，正是坚持了辩证唯物论，摒弃了机械唯物论。这里很重要的一点在于：创作的客体并不等于创作的最后根源。说抒情诗

吴思敬论新诗

的创作客体就是诗人自身，并不等于说诗的最后根源就是诗人自身。因为作为诗歌创作主体的主要组成部分的诗人的精神生活，在现实世界中也并不是本源的东西。按照存在决定意识的唯物主义原理，诗人的主观世界也并不完全由诗人自身所能决定的，归根结底是那一特定时代特定民族的物质及精神生活的反映。因此，抒情诗表面上写的是诗人的心灵世界，实际上它的最终根源仍然是客观存在的物质世界，这是完全符合艺术唯物论的。

抒情诗以主体的主观世界为表现对象，并不意味着诗人情感的不同层次都值得入诗。黑格尔认为，抒情诗的"主体也不应理解为由于要用抒情诗表现自己，就必须和民族的旨趣和观照方式割断一切关系面专靠自己。与此相反，这种抽象的独立性就会丢掉一切内容，只剩下偶然的特殊情绪，主观任性的欲念和癖好，其结果就会使妄诞的幻想和离奇的情感泛滥横流。真正的抒情诗，正如一切真正的诗一样，只表达人类心胸中的真实的内容意蕴。作为抒情诗的内容，最实在最有实体性的东西也必须经过主体感觉过，观照过和思考过才行。"① 黑格尔的意思是说，抒情诗以表现主体的情感为主，但这主体的情感不应是褊狭，妄诞的，不应与民族精神脱离，并要经过理智的思考。黑格尔的话即使放到今天，对于我们全面地理解诗歌的主体性原则也依然是很有价值的。

优秀的诗人在以自己的主体作为表现对象的时候，绝不是不负责任的自由倾泻，而要根据时代的要求，根据民族的特征，根据自己的哲学与美学观点对之进行审视、进行加工，力争使作为主体写照的艺术客体具有如下的特征：

第一，真实性。诗的领域，虽与人的心灵领域一样，广袤无涯，但真实是它的基本品格。有人说："诗非他物，只是一句真话。"这真是一语破的。诗，绝不能与谎言相容。英国诗人锡德尼说："在白日之下的一切作者中，诗人最不是说谎者，即使他

---

① 黑格尔：《美学》第三卷下册，商务印书馆 1981 年版，第 201 页。

想说谎，作为诗人就难做说谎者。"① 拜伦也说："假如诗的本质必须是谎言，那么将它扔了吧，或者像柏拉图想做的那样：将它逐出理想国。"② 诗的真实，不同于科学的真实，也不同于小说戏剧真实，诗的真实一般不是直接说出某一科学道理，也不是把客观事物毫发不爽地再现出来，而是指诗人从科学上把握了客观世界之后，用诗的形式把他对这一客观世界的主观感受真实地表现出来。诗的真实不在于认知的"真"，而在于表情的"真"，它的核心就是要诚实，要有真情实感。诗的真实作为艺术真实的一种特殊形式，对它的理解不可过于拘泥。据说19世纪英国作家斯蒂芬生去见南海群岛的酋长，这位酋长是一位诗人。在谈话中斯蒂芬生问他的诗的内容是什么，这位老酋长便回答说："情人与海，情人与海，你要知道，不是完全真的，也不是完全假的。"斯蒂芬生以为这是一切诗的公正的解释。细味一下，老酋长的话是有道理的。"不是完全真的"，就是说诗不是现象的真实的照搬；"不是完全假的"，是说诗歌所写的总有一定的客观生活的依据。比如"白发三千丈"吧，当然不是指一个人当真拖着三千丈长的白发，这就"不是完全真的"；但是它用夸张的语言表现出的沉重的忧愁却是实际存在的，这就"不是完全假的"了。总之对诗的真实性的理解，我们必须持艺术的眼光，不要拘泥于现象的真实，见到李白的"黄河之水天上来"，就以为黄河真的发源于"天上"；见到"霜皮溜雨四十周，黛色参天二千尺"，就批评杜甫把古柏写得太细长。衡量诗的真实，我们得设身处地地站在诗人的位置上，面对客观事物，衡情度理，看他的情感是否自然而真实，看他能否敞开内心，写真情，讲真话，而禁绝一切假话、空话、套话、过头话、门面话、矫情话等等。

　　第二，独特性。一个遵循了主体性原则的抒情诗人，如果

---

　　① 锡德尼：《为诗一辩》，《西方文论选》上卷，上海译文出版社1979年版，第242页。

　　② 拜伦：《致约翰·墨雷先生函》，《古典文艺理论译丛》第一册，人民文学出版社1962年版，第129页。

他是有才华的，他的诗必然是具有鲜明的个人风格与独特的个性的。前人云："面异斯为人，心异斯为文。"① 所谓"心异"，就是有差别，有个性。世界上没有完全相同的诗，正像没有完全相同的人一样。诗的写作，从本质上说，无非要写出不同，写出差异，要以独特的眼光，从独特的角度，用独特的语言，抒写诗人对生活的独特感受。做到这一点，才能叫找到了自己。在这里，又一次鲜明地看出诗与科学的不同。科研成果，不论是哪个时代，哪个民族，哪些具有不同个性的科学家创造出来的，只要它是真正符合客观事物发展规律的，那么它就普遍适用：此时此地的某一科学家的科研成果，可以在相同的条件下，由彼时彼地的另一位科学家推导或复现出来。因而科研成果本身是谈不到什么个性的。但是诗歌则不同。即使是同一时代同一民族面对同一题材的诗人，他们写出的诗篇也迥然不同。

在诸种文学形式中，诗是最富于个性化的。成熟的大家之作，甚至只要抽出其中的几句，就能分辨出是谁的作品。

诗的独特性从哪儿来？真诚地吐露自己的内心，是诗歌独创性的前提，但这还不够。因为真诚地敞开心灵说出的话可能是独特的，也可能是人云亦云的，这里关键是诗人本身要有点"独特性"，他要有对生活的独特感受，要有自己独特的心理特征，要有独特的美学见解，要有点儿新的，甚至是"超拔"的思想。由于"一切已死的先辈们的传统，像梦魇一样纠缠着活人的头脑"②。所以诗人不以极大的勇气冲破习惯势力的束缚，大胆创新，就不会有真正的诗歌。诗人只有掌握先进的哲学，才能别具慧眼，从纷纭复杂的现实中发现闪光的东西；诗人只有站在时代的峰巅，才能别有胸襟，一笔扫尽从来窠臼！

第三，普遍性。据说苏东坡写出《蝶恋花·花褪残红青杏

① 袁枚：《读书二首》，《小仓山房诗文集》卷六，上海古籍出版社 1988 年版。
② 马克思：《路易·波拿马的雾月十八日》，《马克思恩格斯选集》第一卷，人民出版社 1972 年版，第 603 页。

小》之后，让他的侍儿朝云来唱，唱到第四句时，朝云流下泪来。东坡问她哭什么？她说，她不能唱的是"枝上柳绵吹又少，天涯何处无芳草"这两句。苏东坡写《蝶恋花》，本是借描绘暮春景象，反映自己在贬谪途中的失意心情。然而这样一首词却使得一个从来未当过官，也不懂得贬谪滋味的女孩子那样激动。这很能引人思考。

诗的主体性原则要求诗人真诚地展示自己的内心，因而优秀的诗篇是最富于个性色彩的。然而抒情诗是否只是纯个性，纯偶然性，而毫无普遍意义呢？不是的。黑格尔认为，在抒情诗领域，"人类的信仰、观念和认知的最高深的普遍性的东西（其中包括宗教，艺术甚至科学思想的重要内容意蕴）却仍巍然挺立"[1]。真正伟大的诗篇，既是高度个性化的，又具有涵括广泛的普遍性，也就是说在诗人唱出的具体的特定的歌声中，包含着超越诗人个人的，具有那一时代特色的，反映出民族性、反映出人民心声的诗篇。为什么主体真实地袒露自己的内心，往往会带有一定程度的普遍性呢？这是由于抒情主体是一个单个的人，但同时也是处于一定时代、一定民族、一定社会关系中的人，是人类共同性中某些特征的体现者。普希金说过："我的永远正直的声音是俄罗斯人民的回声。"[2] 诗人雷抒雁也讲："每天，我都想把心的琴键擦得锃亮/让人民的五指——/喜，怒、哀、乐、愁/弹奏出最响亮的声音！"[3] 可见对诗人来说，自我与时代、与人民是一致的，因为诗人本身就生活在这个时代，是人民的一员。伟大的诗人往往有一种涵盖一切的气魄：我是人民！人民是我！像聂鲁达那样，他既是在扩张自我，又在吸收外部世界，这样他的声音就不是纤细的，微弱的，而是充满了时代精神的浑圆体。因此要做一个真正的诗人就要自觉地把自己与人民、与时代融合在一起，让自己的胸腔中流着民族的热血，让自己的脉搏和着时

---

① 《美学》第三卷下册，商务印书馆 1981 年版，第 191 页。
② 布罗茨基主编：《俄国文学史》上册，作家出版社 1954 年版，第 283 页。
③ 《做人民的歌手，为人民而歌唱》，《诗人谈诗》，广播出版社 1983 年版，第 43 页。

代的脉搏而跳动，这样他的诗越是个性的，越是主观的，就越有普遍的价值。

（1984 年 8 月）

诗：生命的律动

　　罗丹在巴黎圣母院的穹门前，面对大教堂的阴影，曾对德国女作家海伦·娜丝蒂兹讲过："大教堂的变动不居的阴影表现出运动。动是一切物的灵魂。"[①] 罗丹的话不仅道出了作为建筑艺术辉煌结晶的巴黎圣母院的奥秘，而且道出了包括诗歌在内的所有艺术的共同追求：表现运动，表现生命的律动。

　　大千世界，从巍峨壮观的大山，到芥豆之微的小草；从万物之灵的人类，到单细胞的原虫，无时无处不在运动之中。先哲早就有"濯足急流，抽足再入，已非前水"的比喻，表明了物质时刻在发展变化的真理。柏拉图曾假定形而上有永久不变的东西，实际上那不过是一种主观的幻念，假如真有永久不变的东西的话，那也只能是变化本身。恩格斯精辟地指出："运动，就最一般的意义来说，就它被理解为存在的方式，被理解为物质的固有属性来说，它包括宇宙中发生的一切变化和过程，从单纯的位置移动起直到思维。"[②] 诗人郑敏曾用形象化的诗句表现了这一思想："天空上没有不变幻的白云，白杨树上没有不摇动的绿叶，人海里没有不移滚的白浪，音乐里没有不改变的和弦。在一个'一'里有无穷的'多'，无穷的'多'又在'一'里谐和，移动着的时间，不会停留在同一个姿态里，平衡的结果，往往是新生的开始，历史，那滚滚的白浪啊，什么时候曾凝成永恒？……"[③]

---

　　① 海伦·娜丝蒂兹：《罗丹在谈话和信札中》，《文艺论丛》第10辑，第388页。
　　② 《自然辩证法》，《马克思恩格斯选集》第三卷，人民出版社1972年版，第491页。
　　③ 郑敏：《辩证的世界，辩证的诗》，《十月》1982年第4期，第216页。

运动不仅是物质的基本属性，而且是生命的表示，大自然是有生命的。车尔尼雪夫斯基曾用生动的笔触描绘了这一点："在空气中总是不乏轻微的运动的，这种运动为我们的听觉给自然界添上新的生命：树叶的萧飒作声——这种微风几乎使人觉察不出，树木好像活了起来，好像在喃喃低语；高高的草，金黄色的田野，我们的灰色的羽茅草波涛起伏，展延开去，它时刻刻都幻出新的色调。于是大自然变得气象万千，生动活泼：到处都是轻快的嘈嘈之声，到处都是活动……"① 人更是有生命的。这不仅表现在人有从小到老的发育成长过程，也不仅表现在人能做出各种动作，而且表现在人的内心时刻都处于运动之中。华人学者夏济安认为："'动作'通常指外界看得见的动作，但是内心也有'动作'。释迦牟尼在菩提树下大彻大悟，耶稣基督在荒野里对魔鬼说：'撒旦，走开！'这些都是两位教主生命中的大事，从那时候开始，他们悟到了'道'，他们有了自信。这种内心的动作，应该和释迦托钵乞食，耶稣治疗麻风病人这种外界的动作一样重要，甚或更为重要。"②

的确是这样，人在客观世界中生活，客观环境随时都在发生变化。这变化反映到人的心中，便产生情绪的律动，即内心的动作。诗歌就正是这种内心动作的产物，它是生命的律动，是生命力的强烈表现，凡是有人的地方就有诗，凡是有生命的地方就可以发现诗。甚至在人类的发达语言出现以前，这种律动便在人类的劳动中、游戏中表现出来了，那劳动中的号子，游戏时的呼喊，不就是原始的诗吗？郭沫若讲过："宇宙内的东西没有一样是死的，就因为都有一种节奏（可以说是生命）在里面流贯着的。做艺术家的人就要在一切死的东西里面看出生命出来，一切平板的东西里面看出节奏出来……"③ 在关于新诗的理论中，常

<hr />

① 《论崇高与滑稽》，《车尔尼雪夫斯基论文学》中卷，上海译文出版社1979年版，第102页。

② 夏济安：《评彭歌的〈落月〉兼论现代小说》，《中国现代文学批评选集》，台北：联经出版公司1977年版，第79页。

③ 郭沫若：《论节奏》，《文艺论集》，人民文学出版社1979年版，第229页。

听到"内在的韵律"一说，就是指的诗人情绪的律动，或用郭沫若的话说是"情绪的自然消涨"。诗人们也往往有这样的创作体会，当诗情袭来的时候，首先奔涌而来的，往往不是具体的诗句，而是一种情绪，一种带有律动性的情绪，一种类似音乐主旋律似的东西，反复在头脑中闪现，一旦诗人把它捕捉住，用语言固定下来，那么一首诗的雏形就出现了。法国诗人瓦雷里在谈他写《海滨墓园》的情况时提到，他有一阵子心里总是回荡着一种六行十音节而没有具体内容的节奏，后来他倾注了平生的思想感情，才写成了这一诗篇。这一过程是痛苦的，要付出艰巨的劳动。这里关键是把诗人长久郁积的或瞬息涌现的思想和情绪表现为时间上的先后承续，从而使诗人心理变化的脉搏与客观世界的动势巧妙地契合，使诗人内心的震颤、情绪的搏动在时间的运动中得到体现。

进入现代社会以后，强调诗歌表现运动的趋向越来越明显。英国文学批评家沃尔特·佩特说过："一切的艺术都趋向于音乐。"这就是说，一切艺术都力图打破静的空间界限，趋向于动的方面。瑞士画家保罗·克利于1918年写的一篇文章中说："绘画艺术从运动中涌出，它本身是固定的运动，并且通过运动而为人所觉察。"[①] 未来派画家为了"再现动力的感觉"，画马不是四只脚，而是二十只脚；画儿童的体操，一人也变成数人，而且连背景上的房屋操场也都跟着旋动起来。今天看来，他们要求绘画这种空间艺术表现事物在时间中的位移，手法未免有些机械；但也确实体现了艺术家为打破静的空间限制，对"动势"的一种追求。美国诗人罗伯特·弗罗斯特在谈到诗的旋律是怎样产生的和在一首诗中无法驾驭的内容同必须体现的主题两者是如何结合在一起的时候，指出："答案在诗带给人的享受本身之中，这就是诗的运动。它从亢奋开始，而以明智结束。这是如同爱情一样的运动。谁都不会认为，激情应该是静止和原地不动的。作诗一

① 见赫伯特·里德《现代绘画简史》，上海人民美术出版社1979年版，第102页。

开始总是亢奋的，随后它会越来越冲动，这种运动在第一行诗句出现时就具有了方向性，再往下它会在一刹那之间尝到成功，并以解释生活而结束，这种解释不一定是对生活规律的伟大发现，足以创造宗教和社会潮流，但却是一片混乱之中的真理与和谐的一刹那闪现。"① 在现代的优秀诗歌中，它的语言、结构、节奏全处在一个不息的运动过程中，诗人的主要目的不是告诉读者一个静止的结论，而是要求读者紧跟着诗中留下的轨迹去寻找那些正在消逝着的或可能要出现的环节。这种对运动过程的强调，使得诗歌成了一个流贯着生命的律动的，力和美交织的有机的整体。

运动是物质的存在方式，也是一切艺术的存在方式。但在不同的艺术形式中，表现运动的规律和方式却有所不同。

作为时间艺术的音乐，是以时间上流动的音响为物质手段来表现运动的。奥地利音乐家汉斯立克说："在对音乐的本质和效能的探讨中，运动的概念……是最重要的，最有收获的概念。"② 单一的音响，不能构成音乐；音响只有按照符合数的规律的形式美原则，在一定的时间进程内按一定的规律来运动和组合，才能构成音乐语言，表现出流动的音乐美。

绘画、雕塑等空间艺术向观众展示的是局限在瞬间的空间形象，表面是静的，但偏要选取将动未动的一瞬间来表现，以引起观众的联想：哥特式大教堂的塔尖像一支削尖的箭，急遽地冲向天空，似乎要带着整座教堂飞去；罗丹的雕塑《青铜时代》的主人公刚从睡梦中醒来，肺部吸满空气，举起了手臂，那绽起的块块肌肉透露出人类身上蕴藏已久的力将要爆发了；我国出土的《马踏飞燕》，那铜奔马四蹄生风，睹此马，眼前似扬起马蹄踏碎的云片，耳畔似听到骏马的嘶鸣……优秀的造型艺术作品总是这样，在表面静止的造型中，暗示动态，给人以强烈的运动感。

① 罗伯特·弗罗斯特：《诗的运动》，《美国作家论文学》，生活·读书·新知三联书店 1984 年版，第 354 页。

② 爱德华·汉斯立克：《论音乐的美》，人民音乐出版社 1980 年版，第 31 页。

诗：生命的律动

时间艺术和空间艺术是如此，那么诗呢？

黑格尔认为，作为语言艺术的诗，是第三种艺术，是把造型艺术和音乐这两个极端在一个更高的阶段上，在精神内在领域里的统一。他认为绘画提供明确的外在形象，但在表现内心生活方面还有欠缺，于是才有音乐；音乐在表现内心生活的特殊具体方面欠明确，于是才有诗。诗是艺术发展的最高峰，是抽象普遍性和具体形象性的统一。按黑格尔的观点，诗是空间艺术和音乐这两个极端在一个更高的阶段上的统一，因此在表现运动上，它就兼收了空间艺术与音乐的长处，形成了自己独特的表现手段。

诗人情绪的搏击、生命的律动是决定诗歌中运动的表现的内在因素。但要把内在的律动外化出来却要通过语言。语言只是一种符号，不能像绘画的线条、明暗、色彩那样把事物描绘得直观而具体，在这点上它是与音乐相近的；但它又不同于音乐只能表现抽象的、很难定型的情绪，它可以凭借语言的无比丰富性和可塑性，使不断运动的情绪之流定型，并通过语言的间接反映的特点，使这一运动在诗歌中依次展现。诗人在把内在的情绪的律动外化出来的时候，主要是用语言构成一种动势，而运动的最后完成则赖于读者接受信息后在头脑中呈现的连续性的想象。这也就是说，诗人通过语言媒介表现的情绪的律动，是诉诸读者的想象才还原为运动的感觉的。

诗歌表现运动的特点，使它大大超越了空间艺术所能表现的生命运动的一瞬间，使之具有流动感；同时又使音乐的流动性得以定型，从而给人以具体、切实的感受。正是基于此，黑格尔才认为诗这第三种艺术，比起造型艺术和音乐这两个极端来，都略胜一筹。莱辛也认为，动态美"由诗人去写，要比由画家去写较适宜"①。

为了在想象中造成运动感，诗人们通过多种渠道进行了探索。

---

　　① 莱辛：《拉奥孔》第二十一章，人民文学出版社 1979 年版，第 121 页。

第一，借助于鲜明的动态意象。

这也就是亚里斯多德所强调的"把事物在行动的状态中表现出来"[1]。由于在客观世界中，运动无时不在，无处不存，所以表现动态的意象，最接近世界的本来面目。不仅如此，西方学者还提到，在美的不同类型中，最令人赏心悦目的美之一是人体、动物和机械的运动美。速度美是20世纪独具的，在陆地、海洋和太空中，运载工具以令人眩惑速度运动着；动物的动态美的最出色的例子是马，慢动作的摄影术记录了马腿全速运动那优雅、复杂的顺序。这说明，表现动态的意象不单能反映世界的本来面目，而且也最容易引起人的美感，因而最宜入诗。借助鲜明的动态意象表示运动，一是要善于选取鲜明的动态意象，二是要注意保持动态的延续与发展。这样在读者的想象中，动作才能鲜明可见，才能持续地运转起来，从而造成强烈的动态感。

我国古代诗人一向注意选取鲜明的动态意象以表现奔放的激情。李白的《早发白帝城》和杜甫的《闻官军收河南河北》就是这方面的好例子。前者用飘荡的彩云、不住的猿声、如飞的轻舟，寄寓了诗人遇赦，拨云见日，如释重负的心情；后者则用涕泪满襟、漫卷诗书、放歌纵酒，以及想象中的穿峡出川，踏上归程等动作，表现了诗人听到官军平定叛乱之后的极度欢乐之感，这两首诗均选取了富有强烈动作性的意象，感情的宣泄与时间的流动交融在一起，轻快跳宕，其疾如风，给人以强烈的动态美。

至于现代诗人，他们生活在高速的，急驰的现代生活的漩涡之中，面对飞跃发展的现实，出于诗人的使命感，他们很准再保持一种超然的静穆平和的心境，满足于空诸一切、心无挂碍的"静照"境界。他们的内心冲动在不停地撞击，形成一股饱满的不舒服的张力，诗的意念在广阔的宇宙和人的思绪间飞翔。在现代诗人中，用客观的调子做静态的描摹者越来越少，更多的则是体现了对动的追求，对力的歌颂。

---

① 亚里斯多德：《修辞学》，《西方文论选》上卷，上海译文出版社1979年版，第95页。

新诗诞生初期，郭沫若就以狂飙突进的精神，歌颂生命的火焰，灵魂的电流："我飞奔，/我狂叫，/我燃烧。/我如烈火一样地燃烧！/我如大海一样地狂叫！/我如电气一样地飞跑！"（《天狗》）那狂热的激情，自由的气息，迅疾的节奏，像火焰一样炙烤着青年人的心。

徐志摩也很少把眼光停留在静止不动的无生物上，而是渴望表现生命的运动。他说："我爱动，爱看动的事物，爱活泼的人，爱水，爱空中的飞鸟，爱车窗外掣过的田野山水。星光的闪动，草叶上露珠的颤动，花须在微风中的摇动，雷雨时云空的变动，大海中波涛的汹涌，都是触动我感兴的情景。是动，不论是什么性质，就是我的兴趣，我的灵感。是动就会催快我的呼吸，加添我的生命。"① 请看他写雪花，不去雕琢雪花的形状，而是策意描绘雪花的飞扬："假若我是一朵雪花，/翩翩的在半空里潇洒，/我一定认清我的方向——/飞扬，飞扬，飞扬，——/这地面上有我的方向。"（《雪花的快乐》）他写秋风，不是渲染秋风的肃杀，而是强调西风的猛旋："这几天秋风来得格外尖厉：/我怕看我们的庭院，/树叶伤鸟似的猛旋，中着了无形的利箭——"（《为谁》）他写彩虹，不把它描绘为静态的"长虹卧波"，而是把它比成动态的"双龙"："雷雨暂时收敛了，/双龙似的双虹，/显现在雾霭中，/夭矫，鲜艳，生动，——"（《消息》）他写破庙，不是渲染它的荒凉沉寂，而是把它放到雷雨之中："电光火把似的照耀，/照出我身旁神龛里/一个青面狞笑的神道，/电光去了，霹雳又到，/不见了狞笑的神道，/硬雨石块似的倒泻——/我独身藏躲在破庙。"（《破庙》）由于徐志摩的诗少作静态的刻画，而善于抓住瞬息即逝的动态意象，所以富于活力，对于后来的诗作者也有一定的影响。

为了表现运动，除要选取鲜明的动态意象外，还要注意保持动态的持续性，也就是说动作应是不断变化、发展的，而不是趋于静止。这是由诗歌所具有的时间艺术的某些特点决定的。动作

① 徐志摩：《自剖》，《徐志摩选集》，人民文学出版社 1983 年版，第 243 页。

的持续性归根结底要在时间的运动中才能得以表现。这里关键是不要把意象当成凝固的、静止的、孤立的东西来写，而是要把它们当成依次相连的、发展的、流动的过程展开来写。像雪莱笔下的云雀："向上，再向高处飞翔，／从地面你一跃而上，／像一片烈火的轻云，／掠过蔚蓝的天心，／永远歌唱着飞翔，／飞翔着歌唱。"（《致云雀》）诗人不仅点出了云雀向高处飞翔、在高空中歌唱的动作，而且精心描写了动作的持续过程，读者在强烈的动态感受中可以体会到雪莱对美好未来的向往和躁动不安的追求。再如李瑛笔下的木筏："一支木筏天上来，／比鹰疾，比箭快：／莫不是强劲的风，／吹下一片山头的云彩！／扑簌簌的小红旗，／在浪尖上摆；／噗噜噜的水花儿，／在木筏两边开。／绕险滩，过悬崖，／一霎时，把座座大山都吓呆；／一转舵，云破天开，／两颗红星飞出山峡来。……"（《木筏天上来》）随着时间的推移，一支木筏从遥远的天边疾驰过来，绕险滩，过悬崖，近了，近了，我们似乎看到了帽徽上的红五星……全诗虽然在强烈的动势中戛然而止，而动作却在持续。

第二，借助于静态或无生命事物的"心灵化"。

诗的意象有多种，除去有明显动作或变化的动态意象外，还有大量的由静止的或无生命的东西构成的静态意象。对后者，诗人往往避免做静态描绘，而是借助于种种移情手段，把这些静态或无生命的东西写活，使之呈现出一种动态美。

把静态的或无生命的东西写活，从根本上说，就是指静态或无生命事物的"心灵化"。正如黑格尔所说："在艺术里，感性的东西是经过心灵化了，而心灵的东西也借感性化而显现出来了。"[1]

这种心灵化，可以借助于比拟。亚里斯多德曾讲："荷马常用有生命之物来作无生命之物的隐喻。"[2] 用动态的或有生命的东西，去比拟静态的无生命的东西，静态的无生命的东西便获得

---

[1] 《美学》第一卷，商务印书馆 1979 年版，第 46 页。

[2] 《修辞学》，《西方文论选》上卷，上海译文出版社 1979 年版，第 95 页。

了动态和生命，长城是静态的，但是在诗人邵燕祥的笔下，它却变成了一匹飞驰的神奇的骏马："我跟太阳跃起在太平洋/水淋淋地登上/北京湾，迤逦而西/曝干了鬃上的水滴/沉淀出历史之盐……"（《长城》）随着诗人的描写，读者的眼前也仿佛出现了一匹骏马，"从日出奔向日落，从大海奔向流沙！"静态的长城变活了，奔腾起来了，这不能不给人以强烈的运动感。再如徐志摩笔下的潭水："那榆荫下的一潭，/不是清泉，是天上虹；/揉碎在浮藻间，/沉淀着彩虹似的梦。"（《再别康桥》）潭水本是静的，现在诗人却把它比成被浮藻所揉碎的天上的彩虹，因而给人一种动感，特别是"彩虹似的梦"的比喻，更收到了化空间为时间之效，引人遐想。

这种心灵化，还可以借助于错觉。松树是静态的，自然不会有人的动作。但辛弃疾借助于醉后的心理错觉，却可以使之"人化"："昨夜松边醉倒，问松'我醉何如'？只疑松动要来扶，以手推松曰'去！'"（《西江月·遣兴》）同样，凤凰树是直立生长的，自行车的铃声也是回荡在路面，但是当诗人舒婷在一条旧路上突然与人相遇，现实与回忆刹那间挤压在一起，便产生了心理错觉："凤凰树突然倾斜/自行车的铃声悬浮在空间/地球飞速地倒转/回到十年前的那一夜。"（《路遇》）像这类错觉描写从根本上说是表现诗人在特定时间里的强烈的内心感触，同时也使得静态意象运转起来，收到化静为动之效。

第三，借助于跳跃性的组合。

所谓运动，按罗丹的说法，就是"从这一姿态到另一姿态的转变"[1]。不同的静态意象并置在一起，就会出现意象的跳动，从而产生运动感。这种组合类似电影中的蒙太奇。西洋绘画所表现的物象，是取一刹那的姿态，画面上显示不出时间的流动。但中国画采取散点透视的办法，有可能把不同时间看到的景象组合到一起，使意象具有"同时并发性"。我国古代诗歌受绘画的影响，也往往采取意象并置的办法。温庭筠的《商山早行》：

---

[1] 《罗丹艺术论》，人民美术出版社1978年版，第36页。

"鸡声茅店月，人迹板桥霜。"孤立地看，每个意象都是静的；然而并列在一起，就产生了一种内在的运动：读者仿佛看到荒村野店中旅客被鸡鸣声唤起赶路，天空还挂着残月，铺满白霜的板桥上留下了行人的足迹。这里静态的并置意象不仅构成了一幅完整的画面，而且产生了时间的流动感，透露了游子羁旅在外的思乡之情。

在现代诗歌中，以因果联系为主的一般性叙述逐步减弱，而日益趋向于各意象间的空间联系。这种空间联系在一定程度上又可转化为时间联系。因为占据空间的意象，可以用类似中国画的散点透视的办法加以组合，人们依次观赏，便会产生时间的流动感。戴望舒有一首短诗：

> 是飘落深谷去的
> 幽微的铃声吧，
> 是航到烟水去的
> 小小的渔船吧，
> 如果是青色的真珠，
> 它已堕到古井的暗水里。
>
> 林梢闪着的颓唐的残阳，
> 它轻轻地敛去了
> 跟着脸上浅浅的微笑。
>
> 从一个寂寞的地方起来的，
> 迢遥的，寂寞的呜咽，
> 又徐徐回到寂寞的地方，寂寞地。

这首诗题目叫《印象》，写的是诗人在某一特定时空感官所受到的刺激。诗人把"幽微的铃声"、"小小的渔船"、"青色的真珠"、"颓唐的残阳"、"寂寞的呜咽"等六个意象并列在一起，在立体地展示了那一特定时空环境的同时，一种流贯其间的内在的情绪流，一种在黑暗社会中正直知识分子的孤独感和寂寞感，便很自然地流露出来了。

第四，借助于心理学上的同时反衬，用外部意象的沉静反衬出抒情主人公内心的不平静。

一般说来，形象与形象之间有一种自然的空间差，间差越大，运动感就会越强。因此，动势可以用经过选择的、似乎凝聚不动的瞬间来体现，在这种情况下，外表的宁静与内心的波澜形成一种张力，给人以弯弓待发的运动感。

李瑛的《一月的哀思》中有这样几句：

> 敬爱的周总理，
> 我不能到医院去瞻仰你，
> 只好攥一张冰冷的报纸，
> 静静地伫立在长安街的暮色里。
> 任一月的风，
> 撩起我的头发；
> 任昏黄的路灯，
> 照着冰冷的泪滴。

诗人用外表的静来反衬内心的不平静，在这静的表象后边，我们完全可以感到诗人被巨大的悲痛压着，思潮在剧烈地起伏。

章德益也有一首诗，题为《大漠之静》："静的黄沙，静的凝云，/静的漠天，/静的枯林，/仿佛太古的寂静，/一直延续至今。//这是一种笼罩在单调中的静，/这是一种凝结在空旷中的静，/这是一种铺展到天涯边的静，/这是一种潜化入一切中的静。//没有小鸟来啼碎这种死寂，/没有雨滴来敲碎这种安宁，/没有繁叶来摇碎这种暗哑，/没有泉水来弹裂这种沉静。//连太阳的金锣也在窒闷中锈涩，/发黄变形，/敲不出一丝辉煌的声音；/连月牙的螺号也在银河岸哑然，/通体发青，吹不出一丝空灵的幽韵。//呵，静！多么可怖的静！/以空旷与沉闷窒息着一切，/以寂寞与荒凉尘封着生命。/得召集多少雷电、多少骤雨呵，/才能彻底冲决这/笼罩了大地千年的/静！"这首诗通篇极力渲染沙漠的死寂与沉静，然而透过这一系列静的意象，我们看到的是诗人想冲决这寂静的鼓荡的心潮。像这样的诗以外表的静衬托内心的动，作者可谓深得艺术辩证法之三昧。

第五，借助于"点睛法"，在静态意象的描绘中恰当地嵌入动态意象。

中国绘画中有"画龙点睛"的传说，一点睛，静态的龙就会破壁而出。写诗也可以先用静态的意象"描龙"，最后用动态的意象"点睛"。这样诗"龙"就腾空而起了。此法运用得当，诗歌既可以有绘画的形象美，又可以有流畅的动态美。

《诗经》的《卫风·硕人》写女人的美，先说："手如柔荑，肤如凝脂，领如蝤蛴，齿如瓠犀，螓首蛾眉"，这是从静态上刻画了女子的手指、皮肤、脖子、牙齿、前额、眉毛之美，但如果光以这种笔法写下去，就成了一幅呆板的美人图。聪明的诗人不是这样，在这几句静态刻画后，紧接着又写道："巧笑倩兮，美目盼兮"，那流动在嘴角的轻巧的笑，那含情脉脉的黑白分明的眼神，这两个生动的动态意象，使这位女子一下子活了，她不再是平面的美人图，而是立体的、可感的、有生命的了。

这种手法，到了现代诗人手里，用得更加纯熟。艾青的《绿》，前四小节极写静态的绿：

好像绿色的墨水瓶倒翻了，
到处是绿的……

到哪儿去找这么多的绿，
墨绿、浅绿、嫩绿、
翠绿、淡绿、粉绿……
绿得发黑、绿得出奇；

刮的风是绿的，
下的雨是绿的，

流的水是绿的，
阳光也是绿的。

所有的绿集中起来，
挤在一起，
重叠在一起，
静静地交叉在一起。

如果诗到此为止，虽可以使读者沉浸在这绿的世界中，但毕竟缺乏一种力的感受，这条绿色的"龙"还没有飞腾起来。奇妙的是诗人在最后一小节笔锋一转：

突然一阵风，
好像舞蹈教练在指挥，
所有的绿就整齐地
按着节拍飘动在一起……

有了这动态的点睛之笔，整幅画面活了，诗的意境也活了，自然界盎然的春意与诗人在思想解放潮流中对春天的感受交融在一起，似和煦的春风扑打着读者的胸怀。

第六，借助于参照物的改变。

物体的运动，往往是通过参照物被知觉的。随着参照物的改变，对运动的知觉也会有相应的变化。比如夜间天空中的月亮和云彩，如果以云彩为参照物，我们可以知觉为月亮在云彩后移动；如果以月亮为参照物，我们又可以知觉为云彩在月亮前边移动。这种运动知觉的相对性的原理也可以用到诗歌创作中来。一种静态的景物，如果换个参照物去观察，也可能就变为动态的了。

火车在行进中，如果我们以车窗外的隧洞、站牌、溪流、山岗等为参照物，会感到运动的是列车。但是根据运动知觉相对性的原理，我们也可以把列车作为参照物，把它看成是不动的，这样，车窗外的本来是不动的景物在我们的知觉中就会都运动起来。这就是心理学上所说的"诱导运动"。骆耕野的《车过秦岭》就运用了这种原理：

> 隧洞的巨口
> 吞没了站牌　野花　环抱村镇的溪涧
> 吞没了车窗框成的山水图
> 号旗的绿翅膀
> 和萦绕于孤松鬓角的忧思般的山岗

在这几行诗里，静止的隧洞运动起来了，有了生命。诗人进而以此为基础展开联想——隧洞的巨口吞没了一切，象征着我们的社会经历过的一段黑暗的日子，从而使全诗的立意跃入一个新的高度。

再如鲁迅的散文诗《好的故事》，写乘船所见岸上的景物，但岸上景物是静态的，一一写来未免死板，于是他巧妙地改变了参照物，写景物在水里的倒影：

> 河边枯柳树下的几株瘦削的一丈红，该是村女种的罢。大红花和斑红花，都在水里面浮动，忽而碎散，拉长了，缕缕的胭脂水，然而没有晕。茅屋、狗、塔、村女、云……也都浮动着。大红花一朵朵全被拉长了，这时是泼剌奔进的红锦带。带织入狗中，狗织入白云中，白云织入村女中……在一瞬间，他们又将退缩了。但斑红花影也已碎散，伸长，就要织进塔，村女，狗，茅屋，云里去。

请看：水中的倒影随着水波的荡漾，时短时长，时聚时散，时合时离，变幻无穷。一幅原本是静止的画面，换个角度观察后，便似乎成了银幕上运动中的镜头，令人目不暇接。

（1984 年 9 月）

诗歌中的时间与空间

　　诗歌中的时间与空间问题是与诗人的艺术观相联系的、与诗歌掌握世界的方式紧密相关的有关诗歌本质的重要问题。很难想象，一个分辨不清现实中的时空与艺术中的时空，硬到诗歌的时空中去"索隐"，去"对号入座"，非要把艺术中的时空与现实中的时空画等号的人，会对诗有正确的理解和把握。时间与空间问题绝不单纯是诗歌创作的一个技术问题，在探讨诗歌本质的时候，应予以相当的重视。

诗歌中的时间属于心理时间

　　19 世纪的法国画家库尔贝曾经画了一幅海景图，当朋友们夸奖他的海景画得美时，他却生气了，大声喊道："不，这不是海景，这是时间！"

　　"这不是海景，这是时间！"在一定程度上道出了艺术的真髓。库尔贝是画家，搞的是空间艺术，尚且对时间这样重视，这样敏感，何况是从本质上说更接近时间艺术的诗歌！在诗歌中，无论是诗人情绪的大起大伏，还是极其纤细微妙的心灵震颤，全要透过与一定时间相联系的空间意象表现出来，因此时间的变化要远比大海在不同时间受到阳光不同角度的照射所呈现的变化复杂得多。

　　时间，指的是物质运动过程的持续性和顺序性。物质，从寿命长达几十亿年的星体，到寿命短到一秒钟的一亿亿分之一的基本粒子，它们的运动都是在一定的时间中进行的。离开了事物的顺序性和持续性，就不会有任何运动。诗是生命的律动。诗的运动也总要在一定的时间中进行。当然，由于诗是诗人心灵探险留下的轨迹，是一种主观性最强的文学形式，所以诗歌中的时间与现实中的时间相比便不能不具有一定的特殊性。

在有些心理学家（例如结构主义心理学家铁钦纳）看来，世界有物理世界和心理世界之分，时间亦有物理时间和心理时间之别。物理时间是客观存在的时间，它独立于主体的经验之外，不以主体的主观意愿为转移。心理时间则是主体对时间的一种感觉，是对现实中物质运动的持续、节奏、速度和顺序性的反映。现实中的时间属于物理时间，而诗歌中的时间则属于心理时间。

诗歌中的时间要以现实中的时间为基础。如果现实生活中的人没有时间观念，那么诗歌中的时间观念也根本无法形成。诗歌中的时间无论多么精致奇特，复杂多变，归根结底是现实中时间变化的反映。

但诗歌中的时间又不完全同于现实中的时间，大略说来，其差别有这样几点：

第一，现实中的时间是一维的，永远朝着一个方向，按过去、现在、将来的顺序不断地流逝，而且一去不复返。早在公元 50 年，古罗马的哲学家塞纳卡就说过，一切都不是我们的，而是别人的，只有时间是我们自己的财产，造物主交给我们，归我们所有的，只有这个不断流逝的、不稳定的东西。李白的名句"君不见，黄河之水天上来，奔流到海不复回。君不见，高堂明镜悲白发，朝如青丝暮成雪"，便是用形象的语言说明了时间的不可逆性。此外现实中的时间可以视为数量概念，通常是按世纪、年、月、日、时、分、秒等计时单位来划分的。诗歌中的时间作为心理时间，它进入人们意识的深处，反映诗人心理活动的顺序和延伸。由于人的心理活动是极其丰富多变的，这样反映在诗歌中的心理时间可能与现实的时间顺序一致，也可能不一致——出现时序的倒流、超越、凝结、跳跃等种种情况，因而诗歌中的时间不再是单纯的数量概念，而是各个时刻上互相渗透的表现强度的质量概念了。

第二，现实中的时间是无始无终的。恩格斯说："时间上的永恒性，空间上的无限性，本来就是，而且按照简单的字义也是：没有一个方向是有终点的，不论是向前或向后，向上或向下，向左或向右。"① 诗歌中的时间却是有一定限度的。铁钦纳在论述心理世界与物理世界的关系时指出："心理过程不与物理事件的整个系列相对应，而只对应于物理事件的一小部分，即只对应于神经系统内的某些事件。因此，很自然，心理现象似乎是片断的、不联系的、不成系统的。"② 铁钦纳所谈的"片断的、不联系的、不成系统的"心理现象，自然也包括心理时间，心理时间的片断的、不相联系、不成系统的特点，再加上诗歌篇幅和容量的限制，使得诗人只能截取时间之流中特定的一个或若干片断来加以表现。

第三，现实中的时间是铁面无私的。它沿着自己运行的轨道，永远是一个步伐地走下去，它绝不会因人的主观愿望而加快或迟延一秒。心理时间则不然。爱因斯坦曾对一位青年讲过："当你伸手向爸爸要钱，十分钟会觉得太长；当你携手和女朋友游玩，十分钟会觉得太短。"这有力地表明了心理时间的主观性。心理学上讲，人在不同的条件下对时间的估计会有很大的差别：时距内容充实时，时间估计偏短；时距内容空虚时，时间估计偏长。情绪愉快时，时间估计偏短；情绪烦闷时，时间估计偏长。期待着久已盼望的事物时，时间估计偏长；不希望出现的事物来临时，总觉得来得快，时间估计偏短。此外身体状况、药物作用以及催眠术的实施等均会影响对于时间的估计。美国生物学家霍格兰曾做过一次"主观时间生理学变化的冲击实验"：有一天，霍格兰太太病了，体温上升到39.4℃。霍格兰急忙到药店抓药，二十分钟后赶回到病人身边。这时，太太很生气，责怪丈夫离开的时间太长了，不止二十分钟。丈夫再三解释，但平息不了太太的气恼。

① 恩格斯：《反杜林论》，《马克思恩格斯选集》第二卷，人民出版社 1972 年版，第 89 页。

② 铁钦纳：《心理学教科书》（摘录），杜·舒尔茨：《现代心理学史》，人民教育出版社 1981 年版，第 105 页。

于是霍格兰想出了一个办法。他让夫人按她自己的感觉计算时间，同时他用停表来核对。结果发现夫人计数六十秒只花了三十七点五秒。太太的气恼这才平息。霍格兰在夫人痊愈过程中，把这个实验又重做了几次，他发现，当夫人高烧减退时，她计数的速度便随之慢下来，最后恢复到正常状态①。美国纽约州波莫拿精神研究基金会主任琼·豪斯顿曾采用古老的催眠方法使被试者进入短暂的迷睡状态，发现被试者的精神在短短的时间内能经历几个星期的事情。在他的实验室里，一位作曲者在迷睡中想象：她走出大街，进入夜总会，要了一份夹心面包和一杯啤酒，听一个歌唱家唱了三首歌曲，一共只花两分钟时间。迷睡后她能唱出那三首歌，完全不走样。这种不同条件下对时间的主观色彩极浓的感受，在诗歌中是大量存在的。在莎士比亚的笔下，期待着同罗密欧幽会的朱丽叶对时间的感受是这样的："快快跑过去吧，踏着火云的骏马，把太阳拖回到它的安息的所在；但愿驾车的法厄同鞭策你们飞驰到西方，让阴沉的暮夜赶快降临。"白居易在《长恨歌》的开头描写唐玄宗与杨贵妃芙蓉帐暖，卿卿我我的欢娱生活，写的是"春宵苦短日高起，从此君王不早朝"；等到杨贵妃死后，唐玄宗独守孤灯、长夜难眠，写的就是"迟迟钟鼓初长夜，耿耿星河欲曙天"了。像这样的诗句我们就不能把它们当作物理时间的准确表示，而只能看成是心理时间的自然呈现了。

上述几点表明，在物理时间与心理时间之间，是有不小的"时间差"的，而且越是进入社会生活节奏迅猛加快、信息交流空前扩大的现代，这"时间差"就更为加大。正是这时间差的存在，使得时间在诗歌中绝不仅仅是为发生的事件提供一个时间背景，而对诗情的萌发，构思的深化也会产生极其微妙的影响。在古代，人们对于时间的存在，不能给予科学的解释，对他们来说，时间就像个永远不能猜透的谜，因此时间在抒情类作品中往往就成为引发各种丰富的情感，激发各种神奇的想象的契机。比如我国古代诗人对于过去的时间总嫌其多，对未来的时间总嫌其

---

① 参见《时间——人类对它的认识与测量》，科学出版社 1985 年版，第 10 页。

少："对酒当歌，人生几何？譬如朝露，去日苦多。"（曹操）"来日苦短，去日苦长。"（陆机）"人生少至百，岁月相催逼。"（陶潜）"白日何短短，百年苦易满。"（李白）自然景物的微细变化，诸如数片落叶，一阵秋风，都可以引起诗人对时间的联想。像贾岛的《忆江上吴处士》："……秋风吹渭水，落叶满长安。北地聚会夕，当时雷雨寒……"由秋风落叶触发时间联想，回忆起夏天与吴处士聚会时正值雷雨，从而表达出对吴处士的深切怀念。艾略特后期最重要的诗作《四个四重奏》也是围绕着时间这一主题展开，借用个人经验、历史事件、宗教传说，表现出对过去时间、现在时间，将来时间的复杂关系的思考："钟声响亮/计着不是我们时间的时间，又为/慢慢的海底巨浪掠过，较那天文钟时间/更古老的一个时间，比那焦虑的/妇女数着的时间更古老的一个时间，/她们睁着眼睛躺卧，计划着未来，/试着去拆开，解开，分开/过去和未来，又把它们缀在一起……"艾略特在这首诗中抒发了一种对时间的空幻感，这种空幻感又进一步触发了他内心深处的宗教观念。巴西当代女诗人梅雷莱斯在巴西诗坛有重要影响，她认为，万物匆匆，只有时间是永恒的；时间不停地运动，给人带来思念，带来幻想，也带来绝望。她写道："我歌唱，因为瞬间永存，/而我的生命已经完成。"她诗歌的主题主要就是时间。像这种由于时间的触发而引起创作冲动，并完成诗歌构思的情况，不论在古典诗歌还是在现代诗歌中都是很常见的。日本学者曾提出："诗歌抒情最主要的源泉来自回顾人生历程时升华起的时间意识。"这话有一定的道理。

诗歌中时间的空间化

　　时间虽说是物质存在的基本形式，但它本身却是无形、无色，看不见、摸不着的。人们历来就是通过某种媒介物来衡量时间、反映时间的。这些媒介物可以是自然界的周期性变化，比如寒暑易节为一年，月亮圆缺一次为一月，太阳出没一次为一日；就连植物开花也是有节律的，不仅有固定的季节和月份，有些花甚至能在固定的钟点开放，比如蔷薇花大体在清晨五点，半枝莲在上午十点，茉莉在下午五点，夜来香在晚八点，昙花在深夜十点……把不同时间开放的花按顺序排列起来，可以组成"花时钟"。衡量时间还可以依据人的机体内部的一些生理状况，如依据心跳、呼吸的次数可以衡量短暂的时间，依据饥饿的程度可以大致判断饭后的时间，依据渴睡的程度可以大致判断夜深的时间，等等。在早期的人类社会中，由于缺乏精确的计时工具，人们便主要是凭借具体事物，通过时间显示于空间中的变化来把握时间的。随着科学技术的进步，历法的不断完善和现代化计时工具的出现，在现代社会中大多数人已习惯于运用计时工具，而很少靠白天看"老阳"，晚上看月亮来判断时间了。然而现代化计时工具提供的某年、某月、某日、某时、某分、某秒，乃至百分之一秒、千分之一秒、万分之一秒，精确固然精确矣，但它毕竟是抽象运算的产物，而且难免给人一种刻板、枯燥的感觉。所以在诗歌中除去需要特殊强调的某一时刻，如："不捧鲜花，我捧一颗鲜红的心，／提前来庆祝您一百六十周年诞辰，／此时，我要欢呼一八一八年的五月五日，／婴啼如雷，给人间带来多大的幸运！"（张万舒《谒马克思墓》）——在这种情况下有必要用高度精确的语言来表达时间外，通常的诗歌往往不喜欢某年某月某日，某时某分某秒这样过于刻板的写法，却愿意借用空间的景物，通过鲜明的视觉印象，诸如河中浮动的冰块，地面盛开的鲜花，树上累累的果实，以及晓雾、晚霞、夕阳、新月，等等，来暗示时间的流逝和变化，也就是说使时间空间化了。

时间的空间化在诗歌中可以看成是一种常规的表现形式，因为人总是既在一定的时间，又在一定的空间范围中生活的。在一个人生活的某一时间段中，必然有相应的空间内容，因而诗歌中截取的某一时间段，也正是抒情主体借以活动的空间舞台。生活中时间的某一瞬息都可以通过截取主体的某一鲜明的视觉印象使之固定下来，这样一个个视觉印象连接起来就构成了一段持续的时间。这正像电影摄影机在时间持续中拍摄下的是一个小格一个小格的空间画面，但在放映时，这一个小格一个小格的画面连续映现就构成了具有一定空间内容的时间了。时间的空间化不仅可以避免刻板枯燥的时间表示，而且由于时间转化为具体的可感的空间意象，就有可能打破物理时间顺序流动的局限，出现时序的倒流、超越、停滞、错乱，从而提供了意象重新组合的无穷的可能性，以充分显示诗人的主观世界。江河的《没有写完的诗》，是诗人出于对张志新烈士被害的满腔悲痛而写的，但他不愿意遵循自然时序去描述和报告张志新被害的事件——这不是诗歌的任务，而是打破现成的秩序，对现实进行了分解和再组合、再创造。就以这首诗的开头来说：

> 我被钉在监狱的墙上/黑色的时间聚拢，一群群乌鸦/从世界的每个角落从历史的每个夜晚/把一个又一个英雄啄死在这堵墙上/英雄的痛苦变成石头/比山还要孤独/为了开凿和塑造/为了民族的性格/英雄被钉死/风剥蚀着，雨敲打着/模模糊糊的形象在墙上显露/残缺不全的胳膊手面孔/鞭子抽打着，黑暗啄食着/祖先和兄弟的手沉重地劳动/把自己默默无声地垒进墙壁……

诗歌一开头就把英雄的就义放到历史的长河中来，这既是写今天，又是写历史，无疑，贯穿着漫长的一段时间。诗人首先用暗喻的手法把特定的这段时间赋予"黑色"，转化为"一群群乌鸦"，从而使无声无色无可触摸的时间获得了色彩和立体效果；这还不够，诗人又调动自己的意象积累，把"英雄被钉死"，"风剥蚀着"、"雨敲打着"，"模模糊糊的形象"，"残缺不全的胳膊手面孔"等意象组合到一起，把这一时间段中的某些空间内容集中地展示出来，不仅揭示了无数英雄悲剧的历史原因，而且给人以强烈的情绪的冲击力量。

诗歌中时间的表现形式

在诗歌中，时间固然提供了事物发展的顺序，但是它更是事物发展的一个基础、一个范围、一种方式，也是我们观察和思考事物的一种依据、一把尺度。因此它的内涵远远超过了单纯的时序交替。英国美学家佩特说，理想的诗应该是"精致的时间"的捕捉。诗人们为了发挥时间的最大功用，创造了新颖、巧妙、多样的时间表现形式，下面择要介绍几种。

第一，遵循自然时序。

就是诗歌中所写事物的发展与诗人的感情的变化，恰与现实的时间进程相一致。这种时间表示法又称常规时间表示法，在诗歌创作中，尤其是史诗、叙事诗以及抒情诗中穿插的若干情节片断中，广泛存在。杜甫的《三吏》、《三别》，白居易的《琵琶行》，古俄罗斯的史诗《伊戈尔远征记》，普希金的《茨冈人》，李季的《王贵与李香香》，等等，都是比较严格地遵循自然的时序写下来的。像《王贵与李香香》就是由崔二爷收租，打死王贵的父亲，抢走王贵做揽工写起，然后安排了王贵参加赤卫军闹革命以及王贵与李香香的爱情波折这纽结在一起的两条线索，以此带动情节按时间顺序向前推进的。

遵循自然时序的诗歌，由于诗人的思想感情的脉络与现实的时序相一致，因而时间线索清晰，容易写得朴实、真切，并易于为读者所接受。这类诗歌无论在我国的古典诗歌、民歌中，还是在现代新诗中都占有相当大的比重，并一向为初学者所高度重视。

第二，时间的延长。

心理时间与物理时间是不一致的，物理时间中的短暂的一瞬，在心理时间中却是百感交集，有无比丰富的心理内涵要抒发，这时往往就要采用延长时间的处理，以抒发诗人在特定的短暂时间内的无比丰富的感受。时间的延长有多种办法，比如：

定格：这是借用电影的术语，即运动中的人或物体在某一瞬间突然不动了，从而起到强调作用，使观众可以在这相对静止的瞬间，集中精力凝视银幕上的景象，体味这一瞬间的无比丰富的内涵。诗歌中也可以用类似的办法，请看王小妮的《我感到了阳光》：

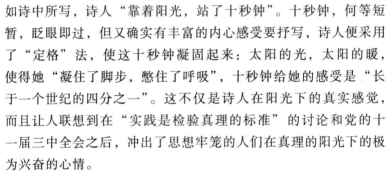

　　我从长长的走廊/走下去……

　　——啊，迎面是刺眼的窗子，/两边是反光的墙壁。/阳光，我，/我和阳光站在一起！

　　——啊，阳光原来是这样强烈，/暖得人凝住了脚步，/亮得人憋住了呼吸，全宇宙的光都在这里集聚。

　　——我不知道还有什么存在，/只有我，靠着阳光，/站了十秒钟，/十秒，有时会长于一个世纪的四分之一。

　　终于，我冲下楼梯，推开门，/奔走在春天的阳光里……

　　如诗中所写，诗人"靠着阳光，站了十秒钟"。十秒钟，何等短暂，眨眼即过，但又确实有丰富的内心感受要抒写，诗人便采用了"定格"法，使这十秒钟凝固起来：太阳的光，太阳的暖，使得她"凝住了脚步，憋住了呼吸"，十秒钟给她的感受是"长于一个世纪的四分之一"。这不仅是诗人在阳光下的真实感觉，而且让人联想到在"实践是检验真理的标准"的讨论和党的十一届三中全会之后，冲出了思想牢笼的人们在真理的阳光下的极为兴奋的心情。

　　复现：就是让某一瞬间的强烈印象，在诗歌中反复出现，从而产生了使这一瞬间不断延长的效果，用以表现和强调诗人在这一瞬时间涌起的内涵丰富的心理感受。

　　李瑛的《一月的哀思》，八次出现"呵，此刻，灵车，正经过十里长街，向西，向西……"就是抓住了周恩来总理的灵车通过长安街这一特定的瞬间之反复出现，从而使这一瞬间得以延长，把诗人内心激荡着的对周恩来总理无限缅怀的感受予以多层次地表现出来。梁小斌的《雪白的墙》，三次重复"妈妈，我看见了雪白的墙"，也是为了延长"看见了雪白的墙"的这一瞬间，从而抒发出自己对理想中的美好事物的向往与追寻。

　　第三，时间的压缩。

　　心理时间是主观的，既可以如上所说把给诗人以强烈印象的瞬间延长，也可以为了增强时间的浓度，而使整段的时间大大的紧缩。比起上述时间的延长来，这种时间的压缩在诗歌中更为常见。压缩时间通常用的办法是：

跳越：即跳过物理时间中的某些阶段，只把最集中最强烈地表现诗人情思的时间段在诗歌中表现出来。这种情况举不胜举。像马雅可夫斯基在十月革命后写的《请听新的号召》：

> 1915
>
> 当时工人正受资本的压迫，/工会号召工人抛弃怯懦，/并向大家发出了命令，/"同志们，叫锅炉全部熄火！"
>
> 1917
>
> 革命卷起了罢工的怒潮，用枪弹款待了资产者。/俄国解放了，/俄国自由了，/俄国成了工人的公社。
>
> 1921
>
> 一百条战线使公社百孔千疮，/只有发愤劳动才能治好创伤。/今天工会的号召是另一样：/"同志们，把炉火烧得更旺！"
>
> （飞白　译）

一首短短的诗，所写的时间跨度却是 1915—1921 年这七年。这是俄国革命史上翻天覆地、轰轰烈烈的七年，每一年每一月都有许多东西可写。但马雅可夫斯基只抓住了 1915 年、1917 年、1921 年这三年来写，而这三年中也只写了工会向工人阶级发出号召这个时刻，其余的时间就都跳过去了。这样就把七年压进了一首短诗，充分显示了诗人在驾驭时间上的高超技巧。

包孕：就是在诗歌中选取"富于包孕的顷刻"来写。艾略特在《四个四重奏》中写道："时间现在和时间过去/也许都存在于时间将来/而时间将来包容于时间过去"，这与德国哲学家莱布尼茨所说的"现在怀着未来的身孕，压着过去的负担"正相一致。德国美学家莱辛在《拉奥孔》中分析雕像中的拉奥孔父子被巨蛇缠咬的时候为什么没有发出惨痛的哀号时讲道："最能产生效果的只能是可以让想象自由活动的那一顷刻了。我们愈看下去，就一定在它里面愈能想出更多的东西来。""在一种激情的整个过程里，最不能显出这种好处的莫过于它的顶点。到了顶点就到了止境，眼睛就不能朝更远的地方去看，想象就被捆住了翅膀，因为想象跳不出感官印象，就只能在这个印象下面设想一些较软弱的形象，对于这些形象，表情已达到了看得见的极限，这就给想象划了界限，使它不能向上超越一步。所以拉奥孔在叹息时，想象就听得见他哀号；但是当他哀号时，想象就不能往上面升一步……就只会听到他在呻吟，或是看到他已经死去了。"①

　　莱辛所讲的这一道理，不仅适用于分析拉奥孔雕像，而且在美的创造与欣赏中有普遍意义。就拿赏花说吧，怒放的花固然引人，但含苞的花尤为耐看。因为怒放的花正处于它的顶点，怒放之后就是凋谢；而含苞的花正由于尚未开放，所以能给人留下广阔的想象余地。前人词云："一年春好处，不在浓芳。"说的也正是这种情况。

　　正由于"富于包孕的顷刻"具有包容过去，孕育未来的特色，因此作为增加心理时间浓度的手段，在诗歌中被广泛运用。选取"富于包孕的顷刻"的佳作，比比皆是。唐代诗人卢纶的《塞下曲》："月黑雁飞高，单于夜遁逃。欲将轻骑逐，大雪满弓刀。"此诗之妙全在时间截取得巧。单于趁着月黑天逃跑了，如果写将士们骑着马去追赶，那就是到了"顶点"，往下很难给人留下回味的余地了。现在偏偏在到达"顶点"之前，要出发而未出发之际轻轻带住："欲将轻骑逐，大雪满弓刀"，让读者的思绪随着将士的眼光落到沾满雪花的弓箭和大刀上来，这样就把过去与未来全包容进来，时间的运用到了出神入化的地步，引人遐思。

　　再如徐志摩的《沙扬娜拉——赠日本女郎》：

　　　　最是那一低头的温柔，/像一朵水莲花不胜凉风的娇羞，/道一声珍重，道一声珍重，/那一声珍重里有蜜甜的忧

　　　① 莱辛：《拉奥孔》，人民文学出版社 1979 年版，第 19 页。

愁——/沙扬娜拉！

　　"沙扬娜拉"是日语"再见"的意思。全诗就可以看成一个"富于包孕的顷刻"，写的是一位温柔、娇羞的日本女郎同人告别的情景。女郎和谁告别？他们过去是怎样相识的？分别后又将会是怎样思念？这一切诗人都没有明说，而是统统凝结为告别这一顷刻之中，把过去与未来交织进去，让读者去畅想，去回味。这样就使得这首五行的小诗仿佛有一种魔力，让人百读不厌。

　　第四，时间的打破。

　　现实中的时间永远朝着一个方向，按过去、现在、将来的顺序流逝而一去不返。已经过去的时光不会再重现；尚未到来的时间也不会突然蹦到眼前。但在诗歌中这种正常的时间流动顺序却可以被打破，过去，未来都可以与现实交织起来，以揭示迅速运动、变化中的人的心灵。

　　倒流：是对已逝的时光的回溯，古代爱尔兰的一位诗人写过这样的诗句："啊，时间！在你的流逝中倒转吧，/让我在今天晚上就能返老还童！"诗人在现实生活中因受到某些情景的触动，他的思绪可以随时回到过去的某一时刻，表现在诗歌中便是时间的倒流。唐代经过安史之乱，社会生产遭到极大的破坏，物价飞涨，民不聊生，昔日的农田变成流血的战场，过去的殿宇如今狐兔安家。有感于此，公元764年杜甫在成都写下了《忆昔》："忆昔开元全盛日，小邑犹藏万家室；稻米流脂粟米白，公私仓廪俱丰实。九州道路无豺虎，运行不劳吉日出，齐纨鲁缟车班班，男耕女桑不相失。……"此诗以多一半的篇幅追忆开元年间民殷国富的情况，并非杜甫有怀旧癖，而是寄希望于唐代宗，"周宣中兴望我皇"，盼望代宗能励精图治，使国家再度出现一个"开元盛世"。贺敬之在写《放声歌唱》时三十二岁，当他放声歌唱党和祖国的时候，很自然地回顾到自己在党的培养下走过的历程。该诗的第四章便集中地表现了现实与过去的交错。像下边这一节："我的共青团员兄弟们呵，/让你们的/显微镜片和毕业证书，/千百次地/在我的面前/闪耀吧！我羡慕你们，/可是，/并不妒嫉。……/

呵！……/在那座/倒坍的文昌庙隐蔽的/角落里，/我，/和我的小伙伴们，/躲过/三青团的/狗眼，/在传递着/传递着/我们的/'火炬'——/呵，我的/《新华日报》，/我的/《大众哲学》，/我的/《解放周刊》，/我的/《活跃的肤施》！……/——'决定吧?!'/——'决定了!!'/"我们/到'那边'去！——/到/我——们——的——延——安——去！"这一节诗，时间跨度很大；诗人从新时代的共青团员的显微镜和毕业证书受到触发，思绪自然地回到自己的青年时代，这就使时间出现了倒流。法国"新小说"作家阿兰·罗伯—格里耶说，在现代小说中"回忆变得特别重要"，其实现代诗歌为了展示诗人丰富而多变的心理活动，时间的倒流要普遍得多，自由得多。

超越：是指诗人的情思越过现在，而在未来世界中翱翔，这种情况的出现，往往是由于诗人的愿望在现实中一时难以实现，因而寄希望于未来。李商隐滞留巴山蜀水之间时，怀念在北方的妻子，由于思念太深，他的思绪跳向未来，眼前浮现了西窗下夫妻相对、秉烛谈心的情景，于是写出了"何当共剪西窗烛，却话巴山夜雨时"的佳句。现代的新诗中更不乏这种超越，请看冯雪峰的《落花》：

> 片片的落花，尽随着流水流去。/流水呀！/你好好地流罢。/你流到我家底门前时，/请给几片我底妈——/戴在伊底头上，/于是伊底白头发可以遮了一些了。/请给几片我底姊——/贴在伊底两耳旁，/也许伊照镜时可以开个青春的笑呵。/还请你给几片那人儿——那人儿你认识么？/伊底脸上是时常有泪的。

在一条明净的小溪旁，诗人思念着自己的妈妈、姐姐和心上的姑娘。望着片片落花逐水而流，他怦然心动，心儿随着落花远去了，他的诗的思绪也就随着落花在未来徜徉。

错乱：诗歌中时间的打破除去倒流、超越这两种形式外，还有更复杂一些的，这就是时间的错乱，巴尔扎克在《夏娃的女儿》

吴思敬论新诗

的"前言"中说："在世界上没有什么东西是整块的：一切都是镶嵌而成的。您按照年代顺序叙述的只能是过去时间的故事，这种方法对于发展着的现在就行不通了。"巴尔扎克所谈的并不限于小说，实际上，时间的错乱在现代诗歌中更为常见。艾略特的《荒原》打破现实与历史神话的界限，把现实生活、历史、神话故事的断片熔铸到一起，时间错乱比比皆是。像第一章"死者葬仪"中的这几行："冬晨的棕色烟雾下／人群涌过伦敦桥，那么多人，／我想不到死神毁了那么多人，／时而吐出短促的叹息，／每个人眼睛看定脚前，／涌上山，沿着威廉国王大街，／走向圣玛丽·乌尔诺斯教堂敲钟的地方，／钟敲九点，最后的一声死气沉沉。"在这里，艾略特在20世纪20年代所观察到的伦敦的现实生活画面与但丁《神曲》中所描写的地狱情景交织在一起：现实中的伦敦桥忽然变成了《神曲》中地狱的长桥，桥上的过往的行人也忽然变成了地狱中发出短促叹息的鬼魂，但紧接着鬼魂又变成了现实生活中的人去走向教堂。这种时间的多重错乱，把现实与神话，把人类的昨天与今天糅合在一起，组成一个具有"艺术的真实"的世界。时间的错乱由于粉碎了固有的时间顺序，按照表现主观的心灵世界的需要把时间错割开来，同时往往伴随着感情之流的起伏与意象的大幅度跳动，因而使得诗歌的整体或局部有些扑朔迷离，不太容易把握。不只是艾略特的《荒原》，马雅可夫斯基写于十月革命前的、带有未来主义色彩的、鼓动革命的长诗《穿裤子的云》，勃洛克写于1918年的，讴歌十月革命的，带有后期象征主义特点的长诗《十二个》，就都有这样的情况。然而我们只要掌握了诗人心理发展的脉络，熟悉了这种表现方式，经过一番反刍与思索，那么这样的诗还是完全可以欣赏并理解的。

第五，时间的取消。

即在诗歌中缺少一个计时钟，看不出过去、现在或将来的某一具体时间，诗的视野是未经分割、浑然一体的。固然诗人写作时总是处于一个具体时间的，他渗透在诗中的思想感情也是有着一定的时间背景的，但表现出来的时候，却不加直接或间接的任何时间标志，成为"无时间性"的诗歌。这种"无时间性"实际是"泛时间性"，即诗歌中所表现的诗人的思想、意念、感情充斥于一切时间。最典型的如诗歌中的哲理诗，用诗的语言写出一个生活的真理，因为这真理是超越于一切时间的，因此诗中也就用不着具体的或暗示的时间描写。某些纯抒情的诗在一定程度上也有这样的特点。

诗歌中的空间属于心理空间

吴思敬论新诗

诗歌中的空间与现实中的空间有联系又有所区别。

现实中的空间属于物理空间，指的是物质存在的广延性，它作为物质存在的基本形式，不依赖于人的意识而存在。空间是三维的，从空间的任何一点都可以引出前后、左右、上下三条互相垂直的线，任何物体都在这三条线上占有一定的位置，即具有长度、宽度和高度。物质，从宏观世界的星云到微观世界的基本粒子，都处于一定的空间中，它们的运动都与或大或小的空间位移相联系，人自然也不能例外。人不能脱离空间，而且人只有生活在一定范围的空间中，才能感到是自由的。费尔巴哈说过："我们在户外和室内判若两人；狭窄的地方压迫着心头，宽阔的地方舒展它们；……哪里没有活动的广阔空间，哪里便没有对活动的渴望，至少没有真正对活动的渴望。"①

人们的空间观念正是对客观存在的空间的反映。一般说来，人类最早的空间观念，是从对空间的分割开始的。混沌的、无边无际的空间只有当它被分割为不同的个别的部分之后，才是可以辨认的。后来随着社会生产力的进步，随着科学技术的发达，人类扩展了对空间的视野，才逐步认识到空间无论是从宏观方面，还是从微观方面看，都是无边无际、无穷无尽的。人类所生活的环境仅是有限的空间。在这有限的空间中，人们可以对空间中的景物从形状、大小、远近、方位等方面进行知觉，从而把握住物

---

① 《费尔巴哈哲学著作选集》上卷，生活·读书·新知三联书店1959年版，第205—206页。

体的空间特征。

诗歌中的空间属于心理空间，它以现实中的物理空间为基础，与一定时代的人们的空间观念相联系。同现实的空间比，诗的空间有这样几个特点：

主观性：现实的空间，无论是一望无垠的大海，还是人群熙攘的闹市，无论是怪石嶙峋的山沟，还是锦绣如画的田野，它们的存在都是客观的，本身并无任何感情色彩。但是诗人采撷了现实空间中的某些素材，写入自己的诗篇，这诗中的空间就不再是纯客观的了，而是熔铸了诗人的情感和意志的一个艺术的幻境了。像曾卓的《悬崖边的树》：

> 不知道是什么奇异的风/将一棵树吹到了那边——/平原的尽头/临近深谷的悬岩上/它倾听远处森林的喧哗/和深谷中小溪的歌唱/它孤独地站在那里/显得寂寞而又倔强/它的弯曲的身体/留下了风的形状/它似乎即将倾跌进深谷里/却又像是要展翅飞翔……

从表面上看诗人所写的只是一棵悬崖边的树，主体没有直接出现；但实际上这棵树已不再是悬崖边上的自然状态的树了。它的身上不仅渗透了诗人的感情与意志，而且熔铸进诗人的生命，成为诗人身处逆境，自强不息的自我形象的写照。

间接性：作为语言艺术的诗歌在表现现实的空间时，不同于空间艺术的雕塑与绘画。雕塑可以直接展示三度空间，与观众生存在同一环境，呼吸着同一空气，具有触觉的感知性；绘画亦可以展示两度空间，利用线条、明暗与色彩，咫尺之间尽收千里之势，妙笔之下竞呈万物之形。诗歌中的空间则不然，不能通过体积、平面以及线条、色彩、明暗等去表现，不能直接呈现在读者眼前；而是要通过语言的叙述描写，去间接地传达出一个空间环境，使读者在头脑中呈现关于三度空间的幻觉。因此，在诗歌中即使是最逼真的描写，也不可能使诗的空间等同于现实的空间。

诗歌表现空间的间接性，使得诗的空间不如空间艺术那样直接、具体、历历在目，黑格尔曾指出过画家比诗人的优越之处：画家"能描绘出一个具体情境的最充分的个别特殊细节，因为他能把现实事物的形状摆在目前，使人一眼就把一切都看清楚。……但是用文字来描写这类事物和情境，一方面很枯燥无味，如果逐一胪列，那就永远胪列不完；另一方面这种描绘也不免歪曲，因为它要把在绘画中一眼就看遍的东西作为一系列的先后承续的观念表达出来，以至我们总是听到下句话，就忘去上句话，而这上句话却必须和下句话联在一起，因为两句话所说的事物在空间中本是同时并列的，只有在这同时并列的关系中才有价值"①。达·芬奇也举过这样的例子："如果你，诗人，描叙一场血肉横飞的战斗：战场上天色昏暗，浑浊的飞尘笼罩大地，令人恐怖的战车在燃烧，可怜的人们在死亡的威胁下惊恐地四面逃窜；那末，画家在这方面将超过你，因为当你还没有来得及完全叙述出画家以他的艺术描述出来的全部图景的时候，你的笔墨已经消耗殆尽，在你用语言描述出画家顷刻之间表现出的题材以前，你已经疲劳不堪，口干舌燥，饥肠辘辘。……绘画异常概括、真实地描绘出战士的各种动作、身体各部分的姿势和他们的服饰，而对于诗歌来说，要再现这一切，那将是一件多么缓慢而讨厌的事情啊。"②正是从这点出发，达·芬奇认为绘画高于诗歌，是"更为奇妙的艺术"③。

不过，达·芬奇仅根据诗歌表现空间不如绘画那样直接、具体、同时并呈，就判断绘画高于诗歌，是不够全面的。事实上，诗歌表现空间的间接性也给诗歌带来了巨大的优越性，那就是可以充分调动读者的想象力，并展示空间环境在一定时间中的发展和变化。绘画中的空间尽管有鲜明、具体、同时并呈的特色，但也因此在一定程度上限制了读者的想象力。诗则不然，诗歌中的空间要靠读者通过再创造，才能在头脑中浮现出来，而这再造出

① 《美学》第三卷上册，商务印书馆 1979 年版，第 289—290 页。

② 达·芬奇：《绘画论》，《欧美古典作家论现实主义和浪漫主义》（一），中国社会科学出版社 1980 年版，第 105 页。

③ 同上。

吴思敬论新诗

的空间又会渗透个人的生活积累，融入个人头脑中积存的表象，因而是异态纷呈的。陶渊明在《桃花源诗》中创造了桃花源这一特定的空间："荒路暖交通，鸡犬互鸣吠。俎豆犹古法，衣裳无新制。童孺纵行歌，斑白欢游诣。草荣识节和，木衰知风厉。……"每个读者都可以根据自己的生活积累，在头脑中把这一乌托邦的社会环境再造出来。如果每人都根据桃花源诗的意境创作一幅《桃花源图》，那么也会一人一个样子，绝不会重复。此外，诗歌可以展示空间的运动、变化过程，而绘画在这点上却有极大的限制。像狄德罗所说，诗歌里可以写一个人给爱神射中了一箭，图画里只能画爱神向他张弓瞄准，因为诗歌所谓中了爱神的箭是个譬喻，若照样画出，画中人看来就像肉体受重伤了。正是基于这点，莱辛才说一篇"诗歌的画"，不能转化为一幅"物质的画"。

变异性：诗歌中的空间并非是现实的空间的照相，与之相比，往往会发生一定的变异。雪莱在《诗辨》中讲过："诗使它所触及的一切都变形。"很明显，物理的三度空间是不可能原封不动地搬入诗歌的，它必须经过诗人的加工、改造，渗透进诗人的主观感情，并用语言符号把它表现出来，它不是诉诸读者的视觉，而是诉诸读者的想象，因而它同现实的物理空间比，不能不存在一定的变形。而且，诗歌无论是现实主义风格的、浪漫主义风格的还是现代主义风格的，变形都是普遍存在的，只不过现实主义强调以对象的固有特征为基础，因而变形程度较小；而浪漫主义和现代主义更强调诗人内心世界的表现，因而变形程度较大罢了。

诗歌中空间的时间化

对居于某一特定时间的观察者来说，空间中的物体具有"同时并发"性，即在那一瞬间，物体在长、宽、高各个方向上的特征全部呈现在观察者面前。一般说来，雕塑、绘画等空间艺术是可以直接表现空间中的物体"同时并发"的这一特征的。

诗歌是语言艺术，但在本质上更接近于时间艺术，它表现空间不仅是间接的，而且只有也必须在时间的流动中才能把它表现出来。一支笔不能同时写两个字，一张口不能同时说两句话，"同时并发"的空间中的物体，只有按一定的次序被分解，然后按时间程序一一道来，换句话说，变空间程序为时间的顺序，才能在诗歌中被表现出来，并被读者所接受。诗歌中空间的这种表现方式，就是空间的时间化。像王维的《山居秋暝》："空山新雨后，天气晚来秋。明月松间照，清泉石上流。竹喧归浣女，莲动下渔舟。随意春芳歇，王孙自可留。"山间秋天傍晚的景色，对处于特定观察点的诗人来说，自然是同时呈现的。如果用绘画来表现，诗人就可以把它们按一定的透视角度画在同一张纸上，成为一幅"山居秋暝图"。现在是写诗，诗人只好把这"同时并发"的完整的空间解剖为"空山"、"新雨"、"明月"、"清泉"、"浣女"、"渔舟"等具体意象，然后根据传达内心感受的需要，再把它们按一定的时间顺序加以组合，从而使这一首诗不仅具有绘画的造型的美，而且也有了音乐的流动的美。

诗歌中空间的表现形式

诗歌中表现空间的方式，大致说来可分遵循现实中的空间顺序与打破现实的空间顺序两大类。

第一，遵循现实的空间顺序的。

这类的特点是诗歌依现实的空间而展开，诗歌中的空间与现实的空间基本吻合。这又有不同情况，下举两种：

凸聚：即一首诗中，诗人观察的位置和角度均不变，镜头始终对准空间的某一点。像收在《湖畔》中的应修人的《在江边小坐》："不歇的波浪/终不歇地向岸边汹涌。/这边才响得飞敷地濡濡地低了，/那边又匍蓬地捧起一个碧波来。/恰像那万条雪链蛇儿/连绵地横着身儿蠕动。//浅滩上有些疏疏落落的小草，/刚迎得浪来/又翻身送了浪去。/他们还顾盼自喜地笑，/但我看未免太忙了！//小小的蟹儿/三三两两地在泥洞边游戏，/嘴上底沫珠儿晶晶地映在太阳光里。/小小的蟹儿呵！/你们天天在这里游戏吗？……"诗人坐在江边、观察的位置和角度始终未变，只把他在现实空间中见到的波浪、小草、蟹儿一一捕捉入诗，借以表达惜别的情思。

步移：又称"移步换形"，即诗人观察的位置和角度均在不断变化，随着诗人行进所看到的客观景物的不同，诗歌中的空间也发生相应的变化。像孙友田的《走进人民大会堂》："下了汽车抬头望，/好一座人民大会堂。/……巨大国徽上面挂，/咱劳动人民掌天下。/十二根玉柱肩并肩，/人民的力量顶住了天。/四十级台阶步步高，/是共产主义的阳关道；/一步一级往上登，/头上亮着五颗星。/……走进人民大会堂，/眼睛亮来心里也亮。/一盏灯，两盏灯，/大会堂里太阳升；/十盏灯，百盏灯，/照得全国齐欢腾；/千盏灯，万盏灯，/都给咱们把路领。/龙飞凤舞看不够，/说说笑笑上高楼。/一层楼，二层楼，/手扶着玉石栏杆往上走；/二层楼，三层楼，/壮丽的美景眼底收。……"随着诗人步入人民大会堂脚步的推进，映入诗人眼帘的空间景物的不断变化，诗歌中的空间也发生了相应的变换。

第二，打破现实的空间顺序。

诗人按照表现主观感情的需要，对现实中的空间顺序加以改造，创造一个新的空间顺序。通常可用以下办法：

凝缩：即把现实中的空间高度浓缩，聚集到一个有限的空间中来，这在现实生活中是不可能的，但在诗歌中却可以通过想象办到。这种凝缩又分两种情况：

一种是整体凝缩：像明代诗人高启的《登金陵雨花台望大江》："大江从来万山中，山势尽与江流东。钟山如龙独西上，欲破巨浪乘长风。……"诗人这里所写并非实景，而是想象中的空间。一来雨花台在金陵城南，长江在金陵城北，相隔还很远，那时又没有望远镜，登雨花台望大江不一定望得清楚；二来就是站在长江边，长江如何穿越"万山"，也是根本见不到的。诗人不过是通过想象，把长江乘风破浪，穿山入海的整体形象凝缩到一幅画面来。这在西方的焦点透视的绘画中是很难处理的，但在诗歌中却轻而易举地办到了。再如杜牧的著名绝句

《江南春》："千里莺啼绿映红，水村山郭酒旗风。南朝四百八十寺，多少楼台烟雨中。"明朝学者兼诗人杨慎曾批评道："'千里莺啼'，谁人听得？'千里绿映红'，谁人见得？若作十里，则莺啼绿红之景，村郭楼台，僧寺酒旗皆在其中矣。"[1] 杨慎虽是个诗人，但他的批评却表明他对诗歌的空间概念理解得很狭隘。在他看来，诗中所写的空间，应以诗人目力所及为限。实际上诗人尽管身处一个具体的空间，但他的心灵尽可以展开想象，在诗中写出一个远为广阔或新奇的空间。杜牧的这首绝句，写的不仅是他眼前的江南景色，更是他想象中的江南之春，"千里莺啼"也好，"四百八十寺"也好，不过是一种想象之词，借以渲染辽阔的江南春深似海，春浓如酒的意境罢了。

另一种是切割凝缩：即把空间上有直接联系的事物切割成不相连接的部分，再把它们凝缩到一幅画面中来。如黄庭坚的被人称为"奇语"的佳句"桃李春风一杯酒，江湖夜雨十年灯"，便是把客观事物之间的任何联系全省略掉，把它们高度浓缩地凝聚到两句诗中来的。再如法国诗人魏尔伦的《传统的五朔节的夜晚》：

> 圆形广场；中心是喷泉；笔直的小径；/大理石雕的森林之神；青铜塑成的/海神；维纳斯们在到处卖弄风情；/梅花形树丛和林间的空地；
> 一些栗树；开花的灌木丛构成一道堤岸；/这儿低矮的蔷薇树经过匠心安排；/稍远处，修剪成三角形的紫杉。夏天的夜晚/一轮明月辉映着世界。……

（罗洛　译）

据德国传说：在五月一日（五朔节）的前夜，魔女和魔王在哈尔茨山的布罗肯峰欢会。魏尔伦在这首诗中描绘了在一座"规则，可爱又荒谬"的花园里的一个"有节奏的夜会"。这里节选的两节诗，正是描写"夜会"的背景和环境。诗人切断了客观

① 《升庵诗话》卷八，《历代诗话续编》中册，中华书局1983年版，第800页。

景物彼此的联系，并置在一起，这样不仅大大增加了想象的浓度，而且为这个"夜会"制造了一种神秘、幽深的色彩。

错位：即有意使现实中的空间顺序错乱，把不同空间中的事物组织到同一个诗的空间中来。这种错位也有不同情况：

一种是客观景物的错位：即原本是不同空间的景物，通过大跨度的连接，组织到一起。这种大跨度连接往往造成强烈的跳动感，表面看来令人心迷目眩，但说到底是为了表现非常态景物所能表现的诗人的情感与思绪。请看：

> 1
>
> 周围，二十座雪山，/唯一动弹的/是乌鸫的一双眼睛。
> 2
> 我有三种想法，/就像一棵树/上面蹦跳着三只乌鸫。
> 3
> 乌鸫在秋风中盘旋。/那不是哑剧中的一个细节吗？
> 4
> 一个男人，一个女人/是一个整体。/一个男人、一个女人和一只乌鸫也是一个整体。……
>
> （李文俊 译）

这是美国诗人斯蒂文斯的代表作《观察乌鸫的十三种方式》一诗的前四个小节。乌鸫是一种黑色的鸟，习称"百舌"。全诗的十三个小节全提到了乌鸫，但却是在全然不同的空间背景上，也就是说每个小节与小节之间的空间本是不相联系的，现在却由于它们都成了乌鸫存在的环境，被组织到一起来了。

另一种是主客体错位：在诗歌中，"我"往往是主体的化身。叙事诗的"我"常扮演一个讲故事的角色；抒情诗则通过"我"而直抒胸臆。一般情况下诗歌的主客体是壁垒森严的，但在某种情况下，主客体之间却可以互相转换，主体成为客体，客体成为主体，形成主客体的错位。比如江河的《纪念碑》一诗，"我"便可以在主客体之间滑来滑去。开头的"我常常想/生活应该有一个支点/这支点/是一座纪念碑",这"我"是抒情主体。"我就是纪念碑,我的身体里垒满了石头……"这里的"我"就是客体"纪念碑"的化身了。等到最后"斗争就是我的主题/我把我的诗和我的生命/献给了纪念碑","我"又回过头来成了抒情主体。这种主客体之间的错位,使诗歌中的空间突破了现实和空间的限制,带有较强烈的主观色彩,形成了"物中有我,我中有物"的物我一体的境界;而且也造成了视角的变化,就像面对一座真正的纪念碑,读者可以站在不同位置,从不同角度去看,从而加强了诗歌的立体感。

(1984 年 9 月)

吴思敬论新诗

魔鬼与上帝进行的永恒战斗

——诗歌创作内驱力说略

墨西哥现代诗人古铁雷斯·纳赫拉曾在一首题为《死波》的诗中，描写了被阴暗封锁的"灵魂中默默的黑流"：

> 在阴暗处，土地下，
> 视线从未到过的地方，
> 静静的涓流
> 无休止地流淌……
> 我灵魂中默默的黑流呀，
> 你们也和它一样，
> 像它那样，无人理解，
> 像它那样，被阴暗封锁。
> 难道无人知道你们的历程？
> 难道无人见过你们倍受冷落！
> 这些被欺凌的浪花沉默着，
> 在很深很深的地方流淌。
> 如果为你们打开闸门，
> 你们会沸腾喷涌，
> 像泡沫飞溅的疯狂水柱
> 跃过葡萄藤和雪松！

（陈光孚　译）

细品这些诗句，除去可以体会到诗人在现代社会中的痛苦心境和孤独感外，我们印象更强烈的则是诗人对灵魂中默默的黑流的描绘。这股黑流潜存在人体内部，从外表看不到，但是一旦打开闸门，却可以将岩石洞穿，创造令人惊叹的伟业。

徐志摩在《自剖》一文中也曾提到过他在诗歌创作中感受到的一种"无形的推力"：

> 你只要自问在你心里的心里有没有那无形的"推力"，整天整夜的恼着你，逼着你，督着你，放开实际生活的全部，单望着不可捉摸的创作境界里去冒险？是的，顶明显的关键就是那无形的推力或是冲动（The Impulse），没有它人类就没有科学，没有文学，没有艺术，没有一切超越功利实用性质的创作。……有多少人被这无形的推力驱使着，在实际生活上变成一种离魂病性质的变态动物，不但人间所有的虚荣永远沾不上他们的思想，就连维持生命的睡眠饮食，在他们都失了重要，他们全部的心力只是在他们那无形的推力所指示的特殊方向上集中应用。①

纳赫拉所描写的"灵魂中默默的黑流"，徐志摩所提到的"无形的推力"，即是我们这里所要探讨的诗歌创作的内驱力。

原始内驱力与继发内驱力

诗歌创作是人的一种活动。

活动，是指人为达到某种目的而采取的行为动作的总和。活动的外部方面是生理的，是人借以对外部世界施加影响的动作；活动的内部方面是心理的，是人发出外部动作的依据。任何活动都需要一定的内部动力系统来发动和维持，换句话说，就是要有一种相应的内驱力。

① 徐志摩：《自剖》，《徐志摩选集》，人民文学出版社 1983 年版，第 247—248 页。

所谓内驱力，即是指个体的活动得以进行的内在驱动力量。

内驱力是一种多元的行为动力系统。其中，我们把有机体为维持生存和延续种族而与生俱来的、带有基本生物效能的内驱力称为原始内驱力，包括饥渴内驱力、思睡内驱力、避痛内驱力和性内驱力等。原始内驱力是与生俱来的。它发自本能，随着有机体的生理需要而自然产生。就像一条资源丰富而又未被开发的河流一样。原始内驱力蕴藏着极大的能量，它沿着心灵的河床，自然而然地、漫无目的地汹涌着。它可以服务于任何种类的行为，这就看主体能把这种天然能量输送到哪条渠道了。动物的行为主要受原始内驱力的支配：饿了便去觅食，渴了便去寻水，性冲动产生便去求偶……设若一个人生下来就远离社会，与一切文化切断联系，过着纯"自然人"的生活，那么他大概也会和动物一样受这种原始内驱力的支配，他会完全依自己的本能行事，就像河流沿着天然的河床而自然流淌一样。

但人毕竟是社会的动物。他的遗传基因中刻印着集体潜意识的密码，他从小受着人类文明的熏陶，并在一定的社会环境和经济地位中生活，因此人的行为就不仅仅受原始内驱力的支配，而且要受人所特有的继发内驱力的制约。

继发内驱力，是指由原始内驱力派生出来的、有明确指向的、与满足社会性欲求或自我实现欲求的某一具体活动相联系的内驱力。继发内驱力以原始内驱力为其基本动力来源，但不再是纯本能的表现，而是在社会实践中经过学习而获得的。继发内驱力除去暗中要受人的生理需要的制约外，同时要受外界刺激和人的意识的控制和调节。一般说来，继发内驱力不像原始内驱力那样与人的身体状况的稳定有直接关系，但是对于一个生活在文明社会之中、力求主宰自己命运的人来说，前者却有着后者无法取代的效应。继发内驱力与人的社会实践及自我实现行为相沟通，对推进社会的物质文明与精神文明建设，对人的自我完善，有着重大影响。与人的具体行为相联系的继发内驱力是无穷的，有多少种行为，就有多少种继发内驱力。诸如科学发明、管理企业、运动竞技、文化娱乐……每种活动都有其相应的继发内驱力。

魔鬼与上帝进行的永恒战斗

原始内驱力与继发内驱力，有区别又有联系。原始内驱力是人的生命力的直接迸发，它虽然无确定方向，不受理性制约，却是精神张力的发泄通道，是一切创造活动的最终动力来源。继发内驱力则是根据外界条件和主观意志对原始内驱力的控制与调节，使之适合于社会实践和人的自我实现的需要。原始内驱力好比一条水力资源丰富却未被开发的河流；继发内驱力则是对这条大河的分流、疏导，使之用于灌溉、发电、航运，以造福于社会和人民。原始内驱力与继发内驱力的转化与消长，便构成了人的心理活动的动力系统。

内驱力的生理基质

心理学对动作、行为的内驱力的研究走过了漫长的道路。

古典心理学是把人的动作、行为作为意志的表现来看待的，认为动作、行为的发生是人的"自由意志"努力的结果。

行为主义心理学则认为：动作、行为最终都可还原为由刺激引起的反应，将任何动作、行为都解释为对外部刺激的被动回答，纳入刺激反应（S－R）的公式。

很明显，前者散发着唯心主义的气息，后者则表现了一种机械唯物论的倾向，都未能对人的动作、行为的驱力由来作出科学的解释。

随着科学技术的发展，尤其是生理心理学、电生理学和神经生物化学等的发展，心理学家得以在对行为、动作的传统的观察法的研究途径之外，又开辟出新的道路，即不仅从宏观，而且可以从微观，不仅用间接方法，而且可以用直接方法来考察人脑与动作、行为的关系。比如通过脑外科的临床手术，生理心理学家可以用微电极刺激处于意识清醒状态下的病人的不同皮质区域，从而直接了解人脑各部位的功能。还可以通过给动物的下丘脑及其邻近部位埋置电极，使动物受到电刺激时得以获得某种满足，从而寻求动物的行为与脑干区域的对应关系。这方面的研究成果大大丰富了心理学家对内驱力机制的了解。

吴思敬论新诗

目前多数的生理心理学家倾向于认为内驱力与脑的皮下层结构，特别是下丘脑及脑干的网状结构有密切关系。这些部位对基本的内驱力十分敏感，当用电流刺激动物的这些区域，就会激发它的某种行为，似乎比食物等一般的奖赏更能令其得到满足。诺贝尔医学与生理学奖获得者 W. R. 赫斯曾在猫身上做过著名的实验：他在猫的脑干中埋藏电极，发现有适当的对象时，他能刺激猫去吃食、攻击或逃跑。如果刺激十分强烈，动物会咀嚼吃不得的东西，或者去攻击观察它的人来代替攻击它的天敌。他对动物进行刺激以后，便把动物处死，把它们的脑做成一系列的染色切片，把有效刺激点绘成图谱。某些内驱力，例如疲劳，证明它可能与一些特殊的区域有联系，其他的则与较大的区域有联系，或者散布在与其他内驱力有关的部位上[①]。美国生理学家 J. 奥尔兹也曾用老鼠作过试验：把电极拧进老鼠的颅骨，埋藏于鼠脑的网状结构，电极可用于对脑进行电刺激并记录由脑发生的电冲动。电流调节到 1—5 伏之间。把老鼠放于实验箱之中，动物每按压一次杠杆，就给一次电刺激，每次刺激持续 1 秒钟上下。动物若想再获得电刺激，就必须放松杠杆再行按压。据奥尔兹的实验结果，这种电刺激实际上对动物具有比通常像食物的满足更大的奖赏效果。例如，饥饿的老鼠跑向电刺激器比跑向食物还要快，它们常常置适口的食物于不顾以换取自我刺激的愉快。在脑中带着电极的老鼠，每小时刺激它们的脑 2000 多次，可以连续 24 小时。奥尔兹的结论是："情绪机制和动机机制确实能在脑内定位；脑的一些部位各对一种基本内驱力敏感。""刺激脑的这些区必然激发若干神经细胞，它们是由饥、渴、性欲等类基本内驱力的满足来激发的一些神经细胞。我们想要看一看是否脑内'奖赏系统'的若干部位是特殊化的，那就是，它们可能一个部位管饥饿内驱力，另一个部位管性欲内驱力，等等。"[②]　另一位

　　① 参见 E. V. 霍尔斯特、U. V. 圣保罗《电控制的行为》，《生理心理学》，科学出版社 1981 年版，第 318—319 页。

　　② J. 奥尔兹：《脑的愉快中枢》，《生理心理学》，科学出版社 1981 年版，第337 页。

魔鬼与上帝进行的永恒战斗

心理学家德尔加德提出了一种更先进的、对情绪现象没有多少干扰的实验操作技术：从远处用无线电波对人脑进行刺激，同时遥控记录大脑的活动。在这种情况下，任何被试者都是在自由活动着。"从这一基本技术中已建立了两种研究策略。（1）使用猫、猴和黑猩猩做实验，发现一个程序化的脑部电刺激可以改变它们的行为。……（2）在大脑颞叶障碍的人中实行双路'交流'，从脑电图的持续监视中可观察到电活动和行为之间的相关。"①德尔加德运用新的实验技术在这一领域所取得的成果，进一步印证了赫斯和奥尔兹关于对脑干网状结构施加电刺激可引起动物某种行为的结论。

我们以上所引述的生理心理学家关于脑内电刺激的一系列实验，充分显示了内驱力是有其生理基质的。这些实验成果表明内驱力不是什么神秘莫测的东西，内驱力与其他的心理机能一样，是人脑这一特殊物质的属性。

内驱力：创作的心理能

人的任何行为都是受内驱力制约的，只是自己不一定能意识到而已。请看：

从学校回家的路上，一个小孩在几家杂货店前站住了。他并不了解，正是由于饥饿，使橱窗的摆设对他具有这样的吸引力。只是在事后，他才可能记起来那天曾误了一顿午饭。

正在等候女友约会的人，可以跑到一个陌生人面前，把她当成他所期待的人。他不了解，由于他的渴望，才使一个陌生人变成了他所期待的人。他却为自己的视力不好而发窘。这里，内驱力使知觉起了变化，发生了错觉。

一个儿童在一个陌生的房间醒来，惊慌哭泣，确信他看见一只老虎，不知道那是因为他自己害怕而产生出来的老虎，一打开灯，老虎便消失了。这里，内驱力产生了幻觉。

① K. T. 斯托曼：《情绪心理学》，辽宁人民出版社 1986 年版，第 103—104 页。

以上几例是美国心理学家 E. V. 霍尔斯特和 U. V. 圣保罗在谈及内驱力的作用时提及的①。日常生活中类似情况可说比比皆是。这表明，不管人是否意识到，内驱力总是与人的行为密切相关的。

内驱力是人的心理能。凡是能就可以做功。物质世界的机械能、热能、电能可以推动物体做功；人的心理能则可以推动人完成各种行为动作。英国心理学家卡特尔认为作为人的动力特质的能，具有四种重要作用：（1）使个体产生选择性注意，即引导个体转向于某些事物而忽视另一些。例如对一个很饿的人，与食物有关的事物更能引起注意。（2）能激发个体对某些刺激产生情绪反应。例如上面那个人想到吃就有愉快的情绪反应。（3）指引人趋向于有目的的行为。例如饥饿者设法寻找食物。（4）其结果是完成某种行为动作。例如找到食物进食②。卡特尔这里描绘的作为动力特质的能，即心理能，也就是内驱力。内驱力越强，要求行动的欲望就越急切。一个饥饿至极的人，他的全部心思都集中到食物上。一个堕入情网的人，他的全部心思都集中在恋人身上。这是人之常情，归根结底是内驱力使然。

内驱力不仅可以支配上述本能性行为，而且可以放射到包括诗歌创作在内的高级创造活动中去，成为创作的心理能。

诗，是诗人生命的燃烧，是生命力经过升华以后的一种光华四射的形态。西班牙诗人、诺贝尔文学奖获得者阿莱桑德雷在一首题为《树》的诗中形象地表达了这一思想：

> 我长眠在地下，
> 犹如这棵只以我为养料的树的另一条树根。
> 别怨恨吧，无比粗壮的参天大树，
> 你从我的胸膛蓬勃地成长，

---

① E. V. 霍尔斯特、U. V. 圣保罗：《电控制的行为》，《生理心理学》，科学出版社 1981 年版，第 318 页。

① E. V. 霍尔斯特、U. V. 圣保罗：《电控制的行为》，《生理心理学》，科学出版社 1981 年版，第 318 页。
② 参见陈仲庚、张雨新编著《人格心理学》，辽宁人民出版社 1986 年版，第 100 页。

伸展出嬉笑的枝丫，
鸟儿此时正在我胸膛上欢唱。

昔日的人已化为泥土，
哺育着一株生意盎然的大树。
整个的我还活着，没睡着，绝没睡着。
在洒满阳光的树中长年清醒。

我不是记忆，朋友们，也不是遗忘。
我欢乐、轻盈、喧闹地顺着树干攀向生命。
朋友们，忘掉我吧。我的树梢
将在永恒的天穹下，在空间摇曳，永远歌唱。

（祝融　译）

在阿莱桑德雷看来，诗人把他的全部生命凝结为诗，正像诗人的躯体化成泥土滋润着、支撑着生意盎然的大树一样，这与另一位诺贝尔文学奖获得者、法国诗人圣琼·佩斯所说的"诗首先是生命的形态，而且是完整无缺的生命形态"[①] 完全是一脉相通的。

诗是生命力根柢上开出的花。原始内驱力则是一种深层的生命动力，有的心理学家径称之为原始生命力。它超越于人的理智，却是激情、爱与创造力量的深层来源。弗洛伊德把原始内驱力简单地归结为"力比多"（性欲），荣格则归结为先天沉淀在心灵深处的一种强有力的"原型"，他们各自指出了原始内驱力的一个侧面，但不完整。在我们看来，原始内驱力包括先天的与后天的、性欲的与非性欲的等极其广泛的心理能量。原始内驱力尽管无明确方向、混乱而自由地奔涌着，但是它并不像有些人描绘的那样纯然是低级的、不健康的、危险的、恶的。现代心理学

① 圣琼·佩斯：《受奖演说》，《诺贝尔文学奖获得者诗选》，中国文联出版公司1986年版，第238页。

家从心理治疗的经验发现人的原始内驱力也有健康的、美好的、利他的、善的一面。这一点，特别从对科学家、艺术家的创造性劳动以及娱乐、幽默等根源的探寻中得到了大量的印证。美国人本主义心理学家罗洛·梅说："原始生命力是能够使个人完全置于其力量之下的自然功能。性与爱，愤怒与激昂，对强力的渴望等便是主要的例证。原始生命力既可以是创造性的也可以是毁灭性的，而在正常状态下它是同时包括两方面的。"① 他并且认为，原始生命力作为生命中的阴暗面，既蛰居在黑暗的地下王国，又高翔在爱欲的超验领域。它既可以使人成为恶魔，又可以使人成为天使。然而长期以来，在文明社会之中，受社会传统的伦理道德观念的制约，越是受教育良好的人，越是要抵制自己深蕴的人性。美国心理学家马斯洛对此提出了尖锐的批评："现在清楚了，他这样做的损失也是很大的，因为这些底蕴也是他的一切欢乐、热爱和能力等的源泉；而且对于我们来说最重要的，也是创造的源泉。为了保护自己而去反对自我内部的地狱，结果也就把自己同自我内部的天堂割裂开了。在极端的情况下，我们就成了平庸的、封闭的、僵硬的、淡漠的、拘束的、谨小慎微的人，成了不会笑、不会欢乐和爱的人，成为愚笨的、依赖他人的、幼稚的人了。他的想象，他的直觉，他的温暖，他的富于感情，全都逐渐被扼杀或被歪曲了。"② 马斯洛、罗洛·梅等人本主义心理学家一反自弗洛伊德以来对人的深层底蕴的片面认识，提出人的深层心理中地狱与天堂并存的概念，对于科学与艺术的创造、对于人的自我完善是很有意义的。歌德早在《浮士德》第一部中就说过："每个人都有两种精神：一个沉溺在爱欲之中，/执拗地固执着这个尘面。/另一个则猛烈地要离去尘面，/向那崇高的灵的境界飞驰。"而在弗洛伊德主义风行一时的时候，奥地利诗人里尔克在知道心理治疗的宗旨后便立即停止了心理治疗，并在

① 罗洛·梅：《爱与意志》，国际文化出版公司1987年版，第126—127页。
② A. H. 马斯洛：《存在心理学探索》，云南人民出版社1987年版，第128—129页。

给友人的信中说:"倘若我的魔鬼弃我而去,我怕我的天使也会振翼而飞。"这均启示我们,对原始内驱力不能仅仅感到惊愕、神秘、危险、可怕,因而处处压抑它,相反我们应意识到它也是人肯定自身、确定自身、发展自身的内在动力,因而承认它,并因势利导,使之输送到创造性的劳动中来。

事实上,在诗歌创作中,原始内驱力所显示的痕迹比比皆是。古代诗人的所谓"饥者歌其食,劳者歌其事",所谓"惟歌生民病",正体现出饥渴、避痛内驱力在触发创作冲动中所起的作用。至于由性内驱力触发创作冲动的情况在诗人中就更为常见了。据但丁传记介绍,但丁在9岁时见到了一个名叫比阿特丽丝的小女孩,她那娇嫩可爱、娴雅动人的容貌从此就深深印刻在但丁的心上。但丁一生中只与比阿特丽丝见过三次面,他们未能结合。比阿特丽丝在24岁时去世,但丁为此痛不欲生,泪如泉涌。在他的眼泪流干了以后,变得瘦骨嶙峋、蓬首垢面,简直成了一个野蛮人。正是在这种埋在心底的刻骨铭心的爱的驱动下,他写了诗集《新生》。不仅如此,比阿特丽丝作为他心目中圣洁的女神,还进入了他的伟大史诗《神曲》,成为光明、真理的象征,导引诗人进了天堂。当然,《神曲》作为一部给中古文化以艺术性的总结,同时又显示出文艺复兴时代人文主义思想曙光的长篇史诗,其内容极为丰富,绝不仅仅限于爱情,但是但丁对比阿特丽丝的刻骨铭心的爱情作为《神曲》写作的原初动力之一却是毫无疑义的。法国美学家雅克·马利坦也持有这种看法:"《神曲》的确是一支歌曲——一支献给挚爱的(所有的诗人都这么认为)女人的歌。没有女人曾有或将有这份荣幸:一支献给在诗人心中进行的爱的净化的歌。正如但丁指出的,由于它的'松散而谦卑的表达方式',它是一份因这个女子而受了创伤的诗人的主观世界的持续供状。"①

类似但丁这样的体验,许多诗人也都有过。郭沫若说过,他

① 雅克·马利坦:《艺术与诗中的创造性直觉》,生活·读书·新知三联书店1991年版,第286页。

吴思敬论新诗

到日本留学后一度迷上了庄子和王阳明的哲学，由于他与安娜的恋爱才使他从对王阳明的狂热礼赞中解脱出来，产生了作诗的冲动："把我从这疯狂的一步救转了的，或者怕要算是我和安娜的恋爱吧？但在这儿我不能把那详细的情形来叙述。因为在民国五年的夏秋之交有和她的恋爱发生，我的作诗的欲望才认真地发生出来。《女神》中所收的《新月与白云》、《死的诱惑》、《别离》、《维奴斯》，都是先先后后为她而作的。《辛夷集》的序也是民五的圣诞节我用英文写来献给她的一篇散文诗，后来把它改成了那样的序的形式。"① 朱湘在给朋友的信中说："朋友、性、文章，这是我一生中的三件大事。其中文章一项又要靠了另两项。只看我诗文作得最起劲的时候，正是头次尝到性与朋友甜头的时候。"② 素以写富于阳刚之气的政治诗著称的智利诗人聂鲁达，也说过这样的话："首先诗人应该写爱情诗。如果一个诗人，他不写男女之间的爱情的话，这是一个很奇怪的诗人，因为人类的男女结合是大地上面一件非常美好的事情。"③ 加拿大诗人欧文·莱顿在回答"你为什么要写作"这一问题时，坦诚地说道："我的头一首诗是献给我的一位老师，因为她的美貌使我感到吃惊。当她那丰满洁白的胸乳不经心而袒露在我这个早熟的11岁的孩子面前时，足有几周的时间，我全然沉浸在对她的思念之中。那时，死亡和性欲的巨大神秘伴随着我，我把性欲和死亡的谈话写了出来，以便赞颂我有限的头脑中所不懂的东西。"这些诗人都不回避性的内驱力对自己创作的推动，这是因为性爱是人最原始也是最永恒的一种本能。本来，在远古时代，人们对性要求看得比较单纯、自然而坦率，甚至存在过对生殖器的崇拜。但是后来西方的教会鼓吹禁欲主义，我国的封建统治者也宣扬"存天理，灭人欲"，性欲似乎成了人的原罪，性生活似乎也

---

① 郭沫若：《我的作诗经过》，《郭沫若论创作》，上海文艺出版社1983年版，第202页。

② 朱湘：《寄彭基相》，《朱湘书信集》，天津人文与文学社1936年版，第17页。

③ 聂鲁达：《诗与人民》，《诗刊》1957年第9期。

只是低级的动物本能。然而，"不管性在我们这里已被贬低到什么程度，它仍然是人类生殖繁衍的力量，是种族延续的内在动力。性乃是人类最强烈快感和最普遍焦虑的来源。当它以狂暴的形式出现时，它能把个人卷入绝望的深渊；而当它与爱欲结合，它又可以把个人从绝望的深渊里拯救出来，升入销魂的境界"①。"认为性欲仿佛会糟蹋人的精神，降低他的创造力，这种观点是错误的。事实表明的情况恰好相反。天才从来就不是阉人。大量研究材料表明，长期节制'下流的'性生活会使人智力停滞，精神受到创伤，如果再有其他因素，就会引起神经官能症及其他神经心理病症。"② 为了减轻这种心理压力，诗人便把内在的性驱力输导到创作过程中，借虚拟的对象而得以释放。在民间歌谣和文人创作的诗歌中，爱情诗总是占有突出比重，"无郎无妹不成歌"，看来这并非偶然。

作为诗人创作的深层动力源，原始内驱力对诗歌创作是有深刻影响的。不过，原始内驱力毕竟是处于自然状态下的一种心理能。它是非个性的，在自然状态下，不同阶层、不同文化、不同社会地位的人，其饥饿内驱力、避痛内驱力、性内驱力等并无本质区别。它又是盲目的，当一个人受一种强烈的原始内驱力所推动，处于亢奋状态时，往往不管三七二十一，只想扑过去满足自己的欲望。也正由于如此，原始内驱力不能直接进入创作过程，而需要对之加以疏导，使非个性的转化为个性的，使盲目的冲动纳入可以做功的轨道。这就是说，要把原始内驱力整合到自我之中，使之转化为有确定方向的、服务于某一社会实践或自我实现活动的继发内驱力。在这种继发内驱力支配下，人们在创造活动中才能保持明确的方向，才能有深思熟虑，才能经受得住长期的艰苦卓绝的劳动。

制服汹涌的野性的河流，需要浩大的工程；由原始内驱力转化为继发内驱力也需要巨大的意志的力量。在实际创作活动中，

① 罗洛·梅：《爱与意志》，国际文化出版公司1987年版，第30页。
② 瓦西列夫：《情爱论》，生活·读书·新知三联书店1984年版，第8页。

诗人一方面内心涌荡着巨大的冲动，另一方面又不能被这种压力摧毁，任其自由泛滥。诗人只有同它进行顽强的拼搏，才能最后将其纳入创造的轨道。"在我的心灵中，魔鬼与上帝正进行永恒的战斗……"叶芝这句诗实际道出了一切诗人的共同的内心历程。

（1987 年 6 月）

魔鬼与上帝进行的永恒战斗

诗歌创作与自我实现

人是一个初生的孩子，他的力量，就是生长的力量。

我们的生命是天赋的，我们唯有献出生命，才能得到生命。

这是印度诗人泰戈尔《飞鸟集》中的诗句。泰戈尔所说的"得到生命"，是指把我们生命中天赋的潜能充分发挥出来，从而使自己的生命得到全面而自由的发展，即通常所说的自我实现；与此相应，他所说的"生长的力量"，则可以理解为人为实现自我而释放的本质力量。

"自我实现"作为心理学概念是由 K. 戈尔德斯坦在《机体论》中提出的。他认为生物机体有实现自身潜能的内部倾向，他并通过对脑伤士兵脑功能自我调整的研究，论证在人的机体内部也存在这种实现自身潜能的趋向，并把这一趋向称为自我实现。后来马斯洛则用这个概念来表达人的最高层次的需要。马斯洛观察了许多人，尤其是通过对一些杰出人物的传记考察，提出人终归要达到自我实现。他在《人的动机理论》中指出，在人的生理需要、安全需要、爱的需要、尊重需要都得到满足以后，"通常（如果不能说是'一定'的话）又会产生新的不满足，除非此人正在干称职的工作。音乐家必须演奏音乐，画家必须绘画，诗人必须写诗，这样才会使他们感到最大的快乐。是什么样的角色就应该干什么样的事。我们把这种需要叫做自我实现"①。

<hr />

① A. H. 马斯洛：《人的动机理论》，《社会心理学教学参考资料选集》，河南人民出版社 1986 年版，第 174 页。

任何事物的发展都要经历由"潜在"到"实现"的过程，葵花籽具有成长为一株葵花的潜能，葵花则是葵花籽的实现；受精的鸡卵具有发育成鸡的潜能，鸡则是受精卵的实现。在潜在的事物中有其成长发展的内因，在已经实现了的事物中能找出其潜在的依据。由"潜在"到"实现"是事物发展的普遍规律，人也不能例外。不过人与动物其"潜在"的内容是不同的。人生活的目的不像动物那样仅仅为了满足生物性需求。人要求认识世界，这种了解世界的意向从一岁半到两岁就开始了。这种意向的进一步发展，就不再以简单地获取自然物为满足，在内在条件与外部的自然与社会环境的作用下，产生了一种通过创造性的劳动而实现自己潜能的欲望。马克思指出："动物和它的生命活动是直接同一的。动物不把自己同自己的生命活动区别开来。它就是这种生命活动。人则使自己的生命活动本身变成自己的意志和意识的对象。他的生命活动是有意识的。……仅仅由于这一点，他的活动才是自由的活动。"[①] 人有自我意识，每个人都希望把自己潜在的能量、能力和天资充分发挥出来，使自己的本质力量得以释放，从而使自己成为符合自己本性的、符合自己理想的人，即达到自我实现。每个人，不管其身份、职业、年龄、性别、能力有何不同，原则上说，都可能达到自我实现。一个企业家用自己的全部才智创造了第一流的企业是自我实现，一个作曲家谱写出流自自己心田的乐曲是自我实现，一个保育员把自己全部的爱倾注在孩子身上也是自我实现。自我实现的具体形式及成就大小因人而异，但是只要充分发挥了自己的潜能，展示了自己的本性，成为了自己所希望成为的人，那么就各自达到了自己人生的峰巅。

总之，自我实现一方面是人的潜能的释放，使人能够实现其自由的本质。另一方面，自我实现也是一种超越，是对诸如生理需要等较低层次的超越。因而自我实现就是富有创造性的人生的共同特点。诗人的创造自然也不能例外。原始内驱力对诗歌创作

———

　　① 马克思：《1844年经济学哲学手稿》，《马克思恩格斯全集》第42卷，人民出版社1979年版，第96页。

诗歌创作与自我实现

有不可忽视的影响，然而原始内驱力只能导致某些本能性行为，却不能直接导致科学发明、文艺创作等高级的创造性行为，只有通过自我实现的阀门，原始内驱力才可能衍生为人的创造性行为的动力。

实现自我，必先要发现自我，也就是说诗人渴望认定自己是怎样的一个人。然而正确地认识自我并不是一件很容易的事，因为，"自我乃是一片无边无际的海"①。"宇宙无尽，即青春无尽，即自我无尽。"② 面对自然、社会及人际关系中的种种复杂现实，人们往往迷失了自己而不知，发出"长恨此身非我有"的慨叹。人的最大敌人不是别人，正是他自己。欲征服世界，首先要征服自己；欲求索世界的意义，首先要思考自己存在的意义。法国作家罗曼·罗兰在回忆录中曾对自己儿童时代刚刚形成的自我意识有过这样的追忆：

> 当我此刻回顾遥远的昔时，首先使我惊异的是那庞大的"自我"，它刚刚脱离蒙昧状态就勃然苗生，仿佛一朵在池水上舒展的大莲花。那时我还小，不能像今天这样衡量自我的范围，因为一个人只有在生活中碰壁之后才能理解它究竟有多大。③

罗曼·罗兰的体验表明发现自我是需要有相当长的一个过程的。一个人出生以后，就生活在一个信息世界之中，他不断地与外部世界交换信息，并在这种信息交换中得到反馈。源源不绝的反馈信息使他得以不断地修正自己对自己的评价，从而逐步形成较完善的自我意识。这样一个过程，俄国生理学家谢切诺夫曾做了精辟的概括："小儿就已经能够在思想上把自己与自己的思想、要求和行动分别开来……在比较成熟的年龄期中，自我感觉转为自

---

① 纪伯伦：《先知》，《先知 沫与沙》，湖南人民出版社1982年版，第46页。
② 李大钊：《青春》，《新青年》1916年第2卷第1号。
③ 罗曼·罗兰：《内心的历程》，《罗曼·罗兰文钞》，上海译文出版社1985年版，第152页。

我意识。人还能更显著地把自己与自己内部发生的一切分开——由此发生自我分析、自我判断，一般说来，意识到自己是个思想领域中的活动者。"①

诗人们在对大千世界、宇宙万物怀有强烈好奇的同时，也有强烈的探寻自我的欲望。美国女诗人安·萨克斯顿曾在一首诗中回忆她在女儿出生时的心态：

> 我，对于做个女孩子从来不太清楚，
> 需要有另一个生命，
> 另一个形象来提醒……
> 我选了你来发现我自己。

这位女诗人由于对自己的了解还不够透彻，希望能通过对女儿成长过程的观察来审视自己的历史，追问自身存在的意义，借女儿这一客观对象来更好地认识自己、发现自己。德国作家舒尔茨在回答"您为什么要写作？"这一问题时，直截了当地说："我想知道我是谁。"为了说明自己的观点，他还讲了一个寓言：有两条鱼躺在篱笆下。其中一条鱼说："我想变成两只鸟。"另一条鱼问："为什么？"它回答："第一，我可以飞；第二，我可以随着自己飞。"另一条鱼接过话题说："我想变成三只鸟。第一，我可以飞；第二，我可以随着自己飞；第三，我可以观察我怎样随着自己飞。"②

发现自我是实现自我的基础，发现自我才能自我导向，才能根据自己的潜能及客观条件做适当的选择。马斯洛指出："为满足自我实现需要所采取的途径是因人而异的。有人希望成为一位理想的母亲，有人可以表现在体育上，还有人表现在绘画或发明创造上。"总之，人们将采取一定的方式"完成与自己的能力相

---

① 《谢切诺夫选集》，人民卫生出版社1957年版，第390页。
② 参见余志和《文学，使他知道自己是谁——访民主德国作家舒尔茨》，《文艺报》1987年1月10日。

称的一切事情。"① 美国诗人 W. H. 奥登也持有类似看法："在
20 岁至 40 岁之间，我们处于发现自我的过程，也就需要弄清什
么是我们应当突破的偶然障碍，什么是我们天性中的固有局限，
超越它免不了要受惩罚。"②

许多诗人走过的创作道路也完全印证了这一点。1927 年冬
天，徐志摩在一封家书里说："各人有各人的长处，我如学商，
竟可以一无成就，也许真的会败家，我学了文学，至少已经得到
了国内的认识，我并不是没有力量做这件事的，并且在这私欲横
流的世界，我如能抱定坚贞的意志，不为名利所摇惑，未始不是
做父母的可以觉得安慰的地方。"③

一个人意识到自己是怎样的人，这将直接导致他采取什么样
的行动。有时候，一个人在决定某种行动时，他的自我意识甚至
比本体还要重要。自我意识一旦形成并稳定下来，就会成为人的
行为的重要参照系数。人们将倾向于按自己对自己的评价办事。
一个以为自己将成为元帅的士兵，就会给自己确立高水平的抱
负，并鞭策自己去尽力实现其抱负；一个承认自己是低能的学
生，在一道并不深奥的数学习题面前也会败退下来。一般说来，
一个人只有发现自己热爱诗，坚信自己有诗的才华，才能不惜代
价地去追求、探寻，才有可能真正成为一个诗人。当然这种发现
不能光靠"内省"，重要的是通过实践，不少诗人当初并不知道
自己有诗的潜能与才华，而是在拿起笔写诗的过程中，才逐步认
识到自己的心理气质、情感方式与语言能力是适宜于写诗的。

艾青最初是学习绘画的。1932 年 4 月参加了"中国左翼美
术家联盟"，同年 7 月被捕，关入监狱。监狱生活使他失去了绘
画的最起码的条件，艾青开始写起诗来。他把写好的一首诗拿给
一位难友看，并问他："依你看，我的诗写得好些呢？还是我的
画画得好些呢？"对方回答说："你的诗写得好些。"艾青后来回

———————

① A. H. 马斯洛：《人的动机理论》，《社会心理学教学参考资料选集》，河南人
民出版社 1986 年版，第 174 页。

② W. H. 奥登：《论读书与批评》，《文艺理论研究》1984 年第 1 期。

③ 陈从周：《徐志摩年谱》，上海书店 1981 年影印本，第 71 页。

忆道："不管这朋友说这话时的诚意到达了什么程度，这话对于我的艺术生涯上起了可怕的作用。我'撒'开了已学了五六年的绘画，写起诗来了。"① 对于 1949 年以后走上诗歌创作道路的诗人来说，黎焕颐的回顾也许更有普遍性：

> 50 年代的初期，我年刚及冠。开始文学活动的第一章，是写小说。记得我的第一篇小说，是写我在土地改革中的一些感受。第二篇小说，是写我的恋爱回旋。第三篇小说，是写农村中的农业合作社内部的斗争。几篇小说，投出去都吃了闭门羹。这样，就迫使我思索：我是否有文学才能？大概有三年时间我辍笔不写了。原因是：我发现我缺乏编故事的本领。然而，我并不甘心，转而致力于诗。开始是自己写给自己看。不敢轻易示人，更不敢轻易投稿。1953 年的冬天，我终于鼓起勇气给一家报纸投稿，不到 10 天，我的诗印成铅字登出来了。这首诗的发表，反过来又印证了我的自我感觉：我宜于写诗。就这样，我不断地写，不断地投稿，虽不能百发百中，但十有一二必中。每中一次，我对写诗的信念，就激发一次。越写，我和缪斯的缘份结得就越深。这时，到底是诗化我，还是我化诗？我无从分辨。只是觉得：我与诗浑然吻合在一起了。于是，我从潜意识中豁然有悟：我在气质上宜于诗，不宜于小说。换言之，我从创作实践上，否定了我当小说家的愿望，肯定了我有极大的可能获得诗人的桂冠，因此，我以为，从事文学活动，首先要善于自我发现。②

苏联诗人马雅可夫斯基发现自己的诗歌才能则是很偶然、很富有戏剧性的。他在绘画雕刻建筑学校学习期间，作了一首诗，用马雅可夫斯基自己的话说，"是几片诗。写得很糟。没有在任何地

---

① 艾青：《我怎样写诗的？》，《艾青论创作》，上海文艺出版社 1985 年版，第 14 页。

② 黎焕颐：《我感到：做诗人难！》，《未名诗人》1987 年第 2 期，第 14 页。

方发表"。晚上在林荫路上散步时，他读了几行给自己的朋友大卫·布尔柳克听，假托是别人写的。布尔柳克站住了，打量了他一番，忽然大叫道："这是你自己写的！你可真是一个天才诗人啊！"第二天早晨，布尔柳克把他介绍给每一个人："你不认识吗？这是我的天才的朋友，著名的诗人马雅可夫斯基。"正是通过布尔柳克的鼓励，马雅可夫斯基发现了自己，他整个迷在诗里面了，于是写出了第一首发表出来的诗。马雅可夫斯基说："布尔柳克使我成为诗人。"但布尔柳克只是外因，布尔柳克的热情肯定使马雅可夫斯基看到了自己诗的才华，重新发现了自我，并由此引发出诗歌创作的强烈内驱力。

诗人的自我实现的要求，还体现为对表现自我的渴望。这种表现自我的渴望实际是对内心解放的渴望，即渴望从限制心灵自由发展的种种束缚中解脱出来，使不自由的、不全面的、不自觉的人复归为自由的、全面的、自觉的人。在诗歌创作的动力机制中，内心解放的欲望占有突出位置。因为这种欲望要求满足诗人尽情地宣泄情感、自由地披露内心隐秘的需要。正如作家老舍指出的："在工作里，除非纯粹机械的，没有人不想表现他自己的。凡是经过人手制作的东西，他的个人也必在里面。这种表现力是与生俱来的，是促动人类做事的原力。"① 五四时代，作为新诗人的俞平伯曾这样袒露他的心态："我只愿随随便便的，活活泼泼的，借当代的语言，去表现出自我，在人类中间的我，为爱而活着的我。至于表现出的，是有韵的或无韵的诗，是因袭的或创造的诗，即至于是诗不是诗，这都和我底本意无关，我以为如要顾念到这些问题，就可能根本上无意于做诗，且亦无所谓诗了。"② 当代诗人流沙河也直截了当地说过："促使我写诗的内在力量是表现自我的要求。这个要求，年轻人恐怕都有，不管他是否写诗。"③ 这些人的话突出表明，表现自我的欲望是诗人创造

---

① 老舍：《文学概论讲义》，北京出版社 1984 年版，第 60 页。

② 俞平伯：《〈冬夜〉自序》，见《中国现代文论选》第一册，贵州人民出版社 1982 年版，第 61 页。

③ 流沙河：《答〈未名诗人〉》，见《未名诗人》1956 年第 3 期，第 3 页。

的重要原动力之一。

　　以上所讲的发现自我也好，表现自我也好，都只不过是手段，其目的归根结底还是要实现自我。实现自我是人类为了生存、成长而促进自身发展的一种需要，美国心理学家罗杰斯认为，所有生物学驱力都可归属于这种实现自我倾向的名下。他说："人类有机体有一个中心能源：这是整个有机体而不是其某些部分的功能。也许解释这种能源的最好概念就是一种指向完成、指向实现、指向维持和增长的趋势。"[1] 正是这种人类发展的中心能源也同样构成了诗人创作的主要动力源。人类普遍都有生理需要，人类也普遍会产生各种情绪与情感，谁的一生没有几次真正发自肺腑的大悲痛、大欢乐、大愤慨呢！但并不是每个人都能成为诗人。能够成为诗人的人，当是那些发现并确认自己有诗的潜能，并想通过诗的创作而实现自我的人。只有这样的人才有可能获得源源不绝的创作动力，才能有力量叩开人的深层心理的大门，才能在创作的过程中不断丰富与完善自我，使人回复到他的自身。

（1987 年 6 月）

---

　　① 转引自陈仲庚、张雨新《人格心理学》，辽宁人民出版社 1986 年版，第281 页。

心理平衡的追求

　　人的心理有一种追求平衡的倾向。国外医学界新兴起的"整体医学观"，把健康看成是生理、心理、自然、社会等多种因素综合的结果。这种医学观认为：机体内存在着两个平衡，生理平衡和心理平衡；外部也有两个平衡，自然生态平衡和社会生态平衡，彼此相互交叉作用。人脑则是处于中枢的能动因素①。外部的自然生态与社会生态不平衡，往往会导致人的生理和心理不平衡。人则可以通过大脑这个中枢，随着外部世界变化了的情况，对人的生理和心理状况进行调节，以达到新的平衡。

　　原始内驱力的积蓄所造成的紧张状态，往往会导致人的心理失衡。原始内驱力是以一种无指向性、不确定的弥漫状态存在着。当这种内驱力强到一定程度，人们就会产生一种紧张感，躁动不安，总想干出点儿什么事来。这种内驱力如果能正确地加以疏导，往往会有伟大的创造发明或干出惊天动地的事业。这种内驱力如果不加约束，任其奔突，也可能会造成严重后果。总之，蓄积在胸中的内驱力迸发出来了，内在的紧张力得以减缓，心理就趋向平衡。当然，平衡实现了，在新的条件下又会产生新的需求触发新的内驱力，内驱力蓄积到一定程度，又会出现新的不平衡，从而又要通过释放心理能量而求得新的平衡。人的心理就始终处于平衡—不平衡—平衡的动态运动之中。其中心理的不平衡是绝对的，心理的平衡是相对的，然而人们总是要追求这相对的

---

　　① 参见陈心广《论整体医学观》，《国外医学——社会医学分册》1983 年创刊号。

暂时的心理平衡。

追求心理平衡，不同的人有不同的方式。阿Q经常受侮辱受损害，他没有能力自卫，于是"精神胜利法"就成了他求得心理平衡的武器，挨了打，一句"儿子打老子"，似乎就忘记了疼，心理也恢复了平衡。德国音乐家梅亚贝克与妻子发生口角，心理失去了平衡，但是当他坐在钢琴前弹奏起肖邦的《降E大调夜曲》，便逐渐忘掉了刚刚发生的一切，琴声也感染了他的妻子，一曲未终，两人和好了，音乐使他和妻子又恢复了心理平衡。法国画家马蒂斯则把绘画作为寻求心理平衡的手段。1908年他在《画家笔记》中说过这样的话："我梦寐以求的就是一种协调、纯粹而又宁静的艺术，它避开了令人烦恼和沮丧的题材，它是一种为每位脑力劳动者的艺术，一种既为商人也为文人的艺术。举例来说，它就像一个舒适的安乐椅那样，对心灵起着一种抚慰的作用，使疲惫的身体得到休息。"① 进入90年代以来，上海部分高中女生中流行写"情感日记"。某重点中学的一位高二女生说道："有一次，我向心理热线询问一个问题。整整打了一个小时仍未打通。没办法，我只好在电话机旁，摊开纸拿起笔，将心里的烦恼一一记下来。一个意想不到的奇妙效应出现了。当我写完时，觉得浑身上下一下子轻松起来，按时下流行的说法，感觉好多了。从此，我的生活里出现了一位忠实的朋友。就这样，记'情感日记'成了最好的解脱。"②

寻求心理平衡的方式数不胜数，比较而言，诗歌创作可视为其中最为高雅、最富魅力、最有效应的方式之一。美国文艺理论家韦勒克和沃伦指出，有"一种综合的、最伟大的艺术家的类型，这种类型的艺术家终能战胜心魔，使内心紧张状态达到平衡"③。他们认为应该把所有的名作家都列入这一类型之中，包

---

① 马蒂斯：《画家笔记（1908年）》，杰克·德·弗拉姆编：《马蒂斯论艺术》，河南美术出版社1987年版，第24页。

② 苏军：《女生"自助餐"：情感日记》，《中国青年报》1992年7月13日。

③ 雷·韦勒克、奥·沃伦：《文学理论》，生活·读书·新知三联书店1984年版，第81页。

括但丁、莎士比亚、歌德、巴尔扎克、狄更斯、托尔斯泰和陀思妥耶夫斯基。韦勒克和沃伦所列举的但丁、莎士比亚、歌德是西方文学史上最优秀、最有影响的诗人。这也在一定程度上说明了追求心理平衡是伟大诗人的共同特征。下面就让我们来看一看，诗人是通过什么渠道来求得心理平衡的。

一　宣泄

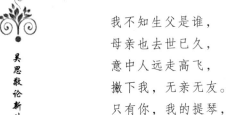

我不知生父是谁，
母亲也去世已久，
意中人远走高飞，
撇下我，无亲无友。
只有你，我的提琴，
伴着我到处漂流。

满腔悲愤，
身无分文，
挥弓奏一曲，
聊慰饥与愁。

饥饿与恋情，
销蚀我生机；
二者与提琴，
相伴乐师永不弃。

这是被当代小提琴大师梅纽因所引用过的一首吉卜赛人的民歌，题为《致提琴》。它不仅动情地抒发了吉卜赛歌手对提琴的深情，而且充分揭示出艺术对维持人的心理平衡所起的微妙的作用。

　　人生在世，总会对生活抱有这样那样的欲望与期待。但由于主客观条件的限制，人的期待往往落空，人的欲望往往得不到满足，有时甚至还会飞来横祸，身处逆境，这样就会使人感到沮丧、失意、痛苦、忧愁……这种由于预期的目标遇到障碍而不能实现、内心的欲望不能得到满足而产生的消极性情绪状态，即是通常所称的心理挫折。

俗话说，"人生逆境十之八九"。心理挫折是谁也逃不脱的极普遍的心理现象。林语堂说过，当母亲阻止小孩子吮手指头时，这个小孩就开始领略人生悲哀的滋味了。连小孩子都是如此，也就难怪诗人杜牧会发出"人世几回开口笑"的慨叹了。

形成心理挫折的原因多种多样。比如主观愿望是长生不老，但在自然规律面前这纯属空想，于是就产生了"生年不满百，常怀千岁忧"的慨叹；又如主观愿望是想和亲人相聚，但关山万里，天各一方，于是就发出了"相去日已远，衣带日已缓"的哀吟；再如主观愿望是要把自己的满腹经纶报效国家，但由于出身贫贱不得重用，于是就提出了"世胄蹑高位，英俊沉下僚"的抗议……至于不同的历史时代，由于自然的灾害、政治的腐败、物质生活的困顿、爱情的不自由……更酿成了无数的人生悲剧。

佛学认为人生的真谛就是"苦"。人生的苦，渗透到整个生命的全过程，归纳起来，可以分为八类，即是生、老、病、死、爱别离、怨憎会、求不得、五荫炽盛。生老病死较易理解。爱别离指的是相爱的人不能长期相厮守；怨憎会指冤家路窄，讨厌的人天天见面；求不得指想要的物事得不到；五荫炽盛指莫名其妙生出的许多烦恼。整个人生，只有苦而毫无快乐可言。有时我们感到快乐，也只是痛苦中的快乐，是自欺之乐。①

德国哲学家叔本华则从人生是意志的角度提出了"人生痛苦"说。他认为人的理性和知识只是表面现象，本质是生存意志和欲望，而"欲望按其实质来说就是痛苦"，因为欲望是无穷的，即使一种欲望得到了满足，而新的欲望又会随之产生，这样

---

① 参见印安法师《印安法师讲述集》（第一集），香港：天马图书有限公司出版，第27—28页。

欲望永远不会得到满足，而人生的痛苦便永远不会到头。叔本华的哲学是悲观主义的，他不仅把人生全部归结为痛苦，进而还要通过涅槃而否定人生。

相形之下，日本哲学家西田几多郎在其名著《善的研究》中对"人心的苦乐"所做的分析要客观而全面一些："一言以蔽之，当我们的精神处于完全的状态即统一的状态时就是快乐；处于不完全的状态即分裂的状态时就是痛苦。……快乐的一面必然伴有痛苦，痛苦的一面必然伴有快乐。"① 诚如西田几多郎所言，人生当中有痛苦有快乐。但就人的主观感受来说，对痛苦的感受要比对快乐的感受强烈得多。这是人具有动物所不具备的反思能力的必然结果。在衣不蔽体、食不果腹的时候，人为自己的衣食而忧愁；当基本的生活资料得到了满足，人又要为更高层次的东西，诸如爱情，诸如荣誉，诸如人与自然、人与社会、人与人之间种种复杂而微妙的关系而烦恼，而忧愁。人生的这种痛苦是没有止境的。尤其是诗人，他们比普通人对生活怀有更美的憧憬和更大的期待。比普通人更敏感更富于激情，他们对痛苦的体验也远比普通人来得强烈而深切。白居易经过采石江边李白坟墓，缅怀诗人困顿穷瘁的一生，发出了"但是诗人多薄命"的慨叹。英国诗人拜伦在《但丁的预言》一诗中借但丁之口发出了沉重的叹息：

> 啊，像我这一类的人总是命中注定
> 要在生活里受尽煎熬，备尝艰辛，
> 心儿将被磨碎，斗争和挣扎无止无尽，
> 直到了此残生，死去时孤苦伶仃。

美国诗人金斯伯格1984年10月在北京举行的第二次中美作家会议上也曾倾诉过他内心的痛苦：

> 我写诗，因为我受苦，生来就受苦，而且知道自己要死

吴思敬论新诗

---

① 西田几多郎：《善的研究》，商务印书馆1965年版，第71页。

168

的，而且我还患有肾结石和高血压，而且我认识到人人都在受苦。

我写诗，因为希特勒杀死了六百万犹太人，而我是犹太人。

我写诗，因为我喜欢在孤独时引吭高歌。

诗人的痛苦即人类之痛苦。然而，凡是拥有充分生命力的人，很少会被人生的痛苦所压倒，把自己弄到含垢忍辱、颓丧绝望、发疯或自杀地步的。他总会设法缓解面临的苦难，使内心的焦虑与痛苦得以宣泄。诗歌就是一种绝妙的宣泄手段，它无需乎借助其他工具和道具，只一张纸一杆笔，内心的痛苦就会凝聚于笔端汩汩流下。但丁曾描述过他把内心的痛苦用文字宣泄出来的过程："我的双眼日复一日地流着泪，已经疲惫得无法再解释我的悲哀。于是我想到，似乎应该减轻我的苦痛，写出一些饱含哀伤的语句。于是我决定写一首抒情诗，以怨尤之笔述说我曾为其消逝而哭吊的另一首抒情诗。就这样，我开始写'心灵的哀痛……'这首诗。"[1] 歌德23岁时曾爱一个名叫绿蒂的体貌轻盈、性格纯真的女子。但绿蒂已订有婚约，他们之间有不可逾越的障碍。这使歌德痛不欲生，只想自杀了事。他后来回忆当时的心情："自杀实在是升平时代的闲散的青年暗藏着的念头。我搜集有不少的刀剑，其中有一柄磨得很快的名贵的短剑。我常把它放在床边。在每晚熄灯以前，我自己每以剑抵胸看我有没有决心把它的锐利的剑锋向心头刺二三寸的深。可是我总没有一回这样子做出来……"[2] 就在这时歌德忽然听到他过去所认识的一位青年耶路撒冷由于热恋朋友的妻子而自杀的噩耗，把他从梦中撼醒了，一下子找到了情绪的宣泄口。他说："我不只静观冥想，我与他共同的遭遇是什么，而且把现在恰碰到的使我热情沸腾、焦

心理平衡的追求

---

① 但丁：《小型作品》，转引自鲍列夫《美学》，中国文联出版公司1986年版，第304—305页。

② 《歌德自传》下册，人民文学出版社1983年版，第621页。

灼不安的同样的事加以观察，因此，我禁不住把正要动笔来写的作品灌上炽烈的热情，以致诗的情景与实际的情景的差别丝毫不能分辨出来。"① 就这样，歌德握管疾书，四周的时间，就把《少年维特之烦恼》写出来了。歌德被压抑的情感得到了宣泄，自杀的念头也随之打消了。

诗人李广田 1947 年曾在一篇题为《谈写诗》的文章中说："人生本来是苦的，而我们这时代尤其苦，太多的痛苦加在青年人的心上，简直是一种不可负荷的重压。我们幸而还能够以文字来表达我们的思想感情于万一，以代替叹息与号哭，代替长歌与呼喊。假如连这一点也不可能，也不准许，那岂不更其苦闷，岂不将一点生机也窒息至死。所以我常常把青年人的写诗当作一种心理的或精神的卫生，或如有人所说的乃是一种'情感的体操'。"② 诗歌所以能成为一种"情感的体操"，起到宣泄的作用，就在于诗人在写作过程中创造了一个虚拟的境界，在这里扬弃了审美主体与客观现实之间的具体的利害关系，此时的主体已超越了粗陋的利害之感与庸俗的功利之思，而以审美的眼光来观照诗的境界，人世间的种种苦难被净化了，转化为艺术之美。正如诗人席慕蓉在一首诗中所描绘的：

> 我如金匠
> 日夜捶击敲打
> 只为把痛苦延展成
> 薄如蝉翼的生命

> （《诗的价值》）

在这"日夜捶击敲打"的创造过程中，诗人胸中的块垒得以化解，内心的痛苦得以宣泄，就像接地的电流一样，不会再给诗人

① 《歌德自传》下册，人民文学出版社 1983 年版，第 623 页。
② 李广田：《谈写诗》，《李广田文学评论选》，云南人民出版社 1983 年版，第 90 页。

的精神生活带来破坏性的后果。

二　升华

升华本是精神分析学派所使用过的一个术语。按精神分析学派的主张，人的心理能可以移置，也就是使心理能量从一个对象改道注入另一个对象中来。如果替代的对象是文化领域中的较高目标，那么这样的移置就被称为升华，即被压抑于潜意识中的本能冲动，转向社会所认可的文化领域中，以求得变相的象征性的满足。一般说来，人们由于某些心理内容与社会上的道德准则不能协调，就会从意识领域压抑到潜意识领域中来，于是被压抑的内容便往往具有某些性欲的、猥亵的，甚至犯罪的特征。但是，当人的原始的能量被移置到文化领域中以后，性本能与攻击本能的直接表现就变成了表面上完全是非性的和非攻击性的行为方式。

弗洛伊德认为，达·芬奇在描绘各种圣母像时所激发的热情，就是对他早年就离别的母亲的思念情绪的升华。他还认为莎士比亚的十四行诗、惠特曼的诗篇、柴可夫斯基的音乐，以及普鲁斯特的小说等都有某些章节和片断是对渴求同性恋的热望的升华。此外为心理分析学家提到过的英国诗人威廉·考珀，他6岁丧母，潜意识中埋藏着俄狄浦斯情结。这种压抑缠绕着他，一生过着独身生活，直到58岁上，还不得不在《接到母亲的肖像》一诗中发泄自己对母亲的恋情。在弗洛伊德看来，这些诗人与艺术家由于在现实生活中性的欲望受到压抑，所以只好移置到想象性的创造中来。弗洛伊德只看到人的生物性，过分夸大了性本能对人的行为的支配作用，有其片面性。但是弗洛伊德关于心理能的移置和升华的学说，又确实能给人以启发，他让我们高度重视创造活动的深层心理原因。日本文艺理论家厨川白村肯定了弗洛伊德关于文艺创作是被压抑的欲望的升华的观点，他把"生命力受压抑而生的苦闷恼懊"看成是文艺的根柢。他所说的"生命力"也是一种心理的能源。不过厨川白村不像弗洛伊德过分夸大性欲的决定作用，同时也看到了现实世界的"生活难"和"人间苦"对于人的压抑，因而对文学创作驱力生成的解释也就较为全面一些。

今天，人们谈文艺创作心理时所提及的升华，早已超出了弗洛伊德精神分析学派所界定的范围，凡是受社会因素的压抑而积蓄在潜意识领域中的心理能量，在文化领域中以为社会所认可的形式表现出来的，均可以称之为升华。诗人罗门则认为："'升华'是导使作品与一切事物进入完美与永恒境界的主要力量。"①在诗人中，因爱的欲望得不到满足，压抑在潜意识中而引起的升华现象是相当普遍的。

首届诺贝尔文学奖获得者、法国诗人苏利·普吕多姆，与比他小两岁的表妹两小无猜、情同手足。痴情的普吕多姆把表妹看作是自己日后的终身伴侣，而周围的长辈们也时常拿他们取笑。普吕多姆一直以为表妹也钟情于他。然而直到有一天表妹写信告诉他已与别人订婚时，他才从单相思中惊醒过来。他实在不能相信，自己始终爱慕的表妹会投入别人的怀抱。他对表妹爱得太深了，没有任何别的女人会像她那样整个占据他的心。为了将这种刻骨铭心的爱永远珍藏在心底，他选择了独身主义的生活方式，并且将他的被压抑的爱的欲望以诗的形式释放出来，写出了《献词》、《忧虑》、《不幸的情感》等大量的爱情诗。

智利女诗人、拉丁美洲的第一位诺贝尔文学奖获得者米斯特拉尔，17岁时爱上了一个在铁路部门工作的年轻人，后来对方变了心，爱上了另一个女人，但又被那女人抛弃，最后自杀身亡。这一恋爱悲剧深深刺痛了诗人的心，她把对爱的渴望与失爱的悲哀，凝结到她的早期诗作之中。其中最有影响的是三首《死的十四行诗》。1914年这组诗获圣地亚哥"花节诗歌比赛"第一名，诗人也从此一举成名，被称为"抒情女王"。

爱尔兰诗人叶芝1889年与光彩夺目、苗条动人的女演员茅

① 罗门：《打开我创作世界的五扇门》，《罗门论文集》，中国社会科学出版社1995年版，第21页。

吴思敬论新诗

德·冈相识，这位女演员又是当时爱尔兰争取民族自治运动的领导人之一。叶芝对她一见钟情，曾多次求婚，但未能如愿。后来茅德·冈与别人结婚，给叶芝造成了极大的痛苦。这痛苦长久地埋藏在他心底。"在数十年的时光里，从各种各样的角度，茅德·冈不断地激发起叶芝的灵感；有时是激情的爱恋，有时是绝望的怨恨，更多的时候是爱和恨之间复杂的张力。叶芝摆脱不了她，从叶芝最初到最后的诗集里，都可以看到她在叶芝心目中的不同映照。"[①]

类似普吕多姆、米斯特拉尔和叶芝的这种现象，在中外诗人中可说是屡见不鲜。由于社会环境的压力及道德、伦理观念的制约，诗人只能把对爱的强烈的渴望埋藏在心底，沉积在潜意识领域。一种莫名的驱力在诗人的心灵深处鼓荡着、奔突着，催促着诗人去寻找释放的渠道，使之对象化。一旦现实为诗人提供了机缘，呈现出虚拟的对象，这对象就会为潜意识的密封箱打开一条通道，使潜在的心理能量开始释放，促成一种敏感而亢奋的创作心态，凝结着诗人爱欲与情愫的全新的诗的意象便在这种情况下诞生了。

三　补偿

补偿是指人由于生理或心理上的某种缺陷，导致所追求的目标受到挫折，因而改变活动方向，以其他可能获得成功的活动来代替，借以弥补或减轻因失败而丧失的自尊与自信。

补偿是人的心理防卫的一种方式，它不仅可以减轻人的心理紧张与焦虑，从而使心理趋向于平衡，而且也是成才的一条重要规律。古今中外有多少诗人与艺术家，自身有这样那样的缺陷，但他们及时调整自己的努力方向，以超人的勇气与毅力去奋斗、去拼搏，终于使自身的劣势转化为优势，"特短"转化为特长，

---

① 裘小龙：《"把诅咒变成葡萄园"的诗歌耕耘》，《丽达与天鹅》，漓江出版社1987年版，第3页。

不幸的命运转化为孕育成功的温床。

　　生理上的各种缺陷，往往给人带来心理上的挫折与自卑。奥地利心理学家阿德勒曾研究过器官的缺陷与自卑的关系。他在《器官缺陷学说及其在哲学和心理学上的重要性》及《傲慢与服从》等论著中指出：这些缺陷的器官可包括感觉器官、消化器官、呼吸器官、生殖泌尿器官、循环器官及神经系统。而有着器官缺陷、体弱多病、笨手笨脚、生长落后、丑恶畸形或仍留有幼稚行为方式的人，就很有可能在对环境的关系中获得某种自卑感。但与此同时他们在人格特征上却出现自卫和补偿的意向，鲁莽无礼、胆大妄为、反抗背叛、固执不化，想当英雄、战士、强盗，一句话，带有称霸的观念和施虐的冲动。根据阿德勒的看法，人们的"自我"都有一种两极的情感，一个人越是自卑，他的自我意识也越强烈。一个人如果自觉有某种缺陷，他的自卫的"向上意志"就会在暗地里驱使他提出"男性的抗议"，要做一个完善的人，也就是意味着设法补偿自己的缺陷。英国哲学家弗兰西斯·培根则这样议论残疾之人："最好不要把残疾认为一种标记或证据（这种情形是容易欺人的），而应当把它当作一种原因，这种原因是很少不引起相当的效果的。凡是在身体上有招致轻蔑的缺点的人总在心里有一种不断的刺激要把自己从轻蔑之中解救出来，因此所有的残疾之人都是非常勇敢的。在起初，他们勇敢是为了受人轻蔑的时候要保护自己；但是经过了相当的时间以后这种勇气就变成一种普遍的习惯了。……他们是有魄力的人，他们一定要努力把自己从轻蔑之中解放出来；而解放底途径不出于美德即出于恶谋：因此残疾之人有时竟是非常优越的人才，这是无足怪的。"[1] 这种因生理缺陷而补偿成才的诗人和艺术家数不胜数，他们称得上是厄运造就的高擎生命之火的普罗米修斯。

　　古希腊的德摩斯梯尼小时候患口吃，为了补偿这个缺陷，他面对大海，口含石子，勤学苦练，终于成为一个大演说家。像德

_____

[1]　弗·培根：《论残疾》，《培根论说文集》，商务印书馆1983年版，第159—160页。

摩斯梯尼这样的，叫同位补偿，即化特短为特长。同是患口吃的英国作家毛姆，却终生未能克服这一语言障碍，只好扬长避短，拿起他驾轻就熟的笔来，这叫异位补偿。毛姆因口吃受人嘲笑，不得不沉默寡言，成为生活的旁观者，这促使他更为内向，冷静地分析、鞭挞资本主义社会人类生活的野蛮、肮脏，写出了《人性的枷锁》等著名作品。毛姆曾经告诉一位帮他写传记的作家说："你应当知道的第一件事情，是我的生活和我的写作受到我口吃的影响极大。"他需要秘书的原因之一，是害怕自己会在电话上结巴。毛姆还曾在一篇文章里这样谈及同他一样结巴的英国小说家阿诺德·贝尼特："要不是口吃迫使他深自思考，阿诺德很可能永远都成不了作家。"[①] 其实这话也完全适用于毛姆自己。

17世纪的英国诗人弥尔顿，本是一个革命的清教徒，参加了反封建的政治斗争。1649年在英王查理一世被处决以后，曾出任共和政府的拉丁文秘书。1652年他双目失明，年仅44岁。失明后难以从事政治活动，于是便把自己的全部才智转移到诗歌创作中来，以惊人的毅力写出了他一生中最出色的两部史诗：《失乐园》和《复乐园》，一部悲剧：《力士参孙》，在英国和世界的文学史上树立了丰碑。

世界著名诗人中，荷马双目失明，拜伦跛一足，白朗宁夫人瘫痪在床，也都是人所共知的。残疾没有使这些诗人消沉，反而促使他们发愤。他们的生理缺陷带来的痛苦与厄运在诗歌创作中得到了补偿。

有时候主体生理上无明显缺陷，但由于身处逆境，自己所追求的目标受到挫折，也会改变活动方向，以其他可能取得成功的活动来弥补。

乌克兰诗人谢甫琴柯，从小就给地主干活，每天从早到晚侍候地主老爷，没有任何人身自由。就在这种情况下他开始偷偷地临摹绘画，后来又开始学诗。谢甫琴柯在绘画和诗歌中追求一种

---

① 波伊尔：《天堂之魔——毛姆传》，中国文联出版公司1987年版，第10—11页。

心灵的自由，这正是对他的失去自由的农奴生活的一种补偿。

匈牙利诗人裴多菲少年时代喜欢诗，也喜欢戏剧，而他的最大的愿望是当演员。学生时期曾跑到国家剧团要求被录用，他乐于为演员们跑腿打酒买香肠，演出后，为他们回家提灯照路。1842 年 11 月 2 日他在给一位朋友的信中说：“你是可以想象到的，我的朋友！我应该成为一个演员，除此以外，我没有任何出路。”① 后来他加入了流浪剧团，几经周折，才争取到在《李尔王》中扮演剧中的傻子。裴多菲非常兴奋。他后来在《我第一次扮演的角色》中追忆道：“我成了演员，第一次登台扮演：/ 在舞台上我第一次，/露出我的笑脸。/我表演得非常得意，/微笑从我的心底涌出：/呵，我不知什么缘故，/表演时我失声恸哭。”但裴多菲初次登台并不成功，根据他的朋友苏伯利·卡洛依在日记中记载：“他扮演的角色是《李尔王》中的傻子。他哭笑变化的很不自然，看起来他是没有演戏的才能。但是这次演出对裴多菲来说是极其高兴的了：因为他渴望已久的登台演出，如今已经实现……”② 裴多菲首次登台演出失败以后，对当演员的前途感到悲观。后来在流浪剧团中又得了病，从此告别了演员的生活，把全部精力集中到诗歌创作上，成为世界闻名的诗人。类似谢甫琴柯、裴多菲这样的诗人还有很多，他们在生活中四面碰壁，屡遭失败，却没有绝望，而是把压力转换为动力，在诗歌创作中得到了补偿。

具有各种缺陷的人所以能成才，从行为科学来说是一种负强化作用。在行为科学中，凡是可以加强、激发人的行为的方法与手段，称之为正强化；反之，则为负强化。生理缺陷、遭遇失败、身处逆境以及随之而来的受歧视与自卑心态，都属于负强化。负强化可形成沉重的心理压力，但是在一定条件下，这种压力又可转化成动力。美国残疾人作家海伦·凯勒，从小失去视觉和听觉，她在自己的散文名篇《若能三日重见光明》中写道：

---

① 希达什·安道尔：《裴多菲》，黄河文艺出版社 1985 年版，第 69 页。

② 转引自兴万生《裴多菲评传》，上海文艺出版社 1981 年版，第 19 页。

眼睛明亮的人经常对生活中的事物熟视无睹。对自己拥有的东西不予珍惜，失去了才弥觉可贵。人不珍惜自由的生命，但如若还有三天可活，他就会珍惜每一分钟。在死亡阴影下生活过或正在生活的人格外珍惜生命，经过战争的人热爱和平，大病初愈者更爱健康。能看到世界是多么好！一个人到树林里去走了一次，竟然说没看到什么。这真令我惊奇，一个多小时能看到多少东西呀，怎么能没看到什么呢？我问过许多男子，妻子的眼睛是什么颜色，他们都尴尬地回答我不知道。有些人看世界看得太少了！

心理平衡的追求

真正的诗人都像海伦·凯勒这样，热爱生活，渴望实现人生价值。他们在厄运面前，不是消极，不是沉沦，不是疯狂施虐，而是以冷静的心态捕捉常人难以体验的特殊感觉，以顽强的毅力克服常人难以想象的困难，以出色的创造超越自卑，以杰出的奉献为自己并不完美的人生交出了一份完美的人生答卷。

(1995 年 10 月)

摆脱实用心态

　　诗歌创作是一种特殊的精神劳动，不同于实用文体的写作。实用文体写作是直接服务于某一现实目的的，无论是写一份工作总结，还是签订一个契约，整个写作过程完全在实用心态控制之下。诗歌创作则是一种美的创造。诗人对客观事物需持一种非实用的、非占有的审美心态，也就是说只有从实用的、功利的观念中摆脱出来，才能发现诗。比如，看到自来水龙头滴水，如果从实用心态出发，那可能会想："谁没拧紧水龙头，真不像话！"或："水龙头坏了，该找人修一下了。"这当然不是诗。但一个9岁的小姑娘见了这个滴水不止的龙头说："你不停地掉眼泪，谁欺侮你了？"这就是诗。因为这位小姑娘完全从实用心态解放出来，从审美角度对它进行观照，才会有迥异于常人的发现。又如，天上的星星与月亮，如果以实用心态观察，可能想到的是星星和月亮的亮度、直径、距离、运行轨道等天文学方面的内容，这些东西也许可以写成一篇科普文章，但不是诗。顾城在12岁的时候，面对天上的星月却突发奇想，写出《星月的来由》：

　　　　树枝想去撕裂天空，
　　　　却只戳了几个微小的窟窿，
　　　　它透出了天外的光亮，
　　　　人们把它叫作月亮和星星。

　　摆脱实用心态，归根结底是"避俗"二字，这就要求诗人要不断涵养自己的心灵，使之葆有一颗童心。许多优秀诗人都是"大孩子"，他们不是羞于与儿童为伍，而是尊崇儿童，尽力使自己的心态、思维与儿童相沟通。郑振铎在五四时期曾写过一首小诗：

我们不过是穷乏的小孩子。
偶然想假装富有，
脸便先红了。

这首题为《赤子之心》的小诗不仅是赠给叶圣陶的，而且也应看作是诗人们的"夫子自道"。俞平伯说："'不失其赤子之心'的人，才是真正的诗人，不死不朽的诗人。……我反对诗人底僭号，什么人间底天使，先知先觉者……；我只承认他是小孩子的成人。"① 冰心在她的《寄小读者》的第一篇通讯中，诚恳地向小朋友们说："我是你们天真队里的一个落伍者——然而有一件事，是我常常用以自傲的：就是我从前也曾是一个小孩子，现在还有时仍是一个小孩子。为着要保守这一点天真直到我转入另一世界时为止，我恳切的希望你们帮助我，提携我，我自己也要永远勉励着，做你们的一个最热情最忠实的朋友。"② 她还在一首诗中写道：

婴儿，
是伟大的诗人，
在不完全的言语中
吐出最完全的诗句。

（《繁星·七十四》）

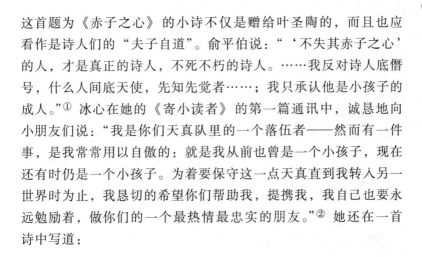

---

① 俞平伯：《〈冬夜〉自序》，《中国现代文论选》第一册，贵州人民出版社1982年版，第62页。

② 冰心：《寄小读者·通讯一》，《三寄小读者》，少年儿童出版社1981年版，第5页。

诗人们对儿童的称羡与赞誉还有很多，华滋华斯甚至说："婴孩本是成年人的父亲。"① 这在循常规思维的人看来有些不可思议。实际上这些看似极端的语言无非表达了对童心的高度尊崇而已。童心的可贵除去它的真诚、纯洁、不会掩饰、不会作假外，还在于它超脱实用。儿童往往沉浸在幻想的境界中，与实际的人生拉开距离，在成年人所忽视的地方发现美。有人做过这样的实验：在白纸上涂一个黑点，拿给一群中老年人看，问："纸上有什么？"回答几乎一样："一个黑点。"当把这张纸拿给幼儿园的小朋友看的时候，答案却是多种多样的："一个煤球"、"一顶草帽"、"一个深洞"、"一块烧焦的牛肉饼"、"一只被压扁的蟑螂"……不一而足。这是由于成年人看事物偏于实用；而儿童则另有一种眼光，他们不受世俗的习惯见解的拘囿，对事物总有一定的新奇感、陌生感，他们看事物的观点不固定，想象的天地也远比成年人开阔得多。诗人进入创作阶段后，其心理状态与普通的成年人迥异，但与儿童却有惊人的相似之处。正由于如此，苏联作家巴乌斯托夫斯基才说："对生活，对我们周围一切的诗意的理解，是童年时代给我们的最伟大的馈赠。如果一个人在悠长而严肃的岁月中，没失去这个馈赠，那他就是诗人或者作家。归根结底，他们之间的差别是微细的。"②

摆脱实用心态，还要求诗人有一颗"寂寞之心"。叶嘉莹在《迦陵论诗丛稿》中讲过：早年在辅仁大学读书时，曾见过沈兼士院长的诗句："寂寞心情好著书。"她就这句诗发挥道："人惟有在寂寞中才能观察，才能感受，才能读书，才能写作。譬之于水，必是其本身先自晶莹澄澈，然后方能将天光云影绿树青山，毕映全呈，纤毫无隐；必是其本身先自宁谧平静，然后方能因蘋末微风，投石小击，而一池春皱，万顷涟漪。作为一个诗人，尤其更需要有纤细的观察和敏锐的感觉，所以诗人多是具有寂寞心

① 勃兰兑斯：《十九世纪文学主流》第4分册，人民文学出版社1984年版，第44页。
② 康·巴乌斯托夫斯基：《金蔷薇》，上海译文出版社1980年版，第22页。

吴思敬论新诗

的，这该是古今中外之所同然。"①　寂寞感，这是伴随诗人创造活动的一种常见心态。西班牙诗人阿莱桑德雷在接受诺贝尔文学奖的演说中谈过自己的体验："孤独的时刻是创作思考最好的时刻，而孤独与寂寞带给我一种新的感情，一种我从未失落过的憧憬；怜惜人类之远景。"②　孤独与寂寞，对外有助于静观默察，有助于更深沉更冷静地观照社会；对内有助于自省反思，彻悟人生，凝聚内在的生命力，所以冯至说："没有寂寞之感就没有自我。"③　邵燕祥才说："没有寂寞也就没有人生。"④　寂寞感的产生与诗人所处的外部环境及诗人性格的内向程度有一定的联系，但与创作相伴的寂寞感主要取决于诗人的超前意识。诗是一种独创，一种发现，诗的诞生必然伴随着一个人的独立思考、独自判断、独自开拓，这就要求诗人必须走在群体的前面，在茫茫宇宙中去寻找自己的位置，寻找自己心目中的天国。在诗人为获取创造之果而进行的心灵的跋涉中，只能是他一个人奋然前行，亲人，朋友全帮不上手。所以才说写诗是在稿纸上进行的一场心灵的冒险，诗人与孤独和寂寞为伴也就极为自然了。我们强调诗人要有一颗"寂寞之心"，就是说诗人应耐得住寂寞，甘于寂寞，一方面去掉功利之思，不慕繁华，不逐浮名，视功名富贵如浮云；另一方面要坚持自己的创作追求，恪守自己的美学理想，决不随波逐流。有了寂寞之心，才甘于寂寞做人，才可能祛除杂念，排除内在的与外在的干扰，在纷纭的实用世界中建立一道心理的屏障，即使身处闹市，也能如在无人之境。清朝诗人厉樊榭，平时不修边幅，常常拖着脚步，缓慢行走，仰望天空，摇头晃脑地吟诗作赋，不管走在拥挤喧闹的大街上，还是行到狭窄僻静的小巷里，都不停辍。人们见他来了，就远远地躲开，称他为

摆脱实用心态

---

① 叶嘉莹：《从李义山〈嫦娥〉诗谈起》，《迦陵论诗丛稿》，中华书局1984年版，第140页。

② 阿莱桑德雷：《受奖演说》，《诺贝尔文学奖获得者诗选》，中国文联出版公司1986年版，第391页。

③ 冯至：《外来的养分》，《外国文学评论》1987年第2期。

④ 邵燕祥：《说寂寞》，《忧乐百篇》，作家出版社1986年版，第23页。

"诗魔"①。这位"诗魔"的具体做法不一定去模仿，但他不管在什么环境下都能保持一颗"寂寞之心"，却是难能可贵的。

（1987 年 3 月）

吴思敬论新诗

---
① 参见丁国成《古今诗坛》，吉林人民出版社 1984 年版，第 43 页。

诗 的 发 现

常见有些作者一时心血来潮，宣称要写诗了，于是躲进小屋，铺好稿纸，冥思苦想，憋得脸红脖子粗，却一行也没有写出。原因在哪里？除去对诗的艺术手段缺乏了解、基本功太差以外，很重要的一点在于他还没有找到诗，还没有发现诗。

创作的本领首先是发现的才能

创作的本领，首先是发现的才能。著名画家毕加索有句名言："在绘画上只有发现。"我们也不妨套用一下："在诗歌中只有发现。"

我国古代神话中有这样一个故事：帝喾的妻子姜嫄一次到野外去，发现雨后湿润的地面上，有一个巨人的脚印，很大很大。她十分惊异，便想用自己的足踏在这巨人的脚印上，比一比到底相差多少，哪知她刚刚踏上去，身体就仿佛受到一种震动，回去后就怀了孕。以后生了一个婴儿，就是著名的教人稼穑的后稷。

让我们打个不太确切的比方吧：如果把姜嫄比成诗人，把她生下的婴儿比成诗歌，那么姜嫄践巨人足迹有感而孕，就可以比作诗的发现了。

所谓诗的发现是指诗人在大量的表象贮存与情感积累的基础上，通过创造性的思维和想象而实现的从审美认识到审美创造的一个飞跃。这是一种极富独创性的精神活动，是主体与客体最美好的契合，是连接生活与艺术的一根链条，是引燃埋伏着的火药的导火线，是一首辉煌乐曲起始的几声和弦。

客观生活是诗的根本来源，但生活并不等于诗，正像泥沙中含有金粒，但不是所有的泥沙都是金粒；深山中含有矿藏，但不是所有的深山都有矿藏。生活虽然不等于诗，但是却在每时每刻向我们提供着诗的机缘和材料。诗人必须像辛苦的淘金者，千淘万漉，在流沙中寻找金粒；像勤劳的地质师，踏遍青山，在深山中寻找矿藏。诗人辛勤地劳动着，目光炯炯地寻觅着，当他一旦在生活的"泥沙"和"青山"中遇到闪烁着内在光芒的事物，便会两眼发亮，怦然心动，头脑顿然开窍，好似阴霾的天空投进一束阳光，他胸中蓄积已久的激情鼓荡起来了，终于找到了喷射口，以此为契机，他展开了迅速的联想和想象，一首诗就这样被发现了，写诗的冲动也就产生了。在诗情袭来的时候，有些诗人，像歌德，连把斜横的稿纸摆正的时间都没有，而是拿来一块纸，倚立在桌边写下去；郭沫若写《凤凰涅槃》也是在诗思袭来时，一半在课堂上，一半在行将就寝时伏在枕头上匆忙写就的。许多诗人都有这种得诗以后不吐不快的体会。他们的主要精力放在去观察、去感受、去发现，而不是关在屋子里"憋诗"。郭沫若讲的诗不是"作"出来的，而是"写"出来的，也正是从这个意义上谈的。

当然，诗人有不同类型，有的靠"天籁"，有的靠"苦吟"。诗的创作也有不同情况：有时似乎是在无意之中便获得了所要捕捉的对象，即所谓"文章本天成，妙手偶得之"、"不是老夫寻诗句，诗句自来寻老夫"；有时则要殚精竭虑，冥思苦想，几经山重水复，那对象才"千呼万唤始出来"。如有些诗人所说："吟成五个字，用破一生心"、"二句三年得，一吟双泪流"，便是这后一种情况的写照。然而，不管是哪种类型的诗人，不管是哪种创作方式，诗的发现都是必须要跨过的桥梁。实际上，发现是创作的最关键的阶段，不经过发现，就不会有独特的创造，也就不会有诗。

诗的发现有什么特征

诗不同于生活的照相，诗的发现也不是一般意义的"看到"。"看到"是每个感觉器官健全的人都能具备的感受能力；而发现则是遵循着一定的美学原则，在"看到"基础上的一个飞跃，有其独自的特征。

（一）诗的发现是独创性极强的精神活动

意大利作家薄伽丘的《十日谈》中有这样一个小故事：费得里奇为一位太太耗尽了家财，总不能获得她的欢心，从此只得守贫度日。后来那位太太去看他，他把自己最心爱的一只鹰宰了款待她，她大为感动，就嫁给了他，并且给他带来丰厚的陪嫁。——受这个故事的启示，德国作家保尔·海泽经常提醒自己：我的"鹰"在哪里？那使我的故事区别于其他成千上万篇故事的独特之点在哪里？

"我的'鹰'在哪里？"这一问发得真好。实际上，每个艺术家，每个作家、诗人，都应该有自己的"鹰"，我们所讲的艺术的发现，也就是要找到自己的"鹰"。

诗既然是一种创造，诗的发现就必然是与独创性相联系的一种精神活动。如果某个事物，是人们都已注意到了的，那就不劳诗人再去写了；如果一个道理，是人们都已熟知的，那也就不劳诗人再去说了。诗的发现总是与新鲜的印象、卓越的识见、独特的感受联系在一起的，总要有一点"言前人所未言，发前人所未发"的东西才行。

伟大的诗人一般都富有开拓性，在他们的作品中总是能给人们开辟一个全新的艺术境界：屈原在《离骚》中乘龙御风，上天下地，幻游太空；陶渊明在《归园田居》中向往恬静美好、自由自在的田园生活；但丁在《神曲》中展现了地狱、炼狱、天堂的神奇图景；惠特曼在《草叶集》中讴歌大海、高山、新兴的城市，讴歌民主和自由……这一切全是前所未有的、诗人独到的发现，他们各在自己的时代，逾越了前人，并给后来者以无穷的启示。

除能不断开拓全新的表现领域外，发现的本领还突出表现在善于从他人司空见惯的东西上作出不寻常的开掘。

法国作家福楼拜说过：任何事物都有未曾被发现的东西，因为人的眼睛看事物的时候，只习惯地回忆起前人对这事物的想法，最细致的事物里也会有一点点未被认识过的东西。福楼拜说得对，艺术家的本领就在于要把这"一点点未被认识过的东西"挖掘出来。伦敦的雾，见过的人何止千万，但人人都习以为常。具有独特的视觉发现能力的法国印象派画家莫奈，却从光与色的相互关系中发现了伦敦雾的奥妙。在伦敦曾展出过莫奈的一幅画，画的是伦敦的教堂，背景上的雾是与众不同的紫红色。这紫红色的雾引起人们的纷纷议论。但是他们走到户外去以后，却不能不对画家的描绘拍手叫绝。当他们静下心来，仔细观察过之后，他们发现，伦敦的雾果然是紫红色的，原来这是由于伦敦上空烟气太多以及红砖建筑太多所造成的。人们在惊叹莫奈观察入微的同时，给他以"伦敦雾的发现者"的称号。与他同时的另一位著名画家塞尚曾这样评价他："莫奈只是有眼力而已，可是我的天，这眼力多么厉害呀！"① 无独有偶，以肖像画闻名世界的美国大画家斯图尔特，也曾受过他的老师韦斯特这样的称赞：偷取斯图尔特的颜料是无用的，假如你想画得和他一样，你必须去偷他的眼睛。

莫奈和斯图尔特的眼睛，就是具有一种独特的发现力的眼睛。有了这种独特的发现力，不仅写新领域时能展现出全新的境界，就是写别人已写过的东西，也能另辟蹊径，有独特的情思与发现。比如看到秋风中飘落的树叶，有多少人曾发出慨叹而成诗啊。五四时期的诗人刘半农写道：

> 秋风把树叶吹落在地上，/它只能悉悉索索，/发几阵悲凉的声响。/它不久就要化作泥，/但它留得一刻，/还要发一刻的声响，/虽然这已是它最后的声响了。

---

① 奥奈洛·文杜里：《西欧近代画家》下集，人民美术出版社1979年版，第52页。

当代的青年诗人傅天琳则这样写道：

> 秋天，当最后一朵晚霞飘过，/树上，当最后一个果子收获；/叶子也跳起了旋转的舞蹈，/一片一片从枝梢飞落。/落叶死了吗？不能那么说，/不要再唱秋风落叶悲凉的歌；/此刻，它又听见春的召唤；/要紧的，是赶快与泥土汇合……

这两位诗人，写的是相同的题材，但由于他们生活的时代相距60年，艺术素养、心理气质也颇不一样，因而他们在观察同样的落叶时，就有不同的发现。刘半农强调的是"但它留得一刻，还要发一刻的声响"，他是把落叶作为被旧社会所摧残的新的生命的象征，它尽管被毁灭了，但在被毁灭前还要发出最后的悲鸣。傅天琳的诗则全然不同，她化用清人龚自珍的"落红不是无情物，化作春泥更护花"的诗意，一扫刘半农诗中凄怆悲凉的调子。在她的笔下，落叶是那样有情，在丰收的秋天，"跳起了旋转的舞蹈"；掉在地上，是因为"它又听见春的召唤"，要"赶快与泥土汇合……"这里不仅唱出了我们时代进取向上的这一主旋律，而且显示了当代青年诗人新鲜的审美情趣与独特的艺术发现的眼力。

（二）诗的发现伴随着巨大的情绪高涨

如前所述，诗的发现是主体受了客观事物的某种触动而引起的，这样一种活动本身就必然伴随着情感，因为情感，说到底不过是人对客观事物的一种反映而已。而且，越是新鲜的、独特的发现，这种主体的情感活动就来得越加强烈。这与科学发现有很大的不同。科学诉诸人的理智，科学家发现自然的奥秘，越冷静越好；诗则要诉诸人的情感，诗人在生活中发现诗情需要怀着强烈的情感，用全身心去体验。从这个意义上说，诗人都是情感型的人，都是"情种"。

对艺术发现与艺术创作来说，情感始终是一种巨大的推动力。苏联著名电影导演爱森斯坦在他的美学著作《并非冷漠的大自然》中谈道，"激情就是一种使人失去常态，令人销魂"的那样一种无法抑制的感情。它能使"坐着的，站起来了；站着的，跳起来了；沉默的，喊起来了；无精打采的，振奋起来了；萎靡的——富有生机了"①。苏联作家阿·托尔斯泰则细致描绘了激情在艺术家的感受和发现过程中的作用："艺术创作的过程不是靠逻辑思维，而是靠狂热的冲动来完成的。……艺术家的观察事物的触须所碰到的许多事物，看起来都好像是一些毫无意义的支离破碎的东西。可是，在不可抑止的冲突的一刹那之间，一个完整的过程就出现在他的眼前：一个创作的思想；他观察过的所有的东西都获得了重大的意义。他在无比强烈的冲动下，把这些东西综合成一个完整的整体，用他所喜爱的胶液把它们粘合起来，并用他自己身上的火焰使它变得光彩夺目。"② 在诗人的体验与创作当中，艺术的发现伴随着情感的进发的情况是很常见的。

汤显祖写《牡丹亭》时，有一天忽然"失踪"了，家里人急坏了，里里外外到处寻找，最后才发现老先生卧在一间堆满柴草的屋子里，正"掩袂痛哭"呢。问他为什么，他说是写到《忆女》那一出中，春香悼念杜丽娘的唱词"赏春香还是你旧罗裙"这一句时，自己也情不自禁地伤感起来。

郭沫若在《我的作诗的经过》中回忆了他创作《地球，我的母亲》时情感爆发的情况："《地球，我的母亲》是民八学校刚好放了年假的时候作的。那天上半天跑到福冈图书馆去看书，突然受到了诗兴的袭击，便出了馆，在馆后僻静的石子路上，把'下驮'（日本的木屐）脱了，赤着脚踱来踱去，时而又索性倒在路上睡着，想真切地和'地球母亲'亲昵，去感触她的皮肤，受她的拥抱。——这在现在看起来，觉得是有点发狂，然在当时却委实是感受着迫切。在那样的状态中受着诗的推荡、鼓舞，终于见到了她的完成，便连忙跑回寓所把诗写在纸上，自己觉得就

---

① 爱森斯坦：《并非冷漠的大自然》，《文艺研究》1981 年第 4 期。

② 阿·托尔斯泰：《文学的任务》，《论文学》，人民文学出版社 1980 年版，第 11 页。

好像真是新生了的一样。"① 郭沫若称这种状态 "明白地是表现着一种神经性的发作"，"在民八、民九之交，那种发作时时来袭击我。一来袭击，我便和扶着乱凫笔的人一样，写起诗来。有时连写也写不赢"②。

诗人李季也曾在一篇文章中谈过这样一件事：新中国成立初期，李季在《长江文艺》当编辑的时候，曾收到一个在部队搞油印工作的同志寄来的一首小诗，题目是《我爱我的油印机》，里面有这样的句子："当我握着油磙，／就像握着爱人的手……"李季是很喜欢这首小诗的，他认为假使作者不热爱自己的工作，是不可能有这种感情，也绝不会写出这样的诗句来。

无数诗人的创作体会都说明情感在诗的发现过程中是个主要的活动的因素，诗人的胸怀应该像一湖荡漾的春水，充满感情的波澜，这样才能不断触发诗的感兴。反过来，一个心如枯井，身如槁木，既不懂恨，又不会爱的人，也断然不会发现诗。

（三）诗的发现往往呈现顿悟性

据朱光潜先生说，法国音乐家柏辽兹为贝朗瑞的诗《五月五日》谱曲，谱到收尾叠句："可怜的兵士，我终于要再见法兰西"时，猛然停住，再三思索，始终想不出一段乐调来传达这叠句的情思。过了两年，他游罗马，有一天失足落下河去，遇救没有淹死，爬出水时口里所唱的一段乐调，就是两年之前再三搜索而不能得的。

从柏辽兹谱曲的经过，我们可以看到艺术的发现伴随着顿悟而呈现的状况。当然，这种顿悟在有些诗人那里显得很突出，很有戏剧性；在另一些诗人那里也许不那么明显，有时甚至诗人自己都未必能明确地意识到。

在诗的发现过程中为什么会出现这种顿悟状态呢？

① 《我的作诗的经过》，《郭沫若论创作》，上海文艺出版社 1983 年版，第204—205 页。

② 同上。

原来，诗人在生活中每时每刻都要接受大量信息，这些信息，有一部分借助于脑化学和神经的活动在大脑中保持下来，形成长时记忆；而相当大的一部分只经过短暂的贮存，过后即忘，沉入了潜意识的世界。所谓潜意识的世界是与显意识的世界相对而言的，显意识的世界是人通过言语（包括内部言语和外部言语）对现实的反映，是人通过理性可以控制的。潜意识则隐藏在人的心灵深处，不是人的主观所能控制的。潜意识有时可以通过梦幻、过失（口误、笔误、动作失误）以及精神错乱等表现出来。如果把意识比成露出海面的岛屿，潜意识就好比是深藏海底的礁石群。漫漫的潜意识世界仿佛是个巨大的储蓄所，人们在生活中所收到的种种信息，即使是在意识世界里早已忘却的，但还毫无遗漏地登记在潜意识世界里，在某种情况下（比如梦中）突然呈现出来。

诗的发现当然是诗人有意识追寻的结果，但潜意识的作用也不可忽视。诗人长时期对生活的观察，他的感情的孕育，除去一部分保持在意识里以外，另外的相当多的内容转入了潜意识世界。当诗人在生活中受到某种触发，或长期思考某一问题，在大脑皮层中形成某些特别强的兴奋点后，那在潜意识世界中潜沉的某些信息会一下子涌现到意识的世界中来，如同电光火花一般，照亮人们的思路，形成一些奇思妙想，从而呈现某种程度的顿悟。这种顿悟状态，按心理学上的描述，在出现之前，常常已有很长时间的停顿，表现出迟疑不决；而一旦顿悟之后，便目的明确，顺序前进，出现了一个不间断的动作序列，使问题较顺利地得到解决。这种顿悟状态的出现，还有一个特点，就是往往不是在焦思苦虑的当时，而是在焦思苦虑以后的出其不意的一刹那：或在散步，或在谈话，或在从事一样与作诗毫不相干的工作，那奇妙的构想便倏然闪现了。契诃夫说过："平时注意观察人，观察生活……那么后来在什么地方散步，例如在雅尔达的岸边上，脑子里的发条就会卡的一响，一篇小说就此准备好了。"[1] 契诃

---

① 亚·费多罗夫：《安·巴·契诃夫》，《契诃夫论文学》，人民文学出版社1958年版，第404页。

夫说的"脑子里的发条卡的一响",就是顿悟的一刹那。这种刹那之情往往来得快,去得也快,它正如苏轼所描写的:"作诗火急追亡逋,清景一失后难摹。"(《腊日游孤山访惠勤惠思二僧》)苏轼认为诗人就要像追寻逃亡的罪犯那样来捉住这刹那之情。这样我们对于一些诗人得诗以后,不择环境,不管条件,急不可耐地要写下来的心境就容易理解了。

发现在诗歌创作中的地位与作用

通常可称之为"创造"的活动,根据心理学家的研究,大致可分为以下四个阶段。

准备期:无论什么样的天才,也不可能在毫无准备的情况下完成一件伟大的创造。爱因斯坦写出他的《相对论》虽然只花了五周时间,但在这之前他对该问题钻研了七年之久。诗的创作亦是如此,必须有相当扎实的生活积累和相当深厚的文学修养才行。这段路程相当漫长。王国维所谈的"古今之成大事业、大学问者"所经过的第一境:"昨夜西风凋碧树。独上高楼,望尽天涯路。"即是指的这一阶段。

酝酿期:或称苦闷期。经过长期准备,自己在某一方面有了相当的基础,当接触到问题时,设想了许多方案都不能满意解决,此时苦闷已极,卧不安席,食不甘味,即进入王国维所说的第二境:"衣带渐宽终不悔,为伊消得人憔悴。"在百思不得其解的情况下,有时思考者可能将它暂时放开。表面看来,这时思考活动中断了,但事实上仍在潜意识中进行,例如日间暂时放置的问题,可能在夜梦中出现。

豁朗期:即经过痛苦的酝酿之后,受某种因素的触发,创造性的新观念突然呈现在眼前而出现豁然开朗的局面。这即是王国维所说的第三境:"众里寻他千百度,蓦然回首,那人却在,灯火阑珊处。"

验证期:创造到达豁朗期,即已获得了解决问题的途径。提出的方案是否可行,还需要付诸实际活动加以验证。对诗歌创作来说，就是要在发现的基础上，通过进一步的构思、表达，把诗作最后完成。验证期间，可能会有很多地方必须加以修正，有时甚至彻底推翻原有构想，重新进行创造。

通过以上对一般的创造历程的简单介绍，我们就不难了解发现在诗歌创作中的地位了。发现，大致相当于创造过程的豁朗期，体现了由生活到艺术的巨大飞跃，这是创作的关键阶段。发现在创作中的具体作用可概括为以下几点。

（一）突破

一个有志于创作的诗人，总要去观察，去体验，去思考。在生活的磨炼中，在自然的陶冶下，他会产生充沛的感情，他的思维会结出多彩的花朵，他会有一种不吐不快的感觉。然而，当他提起笔来的时候，他犹豫却步了：这么多的话，究竟从何说起？这时他才发现，自己只是想写诗，但实际上还未找到诗。于是他陷入了深深的苦闷之中。此时他亟待着一个喷射孔。好让自己胸中蕴藏的激情喷发出来。我们所说的诗的发现，其首要作用就是为充满激情的诗人提供一个喷射孔，为亟待前进的勇士开辟一个突破口。当然，这喷射孔的提供者、突破口的开辟者，依然是也只能是诗人自己，外界的事物顶多能起一点触媒的作用而已。

诗人李松涛在谈他创作《时装模特的话》一诗的体会时，曾很有说服力地提到了这点。在党的十一届三中全会之后，中国大地上鼓荡着思想解放的春潮。李松涛与每一个长期被禁锢的人一样在春风吹拂中有一种昏昏长睡后苏醒的快感。同时他也在思考：自己诞生和成长在一片绚烂的朝霞中，对生活理解得太简单了，误以为我们的任务就是听口令齐步走，久而久之，大脑迟钝了，退化了。十年动乱中，阴谋家们盗用红头文件指令人们"无限忠于"的时候，那么多人仍虔诚地跟着跑。愚昧的盲从中，出现了党和国家不幸的经历。这一切恶果来自哪里？诗人在失眠中开始反省。苦苦的思索中，诗人产生了创作的冲动，迫不及待地想把自己的体会抒写出来——作为留给过去的一个沉痛的总结，作为推给未来的一个醒目的启示。一开始，诗人拟了一个相当大的题目《我终于苏醒了》，直抒胸臆，洋洋洒洒，一百多行，写完一看，思想是有了，文字也流畅，只是明显地感到没有什么诗味，作者把此稿扔掉了。但感受和激情仍在心中不息地激荡着，他又开始寻求另一个较为适当的突破口。一次诗人出差到杭州，在上海转车时，去逛了趟南京路。诗人留心到商店橱窗里陈设着众多形形色色的模特，同时注意到那模特虽有大人、小孩子、男女、高矮之分，衣着鞋帽各异，但有一点是共同的，那就是模特脸上的表情，无一例外地都是满足的微笑。此时，诗人心中那没有找到形式的内容被重重地触动了。就在这儿——在模特身上找到了抒情的媒介，找到了表达的依托，也就找到了赖以成诗的突破口。于是，在归途的火车上，他一挥而就，很快地写出了《时装模特的话》，表现了这样一个思想：人，应该是真实的，应该是有头脑的，在生活中应该是坚定而清醒的。

诗的发现

（二）凝聚

在豁朗期到来之前，诗人在生活中积蓄的原始材料，诸如感知的表象、闪光的思绪，都是散乱地存在于记忆之中，有一些则事过境迁早已沉入潜意识的世界，一丝也记不得了。但是当诗人经过艰苦的追寻，一旦豁然开朗，找到了诗，这些原始材料便从四面八方聚拢过来，一些沉入潜意识世界的东西也突然涌现，它们经由诗人开辟的通道，经过筛选、改造、加工，按照一定的秩序组织到一起，于是凝聚着诗人激情、闪耀着思想光辉的崭新的意象在诗人头脑中出现了，一首诗也就有了眉目。

诗人李小雨的《井场边，一条小河》的写作过程很能印证这一点。据她讲：她在油田女子钻井队生活时，一些平凡而新鲜的人和事，给她留下了深刻的印象。那些与她日夜生活、劳动在一起的各种性格的女孩子她都接触过。她们年龄不大，许多是招来的新工人，她们爱笑，爱哭，天真而又倔强。在单一而又沉重的劳动中，诗人对她们产生了难以忘怀的感情。每到夜间，听着呼啸的寒风，她就会想起那些可爱的女孩子，她们一定又去上夜班了。在刺骨的大风雪中穿着冻硬的油衣服推大钳……诗人在女子钻井队所获得的材料是生动的、感人的，而且推动着诗人去把这些女孩子们的丰富的情趣与生活表现出来。然而在诗人找到恰当的突破口以前，这些生活的素材，以及诗人对这些素材的原始的感触和情绪，全处于分散的、杂乱的状态。一个偶然的机会，使诗人把对女子钻井队的感情集中到井队住地的一条小河上来了。这条小河是姑娘们进出井队每天都要走的，由于它太小了，最初并没有引起诗人的注意。后来诗人外出了一段时间后再去女子钻井队，她们因打完那里的井已经搬迁，所有的东西都用卡车和拖拉机拉走了，往日的欢声笑语已不复存在，一切是如此寂静、空旷。风在吹着，那条小河依然在静静流淌，诗人仿佛在缅怀一个大战场。这时，许许多多女孩子的形象一齐涌进了诗人的脑海，诗人心里不禁一动，这小河不是可以全面地表现女子钻井队的劳动和生活吗？女孩子们走了，小河水照旧在流。它当时曾因为她们的到来而注入了丰富的源流，而以后更会因她们的离去赋予崭新的含义。就这样，诗人在女子钻井队所获得的大量新鲜的印象和丰富的感情积累，围绕着小河凝聚起来了，《井场边，一条小河》这首由四个乐段构成的、唱给石油姑娘的动情的歌，也就顺利诞生了。

（三）激发创作情绪

在酝酿期，诗人的情绪由于找不到突破口，因而在心灵深处低回。伴随着诗的发现而来的，是诗人情绪的陡然高涨。诗人的精神状态出现的少有的兴奋和活泼，激情有如暴风骤雨，滚滚而下，精神特别专注，在形象的世界里任意驱驰。在这种高涨的情绪作用下，诗人的思维分外活跃，连表达也显得十分顺畅，往往是佳句纵横，若不可遏，一首诗比较顺利地得以完成。

诗人李瑛曾谈过《一月的哀思》的创作情况。自从1976年1月9日清晨获悉周恩来总理逝世的消息后，诗人就陷入极大的悲痛之中。他在长安街和首都百万群众一起为周总理送灵，他在办公室和同志们一起扎花圈，他感到心里燃烧着一团火，他想用诗歌把自己对总理的热爱和怀念表现出来。但这时还只是处于酝酿阶段，还没有具体确定写什么和怎样写。直到 1 月 12 日夜间，诗人经过"庄严的思考"，才最后确定以长安街送灵的场面为突破口。诗人认为："由于'四人帮'的迫害，人们不能去和总理遗体告别，也不许进行追悼活动：成千上万的人来列队送灵，是有巨大的典型意义的。它既是为总理送灵，也是向'四人帮'示威，它最能本质地反映'人民的总理人民爱'这个真实，我心头流动的这种感情是典型的感情，是和广大人民群众相通的，所以就想着重写这个场景。"在找到了突破口之后，诗人的创作情绪就被进一步唤起了，他说："13 日夜里写起来时，很顺利，我是流着眼泪写的，我也不知道那些思维是怎样涌出笔尖的。"[①]就这样，诗人怀着强烈的悲愤，沉浸到诗中，仅仅用三个夜晚就顺利地完成了长诗的初稿。

诗的发现需要一定的条件

在诗的发现问题上存在两种片面认识：一种是把诗的发现神秘化，认为发现要靠"神的赐予"、靠诗人的"迷狂"，最终归结为只有少数"天才"才能发现诗。另一种是把发现看得过于简单，认为"拾到篮里便是菜"，生活中那么多东西，写什么不行！这两种看法都是不足取的。我们认为发现作为由审美认识向审美创造的一个飞跃，正是诗人创造能力的集中体现，这能力虽然有若干的遗传素质在内，但主要还是通过后天的培养而获得的。无数诗人的创作实践证明，发现虽然是艰难的，而且有一定的偶然性存在，但是并不神秘。一个有志于诗歌创作的人，只要勤奋努力，坚持不懈，使自己具备一定的条件，就能够发现诗。

（一）要植根于经验的沃土

任何新的发现都是在先前获得的经验的基础上，经过长期思

---

① 李瑛：《我是怎样写〈一月的哀思〉的》，《李瑛研究专集》，解放军文艺出版社 1983 年版，第 105、197 页。

考、加工并运用早期积累的信息的结果。诗的发现来自于个体经验的沉积，除去它的偶然性的一面外，更有其必然性。一个人的头脑，就像一台高超的电子计算机，可以贮存大量的各种各样的信息，一旦受到外界某种讯号的刺激，就会把相应的远期、近期贮存的信息一一映现出来，这时就会出现如陆机所说的"精骛八极，心游万仞"的局面：一些死去的记忆复活了，一些不起眼的细节发出了光辉，互不相关的事物被一条线穿了起来，原先分散在四处的表象合成了一个整体。很明显，只有勤于观察的人，只有生活经验丰富、头脑中贮存大量信息的人，他的脑海里才能经常出现这浮想联翩、极为活跃的状况。正如法国画家马蒂斯在《一个画家的札记》中所说的："一切真正的创造性努力，是在人的心灵深处完成的，但感情也需要营养，这营养来自它所观察的外在世界的对象。"我国历代的诗人也一向强调通过观察积累生活的必要。据北宋孙光宪的《北梦琐言》记载，唐代有个叫郑棨的人，善于作诗，当有人登门向他索要新作的时候，他说："诗思在灞桥风雪中驴子背上，这里哪能得到！"宋朝的大诗人陆游发过这样的慨叹："挥毫当得江山助，不到潇湘岂有诗！"明末清初的思想家和诗人王夫之则提出"身之所历，目之所见，是铁门限"的深刻见解。可见，要发现诗，不要去寻找什么神的启示，也不要消极地等待灵感的降临，而应当扎扎实实地从观察生活、积累信息入手。

请看艾青 1939 年写的《乞丐》的最后一节：

在北方/乞丐伸着永不缩回的手/乌黑的手/要求施舍一个铜子/向任何人/甚至那掏不出一个铜子的兵士

"乞丐伸着永不缩回的手"，一句话构成了一座雕像，多么形象、多么有立体感，又凝聚着多少同情与辛酸呀。像这样的形象，诗人是怎样捕捉、怎样发现的呢？艾青自己讲："乞丐'伸出永不缩回的手'这一细微动作，我是经过了长时间的观察的。"当然，何止这一句，艾青及其他中外诗人的优秀诗作，哪一句不凝结着诗人对生活的长期观察和体验呢?

奥地利著名诗人里尔克在法国时曾经给他所敬仰的艺术家罗丹当过八个月的秘书。罗丹非常重视培养观察力,他嘱咐里尔克到巴黎植物园去观看动物。里尔克按罗丹的教导做了。在这个基础上他写出了名篇《豹——在巴黎植物园》:

> 它的目光被那走不完的铁栏/缠得这般疲倦,什么也不能收留。/它好像只有千条的铁栏杆,/千条的铁栏杆后便没有宇宙。
>
> 强韧的脚步迈着柔软的步容,/步容在这极小的圈中旋转,/仿佛力之舞围绕着一个中心,/在中心一个伟大的意志昏眩。
>
> 只有时眼帘无声地撩起——/于是有一幅图像浸入,/通过四肢紧张的静寂——/在心中化为乌有。

(冯至 译)

当然,里尔克诗中的这只豹不再是巴黎植物园铁栏中豹的简单写照,它渗透着诗人主观的情绪,开掘的是悲剧中的英雄的心灵。尽管如此,诗人创作的契机仍然在巴黎植物园。离开了对植物园的笼中豹的仔细观察,也就不会有渗透着里尔克主观情感的这只不朽的豹。

把大脑作为仓库,把观察所得的信息贮存在头脑的仓库中,这是有志于学诗者的基本功。但也要注意到,由于生理的限制,大脑的记忆力毕竟是有限的,时间一长,某些细节就会淡漠,某种在特定环境下产生的激情也会消退。为了及时捕捉转瞬即逝的灵感,为了强化对新鲜事物的感触,为了弥补人脑记忆力自然衰退的局限,许多诗人外出随身携带纸笔,观察偶有所得,立即笔录下来。一向传为美谈的唐代李贺的"锦囊"、宋代梅尧臣的"诗袋",就是这些诗人注重观察、注重记录的明证,这是值得我们永远学习和借鉴的。

（二）要有敏锐的透视力

也许有的作者会说：我始终在生活之中，也积累了一定的经验，怎么还是发现不了诗呢？

是的，置身于生活中不一定能发现诗，正像世世代代居住在矿床旁的山民不一定能发现宝藏一样。要发现诗，先要在生活中练就一双具有敏锐透视力的"慧眼"。

诗的发现是由创作主体与客观世界这两个互相依存的侧面在运动中构成的。在这两个侧面中，创作主体由于它的能动性，成为起决定作用的因素。这就是为什么同在一个时代、同在一个环境中生活，诗人能够发现诗，而我们某些初学者却什么也发现不了的原因。从这个意义上说，印象派画家强调的观察者要比观察对象更重要，是有道理的。福楼拜说得好："观察的第一个特质，就是要有一双好眼睛。如果一种坏的习惯—— 一种私人利害迷乱了眼睛，事物就看不清楚了。"① 福楼拜所说的"好眼睛"，也就是发现诗所不可缺少的敏锐的透视力。有了这种透视力，诗人就能够见微知著，透过现象看本质：能从起于青蘋之末的微风觉出即将到来的狂飙；能从傲霜斗雪的寒梅看到山花烂漫的春天；能从平凡人的心灵中发现崇高；能从别人司空见惯的东西上发现美。不信吗？请看艾青对一种极普遍的物理现象——"光"的赞美（《光的赞歌》），雷抒雁从"小草"身上发现的诗情（《小草在歌唱》），舒婷面对伟岸的橡树唱出的深情的恋歌（《致橡树》），梁小斌面对"雪白的墙"展开的纯真的联想（《雪白的墙》）……并不是说这些诗人眼睛的构造有什么特殊，他们的眼睛在生理上跟普通人的并没有什么两样，他们所以能在平凡的生活中有卓荦不群的发现，无非是由于他们掌握了科学的世界观，有一个较高的"观察点"，善于掌握事物的发展规律，因而才能比一般人看得深、看得透、看得远。

---

① 福楼拜：《包法利夫人》，人民文学出版社 1959 年版，第 388 页。

（三） 要有对生活的爱

俄国画家夏加尔曾这样回忆过他的父亲："我青年时代的环境是多么贫困，我的父亲和我们九个孩子的遭遇是多么艰苦。然而，他总是充满了爱，就这点来说他是一个独特的诗人。通过他，我第一次领略到诗在这个世界的存在。于是，我体会到还有另外一个世界。这一点深深地感动了我，使我流泪。"[①] 印度大诗人泰戈尔在他的《飞鸟集》中写道："美呀，在爱中找你自己吧。"[②] 闻一多则常说，诗人主要的天赋是"爱"。

如果我们不把夏加尔、泰戈尔与闻一多所说的"爱"，抽象地孤立地来看，而是把它作为对生活怀有的真挚的感情来理解的话，那么应当认为，他们的话很真诚地显示出爱与诗的关系，即是说，一个人只有内心充满了对自然、对社会、对人类的真诚的爱，才能接近诗、感受诗、发现诗！

诗的发现不同于科学发现。科学发现是求真的；诗的发现除求真的一面外，更是一种美的发现。所谓美，从本质上说就是人的本质的对象化，也就是美能体现人的自由的、有意识的创造活动，以及才能、智慧、品格、思想、感情等人的全面本质。这样，主体在审美活动中的情感状态便直接影响着美的感受、美的发现。

一般说，主体内心蕴蓄的感情越真挚、越强烈，这种感情也最容易辐射到外物上去，使对象的外貌或性质发生这样或那样的变化，从而发现在一般情况下不易被人发现的美和诗意。家住北京，每天走过天安门广场的人，不见得能写出诗。但一位老诗人历尽生活的坎坷，五十多岁时才能进京一次，看了广场，看了红墙，写道："用我仅剩余的一点天真，作此忘形的一吻！"他在北京人司空见惯的红墙上发现了诗，根本原因是他对生活、对首

---

① 瓦尔特·埃尔本：《马克·夏加尔》，《现代绘画简史》，上海人民美术出版社 1979 年版，第 70 页。

② 《飞鸟集·28》，《泰戈尔诗选》，湖南人民出版社 1981 年版，第 71 页。

都、对天安门广场怀着强烈的爱！

怀有一颗赤子之心，对生活充满一种博大、真诚而又高尚的爱，这是我们以审美态度观察生活的情感前提，也是发现诗的先决条件。真正的诗人都是"自然"的儿子，他们都是怀着对"自然"的深情，用人的眼光、人的感情来看待自然。法国画家霍安·米罗说："当我观察一棵树时，一棵在我家乡卡塔洛尼亚很有代表性的树，我就感觉到它在跟我谈心，它似乎也有眼睛，人们能同它谈话。一株树能通人情，连一颗小鹅卵石也是如此。"[1] 我国画家吴冠中也有类似的体验，他说："无声的生命是由线、色等形象因素组成的。但这些因素要有心人才能发现它，有情人才能感受它。"他还曾经讲过自己的一次作画经历："在胶东海滨，我骑车到郊区写生。一片尚未发芽的苗圃一下子吸引了我。我便下车支开画架。跟我同去的同道们惊讶了，因为附近都是荒郊，已不见蓝海红楼的美丽风光，不知我要画什么。我说明了意图后，他们说原来还以为我要下车撒尿哩！"[2] 一片早春的树苗，还未生芽出叶，光秃秃的，一般人看不出美来，但在内心充满激情的画家看来，那一株株饱满的小树干里仿佛汁液在奔涌，充满了勃勃生机，因而能感受到新生命的呼吸，感受到一种力的美。这两位画家都是怀着对生活的爱来观察自然的。真正的诗人也应这样。他的感觉最敏锐，感情最丰富，有儿童般的纯真，胸中总是充溢着一股爱的暖流，就像生命源泉中流出的小溪，在潺潺流动，一遇到阻隔或被风吹动，便会泛起层层涟漪，诗在这时就最容易被发现了。所以说，诗不生于没有润泽的心，只有热爱生活、葆有一颗活泼的童心的人才最容易发现诗；而一个对周围世界冷若冰霜、心灵冻结成冰的人，自然与诗绝缘了。少女可以为失去的爱情而唱，守财奴不能为失去的钱袋子而歌，原因就在于少女有一颗纯真的、赤诚的心，而守财奴的心早已硬化、冰结了。因此一个诗人平日就要注意涵养自己的心灵，让它像春日的阳光那样温暖，像晶莹的水珠那样透明，像浩瀚的大海那样深邃，有了这样美

---

① 《霍安·米罗访问记》，《美术译丛》1982 年第 2 期。

② 转引自《艺术世界》1984 年第 3 期，第 16 页。

好的同时代一起搏起的心灵，就会充满爱情，就会有聪慧的眼睛，从生活中发现诗就不难了。

（四）要有合适的时机与环境

丰富的经验与信息，对生活的敏锐透视力和炽烈的爱，这是发现诗的基本前提。但最终能否发现诗，往往还需要合适的时机和环境来实现这一飞跃。

诗的发现需要一个好的创作心境，而诗人创作的时机与环境往往成为他的创作心境的组成部分。

一般说来，美好的大自然有助于形成良好的创作心境，并触发诗兴。

雪莱的诗剧《解放了的普罗米修斯》，大部分是在万山丛中卡拉卡拉古浴场（罗马古迹之一）残留的遗址上写作的。他说："广大的平台，高巍的穹门，迷魂阵一般的曲径小道，到处是鲜艳的花草和馥郁的树木。罗马城明朗的青天，温和的气候，满空中活跃的春意，还有那种令人心迷神醉的新生命的力量：这些都是鼓动我撰著这部诗剧的灵感。"[1]

普希金的创作史上有个著名的"鲍尔金诺的秋天"：1830 年 8 月底，普希金从莫斯科出发，回到普希金家族祖传的鲍尔金诺村。这里是"一望无垠的草原"，他常常骑马到卡扎林灌木丛和附近的树林里去。在这个秋天里，尽管是"既繁忙又令人惊惶不安"，然而由于远离了莫斯科的喧嚣，在乡村的幽静的环境里，在大自然的怀抱下，大大激发了诗人的诗兴。普希金写出了一首又一首的优秀诗作，尤其值得一提的是已经拖延了八年之久的诗体小说《叶甫盖尼·奥涅金》就是在这里最后完成的。诗人离开的时候，"终于可以为在秋天的鲍尔金诺所获得的创作上的空前丰收而自豪"[2]。

---

① 雪莱：《〈解放了的普罗米修斯〉序言》，《解放了的普罗米修斯》，人民文学出版社 1957 年版，第 2 页。

② 参见列·格罗斯曼《普希金传》第三部第六章"鲍尔金诺的秋天"，黑龙江人民出版社 1983 年版，第 385—403 页。

诗的发现

有助于发现的创作心境也与诗人长期养成的写作习惯有关。

有的诗人，像拜伦，喜欢在夜间写作。万籁俱静，仿佛整个世界都是自己的，最容易触发诗兴。

有的诗人则喜欢在凌晨写作，苏格兰诗人和小说家司各脱说："我的一生证明，睡醒和起床之间的半小时非常有助于发挥我创造性的任何工作。期待的想法，总是在我一睁眼的时候大量涌现。"我国老诗人邹荻帆，每天凌晨四点钟起来写作，数十年如一日。

此外，如人们所传说的王勃蒙被酣眠起腹稿；陈师道构思连家中的婴儿孺子亦抱寄邻家；席勒写诗时喜欢闻烂苹果的气味，抽屉里常装着烂苹果；杰克·伦敦喜欢带上干粮和水，一个人泛舟海上进行写作……看来也不能简单地算是艺术家的怪癖，而是他们在多年创作实践中养成的迅速进入创作心境的手段。

值得一提的还有所谓"梦中得诗"。勃兰兑斯讲，英国诗人柯勒律治的诗是"真正梦幻性的"，他那首被批评家认为是最精美的诗《忽必烈汗或一个梦境的片断》，就是在梦中写成的。朱光潜也谈过这点：有一天，柯勒律治醉后坐在椅子上睡着。临睡前他在一部游记里读到这样一句话："忽必烈汗令在此地建一座宫殿，并且修一个堂皇的花园，于是一道围墙把十里肥沃的土地都圈在里面。"在三刻钟的熟睡中他梦见根据这个典故作成二三百行诗。刚醒时他还记得清楚，于是取纸笔把它赶快写下。写到数十行时，忽然有客来访，把他的思路打断了，客去后则梦中所见已模糊隐约，不能续写。他所写下来的五十四行则成为他全集中的杰作。

何其芳曾谈过他大学时代写诗的情况："过去做旧诗的人，常常有梦中得句的经验。我那时也就入迷到那样的程度，有一次就梦见在梦里做成了一首诗，而且其中有一些奇特的句子。醒来只记得几行，但我把它补写成了。这首诗后来还收入了我的第一个诗集，题目叫做《爱情》。里面有'南方的爱情是沉沉地睡着的，它醒来的扑翅声也催人入睡'，'北方的爱情是警醒着的，而且有轻趱的残忍的脚步'那样一些近乎怪话的句子，好像就是醒来还记得的几行。"①

艾青也谈过类似的体验："在我创作狂热的时候，常常在梦里也在写诗的；而最普通的时候，是我感觉常常和诗的感觉一起醒来，这时候，我就睡在床上写，在黑暗里写，字很潦草，很大，到天亮时一看，常常把两句叠在一起了。"②

在中国作家协会文学讲习所第八期学员中，也曾流传过诗人李发模梦里作诗的故事：他常常激动得手脚发颤地写诗到深夜，然后吞一片安眠药强迫自己睡觉，睡觉中，便把白天构思好的诗句整段地背出来。

这种梦中得句的情况，不少诗人也都体验过。这并不神秘，也不奇怪。一般说来，诗人平素早就有了相当充实的生活积累和情感积累，人梦前往往又经过了很长一段的艰苦思索；入睡后，有意识的活动松弛了，潜意识中的意象便会自然涌现出来，形成某种奇妙的组合。所谓梦中得句，正是艰苦的劳动在潜意识的领域结出的花朵。

了解了诗的发现需要一定的时机与环境，初学者就可以不在写不出来的时候硬憋了。当焦思苦想仍不见效的时候，不妨暂时把它放一下，继续观察、读书、工作，让诗的情思在潜意识中酝酿，等到酝酿成熟，一旦遇到合适的时机与环境，诗就会奔涌到笔下了。

诗的发现的不同途径

诗的发现作为连接生活与创作的桥梁，是每一个诗人都要跨越的。但不同的诗人由于生活经验、艺术素养、个性特征的不同，跨越的办法也各异。每个成熟的诗人都有自己发现诗的独特的体会。下面就根据诗人们的"夫子自道"及我们的考察，把

---

① 何其芳：《写诗的经过》，《一个平常的故事》，百花文艺出版社1982年版，第81页。

② 艾青：《我怎样写诗的》，《我和诗》，花城出版社1983年版，第49—50页。

诗的发现的几种有代表性的情况做一粗略描述。

（一）得之于外界事物的偶然机遇

生活像一个飞旋的万花筒，每时每刻都在向我们提供新的信息。诗人生活着，感受着，一个偶然的顾盼，一个甜蜜的微笑，一丝飘飞的柳絮，一线穿透窗棂的阳光……都可能触动诗人心灵的隐秘，从而发现诗意。

这种机遇有时起一种触发作用，仿佛夜空中的一个闪电，诗人借闪电的光亮，看清了前边的道路，继续前行。

一位诗人在北戴河海滨曾看到这样一个镜头：海滩上，一个三岁的女孩在奔跑着。她的手里拿着一只很小的小瓶，当浪头像轻纱一样漫上沙滩时，她用瓶子接着，要装几朵雪白的浪花。——这一镜头触发了诗人的联想："孩子，你是想把大海灌进瓶子带走吗?"从这个女孩身上，诗人发现了一首关于大海的诗[1]。

据雪莱夫人讲，雪莱的名篇《云雀颂》和《云》是雪莱在"思想受到激发下写出来的：当他谛听着鸟儿在意大利蔚蓝的天空上欢快的叫声，或是当他在泰晤士河上泛舟时注视着云掠过天空"[2]。鸟儿啼叫和云片掠过天空触发了诗人的诗兴，但诗人并没有仅仅局限于啼鸟和浮云自身，而是借此展开想象，尽情抒发了诗人追求创造，向往自由的胸怀。

除去触发的作用而外，有时候偶遇的客观事物在熔铸进诗人的主观情感后，本身就构成一首诗。

俄国诗人丘特切夫一次外出遇雨，回来后人们在前厅帮他换下被淋湿的衣服时，那流淌在诗人身上的秋雨的外部感受透过他的心灵转化为眼泪的感受，他的面前那多雨的秋天的印象也转化为哭泣的人们的痛苦的形象，一首诗就在他的胸中酝酿成熟了："世人的眼泪，啊，世人的眼泪!/你不论早晚，总在不断地

---

① 徐刚：《诗海泛舟》，河南人民出版社 1982 年版，第 112 页。

② 雪莱夫人：《一八三九年第一版诗集序言》，《外国文学教学参考资料》，福建人民出版社 1980 年版，第 182 页。

流……/你流得没人注意，没人理会，/你流个不尽，数也数不到头——/你啊，流洒得像秋雨的淅沥，/在幽深的夜里，一滴又一滴。"他当即向人们口授了《世人的眼泪》一诗，传达了分不清是雨还是泪滴落的感受，字里行间渗透着对俄罗斯下层人民悲惨命运所感到的深重的悲哀。

诗人胡世宗1980年初夏去吉林的一个边防哨所。这个哨所的瞭望架与苏军的那个瞭望架相距只有十八米。两哨之间有一条打火道切开的草坪，像绿毯上的一条黄带子。诗人正在凝神沉思，忽然看见边界上飞动着一个小黄点儿，原来是只米黄色的小蝴蝶。他立即打开小本子记下印象："蝴蝶过了打火道，米黄色的。从那边翩翩飞来，又从这边翩翩飞去，它是没有国界的，人如果能像它那样自由地来去就好了。……"正是这只小蝴蝶搅动了诗人的思绪，使他联想到边界这边，边防战士对祖国的忠诚和高度警惕；边界那边，对方隐伏的坦克群和时而飞起的侦察机。他感到了祖国守卫者肩上的重担和光荣的职责，同时也遥想着人类进入共产主义社会之后的那种没有国界的美妙情景……这一切全围绕着那只小蝴蝶组织到了一起，于是很快写出了《飞来飞去的小蝴蝶》。

法国微生物学家巴斯德有句名言："在观察的领域中，机遇只偏爱有准备的头脑。"说得很有道理。上述几例都是在生活中与客观事物邂逅，受到触发，因而得诗的。看似偶然，实际却有其必然性。那就是诗人长期地辛勤观察、积累和思索，胸中早已酝酿着丰富的情感要抒发，这偶然的机遇不过为他提供了一个喷发口罢了。

（二）得之于理智性的思考

与上述得之于偶然机遇的情况不同，还有相当多的诗不是由于某一外物的触发，而是得自于诗人的理智的思考与内省，得自于诗人思想的碰撞与闪光。

诗歌要按自己的特殊方式掌握世界，是一种情感性极强的艺术形式，诗的发现离不开激情作动力，但这并不排斥理性的思考。从诗的本质看，诗也并非只是感情的宁馨儿，而与理智无关；诗是理智指导下的情感的江河，是理智与情感的共同丰富与延伸，最有价值的诗篇总是能把过去和未来集合于一身，表现出对人生的严肃的思考与追求。在诗歌创作过程中，诗人的情感与理智应当是一致的，感情上热爱的正是理智上拥护的；感情上憎恶的正是理智上反对的。但就诗人的创作实践看，感情与理智出现一定程度的距离甚至完全矛盾的情况也是存在的。因为感情很大程度得之于直觉，理智则要靠思考。在这种情况下，我们既不能置理智于不顾，纯任感情的自然奔泻；同时又不能简单地以理智代替感情，写出感情虚假的概念化作品。这当中，很重要的是发挥理智的调节作用，即通过学习、实践与思索，让情感与理智在诗歌中统一起来。当然，在诗歌创作中理性的加入、理智的思考，不同于科学研究的理性思考。科学研究中的理性思考是利用抽象概念、判断和逻辑推理而进行的高度抽象的思维活动；诗歌创作中的理性思考则始终伴随着生动的感性材料，并且是被艺术的审美活动所彻底溶化了的，因而这种理智思考的结果不是导向抽象的概念、判断、推理，而是通向由活生生的意象所构成的诗的意境。

诗人雷抒雁是个喜欢思考的人。他说："诗，思索之树结下的金果！谁想品尝它的滋味，就得先学会思索。"[1] 他的歌颂张志新烈士的《小草在歌唱》，就是在内心鼓荡的激情与理智的思考相结合的情况下写出的。张志新的事迹发表后，诗人用颤抖的手捧着报纸，义愤在心里燃烧，泪水涌流不止。他坐不下来，向别人去讲述，去争论，寻找发泄内心痛苦的形式。不过那时还没有发现诗，因为还只有激情，没有思想。当激愤冷静之后，代之而起的是思索，也就在思索的同时，诗人找到了形象。他说："我总看到一片野草，一摊紫血。在那一块刑场里，还有谁是罪恶的见证呢？在那一片暗夜里，还有谁比小草更富有同情心呢？草把各色的花献给了死者，在那个时期是需要胆量的；草把殷红

① 《美的事业》，《小草在歌唱》，江苏人民出版社1980年版，第3页。

的血吸进了自己的须根，使之放出芳香；草是不屈的。'疾风知劲草'，'血沃中原肥劲草'。看到了草，我也就找到了诗，它来得那样自然。于是，我就决心用小草的形象来完成这首诗。"①

雁翼的许多诗也是得之于思考。曾有人说雁翼想得太多了，对此雁翼回答道："我是一个诗人，但我更是一个共产党员，我的责任就是探索、清除、创造。我生活，因而我才思索。我写诗，也就是用诗的形式表达我内心的思维活动……我相信这对于推动人们的思维，对于生活的革新，是有益处的。"他曾写过一首《花之恋》，那是在 1980 年，当时党的十一届三中全会刚召开不久，拨乱反正带来的万木争荣的景象，使诗人沉浸在一种胜利的喜悦中，但他没有停留在这种感受之上，而是更深一层地思索着推动历史转折的一个决定因素：人民的力量。他眼前，又浮现出丙辰清明前后天安门广场那铺天盖地的小白花，瞬时，小白花又幻化成千万双真诚纯洁、坚贞不渝的眼睛……诗人不胜感慨地说："人民的心灵，是最美的，在一切时候，他们都和党同在，和革命同在，总是默默地给我力量利信心，就像那漫山遍野不起眼的小花，虽然单薄，但给地球带来了生气，虽然弱小，但又具有异常的旺盛的活力。"② 正是通过这层层深入的思考，诗人在花的身上发现了诗意，一个美好的象征浮现在眼前，《花之恋》就顺利诞生了。

雷抒雁的《小草在歌唱》和雁翼的《花之恋》，虽然分别在小草和花上发现了诗情，但这两种植物并不是他们出门时的偶然邂逅，而是通过理智的思考，调动了早期的生活积累而自然地浮现在眼前的。这与得之于偶然机遇的前一种情况是有所不同的。得之于机遇者，往往较快地即兴成篇；得之于理智的思考者，往往需要较长时间的酝酿。当然，《小草在歌唱》和《花之恋》还不是孕育时间很长的。有时，一种情绪、一种思想在诗人头脑中孕育了几年、十几年甚至几十年，在一个偶然的时机，忽然若有

① 《小草里的诗情》，《小草在歌唱》，江苏人民出版社 1980 年版，第 112 页。
② 参见周佩红《"我生活，因而我才思索"》，《星星》1984 年第 5 期。

所得，头脑中涌现出恰当的意象，找到了感情的喷发口，一首诗的构思才得以展开。

（三）得之于脱离思维的惯常进程

脱离思维的惯常进程，用作家陈建功的一个通俗的说法，就是"要来点儿邪的"。人的思维有一种惰性，遇到新的问题、新的情况，总习惯沿着前人或自己的思维老路走，有时已证明此路不通了，仍固执地在那条思维路线上徘徊，牛角尖钻到底，陷"迷途"而不能自拔，虽耗费了宝贵的时间和精力，却难以取得应有的成果。如果从事机械性、重复性的劳动，这种思维的惰性的局限还不算很明显，顶多是没有什么新的创造，很难开创新局面而已。但是对诗人来说，这却是个"致命伤"，因为诗歌就是创造，就是要给读者提供点儿新的东西，而不打破定型的习惯的思维模式，就断难有新的创造。

脱离思维的惯常进程，有赖于求异思维能力的发展。所谓求异思维，就是指从既定的信息中能够输出各种各样、为数众多的新信息，从而有助于人们从不同的方面探求客观真理，发挥自己的创见。求异思维能力是创造能力的一个极其重要的构成因素。心理学家奥斯本在20世纪30年代末曾提出所谓"脑力冲击"的方法，要求创造集体中的每个成员毫无顾虑地提出任何思想，哪怕是公认不好的思想；鼓励进行最大胆的联想，思想越"疯狂"越好；提出的思想多多益善……其核心就是鼓励摆脱思维的旧路，实行扩散性思考。为了衡量求异思维的能力，心理学家戈尔福曾编制一种"非常用途测验"，例如要受测的人在八分钟之内列出红砖的所有可能的用途，一位受测的反应是：盖房子，盖仓库，建教室，筑围墙，修烟囱，盖教堂，铺路面，修炉灶等，所有这些反应，实际上只是把红砖的用途局限在"建筑材料"一个范围之内，很少变通。另一位受测的反应是：做门限、压纸、打狗、支书架、打钉子、磨红粉、做棒球垒等，这些反应的变通性大，多数是红砖的非常用途。按戈尔福的扩散思考的标准而言，后一位受测的创造力比前一位为高。

　　一个独创性强的人一般都具有较强的求异思维能力，他可以跨越习惯的思维进程，在更广阔的夫地中展开联想。英国大数学家麦克斯韦幼年时，父亲让他对插满菊花的花瓶写生，他笔下出现的竟全是几何图形：花瓶——一个梯形，花朵——大大小小的圆形，叶子——一连串儿的三角形。父亲看了这奇异的画，不禁笑了，从中敏感地发现了他的数学天赋。苏联彼得罗夫斯基教授主编的《普通心理学》中曾举过这样一个例子：

诗的发现

　　　　表店门前一块"修理钟表"的招牌会引起什么联想呢？

书中记录了这样一些说法："修理钟表……我的表早就该擦洗了，慢了……要送到这里来"；"修理钟表……表店我们那个小地方有，可是鞋店到现在还没有开门营业"；等等。然而，一个诗人看到这块招牌，却会出现诗句，引申出一连串的联想，而这些联想产生的原因就是经由相应情绪状态过滤的外界印象（在当前情况下就是这块招牌）："修理钟表，修理分钟，修理一周，一月，"——诗人进行着联想并请求着说："请替我修理一下年代吧！它已不能按时度过。"①

　　在这个例子中，由"修理钟表"的招牌联想到"我的表早就该擦洗了"或"我们那个地方有表店"，这全是在惯常的思维路线上前进，所联想的内容始终没有超越与"修理钟表"的招牌有关的"钟表"、"表店"等具体生活范围。诗人的联想虽也是由"修理钟表"的招牌出发，但却不再沿着人们习惯的思维路线前进，摆脱了有关钟表的具体内容，而跳跃到"修理年代"上来。正是在思维的这种超脱习惯的跳跃中，发现了诗。

　　在我们的诗歌创作中，这种通过突破思维的惯常进程而发现诗的情况比比皆是。

———————————

　　① 彼得罗夫斯基主编：《普通心理学》，人民教育出版社 1981 年版，第 380—381 页。

看到自来水龙头滴水，一般人的反应不外是："谁没拧紧水龙头，太浪费了！""水龙头坏了，该修一下了！"等等。但是一个九岁的小姑娘看到水龙头滴水，却说："你不停地掉眼泪，谁欺侮你了？"这是多么新鲜的诗！

缺月，在我们的民族引起的往往是不团圆的感觉，但在一位儿童诗人的笔下却是："月儿举起金黄的钩子，钩起了我美丽的梦。"这是多么奇妙的发现！

又如盆景，作为陈设品，把美丽的自然景色缩现在有限的空间之内，多少人为它那精湛的技艺击节称赞，又有多少家庭渴望摆上一盆盆景而满室生春啊！诗人如果也和一般人一样，写一首诗赞美一下盆景的巧夺天工、缩龙成寸，那也只能是平庸之作，因为缺乏自己独特的发现。艾青处理这样的题材却身手不凡，他善于打破习惯的思维路线，称这些备受人赞誉的盆景是早已失去自己本色的"不幸的产物"：

> 在各式各样的花盆里／受尽了压制和委屈／生长的每个过程／都有铁丝的缠绕和刀剪的折磨／任人摆布，不能自由伸展／一部分发育，一部分萎缩／以不平衡为标准／残缺不全的典型，像一个个佝偻的老人／夸耀的就是怪胎畸形／有的露出了块根／有的挺出了腹部／留下几条弯曲的细枝／……芝麻大的叶子表示还有青春／像一群饱经战火的伤兵／支撑着一个个残废的生命……

很明显，诗人这里已不单纯是写作为艺术品种之一的盆景了，而是以盆景为象征，写出了十年浩劫期间，"四人帮"之流横加刀斧对人民的蹂躏、对自由的摧残，因而也使得诗歌的深度远远超过一般浮泛赞誉盆景的应景之作。

（四）得之于意象的旁通

朱光潜先生在《文艺心理学》中指出："诗人和艺术家寻求灵感，往往不在自己'本行'的范围之内而走到别种艺术范围里去。他在别种艺术范围之中得到一种意象，让它在潜意识中酝酿一番，然后再用自己的特别的艺术把它翻译出来。"①

艺术有分工，有区别，各自有其特殊性；但同时它们又相互依存、相互渗透，有共同特征和普遍性。艺术的分工从来是相对的，不是绝对的。罗丹说得好："绘画、雕塑、文学、音乐，彼此的关系比常人所设想的更要接近。它们都是表现站在自然前面的人的感情，只是表现的方法不同罢了。"② 随着时代的发展，一方面是艺术的分工趋于细密，新的艺术品种不断出现；另一方面艺术间的渗透也越来越厉害。因为艺术形式一旦定型，其固有的程式化的东西，一方面决定了本门艺术的特殊面貌；但另一方面也束缚了对新东西的探索。因此聪明的艺术家为了在自己艺术门类中有新的发现，往往广泛涉猎兄弟艺术，提高自己的艺术素质，并从兄弟艺术中取得借鉴以丰富自己。德国浪漫主义作曲家舒曼说："有修养的音乐家能够向一幅拉斐尔的圣母像同样有益地学习，就像画家向一部莫扎特的交响曲学习一样。不仅如此：对于雕塑家说来，每个演员会成为静的塑像；而对于演员说来，雕塑家的作品会成为活的形象；对于画家说来，诗会成为画；而音乐家则将画移植入音响中去。"③

优秀的诗人，都是驾驭语言艺术的大师，他们利用语言抒发感情、描绘意境到了出神入化、炉火纯青的地步。但同时又善于借鉴兄弟艺术，汲取它们的长处。诗人对诗的发现，不仅可以直接来自于生活中获得的印象，而且可以间接地来自其他艺术的启迪。一幅绘画，一座雕塑，一支乐曲，一个舞蹈，往往可以像一星火花，点燃诗人在长期生活中积累的感受，从而使他胸中燃起激情，形成不可遏阻的创作冲动。白居易不是在听了哀怨凄迷的琵琶声后，深深地触动了身世之感，才写出了《琵琶行》吗？米沃什不是在黑人小姑娘的琴声中，听出了肖邦的"激情和忧

① 《文艺心理学》，《朱光潜美学文集》第一卷，上海文艺出版社 1982 年版，第 206 页。

② 《罗丹艺术论》，人民美术出版社 1978 年版，第 84 页。

③ 《音乐中的诗情画意》，《美育》1982 年第 4 期。

郁"，才写出《黑人小姑娘演奏肖邦》吗？公刘不是在看了摄影作品《最后的时刻》，激动得"难以自持"，才写出缅怀周总理的诗篇《沉思》吗？

历代的大诗人都是具有多方面的艺术素养，既专且博、一专多能的。有些诗人本身就是一身二任：唐代的王维、宋代的苏轼、明代的唐寅、清代的郑板桥，都既是诗人，又是画家；魏代的嵇康、北宋的周邦彦、南宋的姜夔、近代的李叔同，都既是诗人，又是音乐家；印度的迦梨陀娑、英国的莎士比亚、德国的布莱希特、我国的郭沫若，都既是诗人，又是戏剧家……

众所周知，唐代诗人杜甫，不仅"读书破万卷"，有扎实的文学素养，而且对于书、画、音乐、舞蹈等艺术都有广泛的爱好和深湛的见解。他从一幅画中所领会的"咫尺应须论万里"的绘画意境，与他要求一首诗所应达到的"篇终接混茫"的诗的意境，二者是相通的。他的许多诗篇便是直接得之于对其他艺术形式的鉴赏。如他的《画鹰》、《题壁上韦偃画马歌》、《戏题王宰画山水图歌》、《丹青引赠曹将军霸》，是得之于看了别人的绘画；《赠花卿》、《听杨氏歌》、《夜闻觱篥》，是得之于听了别人的歌声与演奏；《观公孙大娘弟子舞剑器行》，是得之于观看了别人的剑舞……

当代诗人艾青就是先学美术，后来才写诗的。艾青深深地体会到学画给他创作带来的裨益，并恳切地把这点向别人传授。一次艾青到著名评剧演员新凤霞家，便对她讲了一番美学，劝她学画画，说："你演戏，声音、动作、表情、身段都要求美，你要懂美学才行啊！学画画，最能提高你的审美力。"新凤霞果然听从艾青的劝告，后来拜了齐白石为师学画①。艾青自己的许多优秀诗篇也是直接得于其他艺术的启示。如《给乌兰诺娃》是得之于苏联著名芭蕾舞演员乌兰诺娃主演的芭蕾舞《小夜曲》；《东山魁夷》，得之于日本著名画家东山魁夷的绘画展览；《小泽征尔》，得之于小泽征尔指挥的音乐会；《彩色的诗》，得之于读

① 参见周尝棕、笋船《新凤霞和她的艺术道路》，《文艺研究》1981年第3期。

《林风眠画集》……

　　由此可知，要发现诗，光一天到晚闭门苦吟是不够的，还要下诗外功夫。这诗外功夫的重要一项就是加强对其他艺术的修养。因为各种艺术之间有内在的共同之处，意象可以旁通，在别种艺术形式上有所领悟，会自然地启示自己在诗歌中的新的发现。

　　诗的发现是重要的，它是创作的缘起，是胎儿的受孕。但发现仅是诗歌创作的第一步，有了发现还不等于一首好诗已经诞生，还有待于诗人在构思和表达中付出巨大的劳动。

（1984 年 10 月）

诗的发现

诗 的 思 维

思维在诗的创造过程中居于核心地位。正是通过思维，诗人的生活与情感积累才凝为晶莹的珍珠，诗人的才华与气质才化成智慧的雨露，诗人的心灵之花才傲然怒放。因此，欲揭示诗歌创造的奥秘，不可能不涉及思维。

诗的思维要素

思维是什么？自从远古时代起这个问题就被蒙上了种种神秘的面纱，学派林立，众说纷纭，变得似乎高深莫测。如果抛开学派之争，按现代心理学的观点来看，思维不外乎是人脑的一种机能，是人脑对信息的加工。我们可以把人脑看乎是信息加工的系统：人脑的"记忆器"，主要起存贮信息的作用；人脑的"加工器"，主要用来提取和加工信息。当新的信息输入大脑的时候，大脑的加工单元被激活，便会按照一定的原则去提取已经存贮的信息，并把这些新提取出来的信息与刚刚输入的信息放在一起加工处理，然后提交给输出。信息在大脑中的流动与加工的过程，就是思维的过程。

在思维这一信息加工的过程中，有两个不可缺少的基本要素；一是人的大脑，二是信息。

先说人脑。在生产力低下，科学技术不发达的古代，人们知道思维是人的本能，但是并不确切地知道它发生在身体的哪个器官。亚里斯多德把思维笼统地归为"心灵"；孟子说"心之官则思"，即把思维归结为心脏的作用了。随着生产力的发展，科学技术的发达，人们终于认识到思维要依赖一种重要的专门化器官——人脑。法国哲学家拉·美特利运用解剖学证明思维不过是大脑的属性：因为脑部受重伤时，动物就没有知觉，没有分辨力，没有认识了。现代神经心理学的研究进一步表明，思维是脑过程的一个组成部分，取决于神经回路及其有关的生理特征，是脑的高层次活动的结果。据估计，人脑的神经元的数量为数千亿个，每个神经元又分成胞体和突起两部分。一个神经元与另一个神经元彼此密切相接的部位叫突触，一个神经元可以有成千上万个突触，分别以不同方式同其他神经元联系起来。人脑就是由这数以千亿的神经元按照严格的秩序、复杂的层次组织起来的结构严密、分工精细的特殊的物质。各种信息通过不同层次的神经回路的活动，从而产生思维。

人脑一定的生物—化学物质活动与一定的信息活动有着必然的联系。神经心理学的研究表明，人的脑电波随着信息加工活动的变化而变化：一个人在放松、安静的状态下，没有注意到任何强刺激的时候，他的脑电波呈现速率为每秒8—12次的α（Alpha）节律；但是当他从事需高度集中的思维活动，这些规则的α波就会消失，而被一些频率较高而幅度较小的不规则的波所代替。可见对人脑物质活动状况的测定，就可以在一定程度上推断出人们处于怎样的一种精神活动阶段。

人脑作为信息加工的控制系统，在诗的创作中是绝不可缺少的。固然，具有思维功能的人工智能机已经出现，电脑下棋、看病、绘画、作曲，乃至作诗已不是什么新鲜事。苏联美学家鲍洛夫曾引述一首机器人写的"诗"：

昆虫

所有的孩子都是小的、脏的，
铁器能把所有的龙锯开，
一切淡色的、模糊的、顺从的水都被澄清。
无声息的、被炎热烤焦的昆虫，

215

是从幼虫变来的。昆虫是怎样落入这暗箱里的？

这首写昆虫的诗尽管有些诸如"把所有的龙锯开"这样古怪而费解的句子，但从总体说是可以理解的。但是它有个致命弱点，缺乏人的个性、缺乏情感的魅力。这是因为智能机只有人赋予它的运算程序，它自己是没有意志、没有感情、没有个性的。人脑对诗的创造，则不是按事先规定好的运算程序，而是在内驱力的推动下，调动自己的知识、经验，以及思想、感情、意志，乃至潜意识与直觉，运用多种思维方式的一个极其复杂的信息活动过程，正是在这点上，智能机将永远难以企及。

再说信息。人脑虽然有极为精细复杂的结构，但是不会自发地进行思维。思维活动必须是由客观世界中接收了一定的信息后才得以开始的。信息的存贮是信息加工的基础。"巧妇难为无米之炊"，没有一定的信息积累，信息的加工就是一句空话。美国有一家以富于创意而知名的阿利·加加诺广告公司，该公司的创办人卡尔·阿利说："有创造力的人希望自己是个万事通。他想知道所有的事情：古代的历史、19世纪的数学、现代的制造科技、插花，等等，因为他不知道何时这些观念可以形成新创意，可能是6分钟，6个月，或是6年以后，但他确信将有新创意产生。"[①] 卡尔·阿利揭示了独创性思维有赖于大量信息存贮的普遍规律，其意义当然不限于做广告，实际上无论从事何种创造性劳动，头脑中存贮的信息越丰富、越有质量，加工起来就越有成效。因此，注意观察生活，广泛读书，尽可能存贮丰富的表象信息和词语—逻辑信息，将会为诗的思维打下坚实的基础。

潜意识中的信息加工：潜思维

（一）一个神秘的黑暗王国

诗的创造其心理内容之丰富，绝非"认识"两个字所能涵

① 罗杰·冯·伊巨：《当头棒喝》，中国友谊出版公司1985年版，第4页。

盖。感性—知性—理性的认识图示，虽可粗略描绘人的认识的形成过程，但是远未能揭示诗歌创造的心灵奥秘。现代心理学研究成果表明，在意识的格局严整的中央王国以外，还有着广漠无垠的待开发疆域——一个神秘的黑暗王国，这就是相对于意识而言的潜意识。

　　"潜意识"（Subconsciousness）这一术语虽出现较晚，但早在古希腊时代，人们就对潜意识现象有所觉察。柏拉图提出"灵感神赐说"与"迷狂说"，实际上已触及潜意识，只不过从宗教神秘主义出发，把潜意识解释为神对诗人的控制。对潜意识从哲学的角度进行探讨，是由被称为"近代哲学始祖"的17世纪法国哲学家笛卡尔开始的。他完成了，或者说极近乎完成了由柏拉图开端，而主要因为宗教上的理由，经基督教哲学发展起来的精神、物质二元论，认为精神与物质彼此独立而并存。他指出："由于思维是精神的本质，精神必定永远在思维，即使熟睡时也如此。"[①] 这实际上已涉及潜思维的问题。笛卡尔以后，到弗洛伊德以前，曾有多位哲学家和艺术家阐述过潜意识问题。然而真正把潜意识概念引入心理学与美学的，应当归功于弗洛伊德及其后继者。

　　弗洛伊德作为一位精神病医生，在给病人进行医疗的实践中，发现有的病人不能自制地要去做某一活动，然而自己却丝毫不知这样做的动机何在。弗洛伊德在观察了类似的大量现象后，指出："我们在这些症候之中，显然可见一个与其他方面相隔离的特别区域的精神活动。换句话说，这些症候大可为潜意识的证据。"[②] 在弗洛伊德看来，意识不过是人的整个心理中的一小部分，这就如同一座漂浮的冰山，意识只是水面以上的部分，而水面以下的大部分则是潜意识。他认为心理学的研究，就在于去探究人的行为背后的未知原因，将无意识过程翻译成意识的过程，从而填补人们在意识知觉中的空白。弗洛伊德以大量的确凿事

①　罗素：《西方哲学史》下卷，商务印书馆1982年版，第88页。
②　弗洛伊德：《精神分析引论》，商务印书馆1984年版，第219页。

实，论证了潜意识的存在。他还写了《米开朗基罗的摩西》、《列奥纳多·达·芬奇和他童年的一个记忆》、《诗人同白昼梦的关系》、《戏剧中的精神变态人物》等一系列论美与艺术的文章，强调在富于独创性的文学、艺术作品中，都包含着作家艺术家的潜意识中的性幻想的内容。

弗洛伊德对潜意识的重新发现与深入论述，对哲学、心理学是划时代的贡献。但他的潜意识理论中过分夸大了性本能，则为后来的学者所扬弃。今天，潜意识已成为哲学、心理学的一个重要概念，欲揭示诗歌创作的心灵奥秘不能不予以足够的注意。

现代心理学认为，所谓潜意识是与意识相对而言的，指潜藏在内心深处的非自觉的，不受主体控制的心理过程。

潜意识内容极其丰富、庞杂，大别之可分为先天潜意识与后天潜意识两类。

先天潜意识，主要得之于遗传，是人的心理活动的最原始的根源。又可细分为生物本能潜意识与集体潜意识。生物本能潜意识包括饥饿驱力、性欲等生物性本能。集体潜意识则是瑞士心理学家卡尔·古斯塔夫·荣格提出来的。荣格认为集体潜意识是先天生成、与生俱来的，是从人的祖先继承下来的原始经验的总合。集体潜意识的主要内容是原型（Archetype），即可以通过遗传而被继承的人类原始意象的某种结构。荣格把这种原型比拟成结晶的立体几何结构，只有与来自外界的表象加以组合，被后天意识所充满，才能成为确定的、具体的、可见的。这种原型是关于人类精神和命运的碎片，凝聚着人类祖先重复了无数次的欢乐和悲哀。集体潜意识已不单是个体心理的因素，而且进入了社会历史的范畴，它不能直接成为意识的内容，但作为一种得自祖先的把握世界的潜在的行为模式，却可以在特定的情况下，促使人以本能的方式对外部事物作出反应。

后天潜意识，包括个体有生以来所经验过的、被遗忘、被压制或在阈下被感知的所有内容。从道理上讲，后天潜意识在一定机缘下都可能转化为意识。但实际上大量的后天潜意识潜沉海底，能浮现在水面上的只是一小部分。

由先天潜意识和后天潜意识构成的潜意识世界是个巨大的信息库。人出生时，他的基因中就已带有复杂的遗传信息结构。在后来的生活中，人每时每刻都要接受大量的信息。这些信息，有一部分借助于脑化学和神经的活动在大脑中保持下来；而相当大的部分则沉入了潜意识的世界。如果把意识比成露出海面的岛屿，那么潜意识就好比深藏海底漫无边际的礁石群。漫漫的潜意识领域仿佛是个巨大的储蓄所，人们在生活中接收到的种种信息，即使是在意识领域中早已忘却的，也都毫无遗漏地登记在潜意识世界里，在某种情况下（比如梦中）突然呈现出来。钱学森曾用潜意识的理论分析过日常生活的一些现象："我们在日常生活中也常常一时记不起某一人名、某一地名、某一数字，左思右想也记不起来了。这时，如果思想放开，不去想它，倒会突然想起来了，记起来了。这是不是因为：人名、地名或数字并没有从脑中消失，仍然存贮在大脑某部，只不过暂时与意识失去联系，成为潜意识。而潜意识中存在的东西又会突然接通到意识，我们又记起来了。"① 钱学森所谈虽是日常的生活现象，但其心理机制与诗歌创作的灵感思维是相通的。

潜意识不仅是巨大的信息库，而且也是巨大的地下信息加工场。人脑对信息的加工，一部分是在主体控制下进行的，可以被明显地意识到，这即是通常的表象思维与抽象思维等，存在于显意识当中；另一部分则不能由主体控制，不在意识中显示出来。这种在潜意识领域中进行的、不被主体意识到的信息加工，即是潜思维。

（二）潜思维的特征与发生机制

潜思维作为一种隐蔽的、不被主体所知的信息加工形式，无从直接观察，处于"黑箱"之中，至今还是个谜。不过心理学家们从对精神病人的治疗实践以及从对正常人的梦境、直觉、顿

---

① 钱学森：《关于思维科学》，《关于思维科学》，上海人民出版社1986年版，第22—23页。

悟、下意识的反应、口误与动作失误等的考察中，已推断出潜思维是一种客观存在的合理的精神现象，并大致勾勒出它不同于有意识的思维活动的某些特征。

第一，潜思维处于无序状态，既无需像逻辑思维那样遵循严密的逻辑规则，环环紧扣，也不必像一般表象思维那样演电影似地细致展示事物运动的全过程。表现为无理性、无逻辑、无时间和空间顺序、不受目的制约、不受主体控制。潜思维的这一特点使它有可能冲破主体有意识状态下的思维定势，点燃创造的火花，出现奇妙的组合，产生出按正常的思维顺序永远不可能得到的成果。潜思维看似荒诞不经、无拘无束，实际上在冥冥之中还是受客观存在的事物制约的。事物与事物之间互相影响、互相渗透、互相纠缠，除去明显的线性关系和线性功能，还有着更为深刻而复杂的非线性关系和非线性功能。如果说有意识的思维活动集中反映了事物间明显的线性关系与线性功能，那么潜思维则是以事物间的非线性关系与非线性功能为依据的。也正由于如此，潜思维尽管是非逻辑、非理性、不自觉的，但在对事物本质的把握上，有时候却可以同严格的科学思维有异曲同工之妙。

第二，潜思维是个永不间断的连续过程，始终处于动态之中。人进入梦乡，有意识的思维停止了，潜思维反而更加活跃，在这一过程中，人们不自觉地将潜意识中的知觉信息与过去经验的信息相匹配，并在该信息的刺激下，对信息进行重新建构，并整合为不稳定的，也不太有条理的思维片断。这大大小小的思维片断自由地联结起来，则构成了一条绵延不绝的思维流。就像有意识的知觉与思维内容总要在潜意识中留下痕迹一样，潜思维的成果也会在头脑中保存下来，但不被思维主体所知。正是在这种永不间断的潜在的信息加工过程中，一些在有意识思维中未能解决的问题转化为潜在的形式被大脑经常地加以酝酿，这样关于某一问题的思考表面上在意识领域中断了，实际上却在潜意识领域中继续着。心理学上有所谓"蔡加尼克效应"，即格式塔派心理学家蔡加尼克在一次心理实验中所发现的一种心理现象。在实验中，蔡加尼克要求被试连续做22种细小的工作，其中有些工作让被试做完了，而另一些工作没等被试做完，就让他们立即改做其他工作。在全部实验中，每种工作被完成和被中止的次数完全相等；就每个被试者来说，完成的工作和被中止的工作各占一半。当这次实验结束以后，要求被试立刻回忆他所做过的工作名称，结果发现，绝大多数被试者首先回忆起来的是那些被中断而未完成的工作。比之已经完成的工作，不仅回忆得快，而且也回忆得多。这种现象就被称为"蔡加尼克效应"。这一心理现象表明未做完的工作，虽然在现实中被中断了，但是在潜意识领域中却没有中断，因而在回忆的时候，最容易从潜意识中浮现出来。

第三，潜思维与有意识的思维并不是漠不相关的，而是以交流信息的方式互相作用、不断转化的。一方面，曾经是有意识的思维活动，由于不断重复而自动化、凝固化，不需要有意控制而转化为潜思维；此外，随着注意的转移，原先处于意识中心的关于某事物的思维活动也会转入被抑制的潜意识状态。另一方面，当某种潜思维活动不断积累，其心理能量的总和接近于阈限，此时偶然受到某一信号的刺激，酝酿已久的潜思维成果就会一下子涌现到有意识的领域中来，形成所谓灵感。

潜思维是不自觉的，是不受主体所控制的，但这并不意味着潜思维的发生是出于一种神秘的外力，或是归结于"上帝的安排"。实际上任何人潜思维的发生都不能脱离主体的主客观条件，都需要建立在一定的基础之上。

潜思维的发生是建立在脑神经活动的基础上的。美国加利福尼亚理工学院教授、诺贝尔生理学医学奖获得者斯佩里曾长时间研究"裂脑人"。所谓"裂脑人"，是指为治疗癫痫症，通过手术切断患者大脑两半球之间的胼胝体，使两半球间的信息交流中断。斯佩里通过对"裂脑人"的观察与研究，证实了人的大脑两半球是两套不同类型的信息加工系统：一般习惯于使用右手的人，其大脑左半球侧重发展言语中枢，分管抽象逻辑思维；其大脑右半球则具有高度的完形知觉能力，分管表象思维。在正常情况下，大脑两半球协同活动，相辅相成，各有优势，形成了一个统一的控制系统。潜思维由于主要是以个别表象和一般表象为原材料，因此多为大脑右半球的活动，而有别于在大脑左半球进行的以概念为材料的严密的逻辑推理。然而如果没有左半球理性活动成果的积极渗透，就无法直觉到右半球活动成果的真实性和价值，右半球活动的成果就要大大地打折扣。因此可以说潜思维以大脑右半球的活动为主，但又不限于右半球，而要通过胼胝体沟通大脑两个半球，需要两个半球的协同工作。

潜思维的发生又与人的一系列基本需要相联系。所谓基本需要不仅仅局限于弗洛伊德所说的性力，而是包括人的生理、安全、归属和爱、自尊、自我实现等。按马斯洛的说法，人的需要是分层次的，因而与之相联系的潜思维也就有相应的层级结构。一般说，低层次的需要未能得到满足，低层次的潜思维未能对象化、未能释放出来的时候，那么较高层次的潜思维就会紧锁在心底，所谓"衣食足则知礼节，仓廪实则知荣辱"，就是指的这种情况。当然对需要以及与之联系的潜思维的层级结构也不可做过于机械的理解。一方面我们要看到有这个层级结构，另一方面也要看到人的主观能动作用，人的高层需要尤其是人的理想、信念、世界观，对潜思维有重要的调节作用。许多革命志士、科学先驱，为了坚持真理，维护正义、实现崇高理想，在低层次需要未得到充分满足的情况下，也照样出现了与最高层次需要相联系的潜思维。

潜思维的发生又有其实践基础。潜思维与有意识的思维活动一样，既是人脑的机能，又依存于社会实践。一个人有再发达的大脑右半球，但是完全脱离社会，与一切信息隔绝，那么他的潜思维是很难出现什么惊人而美妙的结果的。鲁迅为什么说即使是天才，生下来的第一声啼哭也不会是一首诗？就是因为新生儿还没有接收外部世界刺激，他的大脑除去遗传基因外还是一片空白，还不可能通过潜思维活动产生诗的艺术直觉。孩子逐步长大，到四五岁，有些早熟的孩子能够提笔作诗，这是由于他在几年的生活中已接收了大量的信息，因而有可能通过潜意识的酝酿出现艺术的直觉。法国心理学家特·里波在《无意识生活和运动》一书中指出，无意识活动的工作需有一个牢固的基础，即以前有意识的试验和经验。他举例说，数学问题的无意识解决，一定是发生在行家身上，对数学一窍不通的人，是不可能有所发现的。里波的看法无论在科学界还是在艺术界都可以找到充分的验证。实际上，实践，包括诗人亲身参加的实践，以及诗人间接获得的他人的实践经验，提供了充足的、形形色色的信息，这些信息沉积在潜意识领域，一方面可影响诗人心理定势的形成，对艺术思维产生弥散性的影响；另一方面作为潜存的信息，又可以随时被提取进入潜思维。因而诗人的社会实践与创作实践越丰富，其潜思维的水平也就越高。

潜思维由于它的非逻辑性、任意性、迅捷性，总是处于无序状态，无法控制，难以捕捉，因而被有些学者认为这是非外力所能左右的一种神秘的本能，与理性无关。法国哲学家柏格森便认为宇宙间的一切，无论是有生命的还是无生命的东西，都是由一种神秘的"生命冲动"派生的，他认为作为潜思维的一种表现的直觉是超乎人类理智，也超乎整个客观世界的认识，它既不依赖实践，也与理性无关。法国超现实主义理论家和领袖布列东则宣称超现实主义是"纯粹的精神的无意识活动。人们凭借它，用口头、书面或其他方式来表达思想的真实过程。在不受理性的任何控制，又没有任何美学或道德的成见时，思想的自由活动"①。柏格森和布列东在直觉、潜思维与理性之间挖了一条不可逾越的鸿沟，认为彼此之间互不相容，这是不符合人类思维实际的。

就认识的全过程来说，潜思维与有意识的思维是对立的统一，你中有我、我中有你，互相渗透、互相补充、互相转化，潜思维不是什么针插不进水泼不进的独立王国，也不可能像布列东所宣称的那么"纯粹"。在诗歌创作中，想在潜思维与有意识的思维之间画一道线，将它们判然分开，是根本办不到的。诗人潜思维中渗透的理性不以抽象概念的形式出现，不如科学研究中的

① 布列东：《什么是超现实主义？》，《现代西方文论选》，上海译文出版社1983年版，第169页。

逻辑思维那样自觉、那样明显，但是却以特殊的方式，透过具体形象的感受，不着痕迹地影响与制约着表象的再现与组合。1948年夏天，诗人辛笛乘火车奔驰在沪杭线上。他俯在窗口眺望车外的风景：铺着枕木的铁道、一节节的车厢、农民简陋的茅屋、田野间错落的坟墓……望着望着他陷入了沉思，那一道道枕木仿佛成了中国人民的瘦瘠的肋骨，那一串串车厢仿佛拉的是无近无休的社会问题……蓦地几行诗跳出他的脑海：

吴思敬论新诗

> 列车轧在中国的肋骨上
> 一节接着一节社会问题
> 比邻而居的是茅屋和田野间的坟
> 生活距离终点这样近

（《风景》）

这不是对凭窗所见风景的如实记录，而是经过潜思维酝酿后的一种直觉。很明显，在刹那间迸发出的直觉火花的后面，有着诗人长时期以来对中国社会问题的思考。辛笛和许多诗人的创作实践表明，潜思维的深度与广度取决于诗人后天经验的丰富性与理性思考的深刻性。如果没有一段很长时间的，甚至是痛苦的有意识活动的准备，潜意识领域的任何创造性的突变就不会发生。

（三）潜思维的效应

美国学者 G. R. 哈里逊在《人类的前途》一书中曾这样描绘诗的创作：大部分诗句是在下意识中拼凑成的，然后，一节节或整篇捞进上意识，滤干水而推敲之。哈里逊的说法虽难免有简单化之嫌，因为潜意识的思维与显意识的思维很难截然分成两段的。但它毕竟在一定程度上反映了诗歌创作的一条重要规律：诗的创造既要靠潜意识的酝酿，又要靠显意识的整理与加工。后者是自觉的，容易引起人们的注意；前者是不自觉的，则往往被人们所忽视，未能给以相应的评价。实际上当一个人完全在理性的控制下写出的东西可能条理清楚、逻辑严密，但这只适宜写实用性文体，而未必适用于写诗。因为诗是在内驱力推动下生命力的进发，就像热带的原始森林一样，茂密、旺盛、茁壮，而又让人觉得神秘、奇谲、浑茫。诗的成分很难定量分析，诗的创造也很难给予清晰的描绘，其根源之一就在于诗的创造相当大程度上是在潜意识领域中进行的。歌德在同艾克曼的谈话中指出："精灵在诗里到处都显现，特别是在无意识状态中，这时一切知解力和理性都失去了作用，因此它超越一切概念而起作用。"① 潜思维的进行尽管是诗人自身意识不到的，但潜思维的效应在诗歌创作中却实实在在地存在着。

第一，潜思维是诗歌创作的内在驱动力量。

潜思维作为隐蔽的、不自觉的、无时无刻不在运动中的思维流，具有强烈的能动作用。诗人创作冲动的形成、信息的捕捉、表象的取舍与加工，均可以在潜意识中找到它的动因。潜思维正如墨西哥诗人纳赫拉所说，是诗人"灵魂中默默的黑流"，一旦打开闸门，就会沸腾奔涌，形成泡沫飞溅的诗的瀑布。美国诗人爱伦·坡有不少作品是写美丽女子之死的（被誉为"英语诗歌中的名篇"的《乌鸦》就是其中之一）。欲明了爱伦·坡创作的这一特点必须溯源到他的潜意识世界。爱伦·坡的母亲伊丽莎白·坡是一位享有很大声望的女演员，"她身材娇小玲珑，面孔圆而红润，卷发短而乌黑，配上一双美丽的眼睛，她的举止轻盈而俊俏"②。但她21岁上就死去了，此时爱伦·坡将近三岁。母亲生前给他留下的印象以及母亲早逝带给他的痛苦，伴随着后来寄人篱下的生活，在他的潜意识领域里形成一股强大的"黑流"，不停地鼓荡着、汹涌着，当诗人提笔写作的时候，便会不知不觉地从笔底喷涌而出。

第二，潜思维有助于对外部事物的直觉把握。

诗人在客观世界中生活，每时每刻都能接收大量的外部世界的信息，但不是所有的信息都能勾起创作冲动，只有在特殊的情

① 《歌德谈话录》，人民文学出版社1978年版，第236页。
② 朱利安·西蒙斯：《文坛怪杰——爱伦·坡传》，陕西人民出版社1986年版，第4页。

况下，外部事物的刺激与诗人的心理状态出现同构，诗人才能怦然心动，有所发现。在这发现的瞬间，靠的不是抽象的逻辑推理，而是潜思维对外部事物的直觉把握。凭着这种直觉，诗人才能敏锐地感受生活，迅速地捕捉具有内在价值的外在的生活形象，才能在一般人忽视的事物身上发现那新颖的、可发荣滋长的、真正创造性的胚芽。凭着这种直觉，诗人会对创作的成果产生某种预感，尽管诗人此时捕捉的仅是一个微小的胚芽，未来作品的面貌还不清晰，但是伴随着一种精神上的剧烈震动，一首诗的雏形已在他的脑海中诞生了。此时诗人还能直觉到这一雏形的价值，如果它是具有独创意义的诗，他就会调动自己的思维，使之趋于完善；如果它缺乏独创的价值，就可能放弃进一步加工的念头。1926 年，年轻的诗人冯至见到一幅黑白线条的画，画上是一条蛇，尾部盘在地上，身躯直立，头部上仰，口中衔着一朵花。尽管蛇无论在中国或在西方，都不是可爱的动物，在西方它诱惑夏娃吃了智果，在中国，除了白娘娘，不给人以任何美感。但画上的这条有黑白花纹的蛇却给诗人以秀丽无邪的感觉，刹那间，诗人怦然心动了，"那蛇的沉默神情，不正是青年人感到的寂寞吗？那朵花不也恰如一个少女的梦境吗？"① 这里没经过什么复杂的逻辑推理，而只是诗人接触这幅黑白线条画时潜思维的瞬间直觉。诗人深感寂寞、渴望爱情的主观情思与画面上的蛇融为一体，一个崭新的、动态的、创造性的意象在诗人头脑中诞生了，一首诗的雏形出现了："我的寂寞是一条长蛇，冰冷地没有言语——""为我把你的梦境衔了来，像一只绯红的花朵！"正是以这主干意象为基础，诗人很快便写出了别具一格的爱情诗《蛇》。

第三，潜思维可以使诗人在不自觉的情况下出现"神来之笔"。

巴尔扎克在《论艺术家》中曾这样描写艺术家的创造过程："艺术家无力控制自己。他在很大程度上受一种擅自行动的力量

① 冯至：《外来的养分》，《外国文学评论》1987 年第 2 期。

的摆布。……某一天晚上，走在街心，或当清晨起身，或在狂饮作乐之际，巧逢一团热火触及这个脑门，这双手，这条舌头；顿时，一字唤起了一整套意念；从这些意念的滋长、发育和酝酿中，诞生了显露匕首的悲剧、富于色彩的画幅、线条分明的塑像、风趣横溢的喜剧。"[1] 巴尔扎克所谈的创作中的非自觉性在诗人中表现尤为明显。诗的创作不同于写实用性文章，可以单凭意志的力量去完成。诗情的袭来往往是突然的，是始料不及的。恰如古人诗云："尽日觅不得，有时还自来"、"有时忽得惊人句，费尽心机做不成"。诗情、诗意的这种千召不来、忽焉而至的情况看似离奇，但从潜思维的角度看便不难理解了。诗的构思并不限于摊开稿纸、手提笔杆、凝神结想的那段时间，诗人放下了笔，有意识的思维停止了，潜意识中的信息加工却在持续着，只不过诗人自己觉察不到而已。当潜意识中已酝酿成熟，接近阈限，此时受到外界或内在某一因素的触发，潜意识的成果浮现于显意识，"神来之笔"便出现了。一旦出现这种状况，诗人的思路极为畅通，奇思妙想蜂拥笔下，诗人不必有意地去"想"，而只是忙不迭地把奔涌到笔下的东西记录下来。便成为一首诗，这即是古人所说的得之"天籁"之作，江河的《回旋》的写作即属于此种情况。据诗人讲，此诗的始发意象是从一段轻音乐中获得的。当时他听一段外国乐曲，唤起了一个女人提着灯走的幻觉，心里受到一种震动，立刻就用纸片记下来，这就是那第一行："你提着那盏易碎的灯。"紧接着在潜思维的作用下，诗人的表象运动呈现一种不自觉的、跳跃进行的状态。由始发意象"你提着那盏易碎的灯"，自然推衍出"提着那盏铜制的灯"、"提着那盏熟透的杏子"、"提着那盏梨子那盏樱桃"。这样就有了四个主干意象，每个主干意象又自然发展：由客体的"灯"，到主体的眼光，再到主体的幻觉，循这样的表象运动路线，全诗形成四个以主干意象为中心的旋律，每个旋律自成起讫，全诗的

① 巴尔扎克：《论艺术家》，《古典文艺理论译丛》10，人民文学出版社 1965年版，第 96—97 页。

结尾处又可以同开头连起来读，类似音乐中的回旋曲，所以命名为《回旋》：

> 你提着那盏易碎的灯
> 你把我的眼光拉弯
> 像水波在你脚下轻柔消失
> 提着那盏铜制的灯
> 你用手遮着你像影子样柔和
> 把我的眼光擦得微微发疼
> 你的裙子推弯水波
> 轻轻消失
> 提着那盏熟透的杏子
> 你绿得透过了你的裙子
> 让我染红云彩作你的背影
> 让我拉长黄昏的眼光
> 慢慢收回坠着的太阳
> 你提着那盏梨子那盏樱桃
> 你在我嘴里嚼着
> 我的眼光飘出香味像果子
> 你把我拉弯拱上夜空
> 你碎了我把你拾起来
> 吹散藏在手里的满天星星

这些诗句不带叙述性，读后给人以轻盈跳跃的感觉，并能唤起读者头脑中闪烁不定的美的意象，有确感而无确解。江河写作此诗异常顺畅，只是在那张纸片上信笔把潜意识中浮现出的意象一一记下来，没有做更多的加工，潜思维的痕迹十分明显。

第四，潜思维有助于心理障碍的克服。

诗人的写作并不都像江河写《回旋》那样，把潜意识中浮现出的意象一一记下，信马由缰便能成篇的，就是江河自己，像《回旋》的写作那么顺畅的情况也是不多的，他有时也是几个月写不出一首诗。诗人们常常会碰到写不下去的情况。有时候铺上一张稿纸，点上一支烟，冥思苦想，却一行也写不出。有时候是写了一半便"卡了壳"，无论怎样试图往下写，也无能为继。在这些情况下诗人便会呈现焦虑心态。承受不了这种苦恼，半途而废者大有人在。当然形成心理障碍的原因是多方面的，并非仅此一端，因而需要调整身心关系，予以"综合治理"。调动潜思维则是克服心理障碍的有效办法之一。鲁迅在《答北斗杂志社问》中曾提到自己的创作经验之一便是"写不出的时候不硬写"①。所谓"不硬写"，就是说把所写的东西暂时放一下，实行"冷处理"，让它在潜意识中去进行酝酿。这一点对诗歌的创作来说，意义尤其重要。

因为诗意的发现与新颖而独特的构思的产生，不是靠环环紧扣的严密的逻辑推理，而是靠创造性的直觉，直觉的发生则离不开潜意识的酝酿。写不下去的时候暂时丢开，表面上写作中断了，实际上在潜意识中依然在进行，等到酝酿成熟，一有适当刺激，那崭新的诗意和构思会活脱脱地跳出，令人豁然开朗，大有"山重水复疑无路，柳暗花明又一村"之慨。

潜思维的功能当然远不只我们以上罗列的数种，但仅从我们提及的这几点已足可看出潜思维既是创作行为的内在驱动力，又是潜在的信息加工方式，潜思维可以使诗人的心理能量得到最大程度的发挥；潜思维活动的成果又可转化为一种信念，使诗人在艰难的、孤独的创作道路的跋涉中获得巨大的勇气。因此我们应对潜思维予以足够的重视，并调动它为诗的创造服务。

（四）潜思维的诱因

由于潜思维是个淘气的精灵，既不自觉又不听指挥，我们不能运用通常驱遣显思维的办法，而只能创造一些诱因和条件，把潜思维引导到诗的创造的轨道上来。

---

① 鲁迅：《答北斗杂志社问》，《鲁迅全集》第四卷，人民文学出版社 1981 年版，第 364 页。

第一，摆脱意志的控制。

在人的高级神经活动系统中，潜思维与显思维处于对立统一的状态。当显思维活动高度集中、专注的时候，潜思维活动就处于被压抑状态，其思维成果很难涌入显意识领域。欲使潜思维成果较容易地浮现出来，就要想办法摆脱显思维的压抑和羁绊。佛学上的"禅定"本是一种修行的方法，却能在一定程度上使潜思维活跃起来。"禅"是梵文 Dhyana（禅那）音译的略称，我国古代译为"思维修"；"定"是 Dhyana 意义的旁译。

"禅定"就是指安静而止息杂虑，调练心意的功夫。小乘佛教讲究"坐禅"，要求竖起脊梁静坐，这样才能集中心思，专注于一境，久之才能达到身心轻安、观照明净的状态。大乘佛教扩大了禅定的意义，认为禅定不拘于动静，甚至散心也能发挥定力，影响行为[①]。进入禅定状态以后，外界的刺激不再成为干扰，内在的情欲得以排除，其精神上呈现一种单纯空明、无我无念的境界。此时有意识的思维活动降低到最低点，潜意识的思维却大大活跃起来，它超越了现实环境，摆脱了逻辑思维的束缚，头脑中贮存的信息像闪电般被激活，产生大跨度的奇异的联想，所谓"世尊拈花，迦叶微笑"，这种被禅僧们大为赞赏的彻悟，就是在这种情况下出现的。我国古代作家在创作构思时所追求的"虚静"心态，其摆脱外在与内在的干扰，引发潜意识活动以达到某种顿悟，与佛学的"禅定"是有些相通之处的。

至于西方的艺术家们也均有各自的摆脱意志的控制，调动潜思维的手段。据 A. 埃伦茨韦格介绍，西方的优秀的美术教师在学生完全认识和掌握了一种技法之后总是设法使他马上变换方法，甚至使学生采用冒险的手法，或者要他用双手同时或左手单独工作，或者闭上眼睛作画。由于他的笨拙，由于他不能用意识指导手段，因此他的无意识人格有机会通过意外和失败造成的空隙得以表现。一旦学生克服了由于失去意志的控制而产生的不安，就会从自己的笨拙和盲目的创作中发现一种基本要素，这要

① 参见方立天《佛教哲学》，中国人民大学出版社 1986 年版，第 94 页。

素最初使他感到陌生甚至害怕，但后来他却逐渐地学会把它作为自己人格的表现来接受。到了这个时候，教师就成功了[①]。

与美术教师指导学生用左手作画或闭眼作画以摆脱显意识的控制相仿，艾略特也曾在自己用英文写诗感到枯竭的时候，改用法文写诗。这并不是说艾略特的驾驭法文的能力比其母语英文还好；也不是说艾略特主张诗人应该用两种以上的语言写作，恰恰相反，艾略特认为没有人能用两种语言写出同样伟大或同样优秀的诗篇，若想用诗表达思想感情，就只能使用一种语言。那么艾略特为什么一度用法文写诗呢？他是这样回答的："那是因为我用法文写作时，我并不曾把诗看得那么郑重其事；由于不那么郑重其事，我也就不在乎是否能够写出来。我把这当成是看我能否做到的一种绝技（tour de force），这样坚持了几个月。其中写得最好的一些诗已经发表出去了。……后来，我又突然开始用英文写诗，于是也就没有了用法文写诗的那种劲头。我觉得那段经历正好帮助我重新开始写作。"[②] 可见艾略特用法文写作是非正式的，带有游戏味道，正是在这种非郑重其事的活动中，意志的控制有所放松，潜思维才能调动起来。

超现实主义的理论家和领袖安德列·布列东所阐述的"超现实主义写作法"，其核心也在于尽力摆脱意志的控制，听任潜思维的流淌："在思想最易集中的地方坐定后，叫人把文具拿来。尽量使自己的心情处于被动、接纳的状态。不要去想自己的天资和才华，也不要去想别人的天资和才华。一遍又一遍地对自己说，文学确是一条通向四面八方的最不足取的道路。事先不去选择任何主题，要提起笔来疾书，速度之快应使自己无暇细想也无暇重看写下来的文字。开头第一句会自动跃到纸上；不言而喻会这样，因为下意识的思想活动所产生的句子无时无刻不在力图表达出来。接下来一句就较难写了，因为它无疑会接受我们意识

① A. 埃伦茨韦格：《艺术的潜在次序》，M. 李普曼编：《当代美学》，光明日报出版社 1986 年版，第 425 页。

② 《T. S. 艾略特谈他的创作》，《外国诗（1）》，外国文学出版社 1983 年版，第 342—343 页。

活动的影响；如果我们承认第一句的写作受到过哪怕是最小限度的自觉意识的影响，那末其他句子也不好写。但这些毕竟无关紧要，因为运用超现实主义的最大兴味正在于此。当然，标点肯定会阻挡我们心中的一直不断的意识之流。但是我们应该特别提防轻声的提白。如果由于出了疏忽之类的小小差错，预先警觉到沉寂将来临，那就要立刻结束已变得过分明晰的文字。在那个来源可疑的词后面，应该写上一个字母——任何字母都可以，比如I，但以后遇到这种情况就一律写I；把这个字母用作下面那个词的首字母，借以恢复随心所欲的意识之流。"①

布列东提出的这一超现实主义的写作法，从始至终完全排斥理性的介入，以表现纯粹的精神的无意识活动为目的，这很难为我国的诗人所接受，而且超现实主义作家本身恐怕也难以完全依照这种写作法去写作。但布列东所提出的摆脱种种实用观念，尽力使自己的心情处于被动、接纳的状态，在诗歌创作的构思阶段还是有一定价值的。在拙著《诗歌基本原理》一书中谈"发想"的部分，笔者曾介绍了我国诗人谢颐城和流沙河的创作体会。当诗情袭来的时候谢颐城常常是把由潜意识中突然涌现出来的意象通通写在纸上，不考虑情理，不考虑顺序，不考虑语言，要之，先把头脑中一闪即过的意象与思绪记下来，以后再冷静地慢慢加以推敲、选择和整理。流沙河的经验则是这样："先找一张废纸，把围绕着主题想到了的一切一切都赶快用缩语记下来……不择巨细，什么都记下来。一个佳句啦，一个妙喻啦，一个形象啦，一个词藻啦，一个细节啦，甚至一个早出的段落啦，都赶快记下来。不赶快记下来，转瞬就忘记了。有些东西似乎没有用处，但又不忍抛弃，也把它们记下来吧。说不一定写到后头它们忽然又有用了。一张废纸上面，密密麻麻，如黄昏的鸦群。它们噪些什么，别人是听不懂的，只有自己明白。"② 谢颐城与流沙

---

① 布列东：《什么是超现实主义？》，《现代西方文论选》，上海译文出版社1983年版，第170页。

② 参见吴思敬《诗歌基本原理》，工人出版社1987年版，第190—191页。

河的经验不一定适宜于其他诗人。但他们在构思初期，有意放松意志的控制，听凭潜思维自由活动并及时捕捉下来，应当说是调动潜思维的有效办法，也符合诗歌创作的艺术规律。

摆脱意志的控制以调动潜思维，还有些辅助办法，比如喝酒。唐代诗人和书法家张旭往往在大醉后呼喊狂走，然后落笔，故称张颠。"张旭三杯草圣前，脱帽露顶王公前"，就正是他借助于酒进行创作的写照。拜伦性喜饮酒，他在日记中写过："我和斯科普·戴维斯两人上可可餐馆对酌——从六点一直吃到深夜……喝了一瓶香槟，六瓶红葡萄酒……"[①] 据在意大利曾与拜伦有过接触的法国作家司汤达回忆，拜伦"夜间工作时，他喝一种用杜松子酒掺了水的淡酒，当灵感不来时，他就大量喝这种酒"[②]。拜伦还在长诗《唐璜》手稿第一歌的背面写了如下的《断片》：

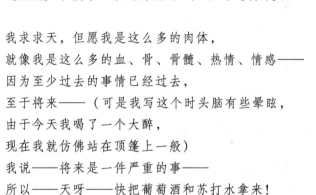

> 我求求天，但愿我是这么多的肉体，
> 就像我是这么多的血、骨、骨髓、热情、情感——
> 因为至少过去的事情已经过去，
> 至于将来——（可是我写这个时头脑有些晕眩，
> 由于今天我喝了一个大醉，
> 现在我就仿佛站在顶篷上一般）
> 我说——将来是一件严重的事——
> 所以——天呀——快把葡萄酒和苏打水拿来！
>
> （朱维基　译）

这些诗句足以显示拜伦为进入如痴如狂的创作巅峰状态而对酒的依赖了。在这种情况下，酒的作用一方面是促使诗人情绪亢奋起来，另一方面是通过对神经的麻醉来驱除显意识领域的种种戒律，这样潜思维就会活跃起来，有可能进入"物我两忘"的创

---

①　亨利·托马斯、黛娜·莉·托马斯：《英美著名诗人传》，光明日报出版社1987年版，第98页。

②　司汤达：《拜伦爵士在意大利——一个目击者的叙述（1816年）》，《古典文艺理论泽丛》第五册，人民文学出版社1963年版，第154页。

作佳境。

第二，外在机缘的寻觅。

潜思维的调动不仅取决于主体对心理的调控，而且依赖于一定的外界条件。

特殊的、稳定的创作环境可以使诗人的心灵处于一种宁静、放松的状态，有助于引发潜思维。钟嵘《诗品》"宋法曹参军谢惠连"一节引《谢氏家录》云："康乐每对惠连，辄得佳语。后在永嘉西堂，思诗竟日不就，寤寐间，忽见惠连，即成'池塘生春草'。故尝云：'此语有神助，非我语也。'"康乐是南朝宋时的大诗人谢灵运；惠连是灵运的族弟，才思富捷，幼年能文。灵运与惠连并称"大小谢"，感情深笃，以至惠连在身旁，每每能引发谢灵运的潜思维，从而迸射出奇句妙语。徐志摩写诗喜欢妻子陆小曼在身旁，情况亦与此相仿。有的诗人出门在外写不出诗，只有回到自己家中——哪怕这个家再狭小凌乱，坐在自己的桌前，心灵才得以安顿，潜思维才得以展开。

新鲜的、具有一定强度的外部刺激，亦有可能触发与影响潜思维。宋人郭若虚在《图书见闻志》中曾记载了唐代画家吴道子的一件轶事："开元中将军裴旻居丧，诣吴道子，请于东都天宫寺画神鬼数壁，以资冥助。道子答曰：'吾画笔久废，若将军有意，为吾缠结舞剑一曲，庶因猛励以通幽冥。'旻于是脱去缞服，若常时装束，走马如飞，左旋右转，挥剑入云，高数十丈，若电光下射，旻引手执鞘承之，剑透室而入。观者数千人，无不惊慄。道子于是援毫画壁，飒然风起，为天下之壮观。道子平生绘事得意，无出于此。"[1] 吴道子观裴旻舞剑，因其"猛励"而通"幽冥"，也就是说裴旻舞剑的强烈的外部刺激触发了吴道子的潜思维，很快就画出了壮观无比的壁画。英国诗人济慈在1819年5月的一个清晨被树上夜莺的宛转的歌声深深地吸引住了。他搬了张椅子坐在树下静静地谛听着，听着听着，在潜思维

---

① 郭若虚：《图书见闻志论画人物》，《中国画论类编》上卷，人民美术出版社1986年版，第452页。

的作用下，他沉入了幻境，正像他在《夜莺颂》开头所展示的：

> 我的心儿痛，瞌睡麻木折磨
> 我的感官，我仿佛饮了毒芹，
> 也像是刚才饮尽了沉郁的麻醉剂，
> 全身只向迷魂河下沉：

那么是什么神奇的力量使诗人恍恍惚惚，沉入了物我不分的幻境呢？诗歌中紧接着写道：

诗的思维

> 这并非妒忌你的幸运，
> 而是你的幸福使我太欢欣，——
> 因你呀，轻翼的树神，
> 在满长绿椆，
> 音韵悦耳、无数阴影的地方，
> 引吭高歌，赞颂美夏。

（朱维基　译）

这就是说，是夜莺的悦耳动听的歌声使诗人沉浸于幸福之中，飘然欲仙，成为诱发潜思维的触媒。

吴道子观裴旻舞剑、济慈听夜莺唱歌，全是主体在清醒的状态下接收外界事物的刺激，沉浸进去，从而引发了潜思维。也有的时候，主体的意识处于不清醒的状态，比如在睡梦中，一定强度的刺激作用于主体，也依然可能引发潜思维。弗洛伊德认为："在睡眠中触及我们的感觉刺激很容易变成梦的来源。……每个模糊感到的噪音都会引起相应的梦表现。雷的轰鸣把我们带入激烈的战斗，雄鸡的啼叫可能转为人的恐怖的尖叫，而门的吱吱嘎嘎声可能变幻出强盗闯入家中的梦。夜间当毯子从床上滑落时，我们会梦到正在赤裸地行走或掉入水中。当横躺在床上而脚伸出床沿时，就会梦见站在吓人的悬崖边上或从极高的地方掉下来。如果头偶然地压在枕头下面，我们会想象一块巨大的石头悬在我们头上并且正要把我们砸得粉碎。精液的积累导致激发情欲的梦，局部的疼痛引起受到虐待、敌意的袭击或由于事故而身体受伤的念头。"① 弗洛伊德进而指出，梦具有把来自外界的即时印象融入其结构的惊人技巧。它以此种方式来表现一个逐渐临近的结局。弗洛伊德还引述了莫里的一个著名的梦："他病在床上，母亲正坐在他身边。他梦到了大革命中的恐怖时期。他目击到一些恐怖的凶杀情景，最后他自己被传上了法庭。在那里他看到罗伯斯庇尔、马拉、富奇丁维勒和恐怖时期中的所有可悲的英雄。他必须为自己辩护，并且在各类记不清的事情后，他被判处死刑。在人群的簇拥下，他被带到行刑地点。他登上绞刑架，刽子手把他系在木板上，木板翻倒了，断头台的铡刀掉了下来，他感到他的头与身子分离开并在恐怖的焦虑中惊醒。他发现床的板头已经掉下来，并且确实已经打在颈椎骨上，这正是断头台的铡刀应掉的地方。"② 弗洛伊德所讲的外部世界的刺激引发梦境（即潜思维）的情况，是人们都有所体验的。诗人孙佃便曾据睡眠中的外界刺激所引发的潜思维活动，写出题为《雨》的一首诗，其开头几行如下：

有一个夜间
我梦见
胸口给日本鬼子戳了个窟窿
鲜血奔涌出来
好像扭开了水龙
惊醒了
我才知道降着暴雨
雨水从破屋顶上漏下进来
滴在我底胸上
……

---

① 西格蒙德、弗洛伊德：《梦的释义》，辽宁人民出版社 1987 年版，第 21—22 页。

② 同上书，第 24—25 页。

睡眠中因外部刺激而得梦的情况是常见的，但把这种潜思维活动及时捕捉下来，并生发为诗，则要凭诗人敏锐的感受和勤奋的追求了。

（五）诗与梦

潜思维作为一种隐蔽的、不为主体所知的信息加工活动，难于为人们把握。所幸的是人们天天都在做梦，从梦醒后对梦境的零星的、片断的记忆中，略可窥见潜思维的点滴情况。诗人中亦常有"梦中得句"的美谈，至于写过"记梦诗"的就更多了。因此考察一下诗与梦的关系，对于我们探索潜思维对诗歌创作的影响是大有裨益的。

法国诗人波德莱尔曾在散文诗《双重屋子》中描写了他在现实中与梦幻中的两种截然不同的环境。在现实中他的屋子是肮脏丑恶的："蠢笨的家具上覆满尘土、面残角缺；满是唾沫痕迹的壁炉里，既没有火也没有炭；雨水在昏暗的布满尘土的窗玻璃上冲犁了条条沟壑；勾画得乱七八糟的稿纸残缺不全，还有日历片，铅笔在上面画满了一个个凶险的日期……"但在梦幻中他却生活在一间天堂般的屋子里："一种经过精心选择的极细致的馨香，掺杂着轻度的湿润在空气中飘荡着；浅睡的思绪被温热的情潮所荡漾，窗前和床前，柔软的纱帐垂下来，犹如雪白的瀑布倾泻而下……"波德莱尔并以深情的笔墨描写了在这天堂般的屋子里的"梦幻女王"：

> 您看这不是她的眼睛！它敏锐而骇人的眼睛！其光芒射穿了黑暗，这可以从它们可怕的狡黠中认出来。它吸引着、控制着、吞噬着向它投来的不谨慎的目光。我常常琢磨着它——这双引人好奇、引人欣赏的黑色的星星。

（亚丁　译）

波德莱尔把梦幻尊为"女王"，这是完全可以理解的，正是由于梦幻，波德莱尔才能摆脱肮脏丑恶的现实，在美好的天国中徜徉；正是由于梦幻，他才能步入珠光宝气的艺术宫殿构制出灿烂夺目的诗篇。

何独是波德莱尔，人谁没有过梦幻？有的在梦中人逢喜事，欣然忘形；有的在梦中备受煎熬，凄楚万分；有的在梦中成为离奇之人，办出荒唐之事……梦幻或如海市蜃楼闪烁着迷人的异彩；或像转动不息的万花筒展示着奇诡多变的世界；或以玄虚的图象展现着卡桑德拉式的预言。这形形色色的梦幻构成了人生的另一个侧面，一个更隐秘、更真实的侧面。没有梦的人生是不完全的。无论是夜半惊梦，抚着胸口细想梦中的可怖景象，还是早晨醒来，细味夜来梦境的温馨，都构成了人类精神生活不可分割的一部分。人们需要精神高度集中的学习、工作，也需要在身心松懈的情况下到梦的虚幻世界中徜徉。正如美国的精神病学家C. 费希尔所说："梦是正常的精神病，做梦是允许我们每个人在我们生活的每个夜晚能安静地和安全地发疯。"①

人类自古至今，无人不做梦。梦境百怪千奇，对梦的解释也形形色色。在古代，梦成为人具有灵魂的最有力的证据，占梦、圆梦便是寻求神灵和鬼魂对人的启示。进入现代社会后，首先从医学和心理学角度对梦加以解析的是弗洛伊德。弗洛伊德关于梦的学说是从他对病人进行"精神分析"时，病人提供的梦例中形成的。在弗洛伊德看来，梦是潜意识的活动，代表着被压抑的欲望和愿望的满足。弗洛伊德把梦的内容分为两层：一层是显梦，系指梦中出现的人物、景象、故事等，即具体的梦的经历。一层是隐梦，指隐潜在显梦后面的潜意识的愿望和冲动。显梦是能够说出来的，隐梦则连自己也意识不到，只有通过"精神分析"才能揭示出来。

弗洛伊德认为梦是运用象征符号对其潜隐思想进行伪装的表现，基于泛性论的主张，他把人们梦到的一些普通的景象也都归结为性的象征。他说："所有长形的物体，棍子、树杆、雨伞（因张开竖直形状可比作勃起），所有尖利长形的武器，刀子、匕首、

---

① 转引自 N. 克莱特曼《梦的模式》，《生理心理学》，科学出版社 1981 年版，第 372 页。

长矛，均代表着男性。……小箱子、柜子、厨子、炉灶代表着女性器官，洞、船、各类容器等也有同种意义。……陡峭的斜面、梯子、阶梯和在上面的上下走动都是代表性行为的符号。"① 很明显，弗洛伊德把梦中的景象都解释为性的象征是带有随意性的。苏联学者卡萨特金对梦进行了多年研究，他对各年龄组人梦的特点所进行的分析表明："性欲的成分甚至当性活动盛期，在梦景中也不是占优势的。根据我们所有的材料，性欲成分在 25 岁至 35 岁达到最高水平，就是在这个时期，也只是有 29%—30% 的梦里出现性欲成分。"② 卡萨特金还反驳了弗洛伊德关于梦境中的视觉形象永远是人的性活动的象征的主张："不，在梦景中产生的这些视象，作为人的生活中的各种特点、特征，一方面取决于性的生理差别，另一方面，更重要的是取决于男女在生活、劳动中一定的区别的长期感知和记存。"③ 弗洛伊德关于梦的理论尽管有如学者们指出的主观随意的成分，但他倾多年之力，搜集了大量梦例，对梦这块黑暗大陆进行了勇敢的探索，其功不可没。而且他的许多论断至今能给我们以启发。比如他说："梦基本上就是我们的思考的一种特殊形式，睡眠状态的状况使这成为可能。"④ 这实际上点明了梦就是一种潜思维。他又说："这种特殊的梦工作已远远脱离了清醒思想的模式……它比清醒思想更粗心大意、更不正确、更易遗忘、更不完整，它是与清醒思想在性质上完全不同的东西，因而与之不能比拟。它根本就不思考、计算、判断，而只局限在进行变形的工作上。"⑤ 这则是通过与显意识的比较，阐明了梦的特征。

在弗洛伊德以后，现代心理学通过建立睡眠实验室、搜集大

---

① 西格蒙德·弗洛伊德：《梦的释义》，辽宁人民出版社 1987 年版，第 332—333 页。

② 转引自 Л. Т. 列夫丘克《精神分析学说和艺术创作》，北京师范大学出版社 1986 年版，第 70 页。

③ 同上。

④ 西格蒙德·弗洛伊德：《梦的释义》，辽宁人民出版社 1987 年版，第 473 页。

⑤ 同上。

量有关梦境的材料，从生理和心理角度进一步解开了梦的奥秘。1953年，美国心理学家尤金·阿瑟林斯基观察到睡眠中的人眼球运动呈现周期性变化，根据入睡时间长短可有3—6个周期。人入睡以后眼球呈慢速运动，大约90分钟出现第一阵快速眼球运动，持续约5—10分钟。此时若被唤醒，就会感到正在做梦。以后每隔90分钟的慢速眼动以后，就再出现快速眼动，持续时间逐步延长，到最后一阵快速眼动可持续半小时到一小时之久。一般说一个人每晚平均可有五阵快速眼动，即有可能做五次梦，每晚做梦累计可达一个半小时。如果在前几次快速眼动时不被唤醒，前几次梦是记不住的，人们能够有印象的仅是最后一阵快速眼动中的梦。

梦作为潜思维的一种表现形式，既是奇妙绝伦、转瞬即逝的幻影，又能引发出无数的创造的契机，因而在科学与艺术的创造中具有重大价值。美国生理学家 W. B. 坎农，从青年时代起就常常得助于突然的、预见不到的顿悟。他常常脑子里想着问题去睡觉，第二天早晨醒来，恰当的解决办法已经产生了。他说："长期以来，我靠无意识的作用过程帮助我，已成习惯。例如，当我准备演讲的时候，我就先想好讲哪几点，写一个粗略的提纲。在以后的几夜中，我常常会骤然醒来，涌入脑海的是与提纲有关的鲜明的例子、恰当的词句和新鲜的思想。我把纸墨放在手边，便于捕捉这些倏忽即逝的思想，以免被淡忘。这种作用对我来说又可靠又经常。"① 无独有偶，大哲学家罗素也说过，当他写作时，每夜都在梦中整页整页地朗读他的新作。日本学者高桥浩则认为梦是思想的宝库，有心人善于把梦同思想联系起来并赋以生机，他举过这样一例：日本某职员半夜里梦见自己睡在铺满一万日元一捆的钞票上，"飘飘然，好不开心！这样一直下去该有多好……"想到这里蓦地醒来。"什么呀，原来是做梦！"但他仍赖在床上不肯起来。他想，如果睡在印有一万日元一捆的钞票的

---

① W. B. 坎农：《一个调查者的道路》，转引自 W. I. B. 贝弗里奇《科学研究的艺术》，科学出版社1979年版，第76页。

床单上会是一种怎样的感受呢？于是他把这个设想卖给厂家，居然卖到了几十万日元①。在科学研究中，像这样受梦境启发的情况经常可以见到，诸如俄国化学家门捷列夫梦中排出元素周期表，德国化学家克库勒梦见飞舞的咬住自己尾巴的蛇从而排出苯的环状化学结构式，等等，早已被人们所熟知。在剑桥大学，胡钦逊教授对科学家工作习惯进行调查，有 70% 的教授回答从梦中得到过帮助。在日内瓦，弗劳诺教授询问了 69 名数学家，其中 74% 的人回答他们有时在梦中解决了自己的问题②。

比起科学家来，艺术家们借助于梦幻而进行创造的就更为普遍了。意大利小提琴家和作曲家帕格尼尼年轻时离开贵族家庭，四处漂泊。一次在一座古庙中睡着了，梦见一个魔鬼在提琴上奏出了美妙的旋律，那琴声着了魔，动人心魄。醒来后，魔鬼不见了，但乐曲依然回荡在耳边。他立即记下了梦中听到的乐曲，这即是名曲《魔鬼的颤音》。德国作曲家瓦格纳在创作歌剧《莱茵河的黄金》时，主体三部曲已完成，但开场的序曲始终没找到。一次乘船航行在海上，午睡中朦胧觉得自己沉在海水急流中，那水流回环澎湃的声音形成了一种乐调。醒后便根据在梦中听到的急流的声音，谱成《莱茵河的黄金》的序曲。西班牙超现实主义画家萨尔瓦多·达利，第二次世界大战期间住在美国，摆脱不开战争的阴影，噩梦不断。他曾据自己当时的一个痛苦的梦境，绘出一幅名画《从梦里醒来的一瞬间》：海边上躺着一个正在睡着的裸体女人。不远的地方从张开大嘴的怪物口中吐出一条大鱼，大鱼的口中又吐出两只猛虎，它们吼叫着张牙舞爪向熟睡的女人扑来，其中一只步枪的刺刀已扎到她裸露的手臂。远处的高空，一只大象长着尖细而延伸到地面的腿，似乎要刺穿人的身体。睡梦中的女人正在痛苦中辗转，似乎想要摆脱这可怕的情境。这幅画得之于超现实的梦境，然而透过画面中那恐怖血腥的

① 高桥浩：《怎样进行创造性思维》，科学普及出版社 1987 年版，第 98—99 页。

② 参见 A. B. 米达格尔《科学创造的心理学》，自然辩证法通讯杂志社《科学与哲学研究资料》1980 年第 4 期。

形象以及渗透其中的痛苦的情感，似可以体味出第二次世界大战给人们的心理创伤。

诗人由于职业与气质的原因，对梦似乎更为敏感，梦中的光怪陆离的情景往往触发他们的诗情。

拜伦在日记中讲过这样一件事："为了消除我……的梦境，我花了四个晚上写成了《阿拜多斯的新娘》。如果我不给自己定下这项任务，我就会饮恨终身而变成疯狂。"往下一点他又说："我做了一个梦，从梦里惊醒了。——这有什么！别人难道不也做过梦吗？这个梦真可怕！不过她没能伤害我；死去的冤魂难道就不能老老实实地安息么？啊呀，我的血都要凝固了！——我再也不能醒过来了！"紧接着他还引用了莎士比亚《理查三世》中的一句台词来表达这个梦给他的惊心动魄的印象："这一夜的浮影惊动了我理查的魂魄，甚于上万个……戎装铁甲的兵卒。"① 这段日记表明，正是这个可怕的梦境直接引发了《阿拜多斯的新娘》的写作。

叶芝认为创造的时刻是似睡似醒的时刻，他并讲过自己的体验："有一次我正在写一首富于象征性的高度抽象的诗，笔落到了地上；当我俯身去把它拾起来时，我想起一次离奇但看来又不离奇的经历，接着又想起一次类似的奇遇，当我问自己这些事在什么时候发生过，我才发现我想起的是夜晚经常做的梦。"②

艾青睡眠时，一定要把笔和纸准备好，放在枕边。他说："在我创作狂热的时候，常常在梦里也在写诗的；而最普遍的时候，是我常常和诗的感觉一起醒来，这时候，我就睡在床上写，在黑暗里写，字很潦草，很大，到天亮时一看，常常把两句叠在一起了。"③

诗人们梦中得诗，情况不一。有时候梦中可以浮现出一首完整的诗。18世纪一位名叫安东尼奥·卢多维科·穆拉托里的学者，报道过他于1743年12月30日夜晚做过的一个梦，在梦中

① 转引自司汤达《拜伦爵士在意大利——一个目击者的叙述（1861年）》，《古典文艺理论译丛》第五册，人民文学出版社1963年版，第148页。

② 威·巴·叶芝：《诗歌的象征主义》，戴维·洛奇编：《二十世纪文学评论》上册，上海译文出版社1987年版，第56—57页。

③ 艾青：《我怎样写诗的？》，《艾青论创作》，上海文艺出版社1985年版，第11页。

他创作了一首五音步的拉丁文诗，写这样的诗在清醒的时候通常也要运用复杂的韵律技巧才行。据英国诗人柯勒律治自述，1797年夏日的一天，他阅读了一篇关于忽必烈汗下令建造宫殿和御花园的游记，后沉沉睡去。在睡梦中写成两三百行的一首长诗，醒来时还清楚地记得，于是赶紧追记下来。写了54行，突然间有客来访，他不得不暂时搁笔。等到客人走后提笔再写时，梦中的幻象已杳不可寻，竟一句也不能再续，只留下题为《忽必烈汗或一个梦境的片断》的54行诗。《红楼梦》第48回写香菱从黛玉学诗，黛玉命她写咏月诗，她写两首都不成功。晚间蒙眬睡去，在梦中笑道："可是有了，难道这一首还不好？"原来她苦志学诗，精血诚聚，日间做不出，忽于梦中得了八句："精华欲掩料应难，影自娟娟魄自寒。一片砧敲千里白，半轮鸡唱五更残。绿蓑江上秋闻笛，红袖楼头夜倚栏。博得嫦娥应借问，缘何不使永团圆！"这诗终于得到了众人的称赞，认为"新巧而有意趣"。这虽系小说家言，但有着充分的生活依据，熔铸着曹雪芹及其周围文人的创作体验。

梦中的景象极不稳定，瞬息万变，稍纵即逝。梦中得诗，醒来后还能完整记得的是少数，更多的情况是梦中的诗句只能记得一句半句，甚或几个词，醒来后再据此去足成。马雅可夫斯基在《我怎样做诗？》中讲过，他为了表现一个孤独的男人对他的爱人的疼爱，整整想了两天，也没有找到恰当的诗句。第三天夜里又琢磨到半夜，仍无收获，便去睡觉。不想睡到后半夜在梦中忽然闪过这样的诗句："我将保护和疼爱／你的身体，／就像一个在战争中残废了的，／对任何人都不需要了的兵士爱护着／他唯一的一条腿。"此时他迷迷糊糊跳下床，在黑暗中摸着一根烧焦的火柴梗，在香烟盒上匆匆写下了"唯一的腿"几个字，然后又睡着了。第二天早上他看到烟盒上的字，非常奇怪，足足想了两个小时，才想起梦中之事，把诗句补足。何其芳20岁那年，正在大学读书，写诗入了迷。一天夜里在梦中做成了一首诗，醒来后只记得几句："南方的爱情是沉沉地睡着的，它醒来的扑翅声也催人入睡"，"北方的爱情是警醒着的，而且有轻趫的残忍的脚步"。后来何其芳就据这仅记得的几行诗加以补足，写成《爱情》一诗：

晨光在带露的石榴花上开放。
正午的日影是迟迟的脚步
在垂杨和菩提树间游戏。
当南风从睡莲的湖水
把夜吹来，原野上
更流溢着郁热的香气，
因为常春藤遍地牵延着，
而菟丝子从草根缠上树尖。
南方的爱情是沉沉地睡着的，
它醒来的扑翅声也催人入睡。

霜隼在无云的秋空掠过。
猎骑驰骋在荒郊。
夕阳从古代的城阙落下。
风与月色抚摩着摇落的树。
或者凝着忍耐的驼铃声
留滞在长长的乏水草的道路上，
一粒大的白色的殒星
如一滴冷泪流向辽远的夜。
北方的爱情是惊醒着的，
而且有轻趑的残忍的脚步。

爱情是很老很老了，但不厌倦；
而且会作婴孩脸涡里的微笑。
它是传说里的王子的金冠。
它是田野里少女的蓝布衫。
你呵，你有了爱情
而你又为它的寒冷哭泣！

烧起落叶与断枝的火来，

让我们坐在火光里，爆炸声里，

让树林惊醒了而且微颤地

来窃听我们静静地谈说爱情。

这首诗据梦中的意象发展为三个小节，第一小节描绘南方的爱情，轻柔而缠绵；第二小节描绘北方的爱情，剽悍而热烈；第三小节是总结与升华，表达了对爱情的赞美和点燃爱情之火的愿望。新鲜的意象，炽热的情感，醉人的意境，使诗人在爱情这个古老的六弦琴上弹奏出有现代色彩的新曲。然细味全诗，最出色的还是得自梦中的"南方的爱情是沉沉地睡着的，它醒来的扑翅声也催人入睡，""北方的爱情是惊醒着的，而且有轻趱的残忍的脚步"这样几个被何其芳称为"近乎怪话"的句子。那似乎不合情理的把爱情分为南、北，那奇妙的、令人不习惯的意象组合，那隐约透露出的青春期的冲动，使这几行诗成为了旺盛的生命力的象征，它们很难来自清晰的逻辑推理，而只能产生于潜思维中在内驱力作用下意象的碰撞。

诗与梦的关系，除去上述这种梦中直接得句的情况外，还有另一种情况，诗人受梦境的启示，把梦中景象记下来并适当加以改造，因而得以成诗。古今中外诗人中许多人都写过这种记梦之作。李白写《梦游天姥吟留别》时，并未游过天姥山，诗中描写的全是梦境，所以才能呈现"半壁见海日，空中闻天鸡"的瑰丽景观，才能有"霓为衣兮风为马"、"虎鼓瑟兮鸾回车"的神仙成群罗列。苏轼在密州任上时梦见了已经死去10年的前妻王弗，写下《江城子·乙卯正月二十日记梦》，描绘出梦中妻子的神态、动作："小轩窗，正梳妆。相顾无言，惟有泪千行。"渗透着对亲人刻骨铭心的思念。陆游写的记梦诗达99首。鲁迅的散文诗《野草》共23篇，其中有9篇写梦。当代青年诗人也十分热衷写梦。舒婷自称："我在我的纬度上/却做着候鸟的梦"（《鸟的梦》）。北岛描写了他的恶梦："恶梦依旧在阳光下泛滥/漫过河床，在鹅卵石上爬行/催动着新的摩擦和角逐/在枝头，在房檐上/鸟儿惊恐的目光凝成了冰"（《恶梦》）。顾城则捞起了一丝梦痕："在升起的现实上/我飘散着，盲目的/像冰花的泪/化为缓缓升起的云雾/把命运交给风……"（《梦痕》）外国现代诗人写梦的劲头毫不亚于中国诗人。法国象征主义诗人马拉美写有《一个牧神的午后》，以梦境为主题，描写一个牧神在西西里海滨看见一群仙女在海里嬉戏，当仙女发现牧神窥视她们以后，纷纷逃遁，只留下一对仙女吻抱着，牧神上前去吻她们，她们也逃逸了。牧神在怅惘中吹起笛子，沉入梦境。此诗创造了一个极其美丽、迷人的梦幻世界，以至马拉美由此被誉为"梦幻诗人"。除马拉美外，象征主义诗人兰波、魏尔仑等也是写梦的能手。至于 20 世纪 20 年代以后涌现的超现实主义诗人由于企图在梦与现实之间找到"绝对的现实"，即"超现实"，更是几乎以写梦为"专业"。

诗人们热衷于写梦，很大程度上是由于梦的超验性。梦是潜意识状态下的信息加工。在梦中，人与外部世界的联系被暂时切断，除去特别强烈的足以使他惊醒的外部刺激外，对投射来的一般感觉刺激通常没有反应，即使有，也是把这种刺激编织进梦中，成为梦境的组成部分而大大地变形。诗人在觉醒的状态下，往往苦于不能跳出日常生活的樊篱和习惯的窠臼，但梦却可以超越现实，不拘泥于具体的人物、事件、细节，不受具体的时间与空间限制，在诗人面前展现一个神奇的、自由的世界。正如诗人诺瓦利斯所说的："梦是反抗生活的规律性和平凡特点的一个堡垒，一个受束缚幻想的自由娱乐，在这里它混合起对生活的所有想象并通过儿童的欢乐游戏打断了成人的经久的严肃。没有梦，我们无疑会更快衰老，因而，梦可以认作是来自上方的一个礼物，也是一种令人高兴的运动，是我们走向坟墓的人生历程上的一个友好伴侣。"① 梦是每个人都做过的，不过一般人梦醒之后略品评一下梦的滋味后就把它放过去了；而诗人却能从梦境中受到启示，捕捉那转瞬即逝的梦象，以骇世惊俗的笔墨，恣意挥

---

① 转引自西格蒙德·弗洛伊德《梦的释义》，辽宁人民出版社 1987 年版，第 75—76 页。

洒，创造出一个基于现实，但又超越现实的瑰丽奇谲的艺术世界来。

诗人们喜欢写梦，也是由于梦是以形象为主的非言语性体验。在梦中非言语的表象思维占绝对优势，如弗洛伊德所说："梦思想必须全部地或主要地以视觉或听觉的记忆痕迹来再现。"[1]

梦境中的表象组合生动逼真，活灵活现，使人身临其境，或喜，或悲，或惧，或怒，梦见快意的事可咯咯地笑出声来，梦见可怕的事则紧张地透不过气，甚至发出惊恐的叫喊。有心的诗人便可捕捉住梦中呈现的形象，作为自己诗歌的原始素材。像顾城在《梦痕》一诗中所写的：

> 我是鱼，也是鸟
> 长满了纯银的鳞和羽毛

这奇特而美丽的抒情主人公的形象，就正是诗人在梦海中捞取的一丝"梦痕"。

诗人们愿意写梦，还由于梦能够充分展示心灵的真实。弗洛伊德指出："梦中体验到的一种感情绝不低于在清醒生活中体验到的同等强度的感情，梦通过它的感情的而非概念的内容要求成为我们真正的精神体验的一部分。"[2] 人在梦中是最真实的。在觉醒时有意回避的、不肯承认的或者确确实实遗忘了的东西，到了梦中全自自然然地浮现出来。在梦境中的人不受理性控制，全无顾忌，无需任何掩饰与自我克制，心灵最隐蔽的秘密会全部展现出来。正由于梦触及了人的隐秘的内心生活，因而诗人们喜欢抓住梦的一瞬间，赤裸裸地面对自己。苏联女诗人塔吉扬尼契娃写过一首《寡妇的梦》，主人公是一位在战争中失去丈夫的女人。随着岁月的流逝，"家中，儿子们如红熟的苹果，/日见成长。/他们发育得像父亲一般健壮，/宽肩膀，黝黑的面孔，大眼

---

① 西格蒙德·弗洛伊德：《梦的释义》，辽宁人民出版社 1987 年版，第 473 页。
② 同上书，第 429 页。

睛。"但她内心的隐秘在生活中已无处诉说，只有在梦中才能毫不掩饰地出现：

> 在春天蓝幽幽的夜里，
> 在冬日漫长的夜里，
> 一个女人做过这样的梦——
> 炽烈间听到了夜莺的啼鸣。
> 她仿佛跟丈夫一起沉醉在蜜月的欢乐之中。
>
> （王守仁　译）

　　处在青春期中的女孩子，其内心的隐秘是连对最好的朋友都不愿启齿的，被压进潜意识，甚至自己在觉醒状态时都意识不到了，但是在梦中却毫不掩饰地表现出来，如青年女诗人肖汀的这首《恶梦》：

> 我被恶魔缠住
> 他拉我到荒诞的世界中神游……
>
> 山妖的烟雾光怪陆离
> 伤心　为绝密文件的失落
> 价值千万的瓷器
> 被撕裂成远古的沙漠
> 致死的病毒侵占了我的咽喉……
>
> 春雷 闪电 野火
> 呼啸 奔腾……
> 阳光 折射回归的青春

透过这光怪陆离的梦境，我们不难觉察出青春期少女性意识的觉醒，感受到一种强有力的生命力的搏动。

　　诗人们写梦，还因为他们企图用梦来预示未来。古人们是相信梦有预示未来的功能的。《诗经·小雅·斯干》有这样的记录："乃寝乃兴，乃占我梦。吉梦维何？维熊维罴，维虺维蛇。大人占之：维熊维罴，男子之祥；维虺维蛇，女子之祥。"意谓梦中见熊罴为生男的征兆，梦中见虺蛇是生女的征兆。后来人们即把"梦熊"沿作生男的颂语。另据《琅嬛记》载，宋代金石学家赵明诚择偶之前，昼寝得一梦，梦中背诵一本书，醒后只记三句："言与司合，安上已脱，芝芙草拔。"其父为之解释此梦："言与司合"是"词"字，"安上已脱"是"女"字，"芝芙草拔"是"之夫"二字，合起来是"词女之夫"，兆得词女为妻，后来赵明诚果然娶了著名女词人李清照。西方学者也注意到某些带有预言性质的梦，弗洛伊德引用过莫里记录的一个梦：有个人童年便离开故乡，20 年后回乡探望。动身的前夜梦见到了一个陌生地方，与一位陌生人谈话。后来回到故乡一看，梦中所见的陌生地方竟是自己家的故居，那位陌生人原来是亡父的旧友。弗洛伊德指出这个人童年的记忆保持在潜意识中，由于思乡心切，浮现于梦中，成为神奇的预期梦。瑞士心理学家荣格也认为有些梦的预示作用是无可否认的。但他认为这种展望未来的梦为数很少，而且也不宜称之为"预言梦"。因为梦的预示并不能比天气预报更准确，只能与未来事实发展大体符合，但绝不可能连细节也一致。在我们看来，梦的预示作用当然不是什么神灵或鬼魂的启示，也不能仅仅归结为童年经验。梦是一种潜思维，梦的预示作用实际是经过潜意识推论而对未来的一种估计。梦中人本来就生活在一定的环境中，对某些事物有丰富的知觉经验，通过潜思维活动，在梦境中浮现出有关事物未来的状态也就不足为怪了。艾青夫妇有一次接待来访者，艾青说："说起来，也很有趣。我的一些诗，有时刚写完，或没过多久，诗中所表现的就变成了现实。"夫人高瑛补充说："艾青有一首诗叫《梦》，写成不久，'梦'中的事就实现了。"[①] 惠特曼的《草叶集》中也多处写到梦，请看他的《我在一个梦中梦到》一诗：

① 《就〈黎明的通知〉一诗访艾青》，《中学语文教学》1981 年第 3 期。

我在一个梦中梦到，我看见一座城池，它在地球上是无
比的坚强，

　　我梦到那就是"友爱"的新城池，

　　再没有比雄伟的爱更伟大的了，它有着头等的重要，

　　这种爱每时每刻都表现在那座城池的人们的行动之中，

　　在他们所有的言语和态度之中都可以看见。

（楚图南　译）

惠特曼写这首诗的时候正处于一个尔虞我诈、弱肉强食的社会，因此这梦中出现的"友爱的城池"就不是对现实的写照，而是对人类未来的一种预言。

　　梦的特征及对创作的作用已如上述，那么该怎样促进有创造性的梦的出现并及时捕捉呢？这可以从如下两方面去创造条件。

　　一方面是以全部身心投入创作，头脑中形成有关创造的优势兴奋中心。所谓日有所思，夜有所梦。长时间的精诚劳动，使大脑中贮存了与创造有关的丰富的信息，形成了有利于解决问题的心理定势。这样当身心放松，进入睡眠状态之后，原有的暂时神经联系便有可能从潜意识中涌现出来，在内驱力的作用下出现奇妙的意象组合，为诗的思维开辟了新的道路，此时若能及时捕捉，一首诗便汩汩然而出矣。试看香菱咏月，马雅可夫斯基梦到"唯一的腿"，无一不是长期的、高度紧张的精神劳动的结果。反过来如果平时不曾动过做诗的念头，或者虽也写诗但创作态度极不严肃，那么创造性的梦也就难以诞生了。

　　另一方面要养成回忆梦的习惯。对梦的回忆，各人的情况不同。一般说性格内向、感受过敏、具有焦虑气质的人，往往能回忆出较生动的梦境。当然对梦的回忆并非只是性格内向者的专利，其他性格的人只要有意识地训练自己，也一样能养成回忆梦的习惯。美国有所学校制定了《诺菲尔德科学教学方案》，其中有一条即为"必须为有利的'做梦'提供机会"。另据西方心理学家报告：马来西亚的塞诺伊部落的人教孩子重视梦。每天早

晨，全家人详细讨论他们的梦，结果这个部落的成员都能有规律做神志清醒的梦，即在梦的世界中还能有一定的正常意识。我国心理学家在西双版纳的基诺山寨调查时，发现基诺人回忆梦境的能力非常强。他们遇见要事需做出决断前，往往祈之于梦。比如盖房选地是否恰当，便由一家之主祈梦。若梦见打得野兽，敲竹筒进寨，主凶，便另选地基；若梦见死人，装棺入土，主吉，便兴高采烈地盖竹楼。有趣的是，基诺人祈梦便能得梦，这应该说是代代相承和长期训练的结果。生活在现代文明社会的人一般失去了对梦的神秘看法，因而对梦境多不重视，认为是无稽之谈，因而做了梦很少能记住。实际上一个声称从来记不住梦的人主要是从来没有关注过梦。一个人如果把梦与创造联系起来，对梦产生强烈的兴趣，一躺下就关注自己要做什么梦，第二天回忆的梦中景象自然也多。另外训练对梦的回忆还可以采用记"梦境日记"这一行之有效的办法，即一觉醒来立刻用笔记下自己刚才做过的梦，哪怕是极不完整的鳞爪片断，只要坚持下去就会逐步记得自己的梦。美国女心理学家 M. 库格勒有长年记梦境日记的习惯，下面是她的梦境日记的两个片断：

　　1972 年 4 月 19 日梦见：有人送给我一件礼物，是一个大方盒，里面装着各种形状的小盒子。它是米切尔太太、柯里斯先生送的。卡片上写道："爱你，玛丽·海伦。"（老朋友习惯于称我的复名。）

　　1972 年 5 月 8 日梦见：我与丈夫一同旅行，同行的还有我的朋友多蒂。前面是一连冰带水的深谷。必得涉水过去，才能到达对面的山岗，采摘美丽的一品红。

库格勒的梦境日记是为她的心理学研究提供原始材料的。诗人的梦境日记完全可以从开拓想象和有利于创作出发，去选择自己有兴趣的梦去记。如果一个诗人平时留心观察外部世界，精心在观察日记中记下自己的见闻感受，再养成记梦境日记的习惯，随时捕捉自己的潜意识世界中闪现的火花，那么就如虎添翼，他创造的机遇就会大大增加了。

潜思维成果的突然涌现：灵感思维

在潜意识的信息加工与显意识的信息加工之间有个临界点，灵感思维（通称"灵感"）就出现在这个临界点上。

灵感有两重性，它的酝酿过程属于潜思维，而它的瞬间爆发则进入了显思维的领域。

（一）灵感的实质

灵感是个外来词，英语为 Inspiration，五四时代汉语音译为"烟士披里纯"，后被意译的"灵感"所取替。Inspiration 的本义系指一种灵气的吸入，意谓诗人与艺术家的创作是由于神把灵气送入了他的灵魂。柏拉图文艺对话的《伊安篇》是一篇最古老的讨论灵感的文献，就是择取这种原始的灵气说法。柏拉图认为诗人写诗是受一种神力的驱遣："凡是高明的诗人，无论在史诗或抒情诗方面，都不是凭技艺来做成他们的优美的诗歌，而是因为他们得到灵感，有神力凭附着。"① 柏拉图的灵感观，可简称为"神赐论"。在古代社会人们不能掌握自己的命运，因而把一切人们所不能解释的现象都归结为神的旨意。这样就使柏拉图的观点在西方很长时间里都有影响。《希腊神话》的有些版本中有荷马向缪斯乞求灵感的插图。17 世纪时长期住在意大利的法国画家普桑，作品常取材于宗教和神话，曾画过一幅题为《诗人的灵感》的油画，便是表现兼管音乐和诗歌的阳光之神阿波罗正在赐予诗人灵感的情形。

到了 18 世纪，西方经过文艺复兴和启蒙主义的洗礼，神的统治动摇了，人的本体思想抬头了。随着浪漫主义的风靡文坛，又出现了灵感是少数天才所有的"心灵禀赋论"。"心灵禀赋论"

---

　　① 柏拉图：《文艺对话集》，人民文学出版社 1963 年版，第 8 页。

把灵感的来源由神转移到人，这是一大进步；但是它寻绎不出灵感的生理机制和心理机制，而是建筑在"天才论"基础上的，因而灵感照样披着一件神秘的外衣，被说成是少数天才所独具的才能。

"神赐论"把灵感归结为神的启示，"心灵禀赋论"把灵感归结为少数天才独有的神秘莫测的才能，从认识论上，它们都是唯心主义的，不能揭示灵感的本质。

今天，辩证唯物主义已成为人们认识世界的强大思想武器，生理学与心理学的发展已有可能揭示出大脑的机能，灵感头上的神秘光圈已不复存在了。目前我国的思维学界已把灵感列入人的基本思维形式之一，称为灵感思维，意思是指人们在思维过程中突然闪现的、富于创造性的、令人茅塞顿开的精神现象。理解这种精神现象须把它放到人的整个思维系统中来考察。人的思维系统可以分为潜思维与显思维这样两个既有区别又密不可分的组成部分。显思维是在主体控制下进行的，可以被明显地意识到，这即是通常的表象思维和抽象思维。潜思维则只在潜在的状态下进行，不受主体控制，也不能被主体意识到。显思维与潜思维也不是漠不相关的，而是以交流信息的方式互相作用着。潜思维作为一种多因素、多结构、多层次的信息加工的动态系统，极为活跃，就是在人睡眠时也不停止。正是在这种潜在的信息加工过程中，一些长期思索未能解决的问题转化为潜在的形式被大脑经常地加以酝酿。有时候（比如在睡眠中）意识活动停止了，而潜意识的活动却更加强烈。当潜意识活动的总和接近于阈限，受到内在或外在因素的触发，那些在潜意识中酝酿已久的思维成果就会一下子涌现到意识世界中来，如同电光石火般照亮人们的思路，闪现一些奇思妙想，灵感思维就这样形成了。

（二）灵感的特征

在诗的创造思维中灵感发出的令人炫目的光芒，引起了人们对它的普遍关注。法国的文学批评家、浪漫主义文学先驱德·斯太尔夫人高度地评价灵感："艺术中的灵感像一条永不枯竭的清泉，它哺育着通篇作品，从第一句到最后一句。……真正的诗人可以说是在自己内心深处一次构思他的全部诗作的；如果没有语言上的困难，他会像女巫或先知那样，随时随地吟咏出天才的圣歌来。"[①] 苏联作家巴乌斯托夫斯基则用诗一般的语调描写灵感："灵感恰似初恋，人在那个时候预感到神奇的邂逅、难以言说的迷人的眸子、娇笑和半吞半吐的隐情，心灵强烈地跳动着。在这个时候，我们的内心世界像一种魅人的乐器般微妙、精确，对一切，甚至对生活的最隐秘的、最细微的声音都能共鸣。"[②] 我国古代虽无灵感的术语，诗人们却留下了不少对灵感现象的生动描述："朝来庭树有鸣禽，红绿扶春上远林。忽有好诗生眼底，安排句法已难寻。"（陈简斋《春晓》）"蝇爱寻光纸上钻，不能透处几多难。忽然撞着来时路，始觉平生被眼瞒。"（袁枚《随园诗话》卷四引白云禅师偈语）

从中外诗人关于灵感的描述中，我们不难寻绎出灵感的某些基本特征。

第一，从灵感的发生状态来考察，它具有突发性与瞬间性。灵感的发生是突如其来，不由自主的。焦思苦想等待灵感的到来，可它偏偏不至；而当你干脆把笔搁下，去休息或干别的事的时候，它却突然来临。瓦雷里有一首《风灵》，专写灵感的来无影、去无踪："无影也无踪，我是股芳香，活跃和消亡，全凭一阵风！"我国女诗人王尔碑也曾回忆过灵感降临之时的体验："诗神，有时忽然而来，——当我无所期待；当我心如明月如飞鸟之时。有时，它又忽然离去，杳如黄鹤，——是因我苦苦缠住它而遗失了我自己。我不去寻找它，它是找不到的。诗神者，自由、纯洁之神也。自由、纯洁之鹰，踪迹难寻。"[③]

---

① 德·斯太尔夫人：《德国的文学与艺术》，人民文学出版社 1981 年版，第 43、45 页。

② 巴乌斯托夫斯基：《闪光》，《金蔷薇》，上海译文出版社 1984 年版，第 41—42 页。

③ 王尔碑：《59 岁时的 15 个小段》，《星星》1986 年第 10 期。

灵感不仅是突发的，而且是短暂的。它的发生在创造性的思维活动中只占极其短暂的一瞬。一般情况下思维者只领悟到思维的结果，却意识不到经历了哪些中间环节。法国作家罗曼·罗兰在他的回忆录中曾描述了他在伏尔泰居住过的弗尔尼的平台上所受到的一次精神的启示，也即通常所称的灵感爆发："我在向他那不常开放的屋子告别时，到花园里走了一遭，沿着面对一片风景、架着葡萄藤的小径走去，就在那里，霹雳一声，只一分钟——也许更少，只20秒——我看见了！我终于看见了！"[1] 罗曼·罗兰所述只经历"一分钟——也许更少，只20秒"的灵感爆发很有代表性。巴乌斯托夫斯基把灵感喻为"闪电"，恰如其分。

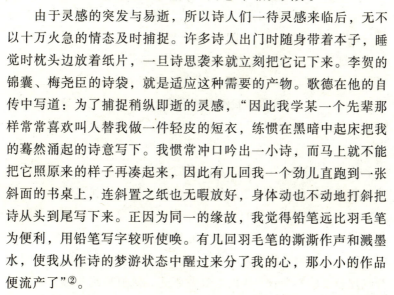

　　由于灵感的突发与易逝，所以诗人们一待灵感来临后，无不以十万火急的情态及时捕捉。许多诗人出门时随身带着本子，睡觉时枕头边放着纸片，一旦诗思袭来就立刻把它记下来。李贺的锦囊、梅尧臣的诗袋，就是适应这种需要的产物。歌德在他的自传中写道：为了捕捉稍纵即逝的灵感，"因此我学某一个先辈那样常常喜欢叫人替我做一件轻皮的短衣，练惯在黑暗中起床把我的蓦然涌起的诗意写下。我惯常冲口吟出一小诗，而马上就不能把它照原来的样子再凑起来，因此有几回我一个劲儿直跑到一张斜面的书桌上，连斜置之纸也无暇放好，身体动也不动地打斜把诗从头到尾写下来。正因为同一的缘故，我觉得铅笔远比羽毛笔为便利，用铅笔写字较听使唤。有几回羽毛笔的渐渐作声和溅墨水，使我从作诗的梦游状态中醒过来分了我的心，那小小的作品便流产了"[2]。

　　第二，从灵感的内容来考察，它具有独创性与不可重复性，灵感的内容不是靠现成的人工技巧所能造出的，而往往带有某些神奇的色彩。正像清代诗人张问陶的一首论诗绝句中所说的："凭空何处造情文，还仗灵光助几分。奇句忽来魂魄动，真如天

---

　　① 罗曼·罗兰：《内心的历程》，《罗曼·罗兰文钞》，上海译文出版社 1985 年版，第 159 页。

　　② 《歌德自传——诗与真》下，人民文学出版社 1983 年版，第 721—722 页。

255

上落将军。"

灵感的出现是人的创造能力的飞跃。灵感不是原有信息的简单相加或单一方面的线性推理的结果，而是在一种强烈的内在冲动之下，对原有信息的迅速改造和神经联系的短暂的沟通。随着灵感的来临，人的感觉分外敏锐，思路分外畅通，在日常心态下看来本无瓜葛的事物忽然碰撞在一起，而且发出了奇妙的闪光，从而浮现出令人叫绝的构思。1915 年，马雅可夫斯基写了一首长诗，用了一个新奇而神妙的题目——"穿裤子的云"。据马雅可夫斯基讲，这个题目就是在火车上同人谈话时偶然涌入脑际的："接近 1913 年的时期，有一次我从萨拉多夫坐火车回莫斯科，在车上遇见一个年轻的女子。为了对她表白我的意向纯洁，我对她说我不是一个人，而是一朵穿裤子的云。话一出口，我立刻想到这几个字可以用来写一句诗，这样对人一讲可能传了开去，倒将这几个字糟蹋了。我着急得要命，将那位年轻的女子盘问了足足有半个钟头，向她提一些圈套式的问题，一直到确信我刚对她说的几个字从她的一只耳朵进去以后，已经从另一只耳朵出去了，我才放了心。两年以后，我果然用着'穿裤子的云'这几个字作为诗题。"①

第三，灵感的发生伴随着巨大的情绪高涨和"全人格震动"，灵感不是量的积累，而是质的飞跃。灵感发生的刹那间是主客观美妙契合，意味着生命的种子已经萌动，就像神话中的姜嫄踏巨人的脚印而受孕一样。此时诗人心灵的激荡与情绪的高涨是自不待言的。英国的生物学家华莱士在发现了一种新的蝴蝶后，曾这样描述自己的心情："我的心狂跳不止，热血冲到头部，有一种要晕厥的感觉，甚至在担心马上要死的时候产生的那种感觉，那天我头痛了一整天，一件大多数人看来不足怪的事竟使我兴奋到极点。"② 前述罗曼·罗兰在伏尔泰居住过的弗尔尼的平台上的那次灵感爆发，除去具有突发性瞬时性的特点外，同时也是一次

---

① 霭尔莎·特里沃雷：《马雅可夫斯基小传》，生活·读书·新知三联书店 1986 年版，第 80 页。

② W. I. B. 贝弗里奇：《科学研究的艺术》，科学出版社 1984 年版，第 147 页。

"全人格震动"。请看罗曼·罗兰的自述："为什么我要在这里受到启示，而不在别处呢？我不知道。可是这仿佛揭去了一层纱幕。心灵好像被亵渎的处女，在拥抱中苞放了，觉得活力充沛的大自然的狂欢在身体里流荡。于是初次怀孕了，过去种种的抚爱——尼埃弗田野中富于诗意和感性的情感、灿烂夏日中的蜂蜜和树脂、星夜里爱与恐惧的困倦——忽然一切都充满意义了，一切都明白了。于是就在那一瞬间，当我看到赤裸裸的大自然而渗入它内部时，我悟到我过去一直是爱它的，因为我那时就认识了它。我知道我一直是属于它的，我的心灵将怀孕了。"①普希金在一首题为《秋》的诗中也曾描写过他在灵感降临时那种激动狂喜、如醉如痴的心态："……在甜蜜的宁静中/我的幻想使我如痴如梦，/于是，诗兴在我的心中苏醒：/内心里洋溢着滚滚的激情，/它颤栗、呼唤、寻求，梦魂中/想要自由自在地倾泻尽净——/这时一群无形之客向我走来，/似曾相识，都是我幻想的成品。"

　　华莱士、罗曼·罗兰与普希金获得灵感体验时的情绪状态有着某种相同之处，美国心理学家马斯洛把它们称为"顶峰经验"，即处于生活中最奇妙的关键时刻或伟大的创造时刻，感到一种强烈的敬畏、幸福、狂喜、完美或欣慰的最佳心态。进入顶峰状态的人不但觉得自己变得更好、更坚强、更统一了，而且在他眼里，整个世界似乎也更美好、更统一、更真实了。诗人在灵感降临时经历的就是一种典型的"顶峰经验"，那种如醉如痴、销魂落魄的情绪体验，那种心灵的完美、欣慰与幸福之感，用语言是很难描绘出来的。

（三）灵感产生的条件

　　在诗歌创作中常会见到这种情况：有的诗人经常有灵感来袭，好诗迭出不穷；有的诗人则难得有灵感光顾，诗思困窘。或者是同一位诗人，在这个阶段灵感频来，诗兴大发，而在另一个

---

① 罗曼·罗兰：《内心的历程》，《罗曼·罗兰文钞》，上海译文出版社 1985 年版，第 159 页。

阶段则灵感枯竭，毫无诗兴。这是怎么回事呢？原来灵感的发生是需要一定的主客观条件的。

从主观方面来说，要求诗人是个冰洁玉清、内心怀着炽烈的爱的"处子"。普希金有《缪斯》一诗，谈到他是如何获得缪斯的垂青的：

　　　　我幼小的时候，很讨她的欢喜，
　　　　她给了我一只七支管的芦笛。
　　　　她微笑地听着我——轻轻地
　　　　按着笛管的铮然鸣响的洞隙，
　　　　我已经会用我的柔弱的手指
　　　　奏出为神启示的庄严的赞诗
　　　　和扶里几亚的牧人安详的歌曲。
　　　　从清晨到黄昏，在橡树的荫影里
　　　　我时常聆听这隐秘女神的教益，
　　　　而且，为了给我奖励，使我欢喜，
　　　　她也有时候从她妩媚的额际
　　　　撩开卷发，把芦笛从我手里接去。
　　　　那时候，笛管就充满了神的呼吸
　　　　发出圣洁的声音，使心灵沉迷。

　　　　　　　　　　　　　　　　（查良铮　译）

实际上，像普希金那样，葆有一颗纤尘不染的童心、对世界对人生充满博大而真诚的爱，这是诗的缪斯光临的首要条件，如果是个感情冰结、万念俱灰的人，无论什么样的外部刺激恐怕也难以触发他的诗兴。

此外，诗人还应该不惮于长期的辛勤的劳作。诗人李瑛在题为《灵感》的一首诗中描述了他为追踪灵感而不倦地劳动的情况：

为寻找它

我赤着脚浪迹天涯

直到隆冬

飞雪迷茫

山野，只悬挂一串深深浅浅的

脚印，储满我呕出的

不冻的血浆

正是在这艰苦的跋涉过程中，不知什么时候，"突然，一只白色小鸟/撕裂倾斜的天空/倏忽而下/使我猝不及防"，灵感就这样光临了。可见，灵感是顽强的劳动得到的奖赏，它不喜欢拜访懒汉。灵感的突然光临，表面似乎看不出与过去经验的直接联系，实际上却是深深地植根于先前的经验，并是长期的艰苦思索的结果。这层意思在前边谈潜思维时已经提及，不再赘述。

从客观方面说，需要有一定的外界刺激。一般说，最容易唤起诗情的外界刺激是与主体的审美心理结构异质同构的信息，能够触发诗人创作灵感的，可能是令人震惊的强烈刺激：如莱蒙托夫在普希金被杀害的强烈刺激下写出《诗人之死》，如聂鲁达于1946年在智利首都圣地亚哥广场上发生枪杀工人的惨案后写出《广场上的死者》。但也可能是极为轻微的刺激：一丝飘飞的柳絮，一片逐水的落花，幽深涧谷中的一声鸟鸣，僻静小巷中的几声叫卖……正如袁枚在题为《遣兴》的诗中所洗的："但肯寻诗便有诗，灵犀一点是吾师。夕阳芳草寻常物，解用都为绝妙辞。"

主观与客观条件的具备，是灵感发生的基础，"万事俱备，只欠东风"，那东风即是所谓"灵犀一点"，尽管它不是诗人所能控制的，但诗人在创作实践中也往往会形成对自己适用的促使灵感来临的方法。有人愿意沐浴在大自然之中；有人则喜欢孤灯一盏，万籁俱静。法国作家丘莱尔想写剧本时，先到空无一人的剧场去，凝视着无人的舞台，直到开始出现幻觉：舞台上显出演戏的幻影，他仿佛看到演员的动作，听到演员的交谈，他便一点儿不落地把这些都记下来，从而写出他的剧本。无独有偶，我国画家黄宾虹作画之前，先取一张白纸挂在墙上，晨起默肘，一连

诗的思维

三天，直到在白纸上隐约地看出图画，即迅速地挥笔画出。这实际是在虚空的心态下，利用幻觉来提取潜意识贮存的一种办法。

"云无心以出岫"。灵感虽要以顽强的劳动为基础，却不是硬憋出来的，因此，长时间地写作，甚至到了头昏脑涨的地步，灵感却还不能来临，那就不妨用别的活动调节一下，诸如散步、弹琴、洗澡、闲谈，或换一个别的工作。中国文人得诗历来有所谓"三上说"，即马上、厕上和枕上往往是引起诗兴的最佳场所。此说虽然不见得对每个人都灵验，但显然有一定道理，因为在"三上"之时，绷得过紧的神经得以松弛，那么在潜意识中孕育的一些奇思妙想就比较容易浮现了。

信息加工的自我中心化：我向思维

（一）我向思维的实质

我向思维是自我中心化的一种信息加工方式。根据瑞士心理学家布留伊勒和皮亚杰的描绘，这种我向思维是朝向自身的：主体在非自觉的状态下把自己的需要和欲望投射于客体，为自己创造一个想象的梦幻般的世界。它不是为了适应现实的某一目标，而只求满足内心的欲望，因此严格保持私人的特性。

我向思维本是原始思维的一种表现形态。原始时代的人以表象为基本的思维材料，以非现实的想象作为主要的认知方式。不是按照概念、判断、推理的逻辑程序去得出结论，而是仅凭直觉、想象、幻想或白日梦传递出一种神秘的原始信仰，思维主体自以为是，我觉得怎样便是怎样，这实际上是一种超现实的表象运动。随着人类的进化，在原始时代占据统治地位的我向思维，开始被逻辑思维、分析思维等有指向的思维所代替。但是在儿童思维的发展过程中以及某些精神病患者中，我向思维仍有明显的表现。布留伊勒认为我向思维是精神分裂症的特征之一。皮亚杰则认为我向思维是正常儿童思维的一种水平。皮亚杰和他的助手曾在卢梭学院"幼儿之家"的晨课里，每人跟随一个儿童一个月，记下非常详细的细节以及他们所说的每一句话。他发现这两个儿童所说的话可以分为两大类——自我中心的和社会化的。自我中心的语言可分为三个范畴：（1）重复：儿童仅仅是为了感到愉快而重复一些无意义的字词，没有社交的意义。（2）独白：儿童对自己说话。（3）双人的或集体的独白：在这种情况下，总有另外一个人在场，但儿童既不要这个人参与谈话也不要求他懂得这种谈话。他从不注意这个人的观点。这个人的存在仅起一种刺激作用，他实际是在别人面前大声对自己说话。儿童语言中的另一类是社会化的语言，包括告知、批评、命令、请求、威胁、提问、答复等。根据皮亚杰的测量，自我中心的语言约占儿童的全部自发语言的一半。由于自我中心的语言主要是对自己讲话，从不考虑别人是否理解，这表明此时他的思想是自我中心的，他的思维属于我向思维。当儿童进行我向思维时，他感到十分愉快，言语不是沟通思想的手段，而是成为一种刺激。在言语的刺激下，他出现了幻想，在幻想的境界中他甚至可以向外部世界（包括动物和无生物等）发出命令，而根本不考虑对象能否接受或出现什么效果。下面是皮亚杰记载的一个儿童如何从自我中心的独白发展为直接向动物发布命令的：

> "喂，它（一只乌龟）正在走过来。它正在走过来，让开，它正在走过来，它正在屯过来，它正在走过来……乌龟！到这里来！"稍后一会儿，这个儿童看过养鱼池之后，整个时间他都在自言自语："啊，它（一只蝾螈）不是在望着这个大家伙（一条鱼）而感到惊奇吗？"他惊呼着："蝾螈，你必须吃掉这些鱼！"①

这个例子，生动地展示了儿童在我向思维中所产生的幻想，他在幻想中对动物讲话，把动物当成了和他一样的、能听懂他的讲话的"人"。这是一种不自觉的拟人，把客观世界纳入了人本位。

---

① 皮亚杰：《儿童的语言与思维》，文化教育出版社1980年版，第31页。

（二）诗歌创造中的我向思维

有趣的是，作为成年人的诗人进入创作状态后，也竟然像个小孩子一样，通过我向思维构筑了一个自我中心的内在世界。此时诗人与外部世界的联系暂时中断，而沉浸在一种如梦如幻的境界之中。浮现在诗人面前的日月星辰、山岳河川、花鸟虫鱼等表象不再是客观事物的简单映象，而是像人一样具有了生命和灵魂。顾城写过一首题为《烟囱》的小诗：

> 烟囱犹如平地耸立起来的巨人，
> 望着布满灯火的大地，
> 不断地吸着烟卷，
> 思索着一种谁也不知道的事情。

尽管顾城写这首小诗时才 12 岁，但是已超过了皮亚杰所说的以"我向思维"为主的时代了。12 岁的孩子，按皮亚杰的说法已进入"形式运算阶段"，即已进入与成人思维接近、趋向成熟的逻辑思维阶段了。这就是说此时的顾城在生活中以社会化的有指向思维为主，但写诗时却依然保持着我向思维，因而能沉浸在幻想的境界中，烟囱这类外物也就有了人的动作和生命。到写《生命幻想曲》时顾城已经 15 岁了，此时他的思维方式与成年人已没有什么区别，但他进入创作状态后依然受我向思维的控制：

> 太阳是我的纤夫
> 它拉着我
> 用强光的绳索
> ……
> 黑夜来了
> 我驶进银河的港湾
> 几千个星星对我看着
> 我抛下了

在这里，太阳、星月被人化了，与诗人相伴。很明显这是我向思维的产物。

我向思维在诗歌创作中的作用是明显的，表现为：其一，我向思维由于暂时割断了诗人与外部世界的联系，排除了实用的功利俗念的干扰，因而有可能超越诗人所处的具体时空，建立一个瑰丽奇妙、闪耀着自己审美理想的艺术天国。其二，我向思维是诗人的生命力向客观对象的移注。在这一过程中，诗人将自我融于外物之中，于是物质被精神化，客体被主体化，死板的事物被动态化，无生命的物质被拟人化。这样构思出的成果就不再是对外部世界的简单临摹，而成为诗人自我的一部分，凝聚着强大的生命力。其三，我向思维是主体欲望的产物，它无需伪装和假饰，因而能真诚地揭示诗人的心灵世界。

我向思维是儿童思维的一种方式，故而欲能进行我向思维，最主要的是葆有一颗童心，泰戈尔虔诚地表示过他对"孩子的世界"的向往：

　　我愿我能在我孩子自己的世界的中心，占一角清静地。

　　我知道有星星同他说话，天空也在他面前垂下，用它悠悠的云朵和彩虹来娱悦他。

　　那些大家以为他是哑的人，那些看去像是永远不会走动的人，都带了他们的故事，捧了满装着五颜六色的玩具的盘子，匍匐地来到他的窗前。

　　我愿我能在横过孩子心中的道路上游行，解脱了一切的束缚；

　　在那儿，使者奉了无所谓的使命奔走于无史的诸王的王国间；

　　在那儿，理智以他的法律造为纸鸢而飞放，真理也使事实从桎梏中自由了。

（《孩子的世界》，郑振铎　译）

泰戈尔是有一颗童心的，所以他的我向思维十分发达，这在他的《纸船》等名篇中可以得到充分的印证。诗的缪斯总的说来喜欢青睐青年，但年龄大一些的诗人，只要能"稚化"自己的思维，减少自己的心理年龄，葆有一颗童心，那么一样能具有发达的我向思维的能力，写出充满灵性、情趣盎然的诗篇。邵燕祥的《我召唤青春的小树林》写于1980年10月，当时诗人已经47岁了。但他的心还是那样年轻，他像个孩子一样，把自然景物看成和人一样有生命、有感情，因而能够向它们发出"召唤"：

> 我召唤青青的小树林
> 同我一起到原野上飞奔
> ……
> 跟我一起越过山脊
> 化为奔马脖颈上的马鬃
> 跟我一起蹚到河边
> 一串串身影落入春水中
>
> 春风轻浅地掠过林梢
> 我们一路吹着柳哨
> 春风猛扬起我们的头发
> 我们狂喜地向前快跑
>
> 跑累了，就搀扶着站定
> 在月光下悄悄闭上眼睛
> 如果地面被春雨打湿
> 那是我们的热汗淋淋
> ……

"青青的小树林"，本是自然景物，它听不懂人的"召唤"，也不会跟着人一起"快跑"，但是诗人通过我向思维，却可以赋予人的感情、人的动作，使之成为人的对话者和伙伴。很明显，这样的诗句不可能出自泯没天真、驰逐声利之徒的笔下，而只能流自葆有一颗童心的诗人的胸怀。

（三）我向思维与有指向思维的统一

从以上对我向思维的简单描述，我们不难发现诗人的思维有两个层面，一个是与现实相适应的言语和逻辑观念层面，一个是与现实不相沟通的欲望和幻想层面，在前一个层面上展开的是有指向思维，在后一个层面上展开的是我向思维。

我向思维与有指向思维的关系颇类于法国文化人类学家列维－斯特劳斯在《野性的思维》一书中所提出的"野性的"与"文明的"两大类思维方式。列维－斯特劳斯认为，正如植物有"野生"和"园植"两大类一样，思维方式也可分为"野性的"和"文明的"两大类，它们不是分属"原始"与"现代"或"初级"与"高级"这两种等级不同的思维方式，而是人类历史上始终存在的两种互相平行发展、各司不同文化职能、互相补充、互相渗透的思维方式。他认为在文明社会中，"文明的"思维的发展迫使"野性的"思维濒于灭绝，"但是，不管人们对这种情况感到悲哀还是感到高兴，仍然存在着野性的思维在其中相对地受到保护的地区，就像野生的物种一样：艺术就是其例，我们的文明赋予艺术以一种类似国立公园的地位，带有一种也是人工的方式所具有的种种优点和缺点。社会生活中如此之多的未经开发的领域也都属于这一类，在这些领域里由于人们的疏忽或无能为力，我们往往还不知其缘故，野性的思维仍然得以继续发展"①。我向思维在现代人思维活动中的位置，就颇类似列维－斯特劳斯所说的野性的思维。诗人作为社会的人在日常生活和工作中占支配地位的思维活动是有指向思维；而当他沉浸到诗歌创作中达到入迷程度的时候，便会暂时割断与现实的联系，其内心的欲望会通过幻想的形式表现出来，形成我向思维。从某种意义上说，诗人在创作入迷时的我向思维，也正是儿童的我向思维在

---

① 列维－斯特劳斯：《野性的思维》，商务印书馆 1987 年版，第 249 页。

更高级阶段上的重复。就像爱因斯坦这样的大科学家在一生的科学生涯中不断地经历那种儿童般的"惊奇"一样，那些有创造力的优秀诗人即使年龄老大也依然保持着对世界的好奇，葆有一颗纯真的童心。

当然，诗人尽管童心不泯，有的年迈诗人甚至博得"老天真"，"老儿童"的雅谑，但他毕竟并不真是学龄前的小孩子，能够成天沉浸在幻想的世界中，过着自我中心的生活的。在诗人的日常生活和工作中，占统治地位的依然是有指向思维，我向思维只有在诗人创作达到入迷状态的时候才可能出现。即使在这个时候，我向思维也并非与有指向思维毫不相关，因为有指向思维以其鲜明的理性和对现实世界的适应性，对创作的心理氛围、心理定势、表象活动、情感的控制与调节等全会产生重大影响，这必然渗透于我向思维之中，正因为如此，诗的创造才不是儿童时代我向思维的简单回归，而是我向思维与有指向思维交织作用的结果，它们在一个更高的层级上达到了统一。

表象的再现与改造：表象思维

（一）表象的两重性

欲了解表象思维，需先了解表象。

表象（Representation）在心理学上系指人的心理活动过程中产生的各种形象，通常包括记忆表象和想象表象。人们在知觉过程中所获得的有关事物的形象，在知觉过程停止后还能在头脑中复现出来的，称之为记忆表象；种种记忆表象经人脑的加工、改造和重新组合，又可产生新的形象，这便是想象表象。

表象根据其形成的渠道，则又有视觉表象、听觉表象、运动表象、触觉表象、嗅觉表象和味觉表象等分别。各类表象可以单一存在，也可以是综合在一起的。实际上人们在日常生活中积累的表象大多是综合性的。比如自己的一位熟悉朋友的表象，就包括他的外貌（视觉表象）、声音（听觉表象）、习惯动作（运动表象）等的综合。

神经心理学的研究表明，人的大脑两半球是既相联系又有分工的："脑的每一侧都能完成和选择性地完成一定的认识作业，而另一侧则感到这个作业困难或不喜爱或二者兼之。……右半球综合空间，左半球分析时间，右半球注意视觉的相似而排斥概念上的相似，左半球则与此相反。右半球能知觉形状，左半球则能知觉细节。右半球将感觉输入译成表象，左半球则译之成为语言描述。右半球缺乏语音分析器，左半球则缺乏完形综合器。"①由此可见，大脑右半球能够把从周围环境中接收的各种零散片断的刺激组合成为完整的空间结构，表象的产生主要是大脑右半球的功能。

凡表象都有两重性：一是直观性，二是概括性。

先说直观性。表象是对事物的生动的、直观的反映，在这点上与知觉相近。不过就这种反映的清晰程度看，表象不如知觉。即使最清晰的表象也只能是接近知觉，而不可能在鲜明、清晰的程度上超过知觉。尽管如此，表象却也有着知觉不能相比的优势。知觉映象虽然鲜明、清晰，却是以直接面对外部刺激物为前提的，一旦知觉对象消失，知觉也就随之消失。表象在直观的鲜明、清晰程度上不如知觉，但是在脱离外部刺激物的情况下，表象可以照样浮上人的心头，并可以任诗人自由地予以加工与改造，从而为诗人的艺术思维提供了最适宜的原材料。1921 年刘半农身在英国的伦敦，脑海中却浮现出江苏江阴地区小农家田园生活的表象，这才可能写出《一个小农家的暮》；抗战时期戴望舒身陷囹圄，头脑中却浮现出家乡的春天繁花如锦障等景象，这才会写出《我用残损的手掌》。

再说概括性。表象是在它所反映的对象的基础上形成的，但不等于这个对象。对象总是具体的、个别的，而表象则融入了某些带有普遍性、一般性的东西，这就是说表象总有一定程度的概括性，这种概括性是在表象形成过程中由主体赋予的。表象往往是综合了多次知觉活动的结果，包含着主体对客观事物的某些规

① K.W. 沃尔什：《神经心理学》，科学出版社 1984 年版，第 296—297 页。

律性东西的认识。到过天安门广场的人关于人民英雄纪念碑的表象，就不是站在某一位置上对纪念碑一瞥留下的映象，而往往是在不同的角度上，不止一次地瞻仰纪念碑而获得的结果。又如我们头脑中留下的自己妈妈的表象，也不是类似妈妈的某一张照片，而是融合了自己从小到大多次感知的结果。表象由于有概括性，因此表象的内涵比起对具体事物的知觉来要丰富得多。

表象根据概括的程度不同，又可分为个别表象与一般表象。

个别表象是在对某一个别的、具体的事物的知觉的基础上形成的。比如我们合上眼，面前就会出现自己家的小黄猫、自己所工作的单位或自己所居住的城市的表象，这均是个别表象。个别表象一般说来更为直观、更为鲜明。

一般表象是在概括了自己所知觉过的许多类似事物的基础上形成的表象。比如我们家可能养过不止一只猫，也见过别人家的猫，还见过图片、电影、工艺品上的猫……这许许多多具体的猫的形象总括在一起，会形成一个一般的猫的表象，它反映了猫这类动物共有的品质与特征，但清晰的程度却远不及个别表象。

在诗歌创作中，个别表象与一般表象都有广泛的用途。艾青笔下的大堰河、臧克家笔下的老哥哥、雷抒雁笔下的张志新，都是以个别表象为基础创造出来的，这表明个别表象在经过诗人的艺术选择和艺术加工后，也可以有普遍价值。至于一般表象，在诗歌创作中使用也极为普遍。"青青河畔草，郁郁园中柳"，河畔所生是蒿草、刺儿草，还是牛毛草？园中所植是风柳、垂柳，还是馒头柳？"春眠不觉晓，处处闻啼鸟"，所啼者是黄莺、画眉，还是杜鹃？"夜来风雨声，花落知多少"，所落者是桃花、李花，还是杏花？均没有，也无需乎有详细交待。使用一般表象的好处就在于概括性强，可以给不同时代、不同地域的读者均留下丰富的再创造的余地。

以上所谈的表象的直观性和概括性不是互不相关，而是互相渗透的。表象的直观性已不是面临具体事物的知觉阶段的直观，并非刻板的摹写，而是带有一定程度抽象的直观。表象的概括性也不同于抽象的概念，而是伴随着一定程度直观的概括。表象同

吴
思
敬
论
新
诗

时具有的直观性和概括性，使之既超越了对具体事物的感知，又具有抽象概念所缺乏的形象性和感情色彩，因而在包括诗歌在内的艺术创作中占据极重要的位置。这表现为：其一，表象是由知觉通向创造的桥梁。客观世界是诗人创作的根本信息源。关于外部世界的信息是通过知觉而获得的，但知觉本身并不能直接进入创作过程；知觉的信息贮存在大脑里，只有作为表象再度被唤起，才有可能进入创作过程。知觉不能脱离外部刺激物，它的直接性和稳定性使它只能在人的认识的感性阶段充分发挥作用；主体如果仅仅停滞于知觉阶段，让感受器长时间地与知觉对象接触，那么也会大大地限制主体心理活动的范围。以记忆为背景的、易变的、稳定性差的表象则可以使主体的心灵活动超越具体时空的限制，获得极大的自由，表象的复现和运转可以极高的速度进行，真可做到"观古今于须臾，抚四海于一瞬"；表象的组合和改造更可以"想入非非"，如鬼斧神工，创造出瑰丽雄奇、镏金溢彩的艺术形象，令人叹为观止。其二，表象又是诗的思维的基本单位。从表面看，诗是由字而成词，由词而成句，由句而成篇构成的。但是若从语言符号所指称的内容来考察，那么诗歌的基本成分是"象"，由于诗中之象是用语言符号传达出来的，故可称之为"语象"。欲在诗歌中成象，必先在诗人头脑中显象，诗人头脑中所显之象，诗论家们称之为意象，如果用心理学术语说即是表象。表象不仅可以使某一不在面前的事物的映象随时浮现出来，而且可以唤起主体对这一事物的欲望与情感，这就是说表象有着强烈的主观性，它不再单纯是外部事物的映象，而是成为主体精神生命的一个组成部分，也只有如此，它才成为诗歌艺术思维大厦的最基本的砖石。

（二）表象思维的实质

对表象有了一定的了解，就可以进一步讨论表象思维了。

表象思维是人类普遍具有的思维形式之一。早在 1806 年，黑格尔在《精神现象学》中就论述过"表象思维"，指出："表象思维的习惯可以称为一种物质的思维，一种偶然的意识，它完全沉浸在材料里，因而很难从物质里将它自身摆脱出来而同时还能独立存在。"① 荣格则把表象思维称为"象征性思维"。皮亚杰在阐述儿童心理发展时曾谈及"前运算阶段"的儿童以"表象思维"为主，同时他也提到："成年人，如同儿童一样，需要一个与概念无关而与具体事物及本人过去整个的知觉经验有关的信号物系统。这一任务被指定给予表象，而且由于表象具有'象征'的性质（这与信号不同），使它能获得同被象征的事物在一定程度上的相似性，尽管这种相似性是已被图式化了的。"②

从人类思维发展史来看，表象思维比抽象思维出现得要早。流传下来的有关原始民族的语言文字材料说明，原始人的思维是以个别、具体形象为特征的"原始表象思维"。他们的思维内容不离开具体表象，例如用实物或图画记事。用实物记事最普遍的办法是结绳。古代秘鲁的印第安人的结绳相当发达，他们先用一条主绳，再在主绳上系各种颜色的绳子，不同的颜色代表不同的意思，如红绳代表兵和战争，黄绳代表金子，白绳代表银子等等。用图画记事的，如北美的原始部落奥杰布华人，为了保卫渔业权，曾于1849年给美国总统送了一份请愿书。请愿书画了作为7千部落图腾的7种动物，这些动物的眼睛和心都有线互相连接，线的一头指向前方，而另一头则连在后面的小湖上。这幅画表示他们一条心，一个意志：希望美国总统还给他们在苏必略湖附近的渔业权③。在人类进化的过程中，抽象思维出现了，但表象思维并没有自动消失，而是与抽象思维结合在一起，统一在人类的思维活动之中。

从儿童心理发展来说，表象思维出现较早，并在2—7岁的"前运算阶段"占据主要地位，这种表象思维将有待于向抽象思维发展。但是就现代社会成年人的思维构成来说，表象思维与抽

---

① 黑格尔：《精神现象学》上卷，商务印书馆1981年版，第40页。

② J. 皮亚杰、B. 英海尔德：《儿童心理学》，商务印书馆1980年版，第54、55页。

③ 参见高名凯、石安石主编《语言学概论》，中华书局1963年版，第193—194页。

象思维是并行不悖的，它们如鸟之两翼，浮载着主体在创造的领域中遨游，无论科学家也好，艺术家也好，都需要这两种思维方式的协同和配合。当然由于创造的性质的不同，他们在这两种思维方式中会有所侧重，但不管在创造中哪种思维方式占优势，都谈不上哪个高级些，哪个低级些。

诗歌创作的表象思维是以表象运动为中心的心理过程，它取材于通过知觉而获得的新鲜表象以及贮存在人脑中的各类表象，以诗人的欲望和情感为推动力。它可以在诗人的意识领域中进行，面对联翩呈现的表象予以选择、加工、改组；也可以被压到阈下，在潜意识中去酝酿，一旦酝酿成熟，受偶然因素的触发会以灵感的方式突然涌现出来。潜意识中的表象思维由于不被人们觉察，所以无从描绘，唯从梦境的残片中可约略窥见些端倪。至于意识领域中的表象思维虽可为主体意识到，但由于表象自身就极不稳定，表象与表象之间的碰撞、组合、高速运动，更令人眼花缭乱。冯特和构造派心理学家们曾用内省法对之进行研究，深感困难重重。现代认知心理学注重以客观方法研究内部心理过程，曾进行过心理旋转、表象扫描等实验，把人们对表象的认识推进了一步。根据现代认知心理学观点，表象是一种信息，不但可以编码、存贮，而且可以在头脑中对之进行加工。表象思维实质上就是在没有外部刺激直接作用的条件下，在头脑中对已获得的表象信息进行操作与加工的过程。这一过程可以粗略地分为两个阶段，这就是我们下边要讨论的表象的再现与表象的改造。

（三）表象的再现

表象思维的初级阶段是表象的再现，即以前知觉的表象在一定条件下又重新浮现出来。这是最为习见的一种表象思维方式。比如登过长城的人，回家后头脑中又浮现出长城的宛若巨龙的雄姿；听过音乐会的人，几天之后那醉人的旋律犹在耳边回荡。表象的再现不仅在日常生活中有重大的实用价值，而且可以为创造性的表象思维的展开奠定基础。无论多么有才气的诗人，如果失去了表象再现的能力，那么缪斯就不会再光临他了。

表象的再现需要通过一定的媒介。由于表象是人们知觉过的事物在头脑中留下的映象，人们当初通过什么媒介知觉的，其相关的表象就会通过那种媒介而再现。美国心理学家布鲁纳认为表象再现的媒介有动作、图像和符号三种，与之相应："在人的智慧成长期间起作用的再现表象系统有三种：……它们就是动作性再现表象、图象性再现表象和符号性再现表象，即对某事物的认识是通过'做'来认识该事物的，通过该事物的图片或映象认识该事物的，或通过诸如语言这类符号工具而认识该事物的。"① 布鲁纳并进而指出："所有这三种系统都表明其与工具系统的连结而受到影响并得以形成；所有这三种系统在颇大程度上都受文化的制约和人类进化的影响。"② 布鲁纳作为教育专家是从人类认识的整体角度把再现表象依据媒介的不同，分为三个系统的，诗歌创作中所涉及的再现表象也完全可以纳入这个范围。值得注意的是布鲁纳不仅指出表象的再现受"工具系统"即媒介的影响，而且在颇大程度上"受文化的制约和人类进化的影响"，这后一点对于我们认识诗歌创作中表象的再现尤有价值。

　　我们知道，知觉是外部刺激对主体感受器的直接投射，因而知觉的发生，外部事物与主体这两个条件缺一不可。表象却是曾经知觉过，但现时并不直接感知的事物的映象，可以脱离具体的外物而存在，它的形成是一种纯主观的内化的心理过程，表象的再现并不像纪录影片或新闻录像的重复播放，能把现场情况源源本本地展示出来，而往往是片断的、有选择的、有变化的，也就是说表象的再现不是对原物的完全的、真实的再现，而是一种不完全的、渗透有主观意志情感的再现。这一点不仅在诗人身上有明显表现，而且对诗的构思会产生重大影响。

　　表象再现时与原有表象相比发生的变化不是主体有意为之，而是主体的文化素养、个性、情感在潜意识中对之渗透的结果。

---

① 布鲁纳：《儿童期再现表象过程的成长》，《西方心理学家文选》，人民教育出版社 1983 年版，第 446 页。

② 同上。

比如，一位画家和一位作曲家同到某少数民族地区旅行，他们接收的图像刺激与声音刺激是相同的。但回来以后，画家头脑中经常浮现的是这一地区的青山绿水和色彩鲜丽的民族服装，而听觉映象则变得模模糊糊；作曲家则正相反，耳畔经常回荡起少数民族歌手清脆的歌声，而画面映象则不那么清晰。这就是由于画家与作曲家各自的生活经验与艺术素养不同所导致的。又如，一个人小时候受到某位老师无微不至的关怀，与老师结成了深厚的师生情谊，年长以后当他回忆往事时，会觉得老师的容颜更为端庄，举止更为潇洒，声音更为甜润……这是由于情感作用导致表象发生的变化。"情人眼里出西施"也是这个道理：正是由于对情人充满温馨的爱，所以当再现情人的表象时已做了修缮，要比实际的对象悦目得多。

诗
的
思
维

表象的再现不是对原事物的如实摹写，而是在主体的文化素养、欲望情感等因素的作用下，使原事物的映象发生某种变化，染上了主体个性的色彩，因而它也就不再是简单的再现，而显示出某种创作的萌芽。

表象的再现使曾经知觉过的事物转化为某种符号，浮现于脑海，这既可以使诗人增深对客观事物的理解，又可以作为客观事物的代替物任诗人在头脑中加工操作，从而为诗的创造奠定了基础。

（四）表象的改造

表象思维的高级阶段是表象的改造，即通过想象创造出个体从来没有见过的表象。这种新造的表象通称想象表象，皮亚杰则称之为"预见表象"，"指预见运动或变化以及它们的结果，尽管主体先前对它们并未观察过"①。想象表象或预见表象不是通过回忆产生的，而是在主体审美心理结构的介入下，对原有表象进行分析、综合、加工和改组，使之成为反映了主体的情感、意志和美学理想的崭新的表象。所谓诗的艺术思维，其核心就是要创造出这种想象表象。正是在这种表象身上，诗人的独创精神才

---

① J. 皮亚杰、B. 英海尔德：《儿童心理学》，商务印书馆 1980 年版，第 55 页。

得以集中的体现。

表象的改造是通过不同层次的分析综合而实现的。

分析就是对头脑中浮现的完整的表象进行分解，把构成这一整体表象的个别特征、个别方面区分开来，用法国心理学家李博的话来说，分解就是"把它切细、捣碎、融化，并通过这种准备工作，使之宜于进入新的组合。"① 综合就是在分析的基础上，把原属不同表象的各个部分、各个特征、各个因素联系起来，使之组合为一个新的完整的形象。西班牙大画家毕加索有一天在屋外看到一辆旧脚踏车，他看了一会儿，然后把座垫和把手拆了下来，拼在一起后就形成了一个牛头。撇开毕加索的实际操作先不谈，毕加索在注视着那辆旧脚踏车的时候，他的头脑中就在进行着表象的分析和综合：把脚踏车座垫和把手分解出来是分析，把它们拼成一个牛头形状是综合。再举个例子，人体可以分解为头、颈、躯干、四肢；鱼体可以分解为头、身、尾、鳍。现在把原属不同表象的有关部分联系起来，比如把美人的头、颈和鱼的身、尾连在一起，便成了童话中的"美人鱼"。

从想象表象与原有表象的关系看，诗歌创作中表象的改造大略有如下两种类型。

一种是按现实本来面貌的组合，想象表象虽不是对原有表象的刻板复印，却与原有表象有很大的相似性。这又有不同情况。

其一是想象表象取材于某一原有表象，也就是诗中的人物景象是以现实中的人物景象为模特的，在这种情况下表象的改造不很大，关键在于迅速而准确地选取最能表现诗人主观情思的对应物，并对之进行相应的加工，舍弃那些非本质属性的东西，突出本质属性。马雅可夫斯基的长诗《列宁》所塑造的无产阶级革命导师列宁的形象便是取材于真实的、生活中的列宁给诗人留下的、印象。

在这人人渴望的

---

① 李博：《论创造性的想象》，《外国理论家作家论形象思维》，中国社会科学出版社 1979 年版，第 183 页。

钢铁的风暴里，
伊里奇
仿佛
有些倦意，
他走过来，
站住了，
背着双手，
可是眯着的双眼
却十分锋利。
……
他在脑海里
转着
几百个省份
他在脑海里
装着
十五亿人。
一夜来，
他思索了
整个世界，
清早就宣布：
"告诉
一切的人——
告诉
糊里糊涂流血的
前线，
告诉
被富人奴役的
奴隶们：
政权归于苏维埃！
土地归于农民！
和平归于各国人民！

诗
的
思
维

275

面包归于饥饿的人！"

（飞白　译）

这里所写的列宁在指挥十月革命时的风采、神态和语言，虽经一定的艺术加工，却是完全取材于列宁在那一阶段的生活的。我国诗人中艾青写《大堰河——我的保姆》、臧克家写《老哥哥》、雷抒雁写《小草在歌唱》也都是用的这种方法。

其二是想象表象取材不限于某一表象，而是同类事物的多种表象的概括与综合。正如雪莱指出，诗"创造，但是它在组合和再现中来创造。诗作的美和新，并不是因为它所赖以制成的素材事先在人类的心灵或大自然中从不存在，而是因为它把集合来的材料所制成的整个的东西，同那些情感和思想的本身，以及它们目前的情况，有许多相似之处"①。雪莱自己诗作中的想象表象就往往是综合了他头脑中储藏的同类事物的多种多样表象的结果。像他的名诗《云》的开头几行：

　　我为焦渴的鲜花，从河川，从海洋，
　　带来清新的甘霖；
　　我为绿叶披上淡淡的凉荫，当他们
　　歇息在午睡的梦境。
　　从我的翅膀上摇落下露珠，去唤醒
　　每一朵香甜的蓓蕾，
　　当她们的母亲绕太阳旋舞时摇晃着
　　使她们在怀里入睡。
　　我挥动冰雹的连枷，把绿色的原野
　　捶打得有如银装素裹，
　　再用雨水把冰雹消溶，我轰然大笑，
　　当我在雷声中走过。

（江枫　译）

---

① 雪莱：《解放了的普罗米修斯》，人民文学出版社1957年版，第4页。

云作为悬浮在空中的由大量水滴或冰晶组成的可见聚合体，形态各异，变化多端，雪莱头脑中所贮藏的云的表象也是多种多样的，诸如卷云、层云、积云、珠母云、夜光云等等，恐怕他都见识过，应有尽有。但雪莱写《云》时却没有局限于某一具体的积云或层云的表象，而是把他所经验过的各种各样的云的表象综合在一起，创造出融有他主观情思的想象表象——云。雪莱式的表象组合方式在诗人中有广泛影响，我们从舒婷的《船》、北岛的《岛》、顾城的《年轻的树》中可以发现这些诗的表象组合方式与雪莱的《云》有异曲同工之妙。

表象改造的另一种类型是超现实的组合，创造出的想象表象或神奇，或怪诞，是现实生活中不存在的（起码是当前不存在的），但在表现诗人独特的主观世界上却有不可取代的独特价值。表象的超现实化也有不同途径：

其一是把现实生活中属性截然不同事物的表象拼接或融合在一起，使之产生现实生活中不可能出现的事物的表象。像普希金在《叶甫盖尼·奥涅金》中所描写的达吉雅娜的梦境：

> 一群妖怪
> 围绕着餐桌坐得满满
> 一个生着狗脸长着角，
> 一个长着公鸡般的头，
> 这儿坐着山羊胡子的妖婆，
> 这儿是傲慢古板的骷髅，
> 那儿是生着尾巴的侏儒，
> 还有个半鹤半猫的怪物

（吕荧　译）

达吉雅娜梦见的森林中的"生着狗脸长着角"、"半鹤半猫"的种种样子可怕的妖怪，就正是把不同种类的动物的表象加以拼接黏合的结果。当然这还是一种最简单的拼接。到了现代诗人手里这种属性不同事物的表象的移植、拼接和融合就变得更为普遍和常见，而且不限于单一的表象的改造，形成了一个超现实的表象的群落。请看法国诗人儒勒·絮佩斯埃尔的《马赛》的开头：

马赛从大海走出来，带着她那巉岩间的鱼、贝蛤和碘，
她那争搭旅客的满城樯帆，
她那有着甲壳动物脚爪的有轨电车还闪烁着海水光焰。
人们在会晤中高高扬起手臂分享天空，
咖啡店把时髦男男女女撒播在人行道上，

（徐知免　译）

这里把《马赛》比成一个女子，但已不是一般意义上的拟人，而是把诗人头脑中贮存的关于马赛的表象，超越时间空间组合在一起，于是就出现了"带着巉岩间的鱼、贝蛤和碘"的女子、"有着甲壳动物脚爪的有轨电车"、"高高扬起手臂分享天空"等等超现实的表象群落，从而把马赛这个濒海的资本主义大都会，给诗人留下的强烈刺激和印象极为鲜明与经济地传达出来了。江河的《祖国啊，祖国》一诗，也出现了大量的超现实的表象组合：

我把长城庄严地放上北方的山峦
晃动着几千年沉重的锁链
高举起刚刚死去的儿子
他的躯体还在我手中抽搐
我的身后有我的母亲
民族的骄傲，苦难和抗议
在历史无情的眼睛里
掠过一道不安
深深地刻在我的额角
一条光荣的伤痕
硝烟从我头上升起
无数破碎的白骨叫喊着随风飘散

吴思敬论新诗

惊起白云

惊起一群群纯洁的鸽子

……

此诗写于粉碎"四人帮"以后思想解放运动的春潮当中，诗中有身历十年浩劫的一代青年人对历史的反思，更充满着他们对祖国的发自肺腑的深沉的爱。在写法上不采用对现实的忠实临摹，而是调动已有的表象积累，进行超现实的、大幅度的改造与组合，因而使这首诗显示出气势恢宏、境界瑰奇、力度凝重的特色。

其二是通过对原有表象的扩大或缩小以及表象数量的改变，来产生超现实的想象表象。

原有表象的扩大或缩小，即是诗歌创作中运用十分普遍的夸张。童话中的大人国的巨人是对正常人的表象的扩大；小人国的小人则是对正常人的表象的缩小。台湾诗人余光中有一首诗题为《蛛网》：

渡海来袭的暮色是一只蜘蛛

复脚暗暗地起落

平静的水面却不见行踪

也不知在何处登陆

只知道一回顾

你我都已被擒

落进它吐不完的灰网里去了

诗人把暮色比成一只巨大的蜘蛛，这蜘蛛有吐不完的灰蒙蒙的蛛网，一瞬间"你我都已被擒"，这就是对正常状态下蜘蛛表象的扩大了。

夸张也包括原有表象数量的改变。印度神话中的千手佛，是对手的数量的夸张。孟加拉诗人伊斯拉姆《叛逆者》一诗中有这样的句子：

我是吞食十二个太阳的天狗……

这便是对太阳数量的夸张了。

还需要指出的是，表象的改造过程，始终伴随着强烈的感情活动。德国的美学家鲍姆嘉滕早就指出过表象活动与人的情感的密不可分的关系："由于感动就是高度愉快和痛苦的标志，它的感性表象是通过对个人心目中善的或恶的事物的再现所呈示出来的，所以它们规定了诗的表象。"[①] 情感是表象思维的触媒。如果说由经验积累的表象是干柴，那么诗人的真挚而深沉的感情则是火种。丰富的原始表象只有在情感的作用下才能点燃，才能发生变化，才能放出巨大的光和热。从生理心理学来看，大脑皮层下的丘脑、下丘脑、网状结构在情绪发生时起着重要的作用，而大脑皮层则控制着皮层下各部位的活动，并调节着情绪与情感的进行。人在进入情感状态之后，不仅呼吸系统、血循环系统、内分泌系统会发生显著的变化，而且人的眼、耳、鼻、舌、身等感觉器官也往往处于异常状态，因而能感受到一些在正常状态下感觉不到的东西，并唤起相应的表象贮存，形成独特而巧妙的表象组合。1937 年 4 月 26 日下午 4 点 40 分，德国法西斯"神鹰军团"的轰炸机摧毁了西班牙北部巴斯克人的故都格尔尼卡城。这次空袭是第一次对平民的恐怖轰炸，数千名无辜者惨遭杀害。这血腥的暴行引起了寓居在巴黎的西班牙画家毕加索的无比愤慨，他感到必须用自己的画笔把法西斯的惨绝人寰的暴行揭露出来，强烈的情感触发了表象运动：人们在嘶喊、在挣扎、在哭泣，受伤的马在嘶鸣；绝望的母亲托着死亡的婴儿；双臂断裂的女人倒在地上；一只没有灯罩的电灯从天花板上掉下来；一条残忍与冷漠的牛的侧影……毕加索把这些纷然涌现的表象运用超现实主义和立体主义的手法组织起来，终于创造出惨绝人寰的战争综合图像——名画《格尔尼卡》。惠特曼在林肯总统被刺身亡之后写出《当紫丁香最近在庭园中开放的时候》、《啊，船长，我

① 鲍姆嘉滕：《美学》，文化艺术出版社 1987 年版，第 137 页。

的船长呦!》，聂鲁达在智利首都圣地亚哥发生警察开枪杀死工人的惨案后写出《广场上的死者》，雷抒雁在张志新被害后写《小草在歌唱》，北岛在遇罗克被害后写出《宣告》……都大致经历了与毕加索相近的在强烈感情触发下的表象运动过程。

　　情感与动机有密不可分的关系，持久而炽热的情感可激发无限的心理能量去完成某项行为。心理学家扬提出"感情过程有四种主要的作用：（1）它们的激活诱发行为。（2）它们维持并结束行为。（3）它们调整行为，决定行为是否应该继续或发展。（4）它们组织行为，决定神经活动模式的形式"[①]。可见情感不仅可以触发表象思维，而且是表象思维得以持久而稳定进行的动力。《老残游记》的作者刘鹗曾说过一段很透辟的话："灵性生感情，感情生哭泣。……以哭泣为哭泣者，其力尚弱；不以哭泣为哭泣者，其力甚劲，其行乃弥远也。《离骚》为屈大夫之哭泣；《庄子》为蒙叟之哭泣；《史记》为太史公之哭泣；《草堂诗集》为杜工部之哭泣；李后主以词哭；八大山人以画哭；王实甫寄哭泣于《西厢》；曹雪芹寄哭泣于《红楼梦》。王之言曰：'别恨离愁，满肺腑难陶泄，除纸笔代喉舌，我千种相思向谁说！'曹之言曰：'满纸荒唐言，一把辛酸泪；都云作者痴，谁解其中意！'……吾人生今之时，有身世之感情，有家园之感情，有社会之感情，有种教之感情，其感情愈深者，其哭泣愈痛：此洪都百炼生所以有《老残游记》之作也。"[②] 诗人也正如刘鹗所言，"不以哭泣为哭泣"，即不作小儿女之态，而把他的"哭泣"——他的痛苦、他的爱、他的恨、他的"疯狂"……全部注入创作过程中来，他的面前才能众象纷呈，他也才能根据表达表达情感的需要，对这些表象予以加工、改造，从而形成崭新的创造性表象。而一个诗人当他对所写的对象缺乏感情，激情未能燃烧起来的时候，是很难展开表象思维的。因此要提高自己的

---

　　① K. T. 斯托曼：《情绪心理学》，辽宁人民出版社1986年版，第35页。
　　② 刘鹗：《老残游记自序》，《中国近代文论选》上，人民文学出版社1959年版，第214—215页。

281

表象思维水平，除去丰富自己的表象贮存外，很重要的一点就是要陶冶、培养对人和事物的感情。一方面要选取那些自己真正为之动情的东西来写。罗丹十分推崇的法国画家欧仁·加利哀，是以画他的妻子和儿女而显示出他的天才的。流沙河《故园六咏》中的《哄小儿》，一字一泪，凝结着诗人对孩子的爱怜与负疚之感。另一方面，当遇到某些不太熟悉的题目时，不要急于动笔，要到生活中去观察，体验，等到与写作对象建立了深厚的感情，再展开表象思维也就不难了。

理性的加入：抽象思维

（一）理性的加入与再生信息的生成

在诗的再生信息的生成过程中，灵感的爆发令人惊喜亢奋、如醉如痴，表象的再现与改造则在人面前展现了瑰丽神奇、璀璨绚烂的景象。在这种形势下，以抽象思维为标志的理性活动似乎被挤到了不起眼的位置上。实际情况当然不是如此，在人的思想形成过程中起着重大作用的抽象思维，不仅是科学研究不可须臾以离的，而且渗透在诗歌创作的全过程之中，或直接或间接地影响着诗的再生信息的生成。

所谓抽象思维就是舍弃感性材料与具体形象，借助于概念及其逻辑推演来反映客观事物本质、揭示其内部规律性的思维。抽象思维始终不能脱离概念。概念是一种符号信息，是人们在认识过程中，把所知觉到的事物的共同特点抽出来，加以概括的结果。概念这种符号信息，是思维的细胞，是构成判断、推理等思维形式的基本要素，也是抽象思维过程中不可须臾离开的思维工具。个别的、简单的符号信息的形成及闪现仅是抽象思维的初级阶段；只有大量的符号信息参与思维过程、进行逻辑推演，从而产生新的、更为深刻地反映事物本质、揭示事物特征的新的符号信息，才是抽象思维的高级阶段。

关于抽象思维在诗歌创作中的位置，在诗人和诗论家中历来是有不同看法的。西方提倡"纯诗"的唯美主义诗人，为了创造他们所追求的"纯粹完整的诗",要求"把任何调节性的、抵触性的成份排斥出去,这些成份中最主要的是概念与思维"①。我国前些时候有些论者则把感性强调到高于一切的地位,认为现代艺术不仅显现出感性与理性的对抗,而且直接把理性置于罪魁的地位。这些观点是值得商榷的。

自从人有了意识之后,人对自身、对自身所寄存的世界就没有停止过思索。包括诗歌在内的意识形态的结晶均可以说是思索的产物。伟大的诗篇往往渗透着理性的光辉,伟大的诗人往往同时是哲人。屈原的《天问》一口气提出 170 多个关于天地宇宙、古往今来的问题,表明了诗人思想的博大精深和大胆追求真理的人生态度。但丁的《神曲》是诗人的人文主义思想的产物。歌德的《浮士德》则是他"理性王国"的幻觉。柯勒律治是位浪漫主义诗人,他在自己的《文学传记》中曾怀念一位无名的老师,因为这老师的教诲,他才深刻地了解到极放纵的诗还是有它的逻辑。另一位浪漫主义诗人华滋华斯也很强调理性的指引:"我们不断得到的感受,都要接受思想的指引和修整,而思想其实代表着以往全部的感受。"② 象征主义诗人瓦雷里则认为:"每一个真正的诗人,其正确辩理与抽象思维的能力,比一般人所想象的要强得多。"他还以自己的体验为例:"每次我作为诗人而工作时,我注意到,我的工作要求于我的,不仅是我所说过的那个'诗的世界'的存在,而且还要有许多思考、决定、选择和组合:没有这些,文艺之神或命运之神可能给予我们的一切才能,会变得像放在一个没有建筑师的车间里的宝贵材料一样。"③柯勒律治等人的体验颇有代表性。即使是现代派诗人的诗也并不仅仅是潜意识、本能的直接流露;相反在不少诗人笔下,哲学与

____

① 罗伯特·潘·沃伦:《纯诗与不纯诗》,转引自《新批评——一种独特的形式主义文论》,中国社会科学出版社 1986 年版,第 50 页。

② 转引自勃兰兑斯《十九世纪文学主流》第四分册,人民文学出版社 1984 年版,第 52 页。

③ 瓦雷里:《诗与抽象思维》,《现代西方文论选》,上海译文出版社 1983 年版,第 37—38 页。

诗已成为连理枝、并蒂莲，水乳交融，浑然一体，艾略特的《荒原》、瓦雷里的《海滨墓园》就是其典型代表。实际上古今中外的大诗人全是喜欢思考、具有理智的头脑、善于把非理性的力量与充分的理性相关联的人物。他们的创作体验与实践表明，在诗歌创作中摒弃理性的加入，是毫无道理的。

抽象思维在诗歌创作中的作用又是建立在它不同于其他思维方式——主要是表象思维——的独特属性的基础上的。

抽象思维与表象思维作为人们认知与创造活动的两大支柱是有共性的。它们都是建立在共同的心理基础——感觉和知觉上；它们都是在面临新的问题，必须探寻新的解决办法时产生的；它们都可以使人预见未来。但是抽象思维又毕竟不同于表象思维，其差别主要表现在：其一，材料不同：抽象思维的材料是概念；表象思维的材料是表象。其二，内容不同：抽象思维的内容是抽象的、概括的、一般的；表象思维的内容则是直观的、具体的、个别的。其三，基础不同：抽象思维的基础是概念组合与推演的可能性；表象思维的基础是表象选择的可能性。其四，过程不同：运用抽象思维解决问题的时候，一般要经过发现问题、明确问题、提出假设和检验假设等几个阶段，思维中的概括、判断、推理等等是一环扣一环的。表象思维则可以在没有抽象思维所必需的、明确的、充分的原始材料的情况下得出结论，它能使人"跳过"某些思维阶段，依然能想象出最后的结果。

抽象思维与表象思维的不同属性，决定了抽象思维在诗歌创作中起着表象思维所不能取代的作用。表象思维永远是具体的、直观的、个别的，而抽象思维则渗透在表象活动中表现为一种宏观的概括与调控机能。尽管这种概括与逻辑推演过程不一定在诗歌字面上层现出来，但它们存在并渗透于诗歌创作的全过程之中却是不容置疑的。诗人流沙河曾深有体会地说："没有概括力就没有科学，也没有诗。写诗不概括，情绪便泛滥，意象便堆砌，便有冗长、拖沓、散漫之病……世间一大不幸，以为写诗可以不要理念是也，思想的高低，学识的深浅，眼界的宽窄，似乎仅仅影响自然社会两种科研，而与写诗无关。一个人，到处脸表喜怒哀

吴思敬论新诗

284

乐之情，随时心想诡奇荒怪之象，便说他有诗人气质，而不看他的概括力，这样就害了他。"① 抽象思维的宏观的概括与调控作用渗透于诗歌创作的全过程之中，以下我们着重从三个方面——即感性直观阶段的理性加入、构思阶段的理性加入以及作为创作背景的理性加入——对诗的再生信息生成过程中的抽象思维做一粗略的描述。

（二）感性直观阶段的理性加入

感性直观是指不经过其他中介，主体的感觉器官直接接触客观事物而在头脑中引起的感觉、知觉和表象的反映。在感性直观阶段的理性加入是不自觉的，是渗透在感性直观过程中悄悄地、暗暗地进行的，主体并没有经过一个独立的、自觉的思考阶段。在感性直观阶段，人们每时每刻都面临着纷纭复杂的外部刺激，由于感官通道的限制，人们要想在同一时间内接受作用于他的全部刺激是不可能的。人只能有选择地把少数刺激物作为知觉对象，而把其他刺激物作为烘托对象的背景，这就是知觉的选择性。人在知觉当前的事物时，还往往要对获得的感觉信息做出最佳的解释，这就叫做知觉的理解性。知觉的选择和理解都是在极短暂的时间内进行的，主体似乎意识不到概括、判断、推理等自觉的抽象思维活动，然而这不等于抽象思维在这其间没有起作用。因为对当前事物的知觉当中，其选择与理解是建立在以往的知识经验和认知结构的基础上的，而以往的知识经验的获得和认知结构的形成便恰恰是经过了包括抽象思维在内的长期实践与静思的结果。换句话说，在直接制约与影响着知觉选择性和理解性的主体的知识经验和认知结构中，作为抽象思维结晶的理性因素早已渗入其中了。

诗人牛汉"文化大革命"期间下放在"向阳湖"，映入眼帘的天空、原野、湖光、树木可谓多姿多彩，但诗人偏偏对植根大地的草木之根产生了兴趣，先后写了《毛竹的根》等几首赞美

---

① 《流沙河信箱》，《未名诗人》1981 年第 11 期。

根的诗。诗人的这种知觉的选择性看似偶然，实际上却是以自己多年来的生活积累与思考为基础的。诗人后来追忆道："为什么我会被这些潜隐于地下的根所吸引，而且又那么地强烈，当然与我那时屈辱的处境、自恃高洁的人生理想境界有关系。我想爱根总不算罪过吧！每当在山丘上、小路边、村前村后，看见那些裸露在地面变成了坚硬木质的、遒劲而扭曲的树根，它们支撑着参天大树，我的心就禁不住紧缩与战栗起来。……我的这种异常的情感，回想起来，是一下子倾注在根上的，是两个相近的命运的邂逅。"① 请注意诗人这里所讲的"是一下子倾注在根上的"、"是……邂逅"，这表明诗人在选择根作为知觉对象时并没有先孤立地下一番概括、判断、推理的功夫，他的思考早已凝结在他的生活经验与认知结构之中，因而他与根才能"一见钟情"。

诗人在感性直观阶段的抽象思维活动是在"幕后"进行的，又往往伴随着瞬间的顿悟，在感性直观的当时诗人往往来不及对抽象思维脉络加以寻绎。但这并不排斥诗人在回顾创作过程时可以对感性直观阶段的抽象思维活动有清楚的描述。我们在日本诗人村野四郎所谈《悲惨的鲅鲦》一诗的创作体会中可以发现这一点。先读一下原诗：

悲惨的鲅鲦

不测的命运在窥视着我。

——里尔克

下巴，被凄惨地钩穿。
在鱼店前倒悬起
一头薄皮包裹的
断了气的鲅鲦鱼。
这，该是何许者的结局？

---

① 牛汉：《学诗手记》，《诗刊》1986 年第 3 期。

一只眼生的手伸过来，
残酷地挥着刀，任意割取。
渐渐地少了，那鱼体，
最后，连薄皮也被割去。
眼看着，鮟鱇没了踪影，
结束了——一幕惨剧！

从什么也没剩的房檐下，
只有那大而弯曲的铁钩，
尚在高高地挂起。

（罗兴典　译）

下面是村野四郎在《来自悬崖的乡愁》一文中所介绍的
《悲惨的鮟鱇》一诗的写作缘由：

　　你见过这种叫"鮟鱇"的鱼吗？这就是在冬季做"鮟
鱇火锅"之类吃的那种鱼。不过这种鱼不摆在鱼铺的台板
上，而总用铁钩钩起来悬挂在鱼铺前的横梁下。顾客来买鱼
时，就由伙计一刀一刀割下来卖。这就是人们常说均"吊
割鮟鱇"的买卖。这种鱼的眼睛不知在哪里，只见它的全身
被死色的黏膜裹着，一看就感到是一种可怜的生物。
　　加之，它那被吊起来的惨状，实在令人感到那是吊着一
具"尸体"。那尸体，一刀刀地让人宰割，不知不觉就消失
得一干二净。看到这幕连残骸也被夺走的惨剧，我不由立刻
感到一阵战栗。这不正像我们现代生活中的某一情景么？于
是，就产生了我的这一诗作的动机。我之所以为这一情景感
到战栗，实在是因为它太像我们现在的生活遭遇，那种潜藏
在一天天地吧我们的人性剥夺去的现代现实之中的邪恶，终
于使我们站到了无聊的深渊边缘。这是一种完全忽视人的存
在的危机。我由鮟鱇的命运看到了我们的命运的缩影。这两

幕相似的惨剧，自然就成了我这一诗歌形象的主题。①

这段自述虽系事后追忆，但把诗的发现的瞬间的思维活动描写得相当细致，对感性直观阶段存在的理性加入亦是个有力的佐证。

（三）构思阶段的理性加入

诗歌创作是以诗的发现为契机的。然而一粒种子能否长成参天大树、一颗火星能否燃成燎原大火，就要看诗人在构思上下的功夫如何了。如果说诗的发现常取灵感爆发的形式，是潜意识中酝酿的东西的突然涌现，因而自觉的抽象思维活动不明显的话，那么在诗的构思阶段，在取象、炼意、发想、结构等一系列使诗篇孕育、完形的环节中，渗透在表象运动中的抽象思维或单独的理性思考就十分明显了。

构思阶段的理性加入一般说来多是渗透在具体的表象运动之中，往往与表象运动同步展开。诗人洪三泰想写一首诗献给在海南岛和雷州半岛艰苦创业几十年的老场长，但这类题材的诗已很多，出新颇为不易。正当诗人十分苦恼的时候，他思维的光亮辐射到他十分熟悉的胶园、剑麻园和甘蔗园。他说："突然，有几种从景物本身剥落游离出来的形象在我的脑子里闪烁着：胶树割出的胶乳是白色的；剑麻刨出的纤维是白色的；甘蔗制成的白糖和纸也是白色的。而它们原本都是绿色的。这一由绿变白的色彩群体在诗歌中有什么作用？我忽然想到老场长也有色彩变化的形象，即头发由黑变白。古代诗词中常称黑发为绿鬓，由此，我两相比较，便欣喜地发现：由绿（黑）变白的'形'，和献身的'神'非常吻合。我于是通过一问一答，展示胶林、剑麻，甘蔗化作胶乳、白糖、纸张，由绿变白的过程，从另一意义上说也就是老场长绿鬓变白的结果。"② 在这一构思的指导下，诗人写出

① 村野四郎：《来自悬崖的乡愁》，《外国诗（5）》，外国文学出版社1986年版，第200页。

② 洪三泰：《形象的秘密》，《文学报》1986年5月22日。

了题为《绿的·白的》的短诗：

> 你献给山峦的胶林是绿的，
> 你献给平原的剑麻是绿的，
> 你献给荒地的蔗园也是绿的，
> 你的鬓发怎么是白的？
>
> 胶乳是白的，
> 剑麻纤维是白的，
> 白糖和纸也是白的，
> 我的鬓发也该是白的。

从诗人自叙的这首短诗的构思过程中，我们可以清晰地看到他的思维路线：诗人从胶林、剑麻、蔗园共同的绿色概括出"绿的"，从胶乳、剑麻纤维、白糖和纸的共同的白色概括出"白的"。再通过类似联想点出老场长头发的由绿（黑）变白。在这里，诗人渗透在表象运动中的概括、比较、判断等抽象思维活动表现得十分明显。

构思阶段的抽象思维有时也可以表现为一段集中的、单独的理性思考，这特别体现在对全诗进行总体设计上。

美国心理学家马斯洛认为最伟大的艺术家具有一种整合能力，"他们能把不协调的、不一致的、彼此抵触的各种颜色和形式，纳入一幅画的统一体中……他们全都是综合者，都能够把分离的，甚至对立的东西纳入一个统一体中。我们在这里谈的是整合能力，是在人的内部反复整合的能力，是把他在世界上正在做的一切整合起来的能力。创造性在一定程度上能依靠人的内部整合能力了，它就成为建设性的、综合的、统一的、整合的创造性了"[1]。马斯洛所说的这种整合，是一种综合的整体设计，不仅

① 马斯洛：《自我实现者的创造力》，《人的潜能和价值》，华夏出版社 1987 年版，第 248—249 页。

要有灵感的闪光，而且要有严密的安排、冷峻的审视和直觉之后的深思熟虑，在写作中就往往表现为一段集中的、全面而细致的理性思考。

19世纪美国诗人埃德加·爱伦·坡曾写过一首著名的诗《乌鸦》。全诗18节108行，以"美妇人之死"为题材，写一位恋人哀伤已故的妻子。在一个黑漆漆的夜晚，子夜时分，抒情主人公正在点头瞌睡，忽然听到轻轻的敲门声，他在半幻觉的状态中以为是妻子的亡灵来与他相会，打开门，却是一只乌鸦。这只乌鸦飞进屋，落在智慧女神雅典娜的雕像上，于是抒情主人公向它发出一连串关于死者的问话，而乌鸦居然听懂了他的话，却是回答"Nevermore"（"再也不能"或"永不复返"）。主人公开始还是理智的，但慢慢地，他的心被乌鸦重复回答"Nevermore"所产生的恐怖所占据，此时乌鸦在他眼中成为狰狞可怖的恶鸟，尖喙的嘴仿佛掏出了他的心。结尾把乌鸦是哀伤和长相思的象征意义揭示出来。全诗笼罩一片恐怖气氛，从阵阵"Nevermore"的鸦啼声中，传达了对死去的妻子的怀念和失望、沉痛的心情。这首诗1845年发表于纽约的《晚镜报》，悲戚缠绵，情深语长，被人誉为英语诗歌中"最哀艳动人者"。爱伦·坡后来曾在《写作的哲学》一文中自述其《乌鸦》诗的写作原委："尝欲作一篇佳诗，沉思至再，以为诗必哀而后工，今如何而能哀乎？天下惟夫妇之情最深，而美人夭折，尤为可伤。故即定悼亡题旨，而设为亡妻美貌绝伦，死当妙龄，以重具哀思。既复思之，表哀之音，以'are'为最妙。盖其音愁痛，而有绵延不尽之意。遂翻检字典，将末尾有'are'之字，如'Evermore，Nevermore'等，悉另纸录出备用。察其中有'Nevermore'字，译言'不能再矣'，其义其音，均表哀思，遂决用此字为韵脚。既再思之，悼亡之情，惟深夜之孤坐书斋，不能成寐；处此情景，最难排遣；故决以此为诗中之情景。但如何而能嵌入'Nevermore'一韵乎？深夜既孤坐，所可为伴侣者，惟禽兽耳。夜间有何禽兽乎？忽思得乌鸦，且其声鸣时，为'are'，遂以鸦入诗。又情深之极，必思魂魄之来见；然此乃必无之事，故但宜写其人迷离惝恍之心理，而却无人鬼叙谈之事。既决此一层，又将乌鸦插入。乃得最后之结果：'设为寒鸦敲门，而斋中人疑鬼至。'更将其情景步骤，逐一分析，得以下之数层：'始闻声，继而声息；已而又作，开门视之，不见一物。归室中，则一鸦已飞入，栖止案头，因对鸦述哀。鸦但作异声。初不解，已而悟其声为'Nevermore'（不能再矣），则益哀。久之鸦去，魂魄终不来，天将曙，斋中人但低回感泣而已。'层次既定，因拟作诗若干首，每首写其一层之曲折，以'Nevermore'一字，用于每首之末，以与此字同韵者用于句末。"①

　　爱伦·坡的这段自述，固然如美国文艺理论家韦勒克和沃伦所评论的："喜欢论述自己艺术的作家们自然总是谈论自己创作活动中那些有意识的、自觉运用某些技巧的部分，而无视那些'外界各种因素给予的'，非自觉地进行的部分。"② 这就是说，作为创作过程的描述，爱伦·坡介绍的还不够全面，特别是忽视了创作中非自觉的一面；但是就爱伦·坡已经谈的这部分，确实已为我们提供了一位大诗人在整体设计阶段所进行的集中的、自觉的理性思考的范例。

（四）作为创作背景的理性加入

　　作为创作背景的理性加入，即是黑格尔在他的《美学》中提到的"哲学思维"。按黑格尔的说法，哲学思维"从某一方面来看，这比情感和观感所涉及的想象所处的地位还更高，因为它可以使它的内容以更彻底的普遍性和更必然的融贯性呈现于自由的意识，而这是艺术从来不能做到的"③。

　　诗人所取得的成就的大小，是与诗人哲学思维开阔与深刻的程度成正比的。

---

　　① 爱伦·坡：《写作的哲学》，转引自胡梦华、吴淑贞《表现的鉴赏》，现代书局1928年版，第89页。
　　② 雷·韦勒克、奥·沃伦：《文学理论》，生活·读书·新知三联书店1984年版，第84页。
　　③ 黑格尔：《美学》第三卷下册，商务印书馆1981年版，第206页。

你要认识你自己。

（卢梭）

在纯粹的光明中，就像在纯粹的黑暗中一样，什么也看下见。

（黑格尔）

批判的武器当然不能代替武器的批判，物质的力量只能用物质力量来摧毁。

（马克思）

这是哲理的表达，但也是精粹的诗。

人的灵魂，
你多么像是水！
人的命运，
你多么像是风！

（歌德）

如果冬天来了，春天还会远吗？

（雪莱）

我醒着入睡了：
我没看东西，是东西在看我；
我没动，是脚下地板在动我；
我没瞅见镜中的我，是镜中的我在瞅我；
我没讲话，是话在讲我；
我走向窗户，我被打开了。

（汉德克）

这是诗，但也是精妙的哲学。

292　　　诗，永远是哲学导引下的江河。

吴思敬论新诗

哲学，永远是诗的第一小提琴手。

诗，不仅是情感的抒发，而且也是灵魂的冒险。诗人是人类心灵的探险家，这种探险，只有借助哲学的光亮才得以进行。哲学家也是探险家，不过他们是从隧道的另外一侧进行的。只要是真正的探险家，有一种锲而不舍的精神，他们最终将相会在一起。1920 年宗白华在给郭沫若的信中说："以前田寿昌（田汉——引者注）在上海的时候，我同他说：你是由文学渐渐的入于哲学，我恐怕要从哲学渐渐的结束在文学了。因我已从哲学中觉得宇宙的真相最好是用艺术表现，不是纯粹的名言所能写出的，所以我认将来最真确的哲学就是一首'宇宙诗'，我将来的事业也就是尽力加入做这首诗的一部分罢了。"[1] 后来的宗白华正是一位诗人哲学家，他著名的《流云小诗》所描写的自然，便是他所说的宇宙的诗。

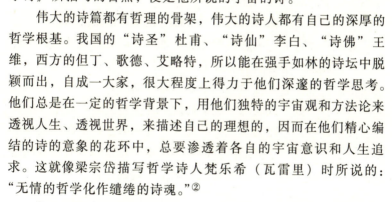

伟大的诗篇都有哲理的骨架，伟大的诗人都有自己的深厚的哲学根基。我国的"诗圣"杜甫、"诗仙"李白、"诗佛"王维，西方的但丁、歌德、艾略特，所以能在强手如林的诗坛中脱颖而出，自成一大家，很大程度上得力于他们深邃的哲学思考。他们总是在一定的哲学背景下，用他们独特的宇宙观和方法论来透视人生、透视世界，来描述自己的理想的，因而在他们精心编结的诗的意象的花环中，总要渗透着各自的宇宙意识和人生追求。这就像梁宗岱描写哲学诗人梵乐希（瓦雷里）时所说的："无情的哲学化作缱绻的诗魂。"[2]

作为创作背景的哲学思维，一般说来是不直接进入创作过程的，而是渗透、溶化在诗人的认知结构和心理定势中，制约着诗人的感知、记忆、思维、想象。它的影响力所及当然不局限于写哲理诗和提炼警句，而是渗透在诗人的全部内心生活中，体现在他的全部创作上。

---

① 《三叶集》，上海书店 1982 年版，第 22 页。

② 梁宗岱：《保罗梵乐希先生》，《诗与真·诗与真二集》，外国文学出版社 1984 年版，第 18 页。

只要有深渊、黑暗和天空

我的思想就会痛苦地升起，飘扬在山巅。

（江河《祖国啊，祖国》）

是的，思考是诗人的天职，是诗人的本能。要为自己的创作提供一个广阔的哲学背景，靠写诗时抓本哲学书，临时抱抱佛脚是不行的。重要的是平时就要尽力打开视野，在广阔的生活原野中去奔突，到知识的海洋中去畅游，时时刻刻坚持用自己的眼睛去观察，用自己的头脑去思考。在付出长期的辛勤耕耘与劳作后，诗人收获的将是一个成熟而又才华横溢的大脑。

以上我们在谈诗这种再生信息的生成时，已涉及潜思维、显思维、灵感思维、我向思维、有指向思维、表象思维、抽象思维等等不同的思维方式。应当指出的是，这些不同的思维方式并不是在一个层次上平面排列的：潜思维与显思维是就思维是否为主体所意识到而言的；灵感思维是潜思维成果向显思维领域的突然涌现；我向思维与有指向思维是就思维的指向性和是否与外界沟通而言的；表象思维与抽象思维是就思维的材料与运作特征而言的。这种种思维形式之间不是平列的、互不相关的，而是你中有我、我中有你，互相交叉、互相缠结、互相渗透，从而构成一个立体的、多层次、多侧面的诗的思维结构。诗这种再生信息就是在内驱力推动下这一复杂的有机的思维结构的产物。

（1987 年 5—8 月）

创作心态：虚静与迷狂

创作心态是诗人从事创作活动时表现出的心理特征，也是联结创作心理过程和诗人个性特质的中介。

创作心态具有相对的稳定性。它不像创作心理过程具有高度的流动性、波动性，瞬息万变；又不像个性特质那样具有高度的稳定性。某一特定的创作心态一旦产生，便能持续一段时间，从几分钟、几小时到几天不等。创作心态与创作心理过程、诗人的个性特质均有密切的联系，因而才能充当创作心理过程和诗人个性特质的中介。一方面心理活动的进行要受特定心理状态的影响，心理状态实质是心理活动的背景，同一个人在不同的心态下从事同一种活动，其结果可能完全不同。另一方面创作心态中渗透着诗人的个性特质，诗人的个性特质对创作心理过程的影响要通过创作心态而实现。

创作心态的表现是形形色色的。不同的诗人间，其创作心态固然因不同的个性特质、不同的生活经验、不同的创作习惯而不同，即使在同一个诗人身上，在写不同的诗或在写同一首诗的不同阶段，其心态也会发生微妙的变化。下面仅就诗人在创作中体现出来的有一定普遍性的虚静与迷狂心态做一些简略的描述。

虚静心态

德国存在主义哲学家海德格尔在一篇谈诗的文章中写道："在诗中，人进入一种静息状态，但并不是思维毫无活动，而是处于人的各种潜能和谐运动的那样一种无限的状态。"[1] 我国美学家宗白华在他 40 年代写的一篇论文中指出："艺术心灵的诞生，在人生忘我的一刹那，即美学上所谓'静照'。静照的起点在于空诸一切，心无挂碍，和世务暂时绝缘。这时一点觉心，静观万象，万象如在镜中，光明莹洁，而各得其所，呈现着它们各自的充实的、内在的、自由的生命，所谓万物静观皆自得。这自得的、自由的各个生命在静默里吐露光辉。"[2]

海德格尔所提到的"静息状态"，宗白华所说的"静照"，大致相当于我们这里所谈的诗歌创作的虚静心态。虚静，是沿用我国古代文论的术语，指的是诗人排除外界事物的干扰与内心杂念的纠缠，专心致志地投入创作的虚空、宁静的心理状态。

（一） 虚静溯源

虚静一说，可上溯到先秦时期。老子说："致虚敬，守静笃。"（《老子·十六章》）意谓心境原本是空明宁静的，只因私欲与外界活动的干扰，而使得心灵蔽塞不安，所以必须时时做"致虚"、"守静"的功夫以恢复心灵的清明。庄子发展了老子的思想，认为万物不足以搅扰内心才是静，并高度评价了虚静的作用："水静则明烛须眉，平中准，大匠取法焉。水静犹明，而况精神！圣人之心静乎！天地之鉴也，万物之镜也。夫虚静恬淡寂漠无为者，天地之本，而道德之至。"（《庄子·天道》）庄子以水为譬，水清静下来，能够明澈地照见须眉，人的内心清静下来，也就能像明亮的镜子一样映照出天地万物。老子与庄子的虚静说，尽管带有绝圣弃智、无知无欲的虚无色彩，但也有强调摆脱主观的局部感知，而达到对客观世界的全面的、明晰的认识的一面。

---

[1] 海德格尔：《荷尔德林与诗的本质》，《美学新潮》第 2 期，四川省社会科学院出版社 1986 年版，第 339 页。

[2] 宗白华：《论文艺的空灵与充实》，《美学散步》，上海人民出版社 1981 年版，第 20 页。

在先秦时代，除老庄的虚静说外，荀子在《解蔽》篇中也提出"虚壹而静"。按荀子的说法，"虚"就是空虚，不因为心中已经有所储藏而妨碍又将有所接受，这就叫空虚。"壹"就是专一。不因对那一件事物的认识妨害对这一件事物的认识，这就叫专一。"静"就是宁静，不因梦想、烦乱而扰乱心的知觉，这就叫宁静。荀子的虚静说，无老庄虚静说的虚无神秘色彩，实际是谈对客观事物取得正确认识的心理条件。

正是在继承先秦思想家虚静说的基础上，刘勰在《文心雕龙》中提出了虚静是进行艺术创造的重要前提："是以陶钧文思，贵在虚静，疏瀹五藏，澡雪精神。"（《文心雕龙·神思》）刘永济对此解释道："心忌在俗，惟俗难医。俗者，留情于庸鄙，摄志于物欲，灵机窒而不通，天君昏而无见，以此为文，安能窥天巧而尽物情哉？故必资修养。舍人虚静二义，盖取老聃'守静'、'致虚'之语。惟虚则能纳，惟静则能照。"[1]

刘勰的虚静说，强调作家在审美观照时要排除庸俗繁杂的日常事物的干扰，排除主观成见，使心灵呈现明静虚空、朗如满月的状态，这是对创作心态的高度准确的描述，并为无数诗人的创作实践经验所证实。

旧题西汉刘歆，实为晋代葛洪所撰的《西京杂记》记述了司马相如创作《子虚》、《上林》二赋时的心态：

> 司马相如为《子虚》、《上林》赋，意思萧散，不复与外事相关，控引天地，错综古今，忽然如睡，焕然乃兴，几百日而后成。

苏轼非常重视虚静心态对观照世界和艺术构思的意义。他在《送参寥师》一诗中写道："欲令诗语妙，无厌空且静。静故了群动，空故纳万境。"他对自己的艺术主张身体力行，每当提笔时力求胸怀旷达，心神澄朗。赵翼认为，苏轼诗"其妙处在乎

① 刘永济：《文心雕龙校释》（卷下），中华书局1962年版，第101页。

创作心态：虚静与迷狂

心地空明，自然流出，一似全不著力，而自然沁人心脾，此其独绝也"（《瓯北诗话》）。

清初诗人徐增这样描述他理想的创作心态："作诗如抚琴，必须心和气乎，指柔音澹，有雅人深致为上乘。若纯尚气魄，金戈铁马，乘斯下矣。"（《而庵诗话》）

清末诗人况周颐晚年曾回忆自己30年前作词时的心态：

> 人静帘垂，灯昏香直。窗外芙蓉残叶飒飒作秋声，与砌虫相和答。据梧冥坐，湛怀息机。每一念起，辄设理想排遣之。乃至万缘俱寂，吾心忽莹然开朗如满月，肌骨清凉，不知斯世何世也。斯时若有无端哀怨怅触于万不得已；即而察之，一切境象全失，唯有小窗虚幌，笔床砚匣，一一在吾目前。此词境也。（《蕙风词话》卷一）

上引各诗人的创作体验以及对虚静心态的描述，足以说明作为创作心态的虚静说不仅可以在先秦的思想家那里找到渊源，而且也是对许多优秀诗人创作心态的准确概括。

（二）虚静与诗歌创作

虚静可以把诗人导入最佳的创作状态。这是因为虚静并非是纯消极的引入进入心如死灰的境界，而是为了排除外界纷繁事物的干扰，祛除心中的俗念，从而集中全部心神，进入"神与物游"的状态。美国心理学家克雷奇等认为可通过"沉思"，进入这种最佳心态。所谓沉思，"是学会平息精神激动的一种方法。以便能知觉到现实和人的较微妙、较宝贵的方面"。"当集中的沉思得到成功时，它就会引起一种异常的意识状态。实践者用如下词语来描写它：明净、空虚或静寂。外部世界的一切知觉不是通过强迫驱逐而是通过集中注意所想望的事物，而暂时从意识中排除出去。同样地，所有内部心理活动停止了，但是无任何特别内容的纯意识和明净感仍然存在。……这样一种异常的意识状态一旦出现，其本身就可能是极宝贵的。但这种状态的后效被认为

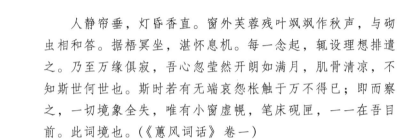

甚至是更可贵的。直接的后效使我们感受到人和世界的极为新鲜和大大加强的知觉，即人们直接感知事物的感受。禅宗法师 Suzuki Roshi 用下述说法描写这种后效："'完人把他的心当做镜子，它无所得也无所拒，它有所受但无所留。'"① 克雷奇等描述的由"沉思"导入的虚静状态的效果，在诗歌创作中亦可见到。

　　世界以其博大、深沉、神秘的面貌出现在诗人面前，但同时也给他以无穷的启示，要领会这种启示，就需要有庄严的气氛和静谧的心态。在虚静心态之下，诗人排除了俗念，摆脱了个人利害得失，获得了心灵的自由，故而能从审美的角度对客观事物进行观照，从而发现事物的美。宋代文学家曾巩说："虚其心者，极物精微，所以入神也。"（《清心亭记》）苏轼则打过这样的比方："弈棋者胜负之形，虽国工有所不尽，而袖手旁观者常尽之。何则？弈者有意于争，而旁观者无心故也。"（《朝辞赴定州论事状》）这就是说，存了胜负之心，高明的棋手反不如旁观者对棋局洞悉的更为明澈。反过来，摆脱利害得失，就会心明气清，体物精微，能见人所未见，发人所未发。台湾诗人叶维廉也曾具体地描述过诗人在虚静心态下其知觉的微妙变化。他设想一个乘客在其他乘客都已昏昏入睡，周围是绝对的静的情况下，此时这"未睡的乘客不知不觉变为静的本身，时间的界限，空间的界限都不存在在这个乘客的意识里，他仿佛有了另一种听觉，另一种视境，听到我们寻常听不到的声音，看到我们寻常看不见的活动和境界。在这一种'出神'的状态中，观者与自然的事物间的对话，用的是一种特别的语言，其语姿往往非一般观者的表达语姿所能达到的，因为他所依从的不是外在事物因果的顺序，而是事物内在的活动溶入他的神思里，是一刻的内在的蜕变的形态。……这是进入事物的核心之门，进入了核心之后，事物自身的生长由此展开，伸张。"② 叶维廉所谈的"出神"状态，

　　① 克雷奇等：《心理学纲要》下册，文化教育出版社 1981 年版，第 476、477 页。
　　② 叶维廉：《维廉诗话》，见《中国现代文学批评选集》，台北：联经出版公司 1977 年版，第 348 页。

创作心态：虚静与迷狂

正是虚静状态；"听到我们寻常听不到的声音，看到我们寻常看不见的活动和境界"，就正是在虚静状态下知觉发生的变异了。

虚静心态可使诗人从具体的时空环境和具体的事务堆中超脱出来，提供广阔的心理时空，有利于展开艺术想象。华滋华斯在《内心的憧憬》一诗中曾描绘过他的体验：

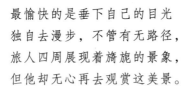

> 最愉快的是垂下自己的目光
> 独自去漫步，不管有无路径，
> 旅人四周展现着旖旎的景象，
> 但他却无心再去观赏这美景。
>
> 他更陶醉于内心温柔的憧憬，
> 那幻想的产物，或者沉湎于
> 沉思的快乐，它悄悄潜入深心，
> 当美景时隐时显之际。

（顾子欣　译）

华滋华斯的体验是有代表性的。艺术想象的前提就是要心空无物，寂寞凝神。如果满脑子充塞俗念，为具体事物所累，表象运动的空间就会大受限制，清新的诗句也就很难涌现。清代诗人吴乔说："作诗须将古今人诗，一帚扫却，空旷其心，于茫然中忽得一意，而后成篇，定有可观。"（《围炉诗话》卷四）况周颐作词也有过这样的体会："吾苍茫独立于寂寞无人之区，忽有匪夷所思之一念，自沈冥杳霭中来。吾于是乎有词。"（《蕙风词话》卷一）这表明内心的虚静，有助于容纳并召唤各种表象，所谓"空故纳万境。"同时亦有助于消除物我之间的隔阂，做到"神与物游"。

（三）虚静心态的保持

保持虚静心态，创造一个安静的外部环境是必要的。因此陈师道作诗把猫儿、狗儿赶走，把孩子寄到邻家，雪莱把森林作为天然书房……均不能视为怪癖，而是诗人为使自己进入虚静状态而创造的条件。

不过虚静心态的保持不仅是个环境问题，它更主要的是指诗人内心生活的调节与控制。

保持虚静心态，关键在避俗。诗人在进入写作状态之前，作为一个社会的人，有自己的职业、家庭，有自己生活的圈子，因此必然会处于这样那样的矛盾之中，必然会有关于个人利害的某些考虑。即使光以写作来说，也难免会有作品能否得以发表、能否被读者接受，以及声誉、稿酬等的考虑。诗人不是圣人，头脑中有过这些现实的考虑恐怕也是人之常情。但是诗人一旦进入创作状态之后，却应把这种种实用的考虑尽情挥去。澳大利亚艺术理论家德西迪里厄斯·奥班恩曾这样向艺术家提出忠告："你唯一的目的是自我欣赏，不为名，不为利，不同他人争高低。你的目的只不过是自我欣赏，自由感受的结果会打开利欲缠身的那种人无法进入的创造性世界的大门。反之，一旦你认为自己进入这个创造的世界必须具有特殊的才能，一旦你在自己面前设置欣赏之外的其他目的，一旦你相信除你正在例行的公事以外都是浪费时间，那么你就不能进入创造的世界。最常见的情形是你可能厌烦、疲倦和感到徒劳。创造性的业余消遣绝不是令人烦闷、厌倦，它决不会损耗你，而总是报答你，只要你把丰富的内心生活看作报答，它就会给你报答。它对于外界一无所用。应该排除竞争和得失感。当我们完全不能觉察到自身，当我们不能察觉到自己正在干什么而只是欣赏自己正在干的时候，我们就是最幸运的人。这个过程引导我们进入敞开的创造之门。"①

奥班恩这段话讲得很透。艺术不同于现实。进入创作状态的诗人也不同于日常生活中作为某一社会角色的诗人。诗人只有摆脱现实中繁杂事物的干扰，摆脱实用观念，与名利、地位等俗念彻底割断关系，才可能进入空诸一切，心无挂碍的虚静状态。否则的话，边写诗边想着我要如何才能把"自我"形象树立得更

① 德西迪里厄斯·奥班恩：《艺术的涵义》，学林出版社 1985 年版，第 56—57 页。

高大些，我要如何"教育"读者，或盘算此诗能否在刊物上发头条、会获得稿费若干，等等，在这样的心态支配下，诗是肯定写不好的。当然要避免这些俗念的干扰，并非是正襟危坐，强迫自己"集中"就能成功的。实际上有意识地强迫自己驱除俗念，往往不一定能驱除得了。最根本的是从改善自己对人生、对艺术的态度入手，襟怀高远，对艺术有一种献身精神，在心灵深处保存一个真实的自我，葆有一颗真诚的童心。马斯洛发现那些自我实现的优秀人才"既是非常成熟的，同时又是很孩子气的"。他称之为"健康的儿童性"或"第二次天真"①。"儿童性"的可贵之点在于超越功利，在于对世界对人生抱有的一种陌生眼光，陌生便好奇，好奇便会专心致志去发现事物的美，而不去考虑它有什么实用价值。要说虚静是不沾不滞，和实用事物暂时绝缘，那么儿童的心灵世界才称得上是空诸一切、心无挂碍。"健康的儿童性"或"第二次天真"虽不可强致，然而却可以通过涵养自己的心灵而逐步召唤回来的。因为每个人都有已逝的童年时代，它已在我们的潜意识里留下了不可磨灭的印痕，只是由于我们常年陷于烦琐的事务当中，把这份童年馈赠的宝贵礼物压置在箱底。因此一个真正有志于诗的人，要有意识地净化自己的灵魂，稚化自己的思维，减少"心理年龄"，使自己少一些倚老卖老，多一些异想天开，少一些人情世故，多一些自然纯真，经常对世界抱有一种陌生感，经常让自己的思维在不同的方向上自由地驱驰。当他在一定程度上恢复了自己童年的纯挚与天真，那么保持虚静心态也就不难了。

迷狂心态

（一）迷狂与诗歌创作

最早注意到诗歌创作中的迷狂心态的是古希腊哲学家德谟克利特。这位哲学家认为：诗人只有处在一种感情极度狂热激动的

---

① A. H. 马斯洛：《存在心理学探索》，云南人民出版社 1987 年版，第 87 页。

特殊精神状态下才会有成功的作品。这种情绪上昂然自得的特殊的精神状态被认为就是一种疯狂，并且在习惯上总是把它看作是与一个人在控制着他的全部机能时的那种正常状态相对立的①。

柏拉图接受了这种观点，并在他的《对话集》中发展成他的完整的迷狂说。柏拉图首先指出：迷狂是诗人创作时普遍存在的一种心理状态："科里班特巫师们在舞蹈时，心理都受一种迷狂支配；抒情诗人们在做诗时也是如此。……诗人是一种轻飘的长着羽翼的神明的东西，不得到灵感，不失去平常理智而陷入迷狂，就没有能力创造。"② 其次，柏拉图又提出这种"迷狂"现象产生的原因，是由于诗神附体："诗人们对于他们所写的那些题材，说出那样多的优美辞句……并非凭技艺的规矩，而是依诗神的驱遣。……诗人只是神的代言人，由神凭附着。"③

尽管柏拉图用诗神附体来解释诗人的"迷狂"这种唯心论已不值一驳，但是柏拉图充分注意并认真研究诗人的这种特殊心态——比如光在《对话集》的首篇《伊安篇》中谈到迷狂就有六七处之多，从而给后人留下了深刻的启示。

作为创作心态之一的迷狂，不同于精神病患者由于大脑机能紊乱而发生的病态的迷狂，而是诗人在创作进入高峰阶段而呈现的一种创造的迷狂，此时主体暂时中断了与所处的外部世界的联系，混淆了现实与幻想的界限，在想象的梦幻般的世界中遨游。这种迷狂心态主要标志有二：一是自我意识的暂时失落，一是写作行为的自动化。下面将分别加以讨论。

（二）自我意识的暂时失落

自我意识的失落，即我国古代文论中的所谓"忘境"。庄子在《齐物论》的开头便借寓托的得道者南郭子綦描写了这种境

---

① 参见 H. 奥斯本《论灵感》，见《外国文艺思潮》第一集，陕西人民出版社1982年版，第84页。

② 柏拉图：《文艺对话集》，人民文学出版社1963年版，第8页。

③ 同上书，第8—9页。

界：南郭子綦有一天凭着几案坐着，仰头向天，缓缓地呼吸，进入了超越对待关系的忘我境界。他的学生颜成子游发现老师的神态与以前不同，问是怎么回事。子綦回答说："今者吾丧我，汝知之乎？""吾丧我"就是说进入了忘我，臻于万物一体的境界，这也即是《齐物论》最后所讲的"庄周梦蝶"那则著名寓言所标明的"物化"境界：

> 昔者庄周梦为胡蝶，栩栩然胡蝶也，自喻适志与，不知周也。俄然觉，则蘧蘧然周也。不知周之梦为胡蝶与，胡蝶之梦为周与？周与胡蝶，则必有分矣。此之谓"物化"。

吴思敬论新诗

庄子所描写的"物化"境界和忘我心态，在我国后来的诗人与艺术家的创作实践中不断得到验证，宋代画家文与可，生性最爱竹，他曾隐居于山坡的竹林之中，朝朝暮暮与竹相伴，饮食于竹间，偃息于竹阴，当他画竹之际，自身与竹合为一体，分不清何者为竹，何者为我。苏轼在一首诗中称叹道："与可画竹时，见竹不见人。岂独不见人，嗒然遗其身。其身与竹化，无穷出清新。庄周世无有，谁知此凝神。"（《书晁补之所藏与可画竹》）苏轼称文与可画竹是"其身与竹化"、"嗒然遗其身"，其实他自己也发出过"长恨此身非我有"的慨叹，近代词人王国维更是把庄子的"吾丧我"的境界作为追求的目标，他在一首诗中表达了这样的愿望："安得吾丧我，表里洞澄莹。"（《端居三首》）

从心理学的角度说，当一个人把全部身心都沉浸于审美对象时，在大脑皮层会产生相关的优势兴奋中心，这一优势兴奋中心越强，其负诱导的作用就越大，此时不仅对与审美对象无关的外部世界会茫然无知，就是对自身的知觉也会被抑制。换句话说，当进入高度兴奋与集中的创作高峰状态后，人们不可能同时分身出一个冷静的、理性的"自我"来观照正在紧张地进行创造活动的自我。因而不仅当时意识不到自身的存在，就是在事后也说不清创造活动到底是怎样展开的，这就是艺术思维的所谓"忘境"。

当一个人泯灭了自我与对象的界限进入"忘境",也就同时陷于迷狂。这种迷狂主要是心灵深处的一种状态,但有时也可以由外表显示出来,在局外人看来就未免有些痴、呆、癫、狂、不可言喻。艺术家中像赵子昂画马,自身拟马之长鸣、蹴蹄、奔驰、滚卧。厉归真画虎,除到深山老林中亲自观察外,还经常蒙一张虎皮,像老虎那样跳来跳去。戚原画狗,而口作猖猖声不已。当代首创油漆画的"五笔"画家吴金狮,为琢磨油漆成画的规律,洗澡时忽然发现身上的肥皂沫用毛巾一擦可以形成一种花纹,再一擦又形成另一种花纹,他擦着、画着,画着、擦着,忘掉了自己在洗澡,在澡堂里足足洗了六个小时。诗人进入"忘境"以后其痴迷在程度也不亚于上述那些画家。元末明初诗人高启曾在诗中描写自己为诗而痴迷的情况:"朝吟忘其饥,暮吟散不平。……头发不暇栉,家事不及营,儿啼不知怜,客至不果营。"(《青邱子歌》)。19世纪法国诗人缪塞每当写作进入迷狂状态,便"感到泰山压顶一样,浑身战栗起来,用他自己的话说,'比迷恋仙女的童仆更其如痴如醉。'"[1] 当代诗人孙静轩自述在"文化大革命"期间创作长诗《七十二天》时:"在整个创作过程中,我的精神完全失去了平衡,几乎处于半疯狂状态,有时,我一边写一边哭,有时,喝醉了酒,把匕首插在桌子上,写一个通宵。"[2] 梁南甚至为写诗陷入迷狂而吃过大苦头:"有一回走路想得入定忘我,竟被急驰暴叫的火车撞出轨外,九死一生。"[3]

在迷狂状态下,诗人对外部世界似乎不视不闻,完全沉浸于内心的奇异感受之中,诗人的思绪可自由地飘来飘去,面对广漠的心理时空,与宇宙万物共鸣交谈,一旦有所悟,一股遏制不住的热流急涌上来,流遍全身,再从笔下喷射而出,所谓的"神来之笔"或"神品"就这样出现了。正如普希金在1833年所写

---

① 勃兰兑斯:《十九世纪文学主流》第五分册,人民文学出版社1982年版,第136页。

② 孙静轩:《答〈未名诗人〉问》,《未名诗人》1987年第10期。

③ 梁南:《追索红宝石和珍珠》,《诗刊》1986年第2期。

的《秋》一诗中所描绘的：

> 在甜蜜的静谧中，我忘了世界，
> 我让美妙的幻想回荡在心间：
> 这时候，诗情开始蓬勃和苏醒，
> 我的心灵充塞着抒情的火焰，
> 它颤栗，呼唤，如醉如痴地想要
> 倾泻出来，想要得到充分的表现——
> 一群幻影朝我涌来，似生而又熟识，
> 是我久已蕴育的，想象底果实。

（查良铮　译）

爱尔兰诗人叶芝也讲过类似的体验："我们似睡似醒的时刻，那是创造的时刻，它用迷人的单调使我们安睡，同时又用变化使我们保持清醒，使我们处于也许是真正入迷的状态之中，在这种状态中从意志的压力下解放出来的心灵表现成为象征。"[1]

以自我意识的暂时失落为主要标志的迷狂心态的形成意味着诗人的创作进入高峰状态，意味着新鲜的、富有独创性的意象正在诞生。这种心态的出现是很可贵的，不是每个诗人都能出现，也不是同一个诗人在创造任何一首诗时都能出现。能否进入"忘境"，形成迷狂心态，不受诗人主观意志支配，不可强至，但是却有机缘予以诱导。虚静便是导致创造性迷狂的条件之一。庄子《达生》篇中有这样一个寓言：鲁国有位名叫庆的巧匠用木头做成了一个精美的乐器——镶，看见的人惊为鬼斧神工。鲁侯问他："你用什么技术做成的呢？"这位巧匠回答说；"我是个工人，哪里有什么技术！不过，却有一点：我要做镶的时候，不敢耗费精神，必先斋戒以静心。斋戒三天，我便忘了庆赏爵禄；斋戒五天，我便忘了毁誉巧拙；斋戒七天，我便忘了自己的四肢形体；这时，

吴思敬论新诗

---

① 威·巴·叶芝：《诗歌中的象征主义》，见戴维·洛奇编《二十世纪文学评论》上册，上海译文出版社1987年版，第56页。

连您的朝廷也忘了，巧思专一，外扰消失，心里只装着镶。然后进入山林，观察树木的质性，看到形态极合的，一个成形的镶宛然呈现在眼前，然后便动手制作。这样以我的自然来合乎树木的自然，乐器所以被疑为神工，大概是由于这个原因吧！"庄子在这个寓言中讲的是，通过"静心"，达到物我合一的"物化"，再进一步达到技艺的神化境界。在诗的创作中，诗人也要通过"静心"即虚静状态，进入物我交融的"忘境"，忘掉了自我，忘掉了周围的实在事物，忘掉了各种俗念，当自我与世界自然地融合为一体的时候，在理智和实用状态下被压抑的内在冲动就会喷涌而出，寻找恰当的对应物象，一系列富有深刻内涵的象征意象出现了，一首诗已在诗人的头脑中诞生。

（三）写作行为的自动性

创作心态：虚静与迷狂

迷狂心态的又一标志是写作行为的自动性。这是指诗人在物我合一的状态下，失去了对自己行为的意识与监控，他的笔不再受意志的指挥，仿佛被一种无形的力量捉住，他想要增加什么东西都遭到拒绝，而他想拒绝的东西却偏偏强加给他，他被洪水一般涌来的思想和意象所淹没，如醉如痴，任凭这股洪流把他带到那里。郭沫若曾在《我的作诗经过》一文中，回顾过在迷狂心态下的自动写作，称之为"神经性的发作"，"在民八、民九之交，那种发作时时来袭击我，一来袭击，我便和扶着乩笔的人一样，写起诗来，有时连写也写不赢"[1]。我国古代文论家对于这种自动写作给予很高的评价。金圣叹就曾说过："心之所不至手亦至焉者，文章之神也。"（《水浒传序一》）。

自动写作行为是在诗人的自我意识失落以后潜思维成果的直接涌现，因而它往往与灵感爆发紧紧相伴。荣格曾这样描写在自动写作状态下出现的作品："它们似乎是盛装来到这世界上，犹如从宙斯头上跳出来的智慧女神雅典娜。这类作品能动地强迫着

---

① 郭沫若：《我的作诗的经过》，见《郭沫若创作》，上海文艺出版社1983年版，第205页。

作者，他的手不由自主，笔下写出的东西使他瞠目结舌。这种作品自成一体，不容作者添枝加叶，凡作者所不愿意要的东西都抛回给他。正当他的清醒意识在这些现象面前惊诧之时，一些他从未想过要写的思想和形象却有如万斛源泉一般不择地而出了。……对艺术家的分析有力地表明，无意识不仅能产生强烈的创作冲动，而且使创作变化无常。从伟大艺术家的传说中足以看出，创作欲望是如何驱使他们不顾一切地忘我工作，甚至牺牲健康和日常生活的幸福。在艺术家心中孕育着的作品是一种自然力量，它或以狂暴或以自然本身的机巧来实现自身，根本无视充当它的载体的人的个人命运。"① 自动写作行为集中地体现了创作中的非自觉性的一面。但是不是诗人真的对他所"自动"写出的东西毫不相关，或者是像柏拉图所说有种神灵暗中附体呢？当然不是。即使是潜意识，也是不能脱离这个诗人所属种族的集体潜意识和得自他生活经验的个体潜意识。诗人进入"忘境"以后，自我意识失落，在蜂拥而来的思想与意象面前，他无暇冷静思索与分辨，只是机械似地迅速把它们记下，于是表面看来是受控于一个另外的意志支配，可是从本质上看，这个强大的意志依然是诗人本人的意志（尽管诗人本人不一定意识到），而诗人自动写作记下来的内容，实际正是他本人的心声。

写作行为的自动性作为迷狂心态的主要标志，它的出现是有阶段性的，即它只出现在诗歌创作的高峰状态，往往与灵感爆发相伴随，而且在不同诗人身上有不同表现。有时诗人在灵感来临后，随便找个本或找张纸信笔写下去，一气呵成，郭沫若写《地球，我的母亲》、《凤凰涅槃》，江河写《回旋》就属于这种情况。也有些诗人在灵感袭来的时候，只来得及记下那最核心的几句，诗歌的其他内容则是在清醒的自觉意识支配下慢慢足成的。自动写作行为是否经常和发达，还与诗人的个性与创作方法、创作习惯有关。按荣格的说法，持内倾态度的诗人，如席

---

① C. G. 荣格：《论分析心理学与诗的关系》，见《神话——原型批评》，陕西师范大学出版社 1987 年版，第 91 页。

勒，其写作材料完全为主体意向所主宰，就较少出现自动写作行为。持外倾态度的诗人，如写《浮士德》第二部时的歌德、写《查拉图斯特拉如是说》时的尼采，其素材似乎不完全受作者对它的驾驭，因而就较多出现自动写作行为。总之，诗人们自动写作的情况因人而异，有人容易进入自动写作，有人不容易进入自动写作，还有人写诗多年根本不知道自动写作为何物。同是进入自动写作，有人有明显的外部表现，有人则外部表现不鲜明，只在内心发生全人格震动。

（1988 年 3 月）

创作心态：虚静与迷狂

知觉障碍的巧妙利用

当人们知觉外物的时候，由于主观或客观方面的原因，可能会出现形形色色的知觉障碍，其中对诗人的艺术知觉和艺术思维可造成较大影响的是错觉与幻觉。

错觉与幻觉属于常见的知觉障碍，错觉是歪曲的知觉，幻觉是虚幻的知觉，它们均是不正常的，而且往往在精神病患者中有明显的表现。但错觉与幻觉也经常出现在正常人身上，特别是诗人经常处于激情的燃烧与狂放的想象之中，因而诗人在艺术知觉与艺术思维的过程中，除去基于对外界事物的正常知觉外，也往往会对错觉与幻觉等知觉障碍加以巧妙的利用。

一　错觉

错觉，作为人类常见的一种心理现象，早就引起过古代哲人们的注意。

古希腊时代，亚里斯多德把食指和中指交叉，中间挟个圆珠，就有两个圆珠的错觉，这是一种皮肤错觉，后被称为亚里斯多德错觉。古希腊的历史学家希罗多德也记载过溪水温度的错觉："这条溪水清晨是温和的，当市场热闹起来时凉了许多，到中午已经很冷了。因此人们此时浇花灌水。下午日头向西，溪水的温度又有回升，到太阳落山时，溪水又变得温和起来。"这里描写的是由于空气温差变化大，溪水温差变化小而引起的错觉。

我国先秦时代的思想家荀子在《解蔽篇》中曾讲过，夏首的南边有个名叫涓蜀梁的人，此人既愚蠢而又事事害怕。在大月亮地下走路，低头看见自己的影子，以为是趴在地上的鬼；仰起头来看见自己的头发，又以为是站着的妖怪。转过身来就跑，等跑到家中，竟断气而死。这里清楚地记载了涓蜀梁因害怕而产生的错觉。此外《解蔽篇》还介绍了许多不同情况下的错觉：黑夜里行走的人，看见躺着的石头以为是伏着的老虎，看见竖着的树木以为是站着的人。喝醉了酒的人，跨过百米宽的大沟，当作是半步宽的小沟，低着头走出城门，以为是小的闺门……

从心理学上看，错觉是歪曲的知觉，即把客观存在的事物歪曲地感知为与实际不相符合的事物。包括错视、错听、错嗅、错味、错触、运动错觉、时间错觉、重量错觉、方位错觉、内感受错觉等等。

错觉的产生，情况很复杂。

有时主要是由于客观方面的原因。比如色彩由于明度的不同，就容易让人产生错觉。法国的第一面国旗是红白蓝三色，最初的设计各色所占面积是相等的，但由于颜色明度的不同，看起来就觉得白色宽、蓝色窄。后来校正红、白、蓝三色的比例，改为红35、白33、蓝37，这样才感到三色面积相等了。

有时则主要是由于主观方面的原因。精神病人经常出现错觉，如把挂在衣架上的大衣看成躲在门后的人，把装在天花板上的圆形灯罩当成悬挂起来的人头，等等，这是一种由于神经系统疾病造成的错觉。健康人在某种情况下也会出现错觉，比如恐怖与紧张会产生"杯弓蛇影"、"草木皆兵"的错觉；在一定时间内生活内容充实还是空虚，会产生"欢娱嫌夜短，寂寞恨更长"的时间错觉等。

错觉由于是对客观事物的歪曲的反映，因此我们要时时提起注意，不要让它干扰我们对事物的正确认识。但错觉的作用也并不都是消极的，有时人们也可以有意识地利用错觉，如军事上利用伪装来让敌人产生错觉；赛球时利用假动作来使对手产生错觉。特别是在艺术领域，错觉有着极广阔的用武之地。西方有的学者认为，整个绘画艺术就是建筑在错觉基础上的。画家利用人们的远近错觉来表现景物的体积、纵深和距离。摄影家利用光渗错觉，拍摄时，两侧加辅助光可使瘦人显得胖些，两侧光线减弱可使胖人显得瘦些。至于诗歌创作中，诗人捕捉错觉入诗就更为司空见惯了。仅以舒婷为例，在她的诗集《双桅船》和《会唱歌的鸢尾花》中，错觉描写随处可见：

> 桉树林旋转起来
> 繁星拼成了万花筒
>
> （《往事二三》）

> "你快乐吗？"
> 我仰起脸，星星向我蜂拥。
>
> （《无题》）

> 看见你和码头一起后退
> 退进火焰花和星星树的七月
>
> （《那一年七月》）

如果以刻板地反映现实的尺子来衡量，这些描写无疑是不真实的。但诗人恰恰就选用了这些外表不真实的错觉意象来反映她心灵深处在特定情况下发生的剧烈变化，达到了表现主观心灵的高度真实，即所谓"外错而内真"。

错觉何以有这样微妙的作用呢？错觉是在知觉过程中产生的。知觉过程不仅仅是汲取信息，而且是加工信息的过程。当人们知觉某种事物的时候，头脑中已经存有与此种事物相关并影响认知效果的认知结构。当信息从感觉通道输入之后，与之相关的认知结构便被激活，借助于以往的知识经验有选择地抽取信息，并对这些信息予以综合和解释，从而形成这种事物的整体性映象。这是一般知觉的形成，至于错觉，主体的认知结构对外部事物的信息进行加工改造的程度比起一般知觉来，可就大多了。感觉器官输入的信息——客观事物的形、色、声、光、质等等，在主体某种强烈的情绪、愿望的支配下，由内在的认知结构进行过滤、筛选，并予以特别的加工改造，以至大脑出现的整体映象与该事物的实际形态产生了较大的倾斜与变形，于是，错觉产生了。这样看来，比起一般的知觉来，错觉的主观性更强，实际上已包含一定的创造的萌芽了，这也正是诗人们不以错觉为病，反而对之予以青睐的原因了。

错觉特别宜于表达诗人内心刹那间的情感变化，尤其是这种情绪变化过于强烈，寻常的表现手段已无能为力，此时若能捕捉瞬间错觉入诗，铸成奇特、瑰丽的错觉意象，那真能给人以石破天惊之感。

台湾诗人洛夫 1979 年 3 月中旬应邀访香港。一天余光中亲自开车陪他参观落马洲的边界。洛夫登高用望远镜眺望故国山河：

当距离调整到令人心跳的程度
一座远山迎面飞来把我撞成了
严重的内伤

（《边界望乡——赠余光中》）

山是不会动的，但诗人偏偏说"一座远山迎面飞来"，这自然是一种错觉，诗人紧紧把握住这瞬间错觉，并进一步生发出"把我撞成了/严重的内伤"这样的包容了数十年的极深的乡愁的句子，令人心灵震颤。

诗人梁南在 1957 年受到不公正的政治待遇后，曾被关入监狱。他注视着囚室的屋顶、身上的镣铐、囚窗外的檐滴，百感交集，于是产生了错觉：

我无法思议：当我死盯住屋顶，
原来看着的是一片燃烧的黑圹；
我回味我去采撷一朵多刺的蔷薇，
转眼间手头的镣铐勒得我发昏；
我明明无聊地望着囚窗外的檐滴，

却是妻子横流在脸上的泪水；……

（《我沉思过在监狱》）

寥寥几行，诗人在狱中对蒙冤的愤懑，对自由的渴望，对亲人的思念，便鲜明地表现出来，对读者形成强烈的情绪冲击。

错觉由于总是奇特、怪诞的，艺术家们往往"以错就错"，触发奇妙的构思。印度电影《超级舞星》中有这样的镜头：男主人公罗米欧喝醉了酒回家，天正下着大雨，不时地电闪雷鸣。一个大闪之后，罗米欧说道："怎么，你在给我照相？那么你等一等，我摆一个好看的姿势。"随后，他摆了一个姿势，这时又一个闪电，他又说道："谢谢了！"在这里罗米欧把天上的闪电错觉为照相机的闪光灯，正是在这一错觉的基础上，才有了他那些令人忍俊不禁的话语与举动，生动地展现了罗米欧酩酊大醉的神态。其实这种利用错觉表现醉态的办法，我们的前人早用过了。如辛弃疾的《西江月·遣兴》："昨夜松边醉倒，问松'我醉何如？'只疑松动要来扶，以手推松曰'去！'"利用醉后的错觉，写出一位报国无门、愤懑悲凉、借酒浇愁的爱国志士的内心世界。其传达醉意、狂态之生动，其表现内心焦灼之巧妙，远非寻常写法所能达到。

还有些诗，通篇都建筑在错觉的基础上，像顾城的《眨眼》：

我坚信，
我目不转睛。

彩虹，
在喷泉中游动，
温柔地顾盼行人，
我一眨眼——
就变成了一团蛇影

时钟，
在教堂里栖息，
沉静地嗑着时辰，
我一眨眼——
就变成了一口深井。

红花，
在银幕上绽开，
兴奋地迎接春风，
我一眨眼——
就变成了一片血腥。

为了坚信，
我双目圆睁。

诗人写的是十年浩劫那一特定环境下的错觉：彩虹、时钟、红花这象征美好、安宁、光荣的事物，在眨眼之间却变成了蛇影、深井、血腥。这一切来得是那么突然，那么不可思议，以至于使目不转睛地面对这一切的诗人困惑了。——当然，这只不过是一种错觉，然而我们反复读过全诗后却不能仅仅把它当作"错觉"看了，那是在是非颠倒的荒谬年代里人们心理变态的一种写照。反映十年浩劫在人们心灵上的投影的诗歌并不算少，《眨眼》一诗却能独辟蹊径，通过外在的"错"而写出内心的"真"。

错觉在生活中是那么常见，诗人应该做有心人，把那些蕴含有创造萌芽的错觉及时捕捉下来，因为在那百怪千奇的错觉后边也许就有缪斯在向你招手。

二　幻觉

幻觉是在没有外界刺激情况下产生的一种虚幻的知觉，包括幻听、幻视、幻嗅、幻味、幻触、内脏性幻觉、运动性幻觉等。

幻觉尽管不是对外界刺激的直接反应，但并非与外界信息无关，而是以往的知觉经验的一种表现，是以前输入的信息在特定条件下的复现与组合。但这种信息的复现与组合不同于一般的记忆，而是与知觉有更为相似的特点。比如，形象的生动性：幻觉发生时，尽管客体不在眼前，但是就好像是亲身知觉到的一样，能使主体留下鲜明、强烈的印象。这就使幻觉不同于回忆，回忆中的表象一般比较模糊、遥远，而幻觉中的表象则鲜明、具体，如在目前。又如，认为幻觉的对象存在于客观空间：即主体产生幻觉时，不觉得事物的表象是在他的头脑里，而是认为就出现在他所生活的空间之中。一位女精神病患者，总是听到屋外她的领导在议论她，说她"不爱劳动"、"破坏团结"、"应当给以批评"等等。虽然没有一个人听到这些声音，但这位病人坚信她的领导来了，因此常向窗外回答说："我要和你们辩论，我太冤枉了!"再如，幻觉不能随自己的主观意愿而改变。幻觉虽属虚幻的知觉，却像真正的知觉对象一样，有某种客观性，你想招邀它时，它不至；你想驱赶它时，它却不走。

幻觉作为一种知觉障碍，在精神病人身上表现得最为明显，但在特定的条件下也完全可能发生在常人身上。比如当人处于醒觉与睡眠之间的过渡状态、需要特别强烈、心情特别激动或陷于沉思冥想时，都可能出现幻觉。诗人由于情感丰富、耽于幻想、专心致志于艺术思维达到"入迷"、"入境"的地步，所以非常容易触发幻觉。当然诗人的幻觉不是病理幻觉，而是审美幻觉。病理幻觉是精神病人不能摆脱的，反复出现；审美幻觉则只是在诗人凝思苦想的刹那间发生。

普希金经常出现幻觉。他在《先知》一诗中描写抒情主人公怀着焦躁不安的心情在幽暗的荒原上徘徊，此时忽然出现一位六翼的天神，他伸出轻柔如梦的手指，轻触了一下诗人的耳朵——

> 立刻，我的耳鼓充满了音响：
> 我听到了天宇的运转、颤动，

天使们在高空的轻盈的翱翔，
海底的怪兽在水下潜行，
和荒溪中藤蔓抽芽的声音。

（查良铮　译）

这里描写的充满诗人耳鼓的音响，实际上是不存在的，只是一种幻听。

诗人们不仅富于幻觉，而且善于通过艺术思维把幻觉熔铸进自己的诗篇。在诗人巧妙的经营下，幻觉有时比客观的描写还有更强烈的感染力。雷抒雁的《小草在歌唱》是以痛彻心肺的抒情、尖锐犀利的议论、深刻真诚的自剖而取胜的，但在诗歌的结尾却一反前边的笔调，出现了一段幻觉描写：

你看，从草地上走过来的是谁？
油黑的短发，
披着霞光；
大大的眼睛，
像星星一样明亮。
甜甜的笑，
谁看见都会永生印在心上！

"草地上走过来的"自然不是张志新，而只是诗人的幻影。但此时这种虚幻的知觉却比具体的实际描写有着远为强烈得多的感染力量。

幻觉的产生，从神经心理学来看，是由于大脑皮层某一部位出现兴奋灶引起的。医生刺激病人大脑皮层的相关部位，结果病人有时看到自己的朋友从旁边向自己走来，有时听到音乐声……除去精神病人经常由于病理因素而致幻外，包括诗人在内的正常人在某种条件下也可以产生幻觉。

强烈的内在需要可以致幻。心理学家认为，如果内驱力受阻抑的时间过长，在完全没有适当刺激的情况下，也会出现某些对象和行为的幻觉。有这样一个实验：当被捕获的、已习惯于在碟子中吃食的燕八哥被允许自由飞行时，它却表演了在被禁锢的状态下捕捉昆虫的全套行为，就像演哑剧一样。它会表演出盯住昆虫，向它猛扑，捉住它和吞咽它——其实根本没有昆虫在场。这表明了动物对不在场的捕获物的幻觉[①]。安徒生笔下的卖火柴的小女孩，是由于温、饱、爱的内在需要得不到满足，才蜷缩在墙角在火柴的微光中产生火炉、烤鹅等的幻觉。普希金在《叶甫盖尼·奥涅金》中描写达吉雅娜未结识奥涅金以前，她的眼前、梦中就已出现过类似奥涅金的幻觉了：

> 你在我的梦里出现过，
> 虽然看不见，你我已经是亲爱的人，
> 你奇异的目光使我苦恼，
> 你的声音在我的心灵里，
> 早已就响着了……

这位纯情的少女，由于渴望获得真挚的爱情，因而在幻觉中制造出自己理想爱人的形象。

强烈的感情可以致幻。人在感情强烈的时候，不仅外部器官会显露特别的表情，如狂喜时手舞足蹈、欢呼雀跃；暴怒时毛发竖起、拍桌瞪眼等，且大脑皮层活动也会发生强烈变化，某些部位受到抑制，某些部位却突然兴奋起来，这时就比较容易产生幻觉。惠特曼在一首诗中写道：

> 我听见美洲在歌唱，
> 我听见各种不同的颂歌。

很明显，美洲作为一块大陆不会歌唱，诗人这里所描写的正是出

---

① E. V. 霍尔斯特等：《电控制的行为》，见《生理心理学》，科学出版社 1981年版，第318页。

于他对美洲的强烈热爱而产生的听幻觉。殷夫投身革命以后，在腥风血雨的日子里，目睹许多战友的牺牲，他的心在紧缩，怒火在燃烧，正是这种强烈的感情使他产生了视幻觉：

> 他们含笑的躺在路上，
> 仿佛还诚恳地向我们点头。

（《让死的死去吧》）

沉思可以致幻。沉思是指排除内在、外在诸种因素的干扰，平息精神激动，从而达到明净、空虚或静寂的心态的一种方法。沉思是不太容易做到的，可一旦进入这一境界，哪怕几分钟，就会大大提高对世界的鲜明的知觉力，甚或出现幻觉。屠格涅夫在散文诗《探访》中曾记载了1878年5月1日清晨他在沉思中出现的幻觉。当时诗人坐在敞开的窗前，天还没有亮，但漆黑的、温暖的夜已经泛白了。周围是那样的单调、寂静……诗人的心境也陷于明净、虚空之中。就在这时：

> 突然，一只大鸟儿带着轻轻的拍翅声和沙沙声，穿过敞开的窗户，飞进了我的房间。
> 我大吃一惊，仔细看去……这不是一只鸟，而是一个长着翅膀的细小的女人，穿着的是件长长的外套，一直垂到脚上。……
> 她两次在天花板下疾飞而过；她细小的脸笑着，一对乌黑、明亮的大眼睛也在笑着。……
> 她手里拿着一根草原之花的长茎：俄国人把它叫作"沙皇的王鞭"——它也的确像一条王鞭。
> 她急速地在我头上飞过去，用她那支花触了触我的头。
> 我向着她跑去……可是，她已经展翅飞出了窗口——随后飞走了。
> 在花园里，在紫丁香丛中，一只斑鸠唱着第一支晨曲欢迎她——接着，在她消失的地方，乳白色的天空缓缓地露出

红色的曙光。

这就是在即将黎明之际，屠格涅夫在虚静心态下发生的幻觉。屠格涅夫把这幻觉中的半人半鸟的形象捕捉下来，称她为"幻想的女神"，并在散文诗中记下了女神的这次"探访"。

李金发也曾在《寒夜之幻觉》一诗中，记下了诗人在寒冷的冬夜沉思中幻觉来临的情况。诗歌开头渲染了一种孤寂、寒冷的氛围，正当诗人凝神构思之际，幻觉悄悄降临了：

> 忽而心儿跳荡，两膝战栗，
> 耳后万众杂沓之声，
> 似商人曳货物而走，
> 又如猫犬争执在短墙下，
> 巴黎亦枯瘦了，可望见之寺塔
> 悉高插空际。
> Seine 河之水，奔腾在门下，
> 泛着无数人尸与牲畜，
> 摆渡的人，
> 亦张皇失措。
> 我忽而站在小道上，
> 两手为人兽引着，
> 亦自觉既得终身担保人，
> 毫不骇异。
> 随吾后的人，
> 悉望着我足迹而来。

诗人把这种幻觉忠实地记录下来，当幻觉消失的时候，诗也就戛然而止："将进园门，/可望见巍峨之宫室，/忽觉人兽之手如此之冷，/我遂骇倒在地板上，/眼儿闭着，/四肢僵冷如寒夜。"像这种以幻觉为主要内容的诗篇，在象征主义诗人那里是很寻常的。

　　药物也可以致幻。比如南美仙人掌毒碱、麦角酸二乙胺（LSD）等，便有致幻效应。这类药物致幻以视觉领域为最明显。不同的人回忆曾在幻觉中看见过波形线条、蜘蛛网、棋盘上的图案、门窗隔扇、地毯、花卉图案、风车、陵墓、佛像等等。药物所以能引起幻觉，是由于致幻药以某种方式改变了神经元之间的突触传递，从而破坏了与感觉信息处理有关的脑的区域。20世纪六七十年代西方流行过"迷幻艺术"、"精神病理艺术"。美国的 G. 奥斯达教授曾做过试验，让被试吞服 LSD 致幻剂，并让他们在服药后作画。被试服药后出现视幻觉，眼中呈现艳丽的内光现象，光怪陆离，令人眼花缭乱。他们画出的画是一些模糊杂乱、颇多重复的几何图形。除去迷幻的造型艺术外，西方也有个别诗人利用服用致幻剂后的幻觉来写诗。致幻剂可造成人的心理和行为上的紊乱，引起所谓"实验性精神病"，这对揭露心理异常的实质及其机制是有意义的。此外，在心理治疗的配合下，遵医嘱，有限制地使用致幻药物，对精神病的某些患者有一定的医疗价值。但正常人，包括诗人在内，则不能随便服用这类药物，因为连续地服用致幻药会有损身心健康，甚至导致严重的精神崩溃。

知觉障碍的巧妙利用

　　　　　　　　　　　　　　　　（1987 年 5 月）

谈新诗的分行排列

　　本来，我国古代诗歌是只断句而不分行的，一题之下，诗句连排下来。分行排列系新诗人从西洋诗学来的。闻一多先生曾充分肯定了这点，他说："新诗采用了西文诗分行写的办法，确是很有关系的一件事。姑无论开端的人是有意还是无心的，我们都应该感谢。"① 到现在，分行已成了散文诗以外的各体新诗的最重要的外在特征：一首诗可以不押韵，可以不讲平仄，可以没有按固定顿数组合的规则音节，但却不能不分行。

　　新诗采取分行排列的形式，并非是对西洋诗的简单模仿，从根本上说是由诗的内在特征决定的。诗是高度集中，高度凝练，抒情性最强，最富于含蓄暗示，给读者留下再创造的天地最为广阔的文学形式。分行排列在一定程度上可以突出这些本质特征。新诗那疏朗的、鲜明的，或整齐或参差的行列，是诗人奔腾的情绪之流的凝结和外化。它不仅是诗的皮肤，而且是贯通其中的血液；不仅是容纳内容的器皿，而且本身就是内容的结晶。

　　诗的分行排列不单是顺序的简单显示，通过行与行的组合，它还可以告诉读者一些东西，而这些东西光靠语言自身是表现不出来的。诗行的组合不同于散文上下文的连接，它更多地运用了省略、跳跃，带有一定的主观性和随意性，因此有可能使上一行与下一行并置在一起的时候，迸射出奇妙的火花。在这种情况下，诗行自身的本来意义退居二位，而行与行的组合获得的新的

---

　　① 闻一多：《诗的格律》，《闻一多全集》第 3 卷，生活·读书·新知三联书店 1982 年版，第 415 页。

意义倒是最重要的了。德国诗人维尔特，在他的《刚十八岁》一诗中写伦敦的景象：

> 这里阴险的幽灵在黄金上徘徊，
> 那里乞丐紧握枯瘦的双拳。

这两行诗，一行写富有，一行写贫穷，分别地看，也许不那么突出；但是现在通过分行把它们并列在一起，形成鲜明的对照，立刻给人以极深的刺激，让人领悟到资本主义社会中贫富悬殊这一本质，从而为一个十八岁少女的夭亡提供了令人凄怆的背景，并暗示出这不是一个人的悲剧。

　　诗的分行排列又可以把视觉间隔转化为听觉间隔，从而更好地显示诗的节奏。一首诗的内部总要有自然的停顿，这一停顿主要是根据人的呼吸的需要而出现的。诗行中音节的停顿是小的停顿，而诗行与诗行之间则自然出现一个较大的停顿。利用有规律的分行，可以造成视觉的节奏感，视觉的节奏感又可以勾起听觉的节奏感。像朱湘的《采莲曲》中这样的诗行：

> 日落，
> 　微波，
> 金丝闪动过小河，
> 　左行，
> 　　右撑，
> 莲舟上扬起歌声。

那长短不一的有规律跳动的诗行，活生生地再现了行舟采莲的欢快节奏。我们仿佛看到姑娘们一边撑着小船，一边唱着歌，船儿过处，小河上泛起微波，柳丝在夕阳中闪动着金光……这里短促诗行造成的视觉节奏转化为轻快的听觉节奏，使诗歌如行云流水，显现出流畅的音乐美。我们试把这两行诗拉平："日落微波金丝闪动过小河，左行右撑莲舟上扬起歌声。"不仅看起来费劲儿，而且那跳动的欢快的节奏也丧失殆尽。

此外，诗的分行排列还可以提供一种信息，引起读者的审美注意。审美注意是人的心理活动向审美对象的指向和集中，是人们清晰而完整地认识作品的前提，也是顺利地进行艺术鉴赏的重要心理因素。在诸种文学形式中，诗是有其独特本质和与之相联系的一系列独特的表现手段的，比如它的主观性、抒情性、跳跃性、暗示性、象征性，以及高度凝练，往往又有多层含义的语言等等。因此欣赏诗歌更需要唤起审美注意，需要意识到自己是在读诗，要用诗的眼光去衡量它。但是诗歌，特别是自由体新诗，每句字数不一，押韵比较自由，接近口语的自然节奏，如果不分行，读者也许不一定能立即判断它是诗，因而不能及时唤起对它的审美注意，就会影响欣赏效果。分行排列，则能给读者一个最醒目、最明确的信息，使读者一望便知这是一首诗，要用诗的眼光去看它，用诗的尺子去衡量它，这样读起来自然容易领会其中的妙处，获得一种心理上的满足。

新诗的分行排列是这样的重要，以至于诗人们无不为新鲜、独特而优美的建行煞费苦心。诗人们探索的经验表明：建行没有统一的模式，但确有共同的原则应当遵循。

首先，诗的建行要显示出诗人思想感情的变化和流动，给人以运动感。新诗的分行排列，固然有音乐感、外形整齐感等种种考虑，但其中起决定作用的则是诗人内在的激情。诗行应当适应诗人的感情波动而产生，并随着诗人情绪的流动、起伏和强弱，而发生或长或短，或疏或密，或整齐或参差的变化。据诗人阿塞耶夫介绍，马雅可夫斯基最善于根据自己的情绪变化，对诗行加以变形：对那些他特别强调的意思，就分行来写；对那些稍次要一些，但又可以激发读者的愤怒、柔情和嘲笑的地方，又作小的分行。他的具有独特建行的楼梯诗，就是这样创造出来的。在艾青的自由诗中也能清楚地看到这种诗行随诗人感情的波动而变化的情况：

你，无止息的
用手捶着自己的心肝
捶！捶！
或者伸着颈，直向高空
嘶喊！

（《巴黎》）

很明显，诗人在这里不是为了押韵或外形的整齐，而是根据内在的激情而分行的。

要使诗行随诗人情绪的流动而变化，关键在于自由而不留痕迹的跨行。因为一行诗不一定和一句话相当，有时一句话需要占用两个或两个以上的诗行，这就是跨行。跨行可以使读者在视觉上和听觉上造成短暂的停顿，从而调整自己的欣赏心境，集中注意力去欣赏作者移到下一诗中的词句。这样便可以对最有价值的思想、最有光彩的语言起到强调作用，同时也可打破一行诗是一个独立的意义单位的固定格式，不是使读者的注意力封闭在一句之中，而是引导到一种曲折的流动的东西中去，使读者在鲜明的流畅的自然节奏中感到一种自由的力的流荡。像《巴黎》一诗中的"捶！捶！"和"嘶喊！"按照语义应分别归入其上一行，但现在却各自独占一行，这是因为"捶！捶！"和"嘶喊！"作为句子是不完整的，但是作为感情单位，它们却是独立的；它们就像两个特写镜头，突出了巴黎这一"患了歇斯底里的美丽的妓女"的疯狂而强烈的动作。这样的跨行正植根于诗人对资本主义都会的强烈的印象和感受，它不遵循任何定型的格律，而显示出情绪流动的轨迹。

其次，诗的建行要注意每一行的内部结构以及行与行之间的有机组合，给人以整体感。朱湘过去曾对建行提出过"行的独立"与"行的匀配"的主张："行的独立是说每首诗的各行每个都得站得住，并且每个从头一个字到末一个字是一气流走，令人读起来时不致生疲弱的感觉，破碎的感觉。行的匀配便是说每首诗的各行的长短必得按一种比例，按一种规定安排，不能无理的

325

忽长忽短，教人读起来时得到紊乱的感觉，不调和的感觉。"①
这里除去"按一种比例，按一种规则"不宜做狭隘的机械的理
解、不宜用来限制自由诗外，总的说，"行的独立"与"行的匀
配"今天仍不失为一种有见地的分行原则。由于它既强调了内
在的力，又注意了外在的美，所以长期以来为一些诗人所遵循。
不过某些诗人有时对二者的关系把握得不太好，往往忽视力的追
求而片面强调美的表现，而他们理解的美又多是一种整齐的美、
规则的美（这只是一个方面）；于是他们往往不顾内在情绪的发
展和内在的逻辑，任意拼凑句数和字数，使诗行成了希腊神话中
强盗达玛斯蒂斯的铁床，长的硬要截短，短的必得拉长，这是应
深以为戒的。

此外，诗的建行要有独特性，不宜拘囿于几种固定模式，要
根据自己所写的不同内容而有所变化，给人以新鲜感。多年来，
诗人们不仅追求新的意境，而且一直在不断摸索新的建行。事实
上，新诗诞生的时间虽还不长，但诗人们已试验过各种各样的建
行：有脱胎于旧体诗的小脚放大的尝试；有模仿西洋的"亚历
山大体"、"十四行"、"楼梯式"；有由字数完全相同的"等度
诗行"构成的"豆腐干诗"；有学习民歌的两句一节的信天游
体……当然更有许多诗人不受任何束缚写成的形态各具的自由
诗。有的诗人把目前的新诗归结为方阵式、长短句、双句式、阶
梯式等几种主要形式。不过，据笔者观察，新诗建行的趋势不是
定型化，而是必然要呈现新颖、多样、复杂的局面。这不是人为
的制造，而是诗歌的不断创造、不断求新的本性使之然。诗人们
不仅不愿重复别人，而且不愿重复自己，他们不愿意死抱着一种
固定的格式写作，而是在不断探讨新的建行，精心地为自己的诗
缝制最可体的衣裳。当然，出新不是求怪，不能通过建行把诗歌
弄得神头鬼面、耸人视听。阿波里耐尔的"立体诗"，把诗行排
列成图画，引导读者由视觉过渡到思维，其独创精神对后人不无

① 朱湘：《徐君志摩的诗》，洪球编：《现代诗歌论文选》，上海仿古书店 1936
年版，第 750 页。

启发，但其流弊与局限亦十分明显，故不足法。我国古代亦有"宝塔诗"一类的专在行列上下功夫而缺乏内容的作品。遗憾的是在建行上面搞形式主义的至今不乏其人。笔者曾读过一位青年作者自印的诗集，里面的诗有的排成"口"字形，类似过去的回文诗；有的是全首不分行连排在一起，然后从中间挖出来方方正正的一块附在后边，读者读半天也不知所云，直到把挖出来的那块塞回原来的地方，这才恍然大悟。像这样的"出新"，已流于无聊的文字游戏，离诗的本质就太远了。

（1984 年 4 月）

读新诗的分行排列

短时存贮容量限制与诗的建行

短时存贮器保存的信息是有限的。那么有限到什么程度呢？据 G. A. 米勒的研究，人们在短时记忆中，一系列的项目呈现一次后，个体所能回忆的项目数是 7 ±2，这就是短时记忆的容量限度。项目的内容可不同，可以是 7 个字母、7 个数字、7 个无意义音节，少于 7，一般看一遍即可记住，多于 7 时学习的次数就要增加了。

短时记忆的容量限制在我国古代诗歌中也能找到有力的佐证。大家知道，我国古典诗歌从萌生到成熟，诗句有逐渐拉长的趋势，即从四言，到五言，再到七言。而到七言以后就不再发展，除去在古体诗中偶有个别长一点的句子外，整个古典诗歌就建立在五七言的基础之上。人们公认古典诗歌易记、易诵，其奥秘就在于暗合人类短时记忆容量限制的规律。新诗中易记、易诵的作品也大多暗合这个规律。像徐志摩的《再别康桥》，音韵流畅，极富音乐美，便是通篇以六言、七言为主，个别句是八言，九言以上一句也没有。新诗人中曾有人尝试建立九言、十一言的新格律诗，然而收效甚微，易记易诵的佳篇不多，这与超过了短时记忆的容量限制不能说没有关系。

短时记忆能否增加容量？G. A. 米勒认为可以通过"组块"办法，增加每个信息块内的信息量，但是不增加信息块的数目，他认为把材料组成信息丰富的块是很经济的："这正如我们必须在只能放七个硬币的钱包里放进我们所有的钱币，但对钱包来说，硬币是便士还是银元都是无关紧要的。"[1] 短时记忆容量是

---

　　① 　G. A. 米勒：《人类记忆信息贮存》，《思维科学》1986 年第 1 期，第 91 页。

通向长时记忆的瓶颈口。想绕过这个瓶颈口而直接进入长时记忆是不可能的。我们只能用适当"组块"的办法来增加容量。短时记忆的容量为 7 个项目，只是大体而言，如果组块偏大，那么以这种较大组块为单位的短时记忆容量就会相应减少。

"组块"理论对新诗创作有重大的实用价值。读者欣赏诗歌，不是以单个的字为单位，而是把单字组织为信息块来进行的。诗人的任务就是为读者提供妥善安排的、内在容量丰富的、系列的信息块。前边讲过，中国传统的五七言诗，每行的字数暗合短时记忆的容量限制，因而易于记忆。但进入现代社会后，人们的思想愈趋严密，感情愈趋复杂，现代汉语中双音词、多音词大幅度增加，向世界打开窗口，又自然会引入大量的音译的或意译的外来词。这一切迫使诗人突破五七言的限制，创造了可容纳新思想新文化的、韵律自由活泼、诗行长短不拘的新诗。新诗由于纳了大量包含新信息的双音词、多音词，诗行的拉长便在所难免。但诗行一长，超过了短时记忆的容量限制，又会影响记诵。诗句突破五七言格局有所拉长，又要保持易记易诵的特点，一个重要办法就是依照"组块"原理，在不增加句子总模块数目的情况下，增大每个模块自身的信息量。20 年代的象征派诗人王独清、穆木天等曾写过一些铺陈排偶、集短为长的近乎赋体的新诗，像王独清的这首《但丁墓旁》：

> 现在我要走了（因为我是一个飘泊的人）！
> 唉，你收下罢，收下我留给你的这个真心！
> 我把我底心留给你底头发，
> 你底头发是我灵魂底住家；
> 我把我底心留给你底眼睛，
> 你底眼睛是我灵魂底坟茔……
> 我，我愿作此地底乞丐，忘去所有的忧愁，
> 在这出名的但丁墓旁，用一生和你相守！
> ……

现在我要走了（因为我是一个飘泊的人）！
唉，你记下罢，记下我和你所经过的光阴！
那光阴是一朵迷人的香花，
被我用来献给了你这美颊；
那光阴是一杯醉人的甘醇，
被我用来供给了你这爱唇……
我真愿作此地底乞丐，弃去一切的忧愁，
在我倾慕的但丁墓旁，到死都和你相守！
……

此诗每行的字数由 11 个到 17 个、18 个不等，由于诗人注意到合理组块，读来不觉滞赘，反而朗朗上口。到了 60 年代，郭小川又在此基础上作了进一步的实验，创造了"赋体诗"，成为他后期写作采用最多的诗体。以他的《甘蔗林——青纱帐》中的长句为例：

我们的青纱帐哟，跟甘蔗林一样地布满浓荫，
那随风摆动的长叶啊，也一样地鸣奏嘹亮的琴音；
我们的青纱帐哟，跟甘蔗林一样地脉脉情深，
那载着阳光的露珠啊，也一样地照亮大地的清晨。

每行诗句长达 18—20 字，超过五七言诗每句长度的 3—4 倍。如果像五七言诗那样以字为单位组块，就会显得十分累赘，读者的短时记忆也承受不了。实际上诗人是以现代汉语的复音词和词组为单位来组块的："我们的——青纱帐哟，——跟甘蔗林——一样地——布满——浓荫"，"那随风——摆动的——长叶啊，——也一样地——鸣奏——嘹亮的——琴音"。像这样分别组织为 6 个或 7 个模块，就可以被人的短时记忆容量承受了。这是从每行诗的内部来组块的，如果放大一些，看到整个小节，又可发现这四行诗可以分为两大块，前两行与后两行，结构相同，两两相对。再加上诗人运用了半逗律（即通过句逗符号，把每

行诗分为上、下两半）、连句韵，因而使得诗句如鼓荡的江水一浪接一浪，连绵不已而又节奏分明。诗行虽长，却没有过多地增加读者的记忆负担。到了新时期，致力于各种各样的诗的建行的诗人就更多了。不过，诗的建行问题，本质上是"组块"问题。任何新颖独特的建行，如果不考虑短时记忆的容量限制，恐难收到好的效果。

（1987 年 7 月）

短时库贮容量限制与诗的建行

言语动机的强化与言语痛苦的征服

　　人的活动都是受动机支配的。诗的外化是一种言语活动。支配言语活动的动机即言语动机。苏联心理学家维果茨基指出：每一个句子、每一次谈话之前，都是先产生语言的动机，即："我为了什么而说"，这一活动是从哪些情绪的诱因和需要的源泉而来的；口头语言的情境每一分钟都在创造着每一次舌头的转动、谈话和对话的动机。维果茨基这几句话，扼要地涉及了言语动机的作用、言语动机的产生与强化等问题。

　　言语动机是驱使主体进行言语活动的内部原因，它的作用在于启动言语活动，加强言语活动的强度，并引导言语活动达到一定的目的。

　　任何言语活动都不能脱离动机。不管说话者是否能自觉地意识到，我们都可以从他说过的每一句话中寻绎出他这样说的动机。即使是处于创作的"不自觉"状态吧，写出的句子也并非毫无意义的胡涂乱抹，而是与主体的内在需要联系在一起的，这种内在需要沉积在潜意识中，酝酿到一定程度，会通过言语行动迸发出来。

　　从诗的外化来看，言语动机越强烈，那么驾驭语言的自觉性就越强，对语言的追求目标就越高，才有可能承受并征服巨大的"言语痛苦"。

　　言语痛苦是人们在传达过程中所感到的辞难达意的痛苦。经历了一阵发现的喜悦，美好而新鲜的意象在诗人头脑中诞生了，正如尼加拉瓜诗人卢文·达里奥在《我寻求一种形式》一诗中所描述的：

我在寻求我风格中没有的一种形式，
一种渴望成为玫瑰花的思想蓓蕾，
它之出现犹如一吻在我唇前停滞，
又似难以拥抱我的米洛的维纳斯。

绿油油的棕榈装饰着洁白的柱廊；
天上的群星向我预示女神的降临；
然而，这一束光辉却凝滞在我的心灵，
仿佛月下的鸟儿栖息在平静的湖心。

（陈光孚　孙家孟　译）

　　当诗人试图把思想的蓓蕾外化为芬芳的玫瑰花，把凝聚在心灵的光辉投射出来的时候，他却"只感到语言在流窜飞逸"（达里奥语），他找不到合适的语言把它传达出来，即使勉强写出，也总觉得难惬人意，甚至是对自己心目中美好意象的亵渎……此时诗人痛苦已极，睡不安寝，食不甘味。19世纪的俄国诗人纳德松说过一句话："世上没有比语言的痛苦更强烈的痛苦。"此真乃过来人之语。

　　言语痛苦的产生来源于由内部言语转化为外部言语的困难，即我国古代文论上谈到的"意"与"言"的矛盾。《易传·系辞》上早就有"书不尽言，言不尽意"的慨叹。《庄子·秋水》上说："可以言论者，物之粗也；可以意致者，物之精也。"佛教的经典中亦有不少关于神秘的宗教体验是不能简单地用言语表达的论述，如《除盖障菩萨所问经》卷十说："此法惟内所证，非文字语言而能表达，超越一切语言境界。"实际情况也正是这样，人们内心世界漫无边际，人的情感意志随时在发生微妙的变化，瞬间的直觉和顿悟更如电光石火，稍纵即逝，欲把这些内容完美地传达出来，直指性的语言符号是难以胜任的。后来的中外文学家也无不在自己的创作体会中印证了这一点。陆机在《文赋》中讲道："恒患意不称物，文不逮意，盖非知之难，能之难也。"刘禹锡在诗中慨叹："常恨言语浅，不如人意深。"法国女作家德·斯太尔夫人在《德意志论》中说："人们心灵中真正神圣的东西是无法表述的；即使有词汇来表达某些特点，却没有任何东西能表达它的整体，特别是表达各种真实的美的秘密。"①法国诗人瓦雷里则不止一次地指出："无法说出之物，要比其余的事物能说明更多的东西。""最深刻的问题，存在于文字领域以外的地方。"② 心理学家皮亚杰试图解释外部言语不能尽善尽美地传达出内部言语的原因。他认为与思维相伴的内部言语带有一定的"我向性"，即不是按照概念、判断、推理的逻辑程序，而是凭借直觉、想象、幻想或白日梦，以我为是，我觉得怎样便是怎样。这种带有"我向性"成分的内部言语自然会给传达带来极大的困难："例如，我们正在寻求一个问题的答案，这时突然一切都似乎十分清楚了。我们已经理解了，而且在理智上体验到一种独特的满意感。但是当我们想把我们已经理解的东西告诉别人时，我们马上就感到有很多困难。这些困难的产生，不仅是因为当我们想一下子抓住一连串辩论中的关键时，我们对于这些关键没有给予应有的注意；这些困难的产生，也由于我们的判断官能本身。我们过去认为正确的结论，现在看来不再是正确的了。在某些命题之间存在着我们过去连想也没有想到过的空隙，现在为了弥补这些空隙，却发现缺少整个中间一系列的环节。有些论证，因为它们和某些视觉影像图示有联系或者是以某种类比为基础的，在过去看来是有说服力的，现在当我们感到需要求助于这些图式而发现它们是不能沟通的时候，这些论证便立即失去了它们的说服力。当我们明白价值是具有个人性质的时候，我们对于那些与价值判断有联系的命题马上就产生了怀疑。在个人的理解和讲出的解释之间存在着这样的差别。……要了解这种区别的真实情况，我们只需回想一下青年思想的那种无法摆脱的混乱状态。"③ 皮亚杰所谈还只是实用性语言外化的困难，至于诗的

① 德·斯太尔夫人：《德国的文学与艺术》，人民文学出版社1981年版，第42页。

② 瓦雷里：《练习册》，转引自《美学译文》（2），中国社会科学出版社1982年版，第265页。

③ 让·皮亚杰：《儿童的语言与思维》，文化教育出版社1980年版，第63—64页。

吴思敬论新诗

语言由于它的特殊性质，比起实用语言，其外化的困难还要更大得多。

诗的外化对语言有近乎苛刻的要求。文学语言是在日常语言基础上经过加工、提炼的高级形态的语言，诗的语言则又是文学语言中的精英，高踞于语言金字塔的顶端。诗的语言由日常语言和一般文学语言中升华出来，又反过来影响日常语言和一般文学语言。但丁、莎士比亚、普希金这些伟大诗人通过他们的诗歌对他们各自的民族语言的完善和发展产生过巨大影响，这是有目共睹的。也正由于如此，诗人所感觉的"言语痛苦"要远比一般人为甚。我国唐代诗人孟郊在《夜感自遣》中描写过这种痛苦："夜吟晓不休，苦吟鬼神愁。如何不自闲？心与身为仇。"马雅可夫斯基在《我怎样写作》一文中也谈过自己在这方面的体验："当你在刻意搜求韵脚而又没有找到时，生活真是苦到极点。你说话可是你不知说些什么，你吃东西，可是你不知吃些什么。又因你刻意搜求着韵脚，你晚上不会入睡。"

诗的外化过程中带给诗人的痛苦既非常人所能感觉到的，也非常人所能承受的。对诗人来说，征服这种痛苦便意味着一种献身，一种牺牲。如德·斯太尔夫人所说："诗的天才是一种内在的禀赋，它同令人们作出英勇牺牲的禀赋属于同一种性质：写一首壮丽的颂歌无异于做一场英雄主义的梦。"[1] 这就要求诗人必须有一种强烈的言语动机，像杜甫那样"语不惊人死不休"，方能够唤起克服由内部言语向外部言语转化的困难的勇气，以惊人的毅力去寻找那表现内在情思的最适合的一个词，一个标点，一种句式，一种建行……从而在严格的限制中获得一定程度的自由，此时，"言语痛苦"就会转化为某种创造的愉快，这即是普希金所说的："善于驾驭文字的人最为幸福。"[2]

言语动机的强化与言语痛苦的征服

（1987 年 11 月）

① 德·斯太尔夫人：《德国的文学与艺术》，人民文学出版社 1981 年版，第 42 页。
② 列·格罗斯曼：《普希金传》，黑龙江人民出版社 1983 年版，第 397 页。

语 感 浅 谈

    作家秦牧在一个精密仪器展览会上，看到过一部灵敏度很高的天平。人们放一张纸片上去，天平可以精确地称出纸片的重量。如果把纸片拿回来写上一个字，再放上去称，在原来砝码不变的条件下，放置纸片一头的秤盘会稍微低了下去。换句话说，这种精密天平的灵敏度连一个字的重量它都能够反映出来。由这台精密天平，秦牧很自然地联想到语言："文学工作者对于词语感应的灵敏度，也得赛似或超过这具精密天平才好。"① 秦牧所说的对词语感应的灵敏度，通称语感。

    语感体现了诗人内心的生命节奏，在诗意的流动中展开，从而给读者以情绪流动的满足，意象流动的满足，旋律流动的满足。它是衡量诗人语言能力的重要标志之一。

    正如有经验的乐器师能在半音之间找出 20 个至 30 个中间音来，音乐指挥家可以分辨几十人乐队的合奏中一个不谐调的音符一样，诗人对语言的细微差别也有着惊人的感应力。诗人有了对语言的敏感，在外化过程中就能选择最恰当、最贴切的语言符号，每下一字，"如土委地，如矢破的"，这样才有可能使语言达到炉火纯青的地步。唐诗《登鹳雀楼》中有"白日依山尽"一句，说"白日"而不说"落日"，也不说"夕阳"或"斜阳"，这不是由于后者在语法或逻辑上有什么毛病，而是"白日"与"落日"等给人的语感全然不同。"落日"、"夕阳"、"斜阳"显得萧瑟而暗淡，"白日"二字给人的感觉则是灿烂而夺目，符合此诗壮阔而雄

---

    ① 秦牧：《语林采英》，上海文艺出版社 1983 年版，第 35 页。

浑的基调。李瑛的《一月的哀思》中有这样几句："敬爱的周总理，/我无法到医院去瞻仰你，/只好攥一张冰冷的报纸，/静静地/伫立在长安街的暮色里。"曾有读者提出"这里的'攥'字是否改为'捧'字更好些?""攥"和"捧"都是动词，语法上全讲得通。决定用哪一个，就只有凭语感了。李瑛是这样选择的："'四人帮'把持舆论工具，倒行逆施，极力压制报刊对总理逝世活动的报道，电台不广播，报纸不刊载，那种冷漠态度，实在是令人不能容忍的。这里选用了'攥'字，是用以表达作者（也是全国人民）悲愤心情的。我想，这个字，同在夕照里国旗低垂，万民伫立，一任冷风撩起头发等情景一起，可能会较准确地完成一个既万分悲痛又无比愤慨的典型情绪和典型形象。不能用'捧'字，试想，如果用它，该会产生怎样的效果!"①

灵敏的语感是怎样来的?

语感作为语言能力的一个侧面，不能否认是有某些先天因素在内的。美国语言学家乔姆斯基指出：人类学习语言不只是学习单词，而且学习把单词连结为符合语法的句子的规则，从而能运用有限的手段表达无限的思想；人类能做到这些，是因为具有某种重要的先天能力，它是人类物种所特有的，是进化的产物。乔姆斯基提出了一种关于初始结构（initial structure）的假说："根据现在可以得到的最好的材料，作如下假设似乎是合理的：小孩子不得不建立某种转换语法，以便说明给他提出来的数据，就像他能够控制自己对实在物体的概念，或控制他对线和角的注意一样。因此完全可以这样说，语言结构的普遍特性与其说是反映人的经验过程，毋宁说是反映人获得知识的能力（从传统的意义上说，即人固有的观念和原则）的普遍特性。"②

乔姆斯基的观点早已被生理心理学家的研究成果所印证。人类所以会发生语言行为，就在于人类有不同于动物的高级神经活

---

① 李瑛：《关于〈一月的哀思〉的几则答问》，《李瑛研究专集》，解放军文艺出版社1983年版，第90页。

② 诺姆·乔姆斯基：《句法理论的若干问题》，中国社会科学出版社1986年版，第59页。

动的系统。第一信号系统，即条件刺激物直接作用于感觉器官从而形成暂时神经联系，这是人和动物所共同的。第二信号系统，即以语言为信号刺激从而形成暂时神经联系，这是只有人类才有的。高级神经系统的不同不仅决定了人具有动物不可能具备的语言能力，而且也在一定程度上造成了人与人之间在学习、理解和运用语言上的差别。

当然高级神经系统的特征仅是语感形成的先决条件之一，灵敏的语感的获得最终还是要依赖后天的学习和培养。美国语言学家布龙菲尔德认为言语行为本身，"可以改变听者的习性，使他作进一步的反应，例如一首美丽的诗便可以使听者对以后的刺激更加敏感。人类反应的普遍改善和加强，要求大量地用语言来相互作用"①。这就是说，语言实践，尤其是多欣赏大家之作，多接受纯洁、美妙、生动的语言的刺激，无形之中就会受到熏陶，使自己对语言的感觉更趋敏锐。在这里尤其要注意早期培养。儿童时代是学习语言的黄金时代。儿童时代受到的语言启蒙训练，将使终生受用无穷。

（1987 年 11 月）

① 布龙菲尔德：《语言论》，商务印书馆 1980 年版，第 44 页。

写得好就是控制得恰到好处

　　一位内心有丰富体验、笔下又有相当造诣的诗人，在诗情袭来的时候往往连铺正稿纸都来不及，下笔迅疾，势如奔湍，显示出在外化过程中的某种自动性。然而这看似自动的，不自觉的外化行为，并非全然像脱缰的野马毫无目的地任意驰突，实际上缰绳还是紧紧攥在诗人的手中。换句话说，诗人写诗不仅要有强烈的内心冲突，而且要有必要的控制力。美国诗人庞德一再强调："写得好就是控制得恰到好处：作者所说的，正是他所要说的。""归根结底，诗人之所以是诗人，就在于他具有一种持久的感情。同时还有一种特殊的控制力。"①

　　所谓控制力，就是诗人写作过程中通过主体意识调节自己的行为、纠正创作的偏颇与失误的心理能力，这种控制力主要体现在以下两个方面。

　　从内在来说，是对以情绪为主导的心理流的控制，也就是情感的控制。凡是有人类的地方就有情感存在，正是情感世界的丰富、变化、和谐，才使得人类世界显得更加神奇、美妙和充满活力。诗人处于不同的情感状态下，他的知觉、思维、想象等心理活动均会有明显的变化。诗以抒情为主要特征，诗人的情绪状态，直接影响诗人的创作。诗人如果心如死灰，任何强烈的刺激都不能使内心泛起涟漪，那么自然不能写诗。反过来，感情过于强烈、亢奋、势不可遏，在这种状况下也不宜写诗。铁匠淬火完

---

　　①　庞德：《严肃的艺术家》，《现代西方文论选》，上海译文出版社 1983 年版，第 264、267 页。

全在锻件温度和水温的把握，差一点都不行。诗人写诗也贵在恰如其分，多一点不行，少一点也不行。许多诗人的创作实践表明，原始的、生糙的、过分强烈的情感，不加节制地倾泻出来，对诗的创作是很不利的。西班牙诗人洛尔伽说："我不能相信任何一个伟大的艺术家是在狂热的状态下进行创作的。甚至于神秘作家，也要等到不可捉摸的圣灵的鸽子飞出它们的斗室，消失在云端以后，才重新开始他们的工作的。"① 梁小斌也谈过自己的体验，"刚发现一个素材，诗人可能要激动，但不能老是'激动不已'。激动，必然妨碍诗的正确表达。在某种意义上，诗是心情冷静的产物。激动，容易讲过分强烈的话。一首诗如果靠情感过分强烈来感动人，这样的诗，只能让我们激动不已。激动之后，必然索然无味。一个诗人的良好素质，可能在于他是否能够控制感情，不让它自由泛滥"②。这就是说，诗人只沉浸在真情实感中还不够，重要的在于把这真情实感转化为意象完美地传达出来。诗人不仅要"入乎其内"，还要"出乎其外"，也就是不仅要取得真情实感，还要善于把自我的情感作为客体来进行观照，把握好情感表达的分寸。对情感的控制反映了主体在艺术实践中的控制机能，也是哲学上的"度"在诗歌创作中的体现，唯物辩证法告诉我们，凡事物都有一定的限度，超过它就会成为别的事物。对情感的把握亦是如此，一方面诗人要有情感，且这情感须达到一定的燃烧点，而不应当是"微温"的。另一方面，诗人的感情燃烧起来后，必须予以调节与控制，使整个心理场内既保持足够的热度，而又不至于放野火。须知，"过犹不及"，常见某些作者在感情冲动下写出的直白呐喊，甚至是声嘶力竭的作品，在作者看来似乎满足了自己感情的发泄，在读者读来却淡而无味，绝难唤起审美的共鸣。怎么办呢？这里关键是靠诗人的控制力发挥作用。诗人应始终保持一种清醒的自我意识，当一种

---

① 加西亚·洛尔伽：《论路易斯·德·贡戈拉的诗的想象》，《欧美古典作家论现实主义与浪漫主义》（一），中国社会科学出版社 1980 年版，第 208 页。
② 梁小斌、徐敬亚：《诗友通讯·一首诗是怎么写出来的》，《星星》1983 年第 8 期。

强烈的感情冲动袭来的时候，不一定马上动笔，而是让这股感情的激流在心中隐伏下来，经过酝酿，把原始的、生糙的、直线进行的情感，转化为审美的、细腻的、富有层次的情感，在这种心态下写出的诗才能达到喜而不露、怒而不纵、勇而不莽、乐而不淫、哀而不伤。

　　情感的控制从根本上讲要从调节自己的个性、涵养自己的心灵入手，使生糙的情感转化为细腻，使浮躁的情感转化为深沉，使庸俗的情感转化为高尚，从而让自己的情感世界变得美好、纯洁，丰富、隽永，这是写出好诗的基础。在具体的创作过程中，情感的控制表现为与情感的兴奋点拉开一定的距离。情感过程是谁都要经历的，但当情感进入高潮以后，则不宜立即进入创作过程，最好能使情感沉静下来，从而在沉静中加以回味。华滋华斯说："诗起于沉静中回味得来的情绪。"[1] 鲁迅在 1925 年 6 月写给许广平的信中说："沪案以后，周刊上常有极锋利肃杀的诗，其实是没有意思的，情随事迁，即味同嚼蜡。我以为情感正烈的时候，不宜作诗，否则锋芒太露，能将'诗美'杀掉。"[2] 这些话都是讲情感的控制。诗人的创作实践表明，会控制情感的人才能写出好诗。苏联诗人巴格里茨基曾在昆采沃住过六年。租了一个铁路员工的房子，这位房东是个典型的小私有者，他拥有一块非常坚实的产业，还想扩大自己的产业，多了还要多。但他的女儿瓦连季娜·德科，虽然在这个家庭长大，她的行为和观点与其父却截然不同。这个女儿是个非常积极的少先队员，是少先队主席。诗人的儿子和她同学。后来她不幸得了猩红热，在生命垂危之际，母亲来到她床前，拿来一个十字架；然而这位少先队员拼着死命把十字架扔掉了，而是举起一只胳膊，行了一个少先队员的队礼，就这样死去了。巴格里茨基对这位优秀少先队员之死，非常痛心；但在痛苦的感情最强烈的时候，他没有写诗。等悲痛

　　① 转引自《朱光潜美学文集》第二卷，上海文艺出版社 1982 年版，第 281 页。
　　② 鲁迅：《两地书·三二》，《鲁迅全集》第 11 卷，人民文学出版社 1981 年版，第 97 页。

的感情沉静下去，两年后才动笔写了《一个少先队员之死》，在苏联诗歌中首次塑造了优秀的少先队员的形象。1926年冬天，当闻一多得知了爱女立瑛夭亡的消息后，悲痛异常。他赶回浠水老家后，没有进家门，就先打听立瑛的墓地。回到家里，看到立瑛的遗物，很动感情。立瑛的书，他小心地把它包起来，上面写着："这是立瑛的。"他没有立即写诗，而是过了一段时间，在内心的悲痛沉静下来以后，才写了"葬歌"《也许》。诗人控制住自己的情感，没有捶胸顿足的姿态，没有声嘶力竭的哀号，而是以舒缓平静的语调写道：

　　也许你真是哭得太累，
　　也许，也许你要睡一睡，
　　那么叫夜鹰不要咳嗽，
　　蛙不要号，蝙蝠不要飞，

　　不许阳光拨你的眼帘，
　　不许清风刷上你的眉，
　　无论谁都不能惊醒你，
　　撑一伞松阴庇护你睡，

　　也许你听这蚯蚓翻泥，
　　听这小草的根须吸水，
　　也许你听这般的音乐，
　　比那咒骂的人声更美；

　　那么你先把眼皮闭紧，
　　我就让你睡，我让你睡，
　　我把黄土轻轻盖着你，
　　我叫纸钱儿缓缓的飞。

女儿已经死了，诗人却当她还活着，只不过想睡一睡，于是在她的坟旁唱起了摇篮曲。巨大悲痛的洪水经过控制和调节后，变成了汩汩流动的清泉。从这样的诗作中，我们最能看出诗人的控制力，诗人没有被强烈的感情压倒，而是把握好恰当的分寸，既尽情挥洒，又有一定节制。

从外在来说，控制力又主要体现为对结构和言语的控制。

结构控制是就诗作整体而言的，属于宏观控制。结构控制不单纯是解决一个叙述顺序问题，更重要的在于从宏观角度把全诗看成一个系统，把诗的每一节、每一行乃至每个词语都看成是系统的有机组成部分。结构控制使得诗人在写作过程中能做到全局在胸，有所依傍，从消极方面说，避免出现虎头蛇尾、肢体残缺、顾此失彼、照应失当等结构上的毛病；从积极方面说，可以把诗歌写得完整匀称，文气贯通，有开有合，有直有曲，有藏有露，有断有续，有抑有扬，有疏有密，有成有破，有起有落……总之，成为一个富有高度审美价值的有机的整体。

言语控制即在遣词造句上达到一定"语言阈限"，既不"过"，又非"不及"，属于微观控制。在审美活动中，来自客观对象的刺激必须达到一定的量并保持一定时间的持续作用，才能使主体产生美感。这种足以引起美感的最小刺激量，叫做"感觉阈限"，小于阈限的刺激量，便无法引起人的美感，比如人们看不清相距太远的画面，听不清音量过小的音乐。大于阈限的刺激量，也无法引起人的美感，比如音强超过140分贝，引起的就不再是正常听觉，而是不舒服，发痒或压痛感。

诗歌向读者提供的是语言信息，这种信息也必须达到一定的量才能被读者所接收，并唤起读者的审美想象，这就是诗的"语言阈限"。达不到这个"阈限"，给人的印象是大片空白或模模糊糊，读者的大脑皮层不能引起兴奋，已有的贮存信息不能被激活，就很难对输入的信息进行再加工，审美体验与审美想象也就无从进行了。如果大大超过了这个"阈限"，大脑皮层兴奋点过多，便会导致负诱导，各个兴奋中心之间互相抑制，读者就会感到疲劳。只有诗人给的语言信息恰恰达到阈限，读者的注意、理解、联想、想象等心理因素才能充分调动起来，从而出现感觉敏锐、反射迅速、美感强烈、兴会最佳的鉴赏心态。诗人对言语的控制归根结底就是根据对"语言阈限"的把握，向读者提供经济的而又足够的信息量。絮絮叨叨固然不好，一味苟简也非上策。杜牧的《清明》诗"清明时节雨纷纷，路上行人欲断魂。借问酒家何处有，牧童遥指杏花村，"本是千余年来脍炙人口的绝句。有人把此诗压缩为五言："时节雨纷纷，行人欲断魂。酒家何处有，遥指杏花村。"又有人认为这还不够，还可以再压成三言："雨纷纷，欲断魂。何处有，杏花村。"压成五言，已伤其骨，压成三言，诗作提供的信息远达不到唤起读者再创造的应有阈限，读者眼前只有几个残破的意象在跳动，便绝难构成一幅意境深邃的画面了。

（1987 年 8 月）

吴思敬论新诗

欲为诗，先修德

我国最古老的一部艺术理论著作《乐记》中有这样一句话："致乐以治心"，意思是说"乐"所特有的作用是"治心"，也就是影响人们的情感，唤起人们的美好的人性。如今两千多年过去了，人类早就进入了高度发达的工业化社会和后工业化社会，但艺术的"治心"的功能并没有丧失。西方有的美学家针对高度发达的、一体化的工业社会对人性的摧残，提出艺术在现代社会中的作用就是"拯救绝望"，得到许多现代诗人和艺术家的共鸣。美国作家桑塔雅纳说："在世界分解为碎块之时，艺术来到了……"法国当代诗人让·贝罗尔在我国讲学时也说："诗歌中贯穿着一根火线：中止绝望，维系生命。"这些话高度概括了在现代社会中诗的"治心"的效应。

一个人内在的品格、秉性必定要在他的语言行动中自然显示出来，伪装是没有用的。诗人的道德风貌与他的诗作的关系也是如此。唐代书法家柳公权有句名言："心正则笔正"，说的是书法。清代诗人薛雪把这句话引申到诗歌创作中来："要知道心正则无不正，学诗者尤为吃紧。盖诗以道性情，感发所至，心若不正，岂可含毫觅句乎？昔有人问余曰：谚云'歪诗'，何谓也？余戏之曰：诗者，心之言、志之声也。心不正，则言不正，志不正，则声不正，心志不正，则诗亦不正，名之曰'歪'，不亦宜乎？"（《一瓢诗话·七》）薛雪所强调的"心正"，属于伦理道德范畴；"笔正"则属于艺术创作范畴。"心正则笔正"，简练而精粹地阐明了诗人的道德风貌与诗作的密切关系。

要做到"心正"，诗人就必须加强自身的人格建设，提高自己的道德水准，也即是说，欲为诗，先修德。而道德的修养，从根本上说，靠自律，而非他律。诗人要善于调控心理能量的释放与发泄，对不符合目标需要与道德规范的内在心理冲动要遏制和疏导，对符合目标需要与道德规范的心理动力则要激发与维持，这即是通常所说的道德的自我约束。诗人作为文化精英，不仅要通过他的创作给人们带来审美的惊喜，同时应当比一般人承担更多的道义上的责任：是诗人，也是君子，欲求笔正，先要正心。这就要求他不断调节自己的个性，涵养自己的心灵，让浮躁的心态转化为深沉，让庸俗的情感转化为高尚，从而使自己的内心世界变得美好、纯洁、丰富、隽永，这才是写出好诗的基础。

我们正在处于一个大变革的时代。诗是不能直接变革世界的，但是它却能对参与变革世界的人造成影响。它使人们在凝神观照审美客体的同时，也把探测的光柱投向自己的灵魂深处而扪心自问：我的良知在哪里？我生命的意义和价值如何？从而激发自己摆脱动物本能和种种异化状态，充分释放自己的潜能，在改变自然、社会和人的伟业中实现自我，做一个大写的人。

（2006 年 5 月）

诗人应当是一个民族中关注天空的人

    当商品经济大潮和大众文化的红尘滚滚而来的时候，也许低俗是不可避免的；但不能所有人都去低俗，而应当有中流砥柱来抵制低俗。也就是说，有陷落红尘的人，就应有仰望天空的人。正如黑格尔所说，一个民族有一些关注天空的人，他们才有希望；一个民族只是关心脚下的事情，那是没有未来的。

    毫无疑问，诗人应当是一个民族中关注天空的人。固然，天空是美的，如哥白尼所说："有什么东西能够跟天空相媲美，能够比无美不臻的天空更美呢！"[①] 不过，我们这里说的对天空的关注，不单是迷醉于天空的美，而是指天空所能给我们的启发与想象，如同康德在《自然通史和天体论》中所描写的："宇宙以它的无比巨大、无限多样、无限美妙照亮了四面八方，使我们惊叹得目瞪口呆。如果说，这样的尽善尽美激发了我们的想象力；那末，当我们考虑到这样的宏伟巨大竟然来源于唯一的具有永恒而完美的秩序的普遍规律时，我们就会从另一方面情不自禁地心旷神怡。"[②] 实际上，对天空的关注，更是指把个人的存在与宇宙融合起来那样一种人生境界的关注。

    人生是一个过程，寄居于天地之间，追求不同，境界也就存在着高低的差别。诗人郑敏在西南联大哲学系念书时，听过冯友兰先生讲"人生哲学"课。冯先生把人的精神世界概括为由低

---

    ① 转引自米·贝京《艺术与科学——问题·悖论·探索》，文化艺术出版社1987年版，第86页。

    ② 同上书，第226页。

而高的"四大境界":自然境界、功利境界、道德境界、天地境界。自然境界,是说一个人做事,只是顺着他生物学的本能和社会的习俗,对于他所做的事情的性质,并没有清楚地了解,处于混沌的状态。功利境界,是说这种境界中的人,其行为是"为利"的。他的行为,或是求增加他自己的财产,或是求发展他自己的事业,或是求增进他自己的荣誉。他所做的事,其后果可以有利于他人,其动机则是利己的。道德境界,是说在此种境界中的人,其行为是"行义"的("义"与"利"是相反相成的。求自己的利的行为,是"为利"的行为;求社会的利的行为,是"行义"的行为)。他意识到,社会与个人,并不是对立的。人不但须在社会中,始能存在,并且须在社会中,始得完全。社会是一个"全",个人是"全"的一部分。部分离开了"全",即不成其为部分。他为社会的利益去做各种事,不是以"占有",而是以"贡献"为目的。天地境界,是指在此境界中的人,知道人不但是社会的"全"的一部分,并且是宇宙的"全"的一部分。不但对于社会,人应有贡献,即对于宇宙,人亦应有贡献。人不但应在社会中,堂堂地做一个人,亦应在宇宙间,堂堂地做一个人。人的行为,不仅与社会有干系,而且与宇宙有干系。他觉解人虽只有七尺之躯,但可以"与天地参";虽上寿不过百年,而可以"与天地比寿,与日月齐光"①。这样看来,只有立于天地境界的人,才算是"大彻大悟",才能对宇宙、人生有完全的体认和把握。这样的人,就其形体而言,他仍是自然的一部分,但是就其精神而言,却超越了有限的自我,进入浑然与天地融合的最高境界,这也是最高的人生境界,如冯友兰所言:"天地境界是人的最高的'安身立命之地'……有一种超社会的意义。"②

作为人生最高境界的天地境界,与审美境界是相通的。一个

---

① 参见冯友兰《新原人》第七章《天地》,《冯友兰学术论著自选集》,北京师范学院出版社 1992 年版,第 224—227 页。

② 冯友兰:《三松堂自序》,生活·读书·新知三联书店 1984 年版,第 267 页。

人在审美境界中获得的"顶峰体验",便是一种主客观交融的生命体验。此时,审美主体从拘囿自己的现实环境、从"烦恼人生"中解脱出来,与审美对象契合在一起,进入一种物我两忘、自我与世界交融的状态,精神上获得一种解脱,获得一种空前的自由感。《管子》上说:"人与天调,然后天地之美生。"天即宇宙,宇宙是人所生活的大环境,人只有和宇宙这个大环境保持一致,才能领略到人生之美,宇宙之美,抵达人类生存的理想世界和精神的澄明之境。

仰望天空便是基于人与宇宙、与自然交汇中最深层次的领悟,强调对现实的超越,强调内心的无限自由对外在的有限自由的超越,强调在更深广、更终极意义上对生活的认识,从而高扬生生不息的生命精神,提升自己的人生境界。认识宇宙,也就是认识人类自己。人类在现实世界中受到种种的限制,生命的有限和残缺使得人类本能地幻想自由的生存状态,寻求从现实的羁绊中超脱出来。而诗歌作为人类生命活动的象征形式,是力图克服人生局限,提升自己人生境界的一种精神突围。

伟大的诗篇都是基于天地境界的。曹操的《步出夏门行·观沧海》,陈子昂的《登幽州台歌》,张若虚的《春江花月夜》,苏轼的《水调歌头·明月几时有》等,之所以成为千古绝唱,就是因为它们传达了宇宙人生的空漠之感,那种对时间的永恒和人生的有限的深沉喟叹,那种超然、旷达、淡泊宁静的人生态度,成为诗学的最高境界。

在现代优秀诗人的身上也不难寻觅出这种超然与旷达。梁宗岱在欧洲的时候,曾在南瑞士的阿尔卑斯山一个五千余尺高的山峰避暑,直到这时,他才体会出歌德《流浪者之夜歌》中最深微最隽永的震荡与回响:

> 我那时住在一个意大利式的旧堡。堡顶照例有一个四面洞辟的阁,原是空着的,居停因为我常常夜里不辞艰苦地攀上去,便索性辟作我底卧室。于是每至夜深人静,我便灭了烛,自己俨然是脚下的群松与众峰底主人翁似的,在走廊上

凭栏独立：或细认头上灿烂的星斗，或谛听谷底的松风，瀑布，与天上流云底合奏。每当冥想出神，风声水声与流云声皆恍如隔世的时候，这雍穆沉着的歌声便带着一缕光明的凄意在我心头起伏回荡了。①

身兼美学家与诗人双重身份的宗白华也曾描述过类似的心境：

> 从那时以后，横亘约摸一年的时光，我常常被一种创造的情调占有着。黄昏的微步，星夜的默坐，大庭广众中的孤寂，时常仿佛听见耳边有一些无名的音调，把捉不住而呼之欲出。往往是夜里躺在床上熄了灯，大都会千万人声归于休息的时候，一颗战栗不寐的心兴奋着，静寂中感觉到窗外横躺着的大城在喘息，在一种停匀的节奏中喘息，仿佛一座平波微动的大海，一轮冷月俯临这动极而静的世界，不禁有许多遥远的思想来袭我的心，似惆怅，又似喜悦；似觉悟，又似恍惚。无限凄凉之感里，夹着无限热爱之感。似乎这微渺的心和那遥远的自然、和那茫茫的广大的人类，打通了一道地下的深沉的神秘的暗道，在绝对的静寂里获得自然人生最亲密的接触。我的《流云小诗》，多半是在这样的心情中写出的。②

梁宗岱与宗白华结合他们切身体验所描绘的，正是一种自我与天地交融的审美心境，这是最好的诗的鉴赏的心境，也是最好的诗的创作的心境。在这种心境下写出的诗，才能"唤起我们感官与想象底感应，而超度我们底灵魂到一种神游物表的光明极乐的境域"③。

郑敏在西南联大听了冯友兰先生的人生哲学课后，她体会

吴思敬论新诗

---

① 梁宗岱：《谈诗》，《诗与真·诗与真二集》，外国文学出版社 1984 年版，第105 页。

② 宗白华：《我和诗》，《美学散步》，上海人民出版社 1981 年版，第 242 页。

③ 梁宗岱：《谈诗》，《诗与真·诗与真二集》，外国文学出版社 1984 年版，第95 页。

到："只有将自己与自然相混同，相参与，打破物我之间的界限，与自然对话，吸取它的博大与生机，也就是我所理解的天地境界，才有可能越过得失这座最关键的障碍，以轻松的心情跑到终点。"晚年的郑敏曾说过："写诗要让人感觉到忽然进入另外一个世界，如果我还在这个世界，就不用写了。"① 进入新世纪后，她在《诗刊》上发表《最后的诞生》，这是一位年过八旬的老诗人，在大限来临之前的深沉而平静的思考：

> 许久，许久以前
> 正是这双有力的手
> 将我送入母亲的湖水中
> 现在还是这双手引导我——
> 一个脆弱的身躯走向
> 最后的诞生
> ……
> 一颗小小的粒子重新
> 飘浮在宇宙母亲的身体里
> 我并没有消失，
> 从遥远的星河
> 我在倾听人类的信息……

面对死亡这一人人都要抵达的生命的终点，诗人没有恐惧，没有悲观，更没有及时行乐的渴盼，而是以一位哲学家的姿态冷静面对。她把自己的肉体生命的诞生，看成是第一次的诞生，而把即将到来的死亡，看成是化为一颗小小的粒子重新回到宇宙母亲的身体，因而是"最后的诞生"。这种参透生死后的达观，这种对宇宙、对人生的大爱，表明诗人晚年的思想境界已达到其人生的峰巅。

可喜的是，不只是饱经沧桑的老诗人，不少由青春写作起步，而现在已步入成熟的中年诗人，也开始理解并神往这种与自

① 刘溜：《"九叶"诗人郑敏》，《经济观察报》2009 年 9 月 21 日。

然融合、与天地合一的境界。

蓝蓝说："宇宙感的获得对于诗人，对于欲知晓人在世界的位置、人与现实世界的关系，直至探求有关认识自我、生与死等问题的一切思想者，有着不言而喻的意义。"①

杜涯认为，诗人应当"以人类悲苦为自己悲苦，以天地呼吸为自己呼吸，以自然律动为自己律动，以万物盛衰为自己盛衰，以时空所在为自己所在，以宇宙之心为自己之心。他心中因而获取了一种新的前所未有的力量：达于时空、与天地万物交融、与世界从容交谈的力量。他开始获得一种世界意识，以至宇宙意识：他进入了世界的核心，进入了万物，与其合而为一。此时的诗人，他的精神已遍及时空，触及万物，优游无碍，与世间万物呈足够的交叉关系、相容关系：包容于万物之中"②。

王小妮说："让我们回想一下，现在的春夏秋冬一年里面，能有几个朗朗的晴天？如果一个人能在他自己的头顶上，随时造出一块蓝天，只有他才能看见的，是蓝到发紫的蓝天，这不是人间的意外幸福吗？有许多人说，他除了等飞机，三年五年里都没抬头看过天，他活着其实是个负数，是亏损的。"③

李琦说："少年时代，我学过舞蹈。在我眼里，舞蹈老师简直灵异而神奇。她说，把手伸起来！伸向天空的时候，要感觉到手就在长……她还在指导我们在舞蹈中发现远方。她说：往远处看，眼里要有一个远方，非常美、非常远的远方……想起遥远的少年时代，我更清楚了自己是个什么样的人，也越发理解了当年的舞蹈老师。她是那种真正爱艺术的人，犹如我真正需要诗歌。老师的舞蹈和我的写作首先是悦己的，是一种自我痴迷，是心旷神怡。现实生活是一个世界，舞蹈或写作是另一个世界。我们是拥有两个世界的人。现实生活里经历的一切，会在另一重精神世界里神秘地折射出来。实际上，只有在这个虚幻的精神世界里，

① 蓝蓝：《"回避"的技术与"介入"的诗歌》，《文艺争鸣》2008 年第 6 期。
② 杜涯：《诗，抵达境界》，《诗探索·理论卷》2010 年第 1 辑。
③ 王小妮：《第二届华语文学传媒大奖年度诗歌奖获奖演说》，《王小妮的诗》，华艺出版社 2005 年版，第 3 页。

吴思敬论新诗

我们才能蓬勃而放松，手臂向天空延长，目光朝远处眺望。这才真正是'诗意地栖居'。"①

蓝蓝、杜涯、王小妮、李琦均是新世纪来很有影响的诗人。蓝蓝、杜涯的话直接表明了她们对天地境界这一人生最高境界的认同与向往。王小妮提出的在自己的头顶上造出一片蓝天，是用自己的语言方式表达了诗人企望一种精神上的提升。李琦从舞蹈老师那里悟出的"现实生活里经历的一切，会在另一重精神世界里神秘地折射出来"，实际也正是由现实世界向天地世界的一种延伸与超越。这些话不同于朦胧诗人的启蒙的宣告，也不同于80年代第三代诗人的语言的狂欢，其内涵的深刻与到位，反映了进入新世纪以来，年轻诗人的成熟。

基于天地境界的诗歌写作即是所谓灵性书写，强调的是精神境界的提升，即由欲望、情感层面向哲学、宗教层面的挺进，追求的是精神的终极关怀和对人性的深层体认。每一位诗人，因为所处环境不同、经历不同会有不同的人生经验，但这些具体琐屑的人生经验永远满足不了诗人理想与情感的饥渴，他渴望超越。灵性书写，就是诗人实现精神超越的一种途径。

卢卫平从小就有一种对天空的向往，这是母亲留给他的启示："我四岁时　母亲教我数星星……/母亲说　世上没有谁能数完天上的星星/没有谁不数错星星/没有星星会责怪数错它的人/数过星星的孩子不怕黑夜/星星在高处照看着黑夜的孩子/母亲死后　留给我的除了悲痛/就是我一直在数的星星"（《遗产》）。正是母亲从小教导他的对浩渺星空的敬畏，他才写出了这首颇有深度的《在命运的暮色中》：

> 在命运的暮色中
> 一个盲人在仰望天空
> 一个聋子在问盲人　看见了什么
> 盲人说　看见了星星

聋子沿着盲人的方向望去
有星闪烁
聋子问　你是怎么看见的
盲人说　坚持仰望
就有不灭的星在内心闪耀

你听见星星在说什么
盲人问聋子
聋子说　星星正和我们的患难兄弟
哑巴在交谈
哑巴的手语告诉我
星星将引领我们走向光明的坦途

这是一首带有浓重的寓言色彩的诗。盲人和聋子，他们尽管肉体的感官有缺陷，但他们依然能够凭心灵感官感应这个世界，这种特殊的感应能力是基于信仰与大爱：他们坚持仰望，坚持倾听，最终都获得了心灵的补偿。这是一种向上的灵性书写，强调的是精神境界的提升。

鲁西西也是一位善于从平凡的生活现象得出不平凡的人生体悟的诗人。1、2、3，这是今天幼儿园的孩子就认识的最简单的数字了，鲁西西却从中发现了诗：

让我先说说 1 吧，这是多美的第一天。
我不得不把 1 当作一个章节。
凡歌里有 2 的，这歌就不是孤独的。

当我说到 2，我们就开始含笑，
因为有了爱情，就有了指望，
特别那爱情，是我们骨中的骨，肉中的肉。

3 是众人，土地，是大多数，

这么多的儿女，果园，和香柏树，我爱他们，

但是没有感到心满意足。

这首诗题为《创世纪》，这么大的题目，鲁西西写来，却举重若轻。1、2、3是一切事物的起点，却通向无穷，通向永恒。诗人用三个简单数字架构全诗，这与老子《道德经》上的"道生一，一生二，二生三，三生万物"，恰有异曲同工之妙。这也正是中国诗人笔下的"创世纪"。鲁西西具有一种把哲理的思辨融入她的艺术知觉的能力，当她面对外部世界的时候，她所捕捉与描绘的意象通常与她内心的感悟浑然一体：

每天早晨，当我醒来，

都听见有个声音对我说：把手伸出来。

太阳光满满地，落在我手上，

一阵轻风紧随，把我的手臂当柳树枝。

还有那眼看不见，手摸不着的，

你都当礼物送给我。

我接受的样子多么温柔啊！

这首题为《礼物》的诗，表面上写的是清晨所见所感，却不同于一般的即景之作，人与自然是那样的谐和，充满了一种博大的胸怀和感恩的心念。

仰望天空体现了诗人对现实的超越，但这不等于诗人对现实的漠视与脱离。人生需要天空，更离不开大地。海德格尔说："作诗并不飞越和超出大地，以便离弃大地，悬浮于大地之上。毋宁说，作诗首先把人带向大地，使人归属于大地，从而使人进入栖居之中。"① 这是由于审美作为人的存在方式，不是指向抽

---

① 海德格尔：《讲演与论文集》，孙周兴译，生活·读书·新知三联书店 2005年版，第 201 页。

象的理念世界或超验的彼岸世界，而是高度肯定和善待现实生活中的个体生命与自由。因此，终极关怀脱离不开现实关怀。能够仰望天空的诗人，必然也会俯视大地，重视日常经验写作。把诗歌从飘浮的空中拉回来，在平凡琐屑的日常生活中发现诗意，这更需要诗人有独特的眼光，要以宏阔的、远大的整体视点观察现实的生存环境，要在灵与肉、心与物、主观与客观的冲突中，揭示现代社会的群体意识和个人心态，让日常经验经过诗人的处理发出诗的光泽，让平庸的生活获得一种氤氲的诗意。滚铁环，这是诗人王家新儿时与许多孩子共有的人生经验，多年以后他对这一游戏有了新的体悟：

我现在写诗
而我早年的乐趣是滚铁环
一个人，在放学的路上
在金色的夕光中
把铁环从半山坡上使劲往上推
然后看着它摇摇晃晃地滚下来
用手猛地接住
再使劲地往山上推
就这样一次，又一次——

如今我已写诗多年
那个男孩仍在滚动他的铁环
他仍在那面山坡上推
他仍在无声地喊
他的后背上已长出了翅膀
而我在写作中停了下来
也许，我在等待——
那只闪闪发亮的铁环从山上
一路跌落到深谷里时
溅起的回音？

我在等待那一声最深的哭喊

如果联想到这首诗的题目是《简单的自传》，那么诗中的滚铁环就不再单纯是一种寻常的游戏，而被赋予了象征内涵。滚铁环的男孩，就像不停地推石上山的西西弗斯一样，为了理想永不言弃，这也是诗人内心世界的写照。在这个滚铁环的孩子身上我们看到了诗人对诗的钟爱，对诗人使命的理解，以及把诗歌与生命融为一体的人生态度。

在物欲横流，道德沦丧，世俗的红尘遮蔽了人性的诗意本质的时代，不能不让人思考海德格尔提出的一个有名的命题："在一个贫乏的时代里，诗人如何为？"[1] 做一个民族中关注天空的人，就是诗人对这一命题的肯定的回答。在任何一个时代，诗人都不能把自己等同于芸芸众生。他不仅要忠实地抒写自己真实的心灵，还要透过自己所创造的立足于大地而又向天空敞开的诗的世界，展开自觉的人性探求，坚持诗的独立品格，召唤自由的心灵，昭示人们返回存在的家园。

（2012 年 4 月 18 日）

诗人应当是一个民族中关注天空的人

---

① 海德格尔：《诗·语言·思》，彭富春译，文化艺术出版社 1991 年版，第 82 页。

后　记

　　我从 1978 年 3 月在《光明日报》发表诗歌评论的处女作《读〈天上的歌〉兼谈儿童诗的幻想》，到现在已经三十余年了。回顾我走过的诗歌评论的道路，有个明显的特色，那就是评论与理论并重。我在追踪当下诗歌潮流、品评当代诗人作品的同时，一直在进行有关新诗理论建设问题的思考。有些片断的想法，便写成单篇的文章，发表在报刊上；较为系统的思考，则体现在《诗歌基本原理》、《诗歌鉴赏心理》、《心理诗学》等专著中。从 20 世纪 90 年代起，我承担了有关诗歌史方面的国家社会科学基金项目，这样又进入诗歌史研究。进入新世纪后先后出版的《诗学沉思录》、《走向哲学的诗》、《自由的精灵与沉重的翅膀》等，便是我在诗歌评论、诗歌理论与诗歌史研究方面部分成果的结集。

　　呈现在读者眼前的这部《吴思敬论新诗》，是我有关新诗理论文章的一个选本。这中间除少数文章是近年所写没有结集出版的之外，多数文章选自我的几部专著和论文集，大致可以看出我对新诗的一些基本观点。

　　在我看来，新诗的灵魂全在自由二字，这是因为诗人只有葆有一颗向往自由之心，听从自由信念的召唤，才能在宽阔的心理时空中任意驰骋，才能不受权威、传统、习俗或社会偏见的束缚，才能结出具有高度独创性的艺术思维之花。对新诗的自由精神的肯定与张扬，是我论述有关新诗基本理论问题的一个出发点。

　　我渴望心灵的自由。尽管明知在现实的生存环境下，真正的自由不过是一种奢望，但我在阅读新诗、研究新诗的过程中，能和诗人们一起感受到自由的气息，能让自己的心理时空瞬间廓大起来，我的内心也就获得了某种程度的满足。在 2012 年 11 月召开的"吴思敬诗学思想研讨会"上，王光明教授在发言中将我的诗学思想概括为"自由的诗学"，我是认同的。

对心灵自由的渴望，使我一开始就是从主体性原则出发来思考诗学问题的。对此，吴晓教授和王治国博士做了很到位的分析："吴思敬诗学思想的主体论特质，不仅体现在其诗学理论以主体的内心世界或主体的创造质数为主要研究对象，而且更主要地体现在他以之作为其诗学理论的逻辑核心与准则上，以心理学为参照系对诗歌创作心理、诗歌鉴赏心理、诗歌创作心态、诗人个性特质的分析就是最好的例证。换句话说，我们也只有以主体性为视角才能更有效地阐释吴思敬诗歌理论与批评的特质所在。"① 正如他们所言，我诗学观念中的主体论特质，决定了我在 80 年代中期乱花迷人的方法论讨论中写出《用心理学的方法追踪诗的精灵》一文，并在此后的研究实践中，力图从心理的角度，去探寻诗学原理，考察与追踪诗歌的生成过程。翻开这本《吴思敬论新诗》，到处能看到引入心理学方法的痕迹。因而，"心理诗学"不只是我写的一部书的名字，更是我的新诗整体观念的一个体现，即吴晓和王治国说的："与其说'心理诗学'是对'社会诗学'的对抗，毋宁说是在'社会诗学'基础上又前进了一步。当然，吴思敬以心理学为参照系对诗歌本质的定位是针对当时主要是从社会学这一外部规律的角度研究诗歌的传统方法而提出的，但针对不是反对，更不是抛弃。心理学参照系的提出是为了矫正社会学维度的僵硬与机械，二者是一个配合关系。也就是说，吴思敬诗学思想中的主体乃是一个物质性（社会学）与精神性（心理学）相统一的诗歌创造主体。"

收在这个集子中的文章，主要是谈新诗，但是细心的读者可

---

① 吴晓、王治国：《论吴思敬诗学思想的主体论特质》，《当代作家评论》2013 年第 2 期。

能会发现许多文章中征引了不少古代诗歌理论及古代诗歌的相关资料，这也可以说是有意为之。新诗是从对古典诗歌的反叛开始的，新诗在其发展过程中，汲取了大量西方现代诗歌理论资源。尽管新诗无论思想情感内涵还是外部形态都与古典诗歌有明显差异，但是民族的心理定势、诗歌文化的固有传统、积淀在中国历代诗人意识与潜意识中的诗歌审美观念的共性成分，使新诗与古典诗歌之间依然有着割舍不断的内在联系，贯通着发展了的但又有着同一性的诗歌精神。自 20 世纪 90 年代以来，我们明显地看到了新诗人正在清除对自己文化传统的轻视和自卑的偏见，深入地挖掘中国诗学文化的优良传统，结出了一批植根在民族文化之树上的诗的果实。我希望我们的新诗理论，面对这种变化，不只要汲取西方诗歌理论的营养，更要采撷中国古代诗学理论的精华，从而构建面向新时代的，具有民族特色的新诗学。

这本《吴思敬论新诗》所表达的我对新诗理论的思考，仅是一家之言，很不完善，片面与偏激之处难免，诚恳地期待诗界朋友和广大读者提出批评。

吴思敬

2013 年 3 月 10 日于北京花园村